집단학살 일기

**Don't Look Left: A Diary of Genocide**

Copyright © Atef Abu Saif and Comma Press, 2024
All rights reserved.

Korean Translation Copyright © 2024 by Secondthesis

First published in Great Britain in the English language by Comma Press, 2024
No part of this publication may be used or reproduced in any form or by any means without
written permission except in the case of brief quotations embodied in critical articles or reviews.

Korean edition is published by arrangement with Comma Press, Manchester, Great Britain.

## 집단학살 일기―가자에서 보낸 85일

지은이   아테프 아부 사이프
옮긴이   백소하
감수     팔레스타인평화연대

1판 1쇄 발행  2024년 6월 18일
   2쇄 발행  2024년 10월 24일

펴낸곳  두번째테제
펴낸이  장원
등록  2017년 3월 2일 제2017-000034호
주소  (13290) 경기도 성남시 수정구 수정북로 92, 태평동락커뮤니티 301호
전화  031-754-8804 | 팩스  0303-3441-7392
전자우편  secondthesis@gmail.com
블로그  blog.naver.com/secondthesis

ISBN  979-11-90186-39-1  03890

이 책의 로열티는 모두 팔레스타인 지원단체 세 곳(Medical Aid for Palestinians,
the Middle East Children's Alliance, Sheffield Palestine Solidarity Campaign(Khan Younis
Emergency Relief))에 기부됩니다.

책값은 뒤표지에 있습니다. 잘못된 책은 바꾸어 드립니다.

## 추천사

아테프 아부 사이프는 팔레스타인 가자 지구 주민이다. 주민들은 가자의 비극을 온몸으로 맞는다. 아테프도 아침에 일어나 오늘 하루가 무사하길 비는 가자 주민 누구나 중 한 사람이다. 나 또한 가자에서 두 번 고립된 적이 있다. 방송이나 사진으로만 봤던 비극의 24시간은 너무도 비참했다. 나야 겨우 며칠 있는 것이고 빠져나가면 되지만 그들은 그곳에서 아이를 키우고 저녁밥을 먹고 삶을 살아간다. 저자는 이 비극의 면면을 마주하며 세계 시민들에게 보여준다. 이웃으로 같은 시민으로 삶을 살아가길 바라는 외로운 외침이 바로 이 기록이다. 팔레스타인 사람이기 전에 이들은 세계 시민이다. 우리 모두 사이프가 되어야 하는 지극히 당연한 사실 앞에서, 저자는 인간이 할 수 있는 최소한의 노력을 바라고 있다. 우리가 이 책을 읽는 건 그의 외침에 한 자락을 더하는 것이며 세계 시민으로서 존엄을 지키는 마음을 모으는 것이 될 것이다.

_ 김영미(분쟁 지역 전문 독립 피디)

이스라엘 점령군은 팔레스타인 가자 지구에서 기하급수적으로 늘어나는 사망자 수, 산더미처럼 쌓이는 어린이들의 시신에 대해서는 완전히 무신경해 보인다. 그곳을 절멸시키는 것만이 그들의 지상목표라도 된 듯, 팔레스타인에 대한 집단학살을 멈추지 않고 있다. 이 책의 저자 아테프 아부 사이프는 F-16 전투기의 굉음과 "굶주린 개처럼 희생양을 찾아" 윙윙거리며 머리 위를 맴도는 드론에 의한 집단학살이 자행되고 있는 가자 지구의 하루하루를 치절하게 써 내린다. 즐겨 찾던 서점이 부서지고, 이웃집 일가족이 몰살당하고, 아이들이 살해당하는 일상에서 "살아 있다는 걸 알 수 있는 건 깨어날 때뿐"이다. 과거에는 살아남는 것으로도 '승리'라고 여겼지만, 이제 그는 더 이상 어떤 것도 기억하고 싶지 않다. 그럼에도 그가 미사일이 떨어져 파괴된 건물에서, 천막에서 간결하지만 슬픔과 분노가 깊게 밴 일기를 써 내려가는 이유는 가까웠던 이들 모두가 죽었다는 사실을 잠시나마 잊고 싶기 때문이다. 현재진행형의 인종 말살 참극을 어떻게 응시하고 기억해야 할까? 괴로울지라도 귀기울여 듣는 것은 우리와 팔레스타인을 연결한다. 이 책을 머리맡에 두는 것만으로도 작은 연대가 될 것이다.

_ 홍명교(플랫폼씨 활동가)


작년(2023년) 10월 7일 이후 가자 지구 소식에 촉각을 기울여 온 동료 시민들에게 이 책을 빨리 펼치시라 제안드린다. 이 충실한 일기에는 그는 알고 우리는 모르는 시간이, 반대로 우리는 알았는데 그는 모르던, 외부 세계는 아는데 정작 그 안의 가자 주민들은 알 수 없었던 시간이 담겨 있다. 집단학살은 아직도 진행 중이고 복기하기에는 이른 시간이지만, 그렇기 때문에 더욱 이를 끝내기 위해 가자 주민들이 어떤 시간을 견디고 있는지 우리는 알아야 한다.

_ 뎡야핑(팔레스타인평화연대 활동가)

빌랄Bilal에게

## 일러두기

1. 이 책은 Atef Abu Saif, *Don't Look Left: A Diary of Genocide*, Comma Press, 2024를 우리말로 옮긴 것이다.

2. 주석은 모두 옮긴이와 한국어 편집자의 것이다. 본문의 이탤릭체는 책 제목을 제외하고, 굵은 글씨체로 표기했다. 도서, 저널, 언론사 이름의 경우 겹화살괄호로, 논문 및 기사, 시의 제목은 홑화살괄호로 표기했다.

3. 이 책에 등장하는 인명, 지명, 단체명 등 고유명사는 아랍어 발음에 가깝게 옮겼다. 이외에는 되도록 외래어표기법을 따르되 널리 사용되는 표현이 있는 경우 그에 따랐다. 이해에 필요한 경우 아랍어, 로마자나 한자를 병기했다.

## 기억하는 이들의 아픔

우리가 이 집단학살genocide의 참상을 보고 느낄 수 있게 하고자 결심했던 수십 명에 이르는 팔레스타인 작가, 기자, 사진가들 가운데 많은 이들이 이스라엘의 가자 공격으로 살해당했다. 죽은 이들이 살인자들이 퍼뜨리는 거짓말을 끝내 종식시킬 것이다.

전쟁 중에 글을 쓰고 사진을 찍는 일은 저항의 행위이며 믿음이 담긴 행위이다. 작가나 기자, 사진가들은 그들이 보지 못할지도 모를 어느 날, 자신이 남긴 말과 모습이 연민과 이해와 격분을 불러일으키고 지혜를 건네주리라는 믿음을 긍정한다. 사실은 중요하다. 하지만 이들이 사실만을 기록하는 것은 아니다. 사라진 생명과 공동체의 결, 존엄함과 비탄 또한 기록한다. 전쟁이 어떠한지, 죽음의 구렁텅이에 붙잡힌 이들이 어떻게 버티는지, 다른 이들을 위해 스스로를 희생하는 이와 그렇지 않은 이가 어떻게 존재하는지, 죽음이 어떠한지 세상에 전한다. 아이의 울음소리, 비탄에 찬 어머니의 통곡, 산업 현장에서 벌어지는 야만적 폭력에 직면해 벌어지는 일상적 투쟁 그리고 때와 오물, 질병과 인간성에 가해지는 굴욕을 거쳐 쟁취한 승리를 전한다. 바로 이것이 작가, 사진가, 기자 들이 전쟁에서 (이스라엘을 비롯한) 침략자들의 표적이 되는 이유다. 이들은 침략자들이 묻어 버리고 잊히기를 바라는 악의 증인으로 나선다. 거짓말을 드러내고 (심지어는 무덤 속에서도) 살인자들을 규탄한다. 이스라엘이 10월 7일 이후 가자에서 최소 팔레스타인의 시인 및 작가 열세 명과 기자 여든한 명을 죽인 것은 이러한 이유 때문이다.

　나는 중앙아메리카, 가자 지구를 포함한 중동, 아프리카, 구 유고슬라비아에서 벌어진 전쟁에서 기자로 활동했다. 허무함과 격분은 경험한 바 있기에 익숙한 감정이었고 내가 충분히 한 건지 아니면 위험을 무릅쓸 가치가 있기는 했는지 회의에 빠지곤 했다. 하지만 아무것도 하지 않는 것은 공모하는 것일 뿐이기에 나아가게 된다. 신경이 쓰이기 때문에 보도하는 것이다. 최소한 살인자들이 자신의 죄를 부정하기 어렵게 만들 테니까.

가자 지구에서 기자, 작가, 사진가 들이 떼죽음을 당하고 있다. 이 가운데 많은 이들이 이스라엘이 분명한 의도를 갖고 노렸기에 죽은 것이다. 나는 마치 동료의 죽음인 듯 이들의 죽음에 시달리고 있다. 대개는 꿈에서, 가끔은 악몽에서, 나는 살아 있는 동료들에게 말을 거는 만큼이나 죽은 동료들에게도 말을 건다. 이제 전쟁을 보도하지는 않지만 죽어 간 팔레스타인 기자, 작가, 사진가 들을 기억하고 그들의 용기를 기리고자 한다. 이들의 목소리를 경청하고, 이들의 모습을 마음에 새기며, 절대 잊지 않을 것을 맹세한다. 이들이 나를 감싸고, 나는 이 팔레스타인 사람들에게서 내 모습을 본다. 함께 일한 이들, 이제는 떠나간 이들을 떠올린다.

그리스 시인 요르고스 세페리스Giorgos Seferis는 나치가 나라를 점령하자 자신의 시 〈종점The Last Stop〉에 이런 말을 남겼다.

우리의 정신은 살해당한 친구들로 빼곡한 원시림이오.
내가 그대에게 동화와 우화를 들려준다면

그대가 듣기 더 편하기 때문이고

참상을 논하지 않는 것은 너무도 생생하기에

조용하고 무상하기에 그렇다오:

기억하는 이들의 아픔은

방울 지어 하루하루 잠에 빠질 뿐.


여기서 나는 팔레스타인 소설가, 아테프 아부 사이프를 떠올린다. 그와 열다섯 살 아들 야세르Yasser는 피점령 서안 지구에 살고 있으며, 이스라엘이 가자 지구에서 초토화 작전을 개시했을 때 그곳에서 가족을 만나고 있었다. 아테프가 이스라엘 점령자들의 폭력을 접한 건 이번이 처음이 아니다. 그가 태어나고 두 달이 지나 1973년 전쟁\*이 발발했고 아테프는 이에 관해 다음과 같이 적었다. "그 일 이래로 우리는 전쟁 속에서 살고 있다. … 삶이 두 죽음 사이의

---

\* 제4차 중동전쟁, 욤 키푸르 전쟁, 10월 전쟁 등으로 불린다. 제3차 중동전쟁 이후 이스라엘이 점령한 시나이 반도 및 골란 고원을 주 배경으로 하여 이집트와 시리아를 주축으로 한 아랍 연합국과 이스라엘이 격돌했으며, 이들은 각각 소련과 미국의 지원을 받았다. 전쟁은 이스라엘의 군사적 승리로 종료되었지만 이전 중동전쟁과 달리 자신들이 아랍 국가들을 군사적으로 압도할 수 없다고 위협을 느낀 이스라엘은 1978년 캠프 데이비드 협정, 1979년 이집트-이스라엘 평화조약을 체결하고 시나이 반도를 이집트에 반환했다. 이는 이집트를 동구권의 영향력에서 이탈시키면서 나세르 생전에 이집트가 유지한 투쟁 기조를 없애 버리는 결과로 나아갔다.

머뭇거림이듯이 장소이자 이상향으로서 팔레스타인은 수많은 전쟁 사이 잠깐의 타임아웃일 따름이다." 2008-2009년 이스라엘의 가자 공격 당시, 이스라엘의 폭격이 이어지는 스물두 밤 동안 그는 부인 한나Hannah와 두 아이와 함께 집안 통로에 몸을 숨기고 있었다. 그는 이렇게 적었다. "전쟁에 관한 기억은 이상하게도 긍정적인데, 기억이 있다는 것 자체가 살아남았다는 뜻이기 때문이다."

그는 작가라면 했을 법한 일을 했고, 이는 같은 가자 주민인 리파아트 알아리르Refaat Alareer도 마찬가지였다. 리파아트는 2023년 12월 7일, 거주하던 가자의 아파트 건물에 가해진 공습으로 형제자매, 자녀 넷과 함께 살해당했다. 유럽-지중해 인권 모니터Euro-Med Monitor는 리파아트 알아리르를 노린 폭격이 의도된 것이며 "폭격되어 건물 전체로부터 정교하게 제거되었다"라고 묘사했다. 피살되기 전 몇 주에 걸쳐 "리파아트가 이스라엘 계정들로부터 인터넷과 전화로 받은 살해 협박"이 있었다.

존 던John Donne*에 관해 박사 학위를 받은 리파아트는 11월에 시 〈내가 죽어야 한다면If I Must Die〉을 썼는데, 이 시

---

* 영국의 성공회 사제이자 시인. 영국 형이상학파 시인의 선구자로 여겨진다.

가 그의 유언장이 되고 말았다. 30개가 넘는 언어로 번역되어 3천만 회 정도 읽힌 시는 다음과 같다.

내가 죽으면,

너는 살아서

내 이야기를 전해 줘

내 물건을 팔아

천과 끈을 사서

(긴 끈이 달린 하얀 것으로 만들어 줘)

눈에 하늘을 담은

가자 지구 어딘가에 있을 아이가

누구에게도

그의 육신에게도

그 자기 자신에게도

마지막 인사를 못하고

포화 속에서 사라져 버린 아빠를 기다릴 때

네가 만든 내 연이 날아다니는 걸 보면

잠시 동안 천사가 있다고 생각할 거야

아빠를 다시 데려올 천사를

내가 죽어도

희망이 되게 해 줘

이야기가 되게 해 줘.[*]


이스라엘이 인터넷 및 전화 서비스를 봉쇄한 탓에 대체로 송고가 어려웠음에도, 아테프는 자신의 관찰과 사색을 《워싱턴포스트》, 《뉴욕타임스》, 《네이션》지는 물론 다른 출간물에도 악착같이 기고했다.

이스라엘의 폭격 첫날, 오마르 아부 샤위시Omar Abu Shawish라는 젊은 시인이자 음악가가 이스라엘 해군의 폭격으로 살해당했다. 아테프는 질문한다. "적외선 렌즈와 위성사진으로, 그들이 짚으로 엮은 내 바구니에 든 빵을, 내 접시에 있는 팔라펠 경단 개수를 셀 수 있을까?" 그는 수많은 가족들이 멍하고 혼란스러워하며 "매트리스부터 옷가지와 음식"까지 전부 나르고 있는 걸 지켜본다. "슈퍼마켓, 환전소, 팔라펠 가게, 과일 가판대, 향수 상점, 과자 가게, 장난감 가게까지, 모두 불타 버렸다." 그는 그 앞에 조용히 서 있다.

* 이민우, 'Issue Obituary_레파트 알라리르 : 유언이 된 시: If I Must Die', 《더스쿠프》, (577), 58, 2023.

"피가 사방을 덮는다. … 아이들의 장난감, 슈퍼마켓에 있던 캔, 뭉개진 과일, 망가진 자전거와 깨진 향수병의 잔해들." 그는 이렇게 적었다. "마치 용이 태워 없앤 마을을 그린 탁한 목탄화 같았다."

그는 십 대 아들을 가족들과 남겨 둔다.

"팔레스타인 사람들은 전쟁이 나면 서로 다른 곳에서 자야 한다고 생각한다. 그래야 가족 일부가 죽더라도 다른 일부는 살기 때문이다. UNRWA*가 운영하는 학교는 삶의 터전에서 쫓겨난 가족들로 점차 가득찼다. 이전에 있었던 전쟁들에서 그러지 않았음에도, 유엔 깃발이 자기를 지켜 줄 것이라는 데 희망을 건 것이다."

10월 17일 화요일, 처제 후다Huda의 집이 이스라엘 미사일에 피격당하자 아테프는 구조 활동을 도우려 하지만 양쪽 다리와 오른손을 절단하는 수술이 시급한 스물세 살 조카 위쌈Wissam을 제외한 대부분의 가족이 사망한다.

이스라엘 헬리콥터가 떨어뜨린 아랍어로 된 전단지가 하늘에서 흩날려 내려온다. 전단지에는 와디 가자 강** 북쪽에

---

* United Nations Relief and Works Agency. 유엔 팔레스타인 난민 구호 사업 기구.
** Wadi Gaza. 가자 지구 북부와 남부를 가로지르는 강줄기를 말한다. 이 책에서는 이해의 편의를 위해 와디 가자 강이라고 표기한다.

머무는 사람은 테러의 동조자로 간주된다고 적혀 있었으며, 이는 아테프가 쓴 바에 따르면 이스라엘군이 "발견 즉시 사살할 수 있다"는 뜻이다. 전기가 끊기고 식량과 연료, 물이 떨어지기 시작한다. 부상자들은 마취 없이 수술을 받는다. 진통제나 진정제도 없다. 공습 후, 드론들이 "푸르르고 무한한 하늘에서 찾아보기에는 너무도 멀리 … 귀뚜라미같이 계속 웅웅대는 소리 아래"에서 그는 구조 팀에 합류한다. "파괴된 우상 더미"라는 T.S. 엘리엇의 시 한 구절이 그의 머릿속을 스친다. 부상자와 사망자들은 "세발자전거나 동물들이 끄는 수레에 태워 이송"되었다.

11월 21일, 그는 휠체어를 탄 아들과 장모와 함께 가자 지구 북쪽의 자발리야 지역을 떠나 남쪽으로 탈출하기로 결심한다. 그들은 이스라엘 검문소를 통과해야 하는데, 군인들이 무작위로 남자와 소년을 골라 구금하는 검문소를 통과해야 한다.

"수십 구, 또 수십 구의 시체가 길 양쪽에 아무런 질서도 없이 나뒹굴고 있었다. … 썩어 있었고 땅에 녹아 늘어붙은 것 같았다. 냄새가 끔찍했다. 다 타 버린 차창으로 손 하나가, 나를 꼭 집어 뭔가를 요구하듯이 우리를 향해 뻗어 있었다. 거기에는 목이 없는 시체들이, 잘린 손들이 있었다. 팔다리 여러 개, 중요한 신체 부위들이 곪도록 내버려져 있었다."

그는 아들 야세르에게 말한다. "보지 마. 아들, 그냥 계속 걸어."

그의 가족이 살던 집은 공습으로 파괴된다.

"작가가 성장한 집은 그가 소재를 퍼내는 우물이다. 내가 쓴 소설에서, 난민촌에 있는 평범한 집을 그리고 싶을 때면 우리집을 떠올리곤 했다. 가구를 조금 옮기고 거리 이름을 바꾸기야 하겠지만 누굴 속이겠는가? 항상 우리집을 그렸다."

2023년 12월 26일, 이 일기의 초판이 전자책으로 출간되었을 때, 아테프는 여전히 아들과 함께 가자 지구 남부에 갇혀 있었다. 이제 그는 가자 지구를 빠져나왔다. 이스라엘은 성탄절과 새해 그리고 그 이후에도 가자 지구에 공습을 계속했고, 2024년 2월 초 이 책의 영어판 초판을 인쇄하려는 지금까지도 폭격을 계속하고 있다. 사망자 수는 이만 팔천 명을 넘어섰다.

성탄절 이야기는 남편과 함께 북부 갈릴리에 있는 고

향 나사렛을 떠나야만 했던 임신 9개월의 가난한 여인의 이야기이다. 로마 점령군은 이들이 145킬로미터 떨어진 베들레헴으로 가 호구조사에 응할 것을 요구했다. 그들이 도착했을 때, 마을에는 빈 방이 없었다. 마리아는 마구간에서 아이를 낳는다. 동방박사들로부터 메시아의 탄생 소식을 들은 헤롯 왕은 병사들에게 베들레헴과 그 주변의 두 살 이하 아이들을 모두 찾아내 죽이라고 명령한다. 천사가 꿈에 나타나 요셉에게 도망치라고 경고하고, 부부와 아기는 야음을 틈타 탈출해 이집트로 64킬로미터를 여행한다.

나는 1980년대 초에 전쟁을 피해 온두라스로 피난 온 과테말라인들을 수용한 난민촌에 있었다. 마을과 집이 불타거나 버려진 채 오물과 진흙 속에서 살던 농민과 그 가족들은 성경에 나오는 이 영아 학살을 기념하기 위해 색종이 조각으로 천막을 장식하고 있었다.

"오늘이 왜 그렇게 중요한 날인가요?" 내가 물었다.

한 농부가 답했다. "그리스도께서 난민이 되신 게 바로 이날일세."

성탄절 이야기는 억압하는 자들을 위해 쓰인 것이 아니라 억압받는 사람들을 위해 쓰였다. 우리는 무고한 사람들을 보호하도록 부름을 받은 것이고, 점령 세력에 저항하라는 부름을 받은 것이다. 죽음의 위험을 무릅쓰고 우리에게 말하는 아테프와 리파아트 그리고 그와 같은 사람들은 성경의 이 명령을 되새겨 준다. 이들이 말하는 이유는 우리가 침묵하지 않도록 하기 위해서이다. 가자 지구에서 집단 학살을 조장하고 있는 언론, 정치인, 외교관, 대학, 부유층과 특권층, 무기 제조 업체, 국방부, 이스라엘 로비 단체 등 세상의 권세자들에게 이 말과 이미지를 전달하기 위해, 그들은 말한다. 아기 그리스도는 오늘날 지푸라기 속에 누워 있는 것이 아니라 부서진 콘크리트 더미 속에 누워 있다.

악은 수천 년 동안 변하지 않았다. 선도 마찬가지다.

미국 뉴저지 프린스턴에서

크리스 헤지스[*]

---

[*] Christopher Lynn Hedges(1956~ ): 미국의 기자. 1990년부터 2005년까지 《뉴욕 타임스》 기자로 일했고 유고슬라비아 전쟁 당시 중동 및 발칸 부문 주필을 맡았다. 2002년 세계 테러리즘에 관한 보도로 퓰리처상을 수상했다. 《뉴욕 타임스》에서 사임한 이후 여러 독립 미디어에 기고를 이어 가며 최근에는 이스라엘의 인종청소와 미국의 무조건적 지원을 비판하고 있다.

# 차례

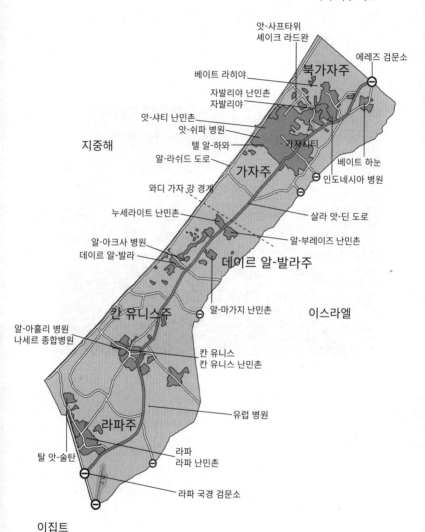

가자 지구 지도

앗-사프타위
셰이크 라드완
베이트 라히야
자발리야 난민촌
자발리야
앗-샤티 난민촌
앗-쉬파 병원
텔 알-하와
알-라쉬드 도로
와디 가자 강 경계
누세라이트 난민촌
알-아크사 병원
데이르 알-발라
알-아흘리 병원
나세르 종합병원
탈 앗-술탄

북가자주
에레즈 검문소
가자시티
베이트 하눈
인도네시아 병원
살라 앗-딘 도로
알-부레이즈 난민촌

지중해

가자주

데이르 알-발라주

칸 유니스주

라파주

이스라엘

알-마가지 난민촌

칸 유니스
칸 유니스 난민촌

유럽 병원

라파
라파 난민촌

라파 국경 검문소

이집트

아들 야세르와 아테프 아부 사이프

## 10월 7일, 토요일. 첫날.


　수영할 때 그러리라고는 생각하지 못했다. 일찍, 다섯 시 반쯤 일어나 바다에 가기로 했다. 토요일이니 오전 열 시에 칸 유니스Khan Younis 근처 알-카라라로 가서 민족 유산의 날 행사에 참여하기까지는 아무 일정이 없었다. 아마 올해 마지막으로 수영을 할 수 있는 기회이리라. 전날 밤에는 여동생 할리마Halima의 집에서 잤다. 할리마의 집은 베이트 라히야Beit Lahia 서쪽에 있는데 바다에서 고작 몇 분 거리다. 그렇게나 가까우니 유혹이 가시질 않았다. 매부 이스마엘은 비가 오는 날도 가리지 않고 매일 아침 그리로 수영을 하러 간다.

　차를 몰고 바다로 가는 아침 길은 아름다웠다. 시원한 바람이 불고 모든 게 차분하게만 느껴졌다. 오늘 하루도 좋은 날이 되리라. 일곱 시 반까지 수영을 하고 자발리야 난민촌 근처 앗-사프타위에 있는 아파트에서 샤워를 하자. 여덟 시 반이면 집을 나설 수 있으리라. 간단하리라.

　하지만 가자에서는 어느 것도 단순하지 않았다. 십 대

때는 이 사실 때문에 매우 좌절감을 느꼈다. 몇 주 뒤 계획까지 세워 놓으면, 병사들이 무장 차량을 타고 난민촌을 지나며 메가폰으로 통금을 선포하는 걸 듣곤 했다(그들은 웃긴 억양으로 "만마노 엘 타자올 하타 에샤론 아카르(추후 공지가 있을 때까지 이동 금지)"라고 외치곤 했다). 그때부터 미래의 어느 특정되지 않은 시점까지, 우리는 집을 벗어날 수 없었다. 만약 그랬다가는, 우리에게 벌어질 일에 대해 저들에게 책임을 물을 수 없을 것이다. 십 대에게 통금이 의미하는 것은 가까운 미래에 학교를 갈 일도, 숙제나 그걸 채점할 사람도, 밤에 친구들과 축구를 하거나 누군가와 놀러 다닐 수도 없다는 것이었다. 시간이 흐르고서야 난 아무것도, 심지어 다음 날 뭘 할지도 계획하지 않는 것을 배웠다. "우린 오늘을 위해 산단다." 어머니는 늘 이렇게 말씀하시곤 했다.

이제 와서 이 토요일, '전쟁의 첫날'로 불가피하게 알려진 날을 생각해 보면, 거의 잊고 있던 이 가르침을 떠올렸다는 점을 생각하게 된다. 아무것도 계획하지 마라. 우린 해변에 도착했고, 해는 아직 뜨지 않았다. 지평선에는 작은 어선들이 바다에서의 긴 밤을 마치고 해안으로 향하는 게 보였다. 내 남동생 모함메드Mohammed, 열다섯 살 먹은 아들 야세르, 매부 이스마엘Ismael 그리고 나까지 네 사람이 같이 있었다. 나는 서안 지구에서 가자에 일반적인 업무 방문으로 와 있는 참이었고, 일하는 김에 친척들과 시간을 보내는 중이었다. 딱 사흘, 목요일 저녁에 도착해 일요일 아침에 떠날 계획이었다. 야세르는 할아버지 할머니가 보고 싶다면서 이번에는 같이 가도 되겠냐고 내게 물었다. 이런 일에 얽혀들리라고는 꿈도 못 꿨다.

우리는 해변의 북쪽 끝으로 차를 몰고 가 대로에 차를 대고 조가비가 들썩이는 모래를 향해 걸어갔다. 우린 더욱 북쪽으로, 물가를 따라, 어느 차도 닿을 수 없는 저편으로 향했다. 가자에서는 북쪽으로 갈수록 해변도 바닷물도 깨끗해진다는 믿음이 있다. 언제나 그렇듯이 이스라엘 군함은 누구라도 볼 수 있게 지평선에 눌러 앉아 있었다.

바다는 이날 아침 더욱 우리를 반겼다. 이스마엘과 나는 반바지만 남기고 옷을 전부 벗었고, 반면 모함메드와 야세르는 따라 벗지 않았다. 이게 올해 첫 수영이라는 걸 깨달았고, 물의 감촉에는 기쁨이 가득했다. 야세르는 돌아다니며 사진을 찍었고, 모함메드는 매일 아침 그러듯이 담배를 뻑뻑 피워 댔다.

갑자기 아무런 경고도 없이 로켓 소리와 폭발음이 사방에서 들렸다. 나는 고개를 들어 로켓이 하늘을 가로지르며 장식처럼 남긴 연기 줄기들을 보았다. 나는 수영을 계속했다. 매일 하는 훈련이겠지, 생각했다. 더 많은 로켓과 폭발 소리가 바다와 땅에서 들렸다. 가자에선 이게 평범한 거니까. 한두 시간 그러겠네, 여전히 일정은 소화해야겠지, 생각했다.

해안으로 헤엄쳐 가서 이스마엘도 불러서 나오라고 했다. 물에서 걸어나오며 이스마엘은 어깨를 으쓱했다. 흔히 있는 방해일 뿐이니 아무것도 걱정할 것 없다는 뜻이다. 난 소리가 멎지를 않는 것 같다고 큰 소리로 외쳤다. 그러자 이스마엘도 고개를 끄덕이고는 동쪽을 가리켰다. 마른 땅에 왔을 즈음에는 해변에 있던 모든 사람들이 사방으로 달아나고 있었다. "여기서 벗어나야 돼!" 모함메드가 외쳤다. 모함메드는 야세르에게 사진 그만 찍으라고 소리쳤다. 그럴 때가 아니었다. 폭발음이 귀에 점점 크게 울렸다. 뭔 일이 벌어지고 있다는 걸 깨달았다. 일회성 포격이 아니었다. 대로에 도착했지만 차는 아직도 500미터 더 떨어져 있었다. 이스마엘과 나는 신발을 손에 쥐고 맨발로 달렸다. 하지만 가면 갈수록 더 위험하게만 느껴졌다. 주변에 있는 모든 이들이 우리와 마찬가지로 안전해지려고 발버둥치고 있었다.

마침내 우린 차에 다다랐다. 뛰어들자마자 다른 이들이 차문을 닫기도 전에 액셀러레이터를 밟았다. 교통법을 모두 어기며 미친 사람처럼 차를 몰았다. 사람들이 얻어 타 보겠다고 차 앞으로 뛰어들었다. 우린 차를 멈춰세우고 뒤에 남자 다섯을 구겨 넣듯 태웠다. 야세르에게는 앞자리에 와서 나와 모함메드 사이에 앉으라고 소리쳤다. 우리는 길에서 비키라고 경적을 울리며 다시 속도를 냈다. 급히 모함메드에게 고개를 돌렸다. "이스마엘은? 우리 로켓 떨어지는 데다 걔 그냥 두고 온 거야?" 모함메드는 웃었다. "아니, 상어한테 던져 주고 왔지." 그러고는 이스마엘이 우릴 따라올 수 없었기에 그냥 가라고 했다고, 어차피 집이 해변과 가까우니 걸어서 갈 수 있을 거라고 말했다 했다. 모함메드의 상어 농담이 딱히 기분을 낮게 해 주지는 않았다. 아들과 나 자신이 안전할지가 두려워 매부를 완전히 잊고 있었다. 내 아파트에 도착하자마자 난 이스마엘의 부인, 그러니까 내 여동생에게 전화를 걸었다. 할리마는 이스마엘이 많이 웅크리고 숨은 끝에, 집에 안전히 도착했다고 확인해 주었다.

몇 시간 동안 아무도 무슨 일이 벌어지는지 알 수 없었다. 그러다 뉴스가 흘러나왔다. 내 친구, 젊은 시인이자 음악가인 오마르 아부 샤위시는 누세이라트Nuseirat 난민촌 앞 바다에서 우리와 마찬가지로 수영을 하다가 군함에서 발사된 포탄으로 인해 친구와 함께 살해되었다. 그들은 이 전쟁 최초의 두 피해자였다.

그러나 우리는 아직 이것이 '전쟁'인지 아니면 전쟁으로 고조되고 있는 것인지도 몰랐다. 나는 샤워를 하고 칸유니스에서 열리는 민족 유산의 날 행사에 갈 준비를 했다. 여덟 시 반이 됐고, 모든 일들이 오늘은 평범한 하루가 아니라는 사실을 가리키고 있었다. 창문에서 나는 한 무리 사람들이 지금 벌어지고 있는 일을 헤아려 보려고 하는 것을 엿들었다.

"이스라엘이 높은 사람 하나를 암살해서 하마스가 보복한 걸지도 몰라."

"암살은 튀르키예에서 벌어졌다고 들었는데."

"아니, 그냥 또 한번 확 끓은 거겠지."

"무슨 소리야? 로켓만 이미 수백 발을 쐈어. 이건 '확 끓고' 마는 게 아니라고!"

창밖의 사람들처럼, 난 무슨 일이 벌어지고 있는지 도무지 알 수 없었다. 뭔가 다르다고 깨달은 건 한낮이 되고 나서였다. 칸 유니스 대신에, 난 가자시티 내 리말Rimal 구역에 있는 프레스 하우스(가자의 '기자협회' 같은 곳)로 향했다. 거기서 그곳 책임자인 빌랄 자달라Bilal Jadallah를 포함해 여러 기자들과 만났다. 우린 무슨 일이 벌어지고 있는지 우리가 전혀 모른다는 점에 관해서만 동의할 수 있었다.

## 10월 8일, 일요일. 둘째 날.


어젯밤 어떻게 잠들었는지 모르겠다. 침대에 누워 폭격이 있을 때마다 호텔 전체가 흔들리는 걸 느끼고 있자니 머릿속에 스쳐 지나가는 모습 가운데 뭐가 꿈이고 뭐가 현실인지 혼란스러웠다. 잘린 머리, 잘린 손, 흩어진 치아, 강이 되어 흐르는 피를 보았다. 꿈에서는 2014년 전쟁\*에서 본 장면이 떠올랐다. 구조대가 어떤 여자의 조각난 시체를 주워 모으는 걸 도우려 했다. 그 여자의 머리 가죽을 내가 손으로 들고 있었다. 여자의 집은 자발리야 난민촌 공동묘지 근처였고, 현장에 감도는 죽음의 냄새가 시야에 들어온 공동묘지에 더해지자 견딜 수가 없었다. 꿈을 꿀수록 현실로 돌아가려고 발버둥쳤고 이 모든 게 회상일 뿐이기를,

---

\* 2014년 7월부터 한 달 반에 걸쳐 이스라엘과 가자 지구 여러 세력들이 벌인 교전을 가리킨다. 이스라엘은 서안 지구에서 하마스가 자국 청소년 세 명을 납치 살해했다는 명분으로 전쟁을 시작했다. 이스라엘은 명분이 된 납치 살인 조사를 수백 명에 달하는 팔레스타인 사람들을 적법한 기소나 재판 없이 구금하는 등, 졸속으로 진행하면서도 가택에 머무르던 일부 용의자들을 사살한 뒤 수류탄과 폭발물까지 사용해 주택을 초토화하는 식으로 철저한 잔혹함을 보였다.

옛 트라우마의 반복이기를 갈구했다. 그냥 기억이기를.

그때만큼 안 좋을 수는 없겠지.

루츠 호텔The Roots Hotel에는 숙박객 열 사람과 호텔 직원 세 사람을 합쳐 열셋뿐이었다. 숙박객 네 사람은 엘리베이터와 계단 사이 통로로 옮긴 탁상에서 아침을 먹고 있었다. 가자에서 오 분만 있어 보면 누구나 하는 일이다. 거의 매달 있는 폭격이 시작되면 건물 중앙, 대개는 통로나 계단으로 향한다. 창문에서 날아드는 유리 조각로부터 가장 멀기 때문만은 아니다(800미터 밖에서 터진 폭탄의 압력도 창문을 깨 버릴 수 있다). 건물의 가장 튼튼하고 견고한 부분이기 때문이다. 머물고 있는 건물이 직접 폭격을 당한다면 계단 통로에 있어야 피해를 막을 수 있다. 계단의 강화 콘크리트가 도움이 될 거고, 운이 좋다면 떨어지는 콘크리트 덩어리가 서로 겹쳐 일종의 콘크리트 텐트를 이룰 것이다. 운이 좋다면. 2008년 전쟁* 때 나는 한나와 아이들과 스물두 밤을 계단 근처 통로에서 자면서 보냈다. 당시 우리는

---

* 2008년 12월부터 2009년 1월 초까지 하마스를 비롯한 가자 지구 여러 세력과 이스라엘이 벌인 전쟁. 이집트의 중재로 성사된 휴전 기간이 종료되자 이스라엘은 데이르 알-발라 난민촌을 침공하여 하마스 대원들을 살해하며 전쟁을 개시했다. 당시에도 이스라엘은 유엔 학교와 구호 트럭을 공격했다.

가자시티 나세르 구역(가자시티 서부의 중앙)에 있는 아파트에 살고 있었고, 아마 어디서 잘지를 잘 고른 덕에 우리가 살아남은 것 같다.

통로 끝 커튼 사이로 우리 아래, 호텔이 있는 작은 절벽 아래 밝고 푸른 바다를 언뜻 보았다. 어젯밤에는 어떤 어선도 바다로 나가지 않았고 항만 벽에 정박해 있었다. 파도를 타고 기우뚱거리며, 커튼의 펄럭임에 맞춰 흔들리고 있었다. 더 멀리에는 군함 세 척이 자리를 잡고 항구를 흔적 없이 날려 버릴 준비를 마친 상태였다. 식사를 하면서 군함 안에서 우리를 지켜볼 군인들에 관해 생각했다. 적외선 렌즈와 위성사진으로, 그들이 짚으로 엮은 내 바구니에 든 빵을, 내 접시에 있는 팔라펠 경단 개수를 셀 수 있을까?

열다섯 살 먹도록 지금껏 두 번 전쟁을 목도한 야세르는 2014년 전쟁 때 기억으로 아직도 큰 상처를 안고 있다. 야세르는 당시 일곱 살이었고, 모든 걸 뚜렷하게 기억한다. 여동생 야파Yaffa는 그때 고작 두 살이었으면서도 당시를 기억하고 있다고 말했는데, 한번 묘사해 보라고 하니 전쟁에 관한 영상을 본 것을 묘사하는 듯했다. 딸애는 내가 자기 얘기를 책에서 많이 했다는 걸 알기에, 그 전쟁에 관해 이상한 향수를 갖고 있다. 전쟁에 관한 기억은 이상하게도 긍정적인데, 기억이 있다는 것 자체가 살아남았다는 뜻이기 때문이다.

생존이 이날의 화두가 되었다. 호텔의 다른 숙박객 모두 서안 지구에서 온 사람들이었는데, 모두가 라파Rafah 국경 검문소를 통해 이집트로 떠나리라 마음을 굳혔다. 다들 여권을 갖고 있었고, 많은 이들이 외교관 통행 허가증을 지니고 있었다. 이들의 이름은 대기열 맨 위로 뛰어오를 것이다. 아침 식사를 마치기 전, 이집트 쪽과 조율이 끝났다. 나와 아들 야세르의 이름이 포함되었다. 다들 빠르게 짐을 챙겼고, 모함메드가 차를 향해 나가자마자, 난 남기로 결정했다. 여태껏 내가 한 선택 가운데 가장 영리한 것은 아니었을 수 있으나 최소한 내게는 옳은 선택이었다. 단순히 내 한 몸 건사하겠다고 친척들을 내버려두고 두려워서 떠날 수는 없는 노릇이다. 살아남은 가족이 거진 다 여기 있었다. 아버지[탈랄Talal], 형제 셋[모함메드, 이브라힘Ibrahim, 칼릴Khaleel], 여동생[아와티프Awatif, 할리마, 나에마Naema, 에이샤Eisha, 아스마Asmaa], 이복누이[아미나Amina, 사마Samah], 이복형제[모사Mosa]까지(형제자매 중 가자 밖에 살고 있는 건 요르단 암만에 살고 있는 이복누이 리나Leena뿐이다). 1973년에 처음 전쟁을 겪었을 때 난 태어난 지 두 달밖에 안 됐고, 그 일 이래로 전쟁 속에서 살고 있다. 내 소설 《유예된 삶Suspended Life》은 이런 구절로 시작한다. "나임Naeem은 한 전쟁에서 태어나 다른 전쟁에서 죽었다." 이것과 2014년에 겪은 51일간의 기나긴 맹공을 떠올리자 결정에 더욱 확신이 생겼다. 삶이 두 죽음 사이의 머뭇거림이듯이 장소이자 이상향으로서 팔레스타인은 수많은 전쟁 사이 잠깐의 타임아웃일 따름이다.

야세르에게 다른 사람들과 떠나라고 말했지만, 싫다고 하며 내 곁에 남겠다고 고집했다. 갈피를 잡을 수 없었다. 아들을 전쟁이 시작될 때마다 항상 이스라엘에게 폭격당하는 라파 검문소에 혼자 두는 것과 아들이 근래 전쟁터가 되어 버린 샤말시나(이집트 시나이반도 북부 주)를 건널 때 그의 곁에 없는 것. 둘 다 생각만 해도 겁이 났다. 결국 야세르의 말을 들어줘야 했다. 호텔에 있던 친구들은 떠나갔다. 라파로 향하는 살라 앗-딘Salah al-Din 도로는 위험천만했다. 이스라엘이 이 길을 따라서 그리고 해변을 따라서 포격 작전을 하곤 했다. 쓸 수 있는 차가 한 대 있어 모함메드가 이들을 태워다 주기로 했다. 모함메드가 돌아올 때까지 두 시간이 걸렸다.

그러자 야세르는 호텔은 지루하니 여기 머무르지 말고 또래 애들과 놀 수 있는 할아버지, 할머니 댁으로 가서 지내자고 했다. 난민촌으로 향하는 길, 나는 모함메드에게 나무에 물 좀 주게 해변 근처에 있는 내 소유의 작은 바야라(한 뙈기 땅)에 들리자고 했다. 언젠가 집을 지으려고 하는 작은 땅뙈기다. "농담하는 거지?" 모함메드가 소리를 질렀다. "너무 위험해." 나는 대답했다. "나무에 물을 안 주고 가는 것도 위험해." "전쟁이 계속되면 어차피 죽을 거야." 모함메드는 웃었다. "전면전으로 가면 어쨌든 죽을 거야. 맨날 그랬듯이 전차가 밀어 버리겠지." 하지만 나는 고집을 꺾지 않았다.

도착한 곳은 버려져 있었다. 딱 우리 셋만 있었다. 망고를 따려고 했으나 익은 게 하나도 없었다. "일주일은 더 있어야겠네." 내가 말했다. 그러자 모함메드가 말했다. "웃기지 마. 다음 주가 어딨어. 딸 거면 지금 따서 밀가루 포대에 넣어 놔." 어머니가 가르쳐 준, 설익은 과일을 익게 하는 기술이다. 지난 금요일에는 망고 두 개를 땄는데 맛있었다. 하지만 지금은 아무것도, 구아바조차도 제대로 된 게 없었다. 빈손으로 떠나기는 싫어서 오렌지를 찾아다니다가 겨우 한 개를 구했다. 따서 껍질을 까고 그 자리에서 입에 넣자 턱을 타고 즙이 흘러내렸다.

우리는 야세르를 할아버지, 할머니 댁에 내려줬다. 난민촌 하나마다 있는 UNRWA 학교 인근이었다. 친구 히샴HIsham의 아들 알리Ali와 만났는데, 이 집은 전차의 공격 때문에 베이트 하눈Beit Hanoun에 있는 집에서 떠나야 했다. 이구역에 있는 많은 가족들이 자발리야 UNRWA 학교로 피난 오기 시작했다. 히샴은 밤에는 내 이웃 파라즈Faraj의 집에서 보낸다고 했다. 파라즈는 팔레스타인 민사경찰 경관을 했던 사람이고 어렸을 때부터 알고 지낸 좋은 친구다. 파라즈의 아내는 전쟁 첫날 형제를 잃어 장례차 알-부레이즈 난민촌에 있는 친정으로 가야 했다. 혼란스러운 아이들, 화난 사내들, 지친 여자들. UNRWA 학교 두 채 앞의 거리는 사람들로 들썩였다. 다들 길을 잃은 듯 보였다. 모든 것이 긴 전쟁이 되리라 가리키고 있었다. 농부들은 가축들을 학교 벽으로 몰았다. UNRWA 교사 한 명이 한가운데 서서 이 난장판을 질서 있게 하려고 애쓰고 있었다.

프레스 하우스로 돌아가니 기자 수십 명이 최신 뉴스를 파악하여 전달하려고 끝없이 애쓰고 있었다. 태양광 에너지 덕분에 최소한 여기에는 인터넷, 전기, 수돗물이 있었다. 책임자인 빌랄은 모든 이들에게 따뜻한 식사, 밥과 고기를 내왔다. 프레스 하우스의 회계사인 라미Rami는 히죽거리며 메뉴가 하나뿐이라고 했다. 우린 식사를 하며 우리를 기다리는 미래를 생각해 보았다. 모호하고 음울한 미래를.

황혼이 내려앉자 우린 호텔로 돌아왔다. 많은 기자들이 무슨 이유에서인지 다른 건물보다 호텔이 폭격을 맞을 가능성이 덜하다고 생각하며 거처를 옮겼다. 이제 호텔은 촬영진에 둘러싸여 세상을 향해 보도를 송출하고 있다.

## 10월 9일, 월요일. 셋째 날.


전시에 가장 스트레스를 받는 건 잠에서 깬 직후 몇 분이다. 일어나자마자 휴대전화에 손을 뻗어 사랑하는 이들이 아무도 죽지 않았는지 확인한다. 하지만 하루하루 지날수록 무슨 내용을 읽을지 두려워하게 되고 전화를 집어 드는 걸 망설이게 된다. 아예 집어 들지 못하겠는 아침도 있다. 언젠가는 나쁜 소식이 분명 있을 것이다.

도시는 돌무더기와 잔해로 폐허가 되었다. 아름다운 건물들이 한 줄기의 연기처럼 스러졌고 그 안에 살던 사람에 관한 기억은 바람에 날리는 모래처럼 사라진다. 쉴 수 있을 때 쉬려고, 잠들고자 의식적으로 노력한다. 전쟁 중 대부분의 시간은 소진감과 무료함을 동시에 느끼게 된다. 깨어 있는 모든 순간 살아 있기 위해 싸워야 하지만, 달라지는 건 없다. 첫 인티파다* 때, 어린 시절 총을 맞았던 때를 자주 생각하곤 한다. 어머니는 내가 몇 분간 실제

---

\* انتفاضة, Intifada. 오슬로 협정 이후에도 개선되지 않은 이스라엘의 점령과 이로 인한 살상, 난민 문제에 대한 팔레스타인 사람들의 분노가 결집하여 개시된 민중 항쟁을 일컫는 말. 1987년 항쟁을 제1차 인티파다, 2000년 항쟁을 제2차 인티파다로 지칭한다. 팔레스타인, 나아가 아랍 전역의 민중 항쟁을 일컫는 말로도 쓰인다.

로 죽었다가 되살아났다고 말했다고 했다. 그 생각으로 위안 삼곤 한다. 이번에도 그렇게 죽음으로부터 돌아올 수 있지 않을까. 살아남는 것에 관해 생각하고 있다는 사실자체가 내가 지금껏 살아남았다는 증거가 아닌가!

오늘은 월요일, 오전 열 시에 정부 각료 주간 회의가 있다. 회의에 전화로, 줌으로 참여하기로 했고 비서가 다른 여러 장관들도 줌으로 참석할 거라고 말해 주었다. 이스라엘이 서안 지구의 주요 도로들을 전부 막아 버렸기 때문이란다. 회의 전체가 가자를 노린 이 전쟁에 할애되었다. 이스라엘이 가자 지구에 어떤 인도적, 의료적 지원도 들이기를 거부하는 상황을 마주하여 팔레스타인 자치정부는 무엇을 해야 하는가? 발언할 차례가 되어, 가장 중요한 건 이스라엘이 우리에게 행하는 범죄를 폭로하는 것이라고 말했다. 이 전쟁을 자기방어라고 하는 이스라엘의 서사로부터 세계가 벗어날 필요가 있다.

전화기 화면에 계속 새로운 알림이 떠서 회의에 완전히 집중할 수 없었다. 공격 헬기가 끼이익 하는 소리에 귀가 멀 것 같았다. 해변 구역은 폭발로 가득했다. 여러 번 뒤로 돌아 방이 아직 제대로 붙어 있는지 확인해야 했다.

뉴스 알림은 자발리야의 '앗-티란스Al Tirrans'에 최근 가해진 공습으로 오십 명이 살해당했다는 내용이었다. 다른 장관들에게 양해를 구하고 난민촌으로 돌아갔다. 앗-티란스는 자발리야의 중추로 거기서부터는 난민촌의 어느 곳으로든 빠르게 갈 수 있다. 시장은 거기서 남쪽으로 몇백 미터밖에 되지 않고 초등학교는 서쪽으로, 근처에 가족이 살고 있는 구역은 동쪽으로 가면 있다. 베이트 하눈, 베이트 라히야, 베두인 마을, 기타 북가자의 장소들로 향하는 택시와 미니버스, 그러니까 가까운 마을들로 향하는 모든 운송 지점이 여기로 모인다. '앗-티란스' 없이는 자발리야도 없다고 말할 수 있을 것이다. '티란스'는 전기 **트랜지스터**, 거기 있는 난민촌의 주된 트랜지스터를 가리킨다.

도착하자, 수백 가정이 어디로 갈지 몰라 길가를 서성이고 있는 듯 보였다. 집이 공격으로 무너졌거나 떠나라는 말을 들은 것 같았다. 매트리스부터 옷가지와 음식을 담은 봉투들까지, 쓸 물건은 다 짊어지고 있는 듯했다. 모두 지쳐 쓰러질 것만 같아 보였다. 폭탄을 만들고 그걸 떨굴 비행기, 전차, 드론을 설계하는 건 오히려 쉬운 일이라는 생각이 들었다. 그런 일은 쉽고 단순하다. 어려운 일은 그런 단순한 기계들이 불러오는 혼돈과 파국의 세계를 상상하는 것이다.

차를 장인어른 댁 근처에 세우고 남은 길은 걸어가기로 했다. 장인어른 댁은 경찰서 근처였는데, 그 경찰서는 오슬로 협정* 전까지는 이스라엘군 자발리야 기지였다. 가는 길에 사람들이 무리 지어 시신 한 구를 지역 공동묘지로 나르는 걸 봤다. 죽은 이는 우리 동네 사람이었다. 야세르는 충격을 받아들이기 위해 같이 산책하는 데 응했다. 표적이 된 집은 잘 아는 집이었다. 아부 이시키안Abu Ishkian 가족의 집이고 트랜지스터 바로 맞은편에 있었다. 그 집을 알고 있다. 내 소설 《보행자는 길을 건너지 않는다Pedestrians Do Not Cross the Road》의 도입부가 그로부터 한 블록 떨어진 과일 가판대를 배경으로 한다. 그 소설의 등장인물들 전부가 그 근처에 산다.

도착하자마자 본 광경에 경악했다. 모든 게 사라졌다. 거리 양쪽은 납작해졌고 슈퍼마켓, 환전소, 팔라펠 가게, 과일 가판대, 향수 상점, 과자 가게, 장난감 가게까지, 모두 불타 버렸다. 불타고 묻혀 버렸다. 남아 있는 건 트랜지스터뿐이었다. 마치 고대 유적처럼, 변함없이 서 있었다.

---

* 1993년 이스라엘과 팔레스타인해방기구PLO가 체결한 협정이다. 명목상으로는 팔레스타인의 자치와 이스라엘군의 철수를 다루고 있다. 그러나 실제로는 이스라엘이 행정권과 치안유지권을 모두 장악한 C 지구가 60퍼센트, 치안유지권을 장악한 B 지구가 22퍼센트를 차지하고, 이스라엘은 팔레스타인 전역에 검문소를 설치했다. 즉, 오슬로 협정은 이스라엘의 군사 점령을 유지하면서 팔레스타인 관리를 용이하게 했고 이에 대한 불만이 인티파다를 촉발했다.

폐허 위를 거니는 일은 압도적이다. 피가 사방을 덮는다. 거기에 발을 내딛지 않으려면 조심해야 한다. 아이들의 장난감, 슈퍼마켓에 있던 캔, 뭉개진 과일, 망가진 자전거와 깨진 향수병의 잔해들. 먼지와 연기 속에서 기침이 나온다. 더는 버틸 수 없었다. 야세르를 데리고 다시 우리 가족의 집으로 갔다. 앗-티란스를 받아들여 보려고 뒤로 돌자, 마치 용이 태워 없앤 마을을 그린 탁한 목탄화 같았다.

히샴을 만나러 이웃인 파라즈의 집을 지나가기로 약속했지만, 지킬 수 없었다. 히샴의 상황에 무력감이 드는 것이다. 히샴은 도와 달라고 하겠지만 내가 할 수 있는 건 없다. 대신 나는 산책을 가는 길에 에쌈Essam 삼촌과 마주쳤다. 한동안 이야기를 나누다 삼촌이 농담을 던졌다. 이웃인 후세인Hussain에게서 들었다고 한다. 하지만 나도 삼촌도 웃을 수 없었다. 이 동네의 좁은 길, 골목길은 세월이 지나도 무엇 하나 바뀌지 않는다. 지붕이 함석판에서 석면으로, 콘크리트로 바뀔 수 있고 바닥 하나가 여러 개로 변할 수는 있지만, 변하지 않는 특별한 느낌이 있다.

야세르에게는 할아버지 집에 있으라고 했다. 팔레스타인 사람들은 전쟁이 나면 서로 다른 곳에서 자야 한다고 생각한다. 그래야 가족 일부가 죽더라도 다른 일부는 살기 때문이다. UNRWA가 운영하는 학교는 삶의 터전에서 쫓겨난 가족들로 점차 가득찼다. 이전에 있었던 전쟁들에서 그러지 않았음에도, 유엔 깃발이 자기를 지켜 줄 것이라는 데 희망을 건 것이다. 근래의 공격 때 UNRWA 학교도 피해 가지 못했는데도 말이다. 2009년 1월, 알 파쿠라Al Fakhoura 학교가 공격당했고 2014년에는 아부 후세인Abu Hussein의 학교들이 표적이 되었다. 양쪽 다 피난 차 그 안에 있던 민간인 수십 명이 살해당하거나 심각한 장애를 입었다. 사촌 무니에르Munier도 알 파쿠라 공격으로 상해를 입어 양눈을 잃고 막대한 부상을 입었다.

아침에 프레스 하우스로 향하자, 기자들은 사진을 다운로드 받고 속한 단체에 보낼 보도문을 쓰고 있었다. 프레스 하우스의 책임자인 빌랄과 앉아 있을 때 갑자기 폭격이 건물을 통째로 뒤흔들었다. 프레스 하우스가 춤이라도 추는 것 같았다. 창문은 깨져 유리 조각이 날아들고, 천장은 덩어리째 우리 위로 떨어졌다. 공습이 생각보다 가까웠다. 우린 중앙 복도로 달려갔다. 기자 한 사람이 날아온 유리 조각에 맞아 피를 흘리고 있었다. 머리에서 피가 쏟아졌다. 하지만 그는 괜찮다고 했다. 이십 분이 지났을 때, 우린 밖으로 나가 공격이 정확히 어디서 이루어졌는지 살펴도 안전할 것 같다고 생각했다. 라마단 장식이 아직 거리에 매달려 있는 것을 보았다.

호텔에 돌아오자 진이 빠져 버렸고 집중할 수가 없었다. 손목이 아팠다. 빌랄은 그게 휴대전화를 너무 많이 써서 그렇다고 한다. 가끔은 전화기를 한 손에 쥐고 몇 시간 동안 뉴스를 읽었다. 자야겠다.

스스로 계속 반복할 수밖에 없는 질문이 있다. 공격이 있었을 때 내가 앗-티란스를 걸어다니고 있었다면? 밟지 않으려던 그 피가 내 피일 수도 있었다. 통로에서 다시 커튼을 통해 바다를 언뜻 보았다. 드론들이 계속 윙윙거리는 전기 소리 너머로 파도 소리를 간신히 들을 수 있었다. 내가 죽으면 파도만이 지켜보겠구나 하는 생각이 들었다.

## 10월 10일, 화요일. 넷째 날.

어젯밤에는 거의 잠들지 못했다. 지난 이틀 밤은 일상 비슷한 것을 간신히 유지했다. 여덟 시에 저녁을 먹고, 아홉 시까지 물담배를 피우고, 아홉 시 십오 분까지 왓츠앱 메시지를 확인한다. 열 시 사십오 분 정도까지 한나와 애들에게 전화해 이야기를 하고 잘 준비를 한다. 이게 이틀 동안은 먹혔다. 하지만 어제는 통하지 않았다.

모함메드, 야세르와 함께 쓰는 방에서 침대에 누웠을 때 항만에서 폭발이 일어나는 빛과 불타는 어선을 봤다. 꿈을 꾸는 건 확실히 아니었다. 그러더니 호텔이 격렬히 흔들려 침대에서 떨어졌다. 갑자기 문에서 노크 소리가 들려왔고 확신을 잃고 말았다. 모함메드는 침대에서 튀어나가 "누구요?" 하고 소리쳤다.

이 분 내로 건물에서 대피해야 한다고 호텔 직원이 모함메드에게 설명하는 동안에도 폭발은 이어졌다. 이스라엘군이 전화를 걸어 폭격할 것이라고 이들에게 알려 줬다는 것이다. 이날 앞서 일상복(스웨터와 바지)을 빨아 발코니의 의자 두 개에 널어 두었는데, 탁상 양편에 그렇게 널려 있으니 서로 쓸쓸히 대화를 나누는 두 친구 같아 보였다. 아직 축축했기에 정장을 골랐다. 허리에 벨트를 끼우던 중, 거울에서 까칠하게 난 수염이 눈에 밟혔다. 단정치 못한 모습으로 죽고 싶진 않다고 생각했기에 면도를 하려고 화장실로 향했으나 호텔 직원이 "마지막 알림입니다!"라고 지르는 소리에 멈춰섰다.

현관으로 내려가자 호텔은 근처 건물에서 피난 온 사람들로 떠들썩해 갑자기 가득찬 듯 보였다. 호텔 직원에게 물었다. "왜 이 사람들은 여기가 안전하다고 생각하는 거죠? 여기 이제 공격받는 거 아닌가요?" 그가 말했다. "구역 전체를 공격할 겁니다. 하지만 전에 있던 곳보다 여기가 아마 더 안전하겠죠." 내가 물었다. "그럼 방으로 돌아가도 되나요? 그는 단호히 말했다. "아뇨. 위층은 위험합니다." 마지막 말의 논리를 잘 이해하진 못했지만 논쟁하고 있을 때는 아니었다.

이쯤 수백 명이 호텔 로비에 마구잡이로 들어왔다. 여섯 살쯤 된 남자애는 많아 봐야 두 살인 남동생의 손을 잡고는 진정시키려 하고 있었다. 오십 대 사내는 십 대 딸을 웃게 하려고 애쓰고 있었다. "이 모든 게 다 기억으로 남아 네 아이들을 지루하게 할 거야." 그가 말했다.

기자들과 촬영진은 이미 호텔 앞쪽에 진을 치고 뭔가 일어나길 기다리고 있었다. 각자 전화나 이어피스로 세계 어디에 있는지 모를 스튜디오에 있는 자기 편집자나 피디에게 연락하고 있었다. 젊은 기자가 "섬뜩한 밤"이 어쩌고 하며 영어로 말하고 있었다. 내 주변에 있던 어머니들은 아이들을 진정시키려고 하고 있었다. 공격이 어디 떨어질지 우리가 기다리는 동안, 로비 전체에는 불안한 예상이 커다란 천막처럼 드리웠다.

공습이 시작되자 첫 번째 폭발로 호텔에 있는 모든 것이 공중으로 1미터는 떠올랐다. 잔해가 우리 머리 위로 날아다녔다. 한 사내는 내 손을 잡고 머리 위가 조금이라도 덮인 곳으로 날 잡아끌었다. 큰 콘크리트 조각이 천장에서 바닥으로, 내가 서 있던 곳으로 내리 꽂혔다. 사내를 바라보며 눈으로 감사를 표했다. 말을 할 때는 아니었다.

밖에는 천둥 같은 신음 소리가 들렸고, 우린 반대편 큰 건물이 무너져 돌무더기가 되는 것을 보았다. 다른 건물들도 모서리가 떨어져 나가고 발코니가 무너져 일부가 사라졌고, 온갖 게 이리저리 흔들렸다. 온갖 물건들이 우리 위로 소나기처럼 떨어졌다. 옷, 가구, 베개, 립스틱, 주스, 향수, 애들 장난감이 전부 우리 주위로 떨어져 아무렇게나 흩어졌다. 집이 무너져 폐허로 돌아가는 모습을 로비에 있는 이들이 보자, 주변에서는 비명이 울음소리로 바뀌었다.

삼십 분쯤 지나자 폭발이 약간 멀어진 것 같아 위험을 무릅쓰고 내 방으로 돌아왔다. 밖에서는 폭격이 이어졌고 난 로비에서 본 여자아이의 소리를 떨쳐 낼 수 없었다. 장난감을 쥔 채 눈물을 쏟아내던 그 울음소리.

아침에 뉴스를 읽었다. 우리에 관한 뉴스다. 하지만 머나먼 곳에서 읽을 사람들을 위해 설계된 뉴스였다. 아직 먼 곳 이야기라고 스스로를 위안하기 위해 뉴스를 읽는 이들을 위한 뉴스. 나는 다른 이유로, 내가 아직 죽지 않았음을 알기 위해 뉴스를 읽는다. 아마 죽은 이들은 뉴스를 읽지 않을 것이다. 내가 틀렸을 수도 있지만.

기자 세 명이 지난밤 공습을 영상으로 담으려다 살해당했다. 사이드 라드완 타윌Said Radwan Taweel, 무함마드 리지크 숍Muhammad Rizik Sobh, 히샴 알나와자Hisham al-Nawajah. 셋 모두 인스티튜션Institutions 거리에 있는 하지Hajji 타워 폭격을 보도하려 뛰쳐나갔다. 어제까지만 해도 그들이 빌랄과 이야기하며 언론용 방탄조끼를 달라고 하는 걸 봤다. 친구들은 이들을 공동묘지로 데려가 그 시신 위에 이들이 입은 조끼를 잠시 얹어 두었고, 이를 프레스 하우스로 다시 가져왔다.

드론 조종사들과 F-16 파일럿들은 밝은 청색 조끼를

봤을 거다. 그들이 사용하는 장비라면 "PRESS"라고 큼직하게 써 있는 것도 봤을 것이다. 하지만 그들은 읽지 않기로 했다. 어제 아침 프레스 하우스에서, 이들은 잘 살아 있었다. 난 이들을 한 번 더, 살해당하기 이십 분 전에도 봤다. 전화기로 장례식 사진을 보고 있자니 뒤이을 몇 주 동안 내가 죽음을 몇 번이나 벗어날 수 있을지 의구심이 들었다.

차를 몰고 자발리야로 갔다. 마을 안쪽 동네로 가면 길가에서 사람들을 찾을 수 있다. 반대로 잘라Jala 거리는 텅 비었다. 차도, 보행자도 없다. 연기와 먼지만 가득하다. 장인어른 댁에 닿기 얼마 전에, 그 거리에 있는 작은 집 하나가 공격당했다. 몇 분 뒤 내가 도착하자마자 근처에서 다른 곳이 공격당했다. 이 두 공격으로 내 친구 히샴이 부인을 잃고 우리가 '라샤Lasha'라 부른 친구도 살해당했다는 건 나중에 알게 됐다. 라샤는 나와 다른 친구들과 TV로 축구 경기를 보러 다니곤 했다. 그는 바르셀로나 열성팬이었다. 2014년 전쟁 때 우린 함께 대부분의 월드컵 경기를 봤다.

잘라 거리를 건너 팔레스타인 광장으로 향했다. 가족 빵집에 들러 빵을 샀다. 팔라펠은 파는 게 없어 광장 쪽으로 더 가다가 팔라펠 경단을 파는 작은 가게를 찾았다.

사내는 손님들한테 내는 샌드위치를 준비할 때 필요하다고 우리에게 튀긴 감자를 팔지 않았다.

우린 양쪽에 끝없이 늘어선 돌무더기를 빠른 걸음으로 지나 리말 구역으로 향했다. 동네 자체가 지워졌다. 마치 제2차 세계대전을 찍은 흑백 영상 같았다. 노파가 양팔을 흔들며 "동네 자체가 사라졌어"라고 말했다. 리말은 이제 우리가 아는 리말이 아니다. 아름다운 건물 꼭대기 두 층에 있던, 내 친구 마문Mamoun의 아파트는 무너졌다. 전쟁이 시작되기 이틀 전, 마문네 집 테라스에 앉아서 바다를 보고 있었다. 내 가장 가깝고 절친한 친구 마문은 평생 모은 돈을 이 2층 펜트하우스 아파트에 쏟아부어 제 안식처로 삼았다. 이것도 이젠 동네 태반과 마찬가지로 사라졌다.

프레스 하우스에는 기자들이 거의 없었다. 극히 소수만 남았다. 그중 하나인 하팀Hatim은 인터넷이 안 되기 때문이라고 말해 주었다. 전기 통신 건물이 공격당한 뒤, 지역 인터넷이 다운되어 기자 대부분이 떠났다는 것이다.

살해당한 세 기자의 조끼는 어제까지만 해도 그들이 앉아 일하던 홀에 놓여 있었다. 조끼에 묻은 피는 아직도 생생해, 전날 밤에 벌어진 참극을 증언하고 있었다. 빌랄은 오늘 오지 않았다. 인터넷이 되는 프레스 하우스 소유의 다른 사무실로 옮겼다고 통화했다. "인터넷이 없으면 뉴스도 없지." 야세르를 다시 호텔에 내려 주고 빌랄을 만나러 갔다. 사무실은 5층짜리 건물이었다. 빌랄과 기자 네 사람이 뉴스 담당 부서에 앉아 일하고 있었다. 커피를 마시는데 갑자기 너무 지쳐서 계속 앉아 있어야 했다. 기력이 전부 떨어졌다.

호텔에 돌아오고서는 뉴스를 읽지 않았다. 우리 삶 전체가 뉴스 아닌가. 대신 베개에 머리를 묻고, 살던 아파트에서 책을 좀 가져올까 고민했다. 전시에는 시간이 남아돈다. 하지만 무슨 책을 읽을지 고민하다 잠에 빠져들었다.

# 10월 11일, 수요일. 다섯째 날.

지난밤이 끝이라고 생각했다. 열 시 반쯤 베개에 머리를 뉘이고 잠에 들려 했다. 모함메드는 이미 짜증날 정도로 시끄럽게 코를 골고 있었다. 졸음이 올 즈음 누군가 통로로 달려와 "102호, 일어나세요!"라며 문을 두들기고 다시 소리쳤다. "우리 다 나가야 합니다!" 벌떡 일어나 문을 열었다. 호텔 사내가 헐떡이며 말했다. "호텔을 공격한다고 합니다." 야세르와 모함메드도 침대에서 바로 일어나 물었다. "정확히 어떤 건물을 공격한답니까?" 사내가 대답했다. "호텔이요!" 우린 정신없이 수중에 있는 가방 두 개에 짐을 전부 담았다. 계단을 내려가며 그가 소리를 지르는 걸 들었다. "102호, 시간 없어요! 다른 사람들은 다 떠났어요, 서둘러요!" 우리도 방에서 뛰쳐나갔다. 모함메드랑 야세르가 가방을 하나씩 메고, 난 노트북과 양복 바지, 신발을 챙겼다.

다들 이미 떠나 우리가 마지막이었다. 호텔 소유주이자 관리인인 모나 갈라이니Mona Ghalayini가 차에 막 타고 있었다. 난 모나가 안전한 길을 알 수도 있으니 우리도 따라가자고 했다. 우린 차에 가방 두 개를 던져 넣었고, 모함메드가 모나를 따라 출발했다. 도로를 두 개쯤 지나자 멈춰야 했다. 공습과 군함에서 쏜 포탄이 우리 머리 위를 날아다니고 있었다. 더는 갈 수가 없었다. 도로 한복판으로 차를 몰기에는 너무 위험했다. 차는 이스라엘의 표적이 되기 쉬웠다. 빠져나가야 했다. 하지만 어디로 간단 말인가? 답을 알지도 못하면서 걷기 시작했다. 우린 프레스 하우스의 '예비 사무실' 방향으로 가자고 하고는 계속 걸었다. 걸어서 이십 분 거리였고 폭발이 머리 위에서 울렸기에 우린 가는 내내 몇 분마다 출입구나 우릴 지켜 줄 것 같은 것이라면 뭐라도 찾아 그리로 달려갔다. 마침내 사무실에 도착했을 때는 아무도 없었다. 그때가 한 시 반이었다. 아직도 정장 바지, 신발, 노트북을 손에 쥐고 있었다. "계속 움직이자"고 했다. 북쪽으로 가 앗-사프타위에 있는 우리 집으로 갈 수 있을 거라 생각했다. 모함메드는 반대했다. "너무 멀어." 하지만 달리 방도가 없었다. 계속 걸어야 한다고 생각했다. 필요할 때마다 출입구에 웅크려 숨어 가며 한 시간을 더 걸어 리말 거리에 닿자 지쳐서 주저앉아야 했다. 우리 모두 포장된 길 위에 주저앉았다. 삼십 분쯤 지나, 우린 차로 걸어 돌아가 차를 타고 북쪽으로 가기로 했다. 호텔을 떠난 지 세 시간이 지났고, 차가 있던 곳까지 걸어서 돌아가려면 세 시간이 더 걸릴 것이다. 아침 여섯 시에는 끝내 차를 찾았다. 햇살이 어둠에 이미 스며들기 시작했다. 밤이 끝난 것이다.

앗-샤프타워 아파트에서 잠을 청했다. 아까 아침에 리말 거리에서 폭격을 정말 맞을 뻔했다는 생각, 내가 지금 죽은 줄도 모르는 귀신일 수도 있겠다는 생각을 멈출 수 없었다. F-16 파일럿이든 드론 조종사든, 우리가 피난처를 찾아 정처 없이 떠도는 걸 보고 착각했을지도 모르겠다. "착각?" 내가 지금 무슨 생각을 한 거지? 드론은 착각하지 않는다. 2014년에 쓴 일기에서 나는 해가 뜨기 전 드론이 계속 웅웅거리는 소리를 의아해하며, 라마단 기간에 해가 뜨기 전 하는 아침 식사인 수후르를 드론과 같이 먹는 걸 상상했다. 내 친구 하나는 페이스북 페이지에 자기는 잘 때 양팔과 양다리를 서로 겹쳐 감싸게 한다고 했다. 그래야 밤중에 죽어도 몸이 조각나지 않을 거라고. 우리 모두가 죽음에 관해 이런 생각을 하고 있었다. 죽음은 모든 순간에 배어들었다. 난 수면 부족으로도 진이 빠졌지만 항상 눈 앞에 두고 있는 죽음을 생각하느라 진이 빠지기도 했다. "다 지옥에나 떨어져 버려라." 드론에 대고 외쳤다. 드론은 웅웅대는 걸 멈추지 않았고, 난 일어났다. 어두운 생각들을 씻어 내길 바라며 세수를 했다.

여길 떠 프레스 하우스로 짐을 전부 옮길 준비를 하

는 중에 드론과 F-16 여러 대가 구 철도 구역Old Railway Area에 있는 집들을 공격하기 시작했다. 오래된 라디오 세트로 뉴스를 듣는 이웃은 구역 전체가 완전히 파괴되었다고 했다. 가자 주민들은 이럴 때 집을 떠나면 마지막일 수도 있다는 것을 안다. 하지만 이들이 난민이 되는 건 처음 있는 일이 아니다. 가자 주민 대부분이 난민이 되는 경험을 여러 번 해 보았다. 역사적으로 이들 가운데 많은 이들이 1948년 난민 가족 출신일 것이다. 일부는 오슬로 협정의 일부로 시리아 야르무크Yarmouk 난민촌 같은, 팔레스타인 밖에 있는 팔레스타인인 난민촌에서 온 '송환 난민'일 수도 있다. 즉, 이들은 두 번 쫓겨났다. 그리고 가자에 맹공이 가해질 때마다 이들은 또 집을 버리고, 유엔이 운영하는 학교나 병원처럼 이스라엘의 표적이 될 가능성이 더 적은 피난처를 찾는다. 지금 집을 버리는 사람에게는 다섯 번째로 쫓겨난 경험이나 열 번째로 쫓겨난 경험이나 하등 다르지 않다.

우리 호텔이 있는 알-라쉬드Al-Rashid 도로는 이스라엘의 새로운 표적이 된 것 같다. 호텔 주인 모나는 모함메드에게 전화해서 앞으로 몇 시간 상황을 봐서 호텔을 다시 개장할 수도 있겠다고 말했다. 하지만 시간이 흘러도 해안지구를 따라 군함들의 지속적인 폭격만 있을 뿐이었다.

아직 식사를 하지 않았기에 모함메드는 앗-사프타위

로 과감히 나가 나세르 거리에서 팔라펠을 사왔다. 모함메드는 돌아와 모든 빵집의 줄이 길어, 대신 다른 가게에서 조금 덜 신선한 사즈Saj 빵(납작한 빵), 팟테 만들 때 쓰는 빵을 가져왔다고 했다(팟테fatteh는 효모를 쓰지 않은 빵을 잘게 쪼개 쌀과 섞은 전통 음식이다). 우린 팔라펠로 사즈 빵을 채워 직접 샌드위치를 만들어 먹었다.

프레스 하우스에 도착하고서 나는 가져온 매트리스를 작은 쪽방에 깔았다. 쪽방에는 태양전지판으로 작동하는 전지가 남아 있었다. 매트리스에 뛰어들었다. 서른여섯 시간 동안 잠을 자지 않았다. 천장 팬이 돌아가며 느리게 더위를 몰아냈다. 나는 잠에서 깨어날 수 있을지 없을지도 모른 채 눈을 감았다. 모함메드에게는 자는 동안 야세르를 돌봐 달라고, 난 더는 움직일 수 없다고 말했다. 드론이 계속 윙윙거렸고 이따금 폭발음이 계속해서 들렸다. 하지만 난 지쳤다.

갑자기 깨어났는데, 고작 두 시간 잤다는 걸 나중에 깨달았다. 당장 주변을 둘러보니 내가 어디 있는 건지 알 수 없었다. 태양전지판과 그리로 이어지는 전선들, 문을 지나 있는 안내 데스크가 보였다. 병원인 건가 싶어 잠시 의아했다. '내가 다친 건가? 플레이스테이션을 하며 훈련받은 드론 조종사가, 내가 실은 라말라에서 아내와 아이들이 기다리고 있는 사람이라는 걸 까먹은 건가?' 생각했다. 눈을 비비자 생각이 났다.

내가 있는 곳은 프레스 하우스다. 휴대전화를 보려 하자 인터넷 연결이 안 된다고 한다. 최소한 약간은 피로가 풀렸다.

한나가 문자를 보내 자발리야에 있는 장인어른 댁으로 가 지내는 게 어떻겠냐고 했다. 한나는 "거기가 더 안전하잖아"라고 말했다. 한나는 나와 야세르에게 더 좋은 게 뭐일까만 생각하겠지. 정말 안전할지 잘 모르겠다. 물론 한나도 이를 알지만 다른 선택지도 있음을 내가 알길 바라는 것이다. 내 답이 항상 가장 안전한 방안이 아닐 수 있다. 앗-티란스의 광경이 아직도 날 사로잡고 있다.

라디오를 마지막으로 들은 게 언제였는지 기억도 나지 않는다. 이제는 운전할 때도 틀지 않는다. 아버지와 이웃들과 라디오를 들으면서 자랐는데도 말이다. 라디오는 가족의 일부였다. 난민촌 안 우리 집 옆에 살던 노인 아부 다르위시Abu Darwish는 언제나 라디오를 귀에다 대고 뉴스, 주로 BBC를 듣고 있었다. 오늘은 진행자가 게스트에게 질문했다. 좀 더 설명해 주실 수 있겠습니까? 사내는 "이건 집단학살입니다"라고 말했다. 야세르가 "'집단학살'이 무슨 뜻이에요?"라도 물었다. 나는 답했다. "우리 주변에서 일어나는 일들." 그러자 같은 게스트가 라디오에서 영웅적 행위와 변함없는 태도에 관해 이야기했다. 그는 우리 민중은 이 나라를 떠나지 않을 것이고 시나이로 가지 않을 것이라고 말했다. 나는 프레스 하우스의 정원에 있는 크고 오래된 올리브 나무 아래 앉아 자문했다. "이 맥락에서 '승리'는 뭘 의미하지? 도대체 어떤 상황에서 우린 '우리가 이겼다'고 할 수 있을까?" 2014년 전쟁이 끝났을 때 기자에게, 내가 살아남았기에 내가 이긴 것이라고 말했던 것을 떠올렸다. 나중에 나세르 거리를 걸어내려가며, 진정한 승리는 해방뿐이라는 것을 깨달았다.

인터넷이 다운됐기에 뉴스를 접할 방법이 라디오밖에 없었다. 프레스 하우스의 연수실에는 유리 진열장 안에 옛날식 라디오 몇 대가 전시되어 있다. 어떤 건 1950년대까지 거슬러 올라가는데, 이는 전부 작가 터우픽 아부 쇼마르Tawfiq Abu Shomar가 프레스 하우스에 기증한 것이다.

카멜Karmel 타워에 공습이 가해졌다는 소식을 이 글을 쓰다 들었다. 타워는 건너편에 있는 유명한 고등학교에서 이름을 따왔는데 이 고등학교는 하이파에 있는 커다란 카멜Carmel 산에서 이름을 따왔다. 이 장엄한 고층 건물은 한 발만 맞은 게 아니었다. 건물에는 많은 미디어 센터와 사무실이 있었다. 이스라엘은 항상 이런 건물을 노린다. 새로 지은, 장엄하고, 가슴 설레는 발전과 투자의 중추를. 바샤Basha 타워, 알-슈류크al-Shorouk 타워 그리고 2014년에 파괴된 이탈리아 단지Italian complex도 빼놓을 수 없다. 목표는 언제나 우리를 옛날로 돌려보내는 것, 도시를 다시 가난하고 못생겨 보이게 만들려는 것이다.

## 10월 12일, 목요일. 여섯째 날.


어제저녁, 나는 동네의 여러 UNRWA 학교에 피신한 친구들을 만나러 갔다. 처음으로 찾은 학교에 들어가자 시간을 9년 되돌린 것만 같았다. 수천 명이 피난 온 학교들은 바로 지난주까지만 해도 어린아이들이 책상에 앉아 가르침을 받는 공간이었다. 이젠 모든 교실이 서로 다른 가족에서 온 오십 명 넘는 사람들을 수용하고 있다. 많은 경우, 25제곱미터(약 7.5평)짜리 교실은 방을 마구잡이로 가로질러 펼쳐진 천 쪼가리들로 그것보다 작은 방 세 개로 분할된다. 피난 온 가족들은 옷, 매트리스, 담요, 베개, 주방용품을 가지고 온다. 하지만 더 많은 이들이 학교로 밀려 들어오자, 다른 이들은 방구석이나 공식적으로 할당된 공간들 사이사이에 자리를 잡았다. 결국 누구든 자리가 필요하기 때문이다.

학교 복도를 오가는 사람들은 전쟁 이야기를 했다. 어떤 이들은 지금 상황과 2014년에 겪은 바를 비교했다. 그때도 이들은 베이트 하눈과 베이트 라히야에 있는 집에서 쫓겨나 여기로 대피했다. 힘든 시기였고 많은 세세한 것들이 사람들 기억에 아직 생생하게 남아 있었다. 이들은 같은 길을 거듭, 거듭, 거듭 걸어야 한다. 언제 이 순환이 끝날 거라고 누가 말해 줄 수 있는가?

난 쫓겨난 사람들 가운데 많은 이를 개인적으로 알고 있었고 그들 중 많은 이들이 저번 폭격 이후 집을 지은 지 얼마 되지 않았다는 것을 알았다. 새 집을 즐기지도, 편안함을 느끼며 사람 냄새를 배게 하지도 못했다. 2014년에 파괴된 것을 다시 짓는 데 5년에서 7년이 걸렸다. 집은 다시 한번 없어졌고, 언제 다시 지을 수 있을지는 신만이 알 뿐이다. 내 친구 히샴이 물었다. "다음 전쟁이 뭉개 버릴 건데 새 집은 왜 지어야 하지?" 난 "거기서 살아야 하니까"라고 대답하고 싶었다. 하지만 말만 번지르르한 답이라 여길 것 같아 이렇게 답했다. "일단 전쟁이 끝나고, 모두 살아남아서, 이걸로 전쟁은 끝이길 바라자." 히샴은 화가 나서 말했다. "절대 이걸로 끝일 리 없지." 얼마 지나자 그는 조금 진정해서 말했다. "알아, 언젠간 우리도 나라country를 갖게 되겠지." 시인 마흐무드 다르위시를 인용한 말이다. 누구나 나라를 원한다. 히샴이 의미한 건 주권국state이다.

우린 (내 친구인) 알리가 학교 문 근처의 두 벽 사이에 만든 작은 방에 잠시 앉아 있었다. 캔버스로 만든 문지기 오두막 같았다. 이 작은 공간에서 알리는 직계가족 네 사람은 물론 처제네 가족까지 데리고 살고 있었다. 몇 시간 뒤 장인, 장모도 올 것이었다. 알리는 들러서 같이 커피를 마시자고 졸랐다. 알리의 부인은 작은 가스 스토브로 커피를 준비했고 우리는 잠시 '추방 커피'를 같이 즐겼다.

그 뒤 나는 학교를 돌아다녔다. 다른 친구들도 나를 캔버스로 된 '방'으로 초대했다. 상황이 이런데도 사람들은 인자했고 나를 반겨 줬다. 모든 사람들이 자기가 가져온 커피, 차, 심지어 비스킷까지 내게 건넸다. 이 '커피 시간' 동안에는 끔찍한 이야기, 기적적으로 살아남은 이야기, 이 새로운 피난처로 오기까지의 어려운 여행담을 듣게 된다. 이후 우린 두 학교를 가르는 벽에 있는 작은 문을 통해 남학교 옆에 있는 여학교로 갔다. 내 오랜 친구 람지Ramzi는 자기 아들이 대피소를 관리하고 있다고 말해 주었다. "우리 아이가 여기 대장일세." 그러더니 람지는 방금 자식 넷을 묻은 사내에게 조문을 가자고 했다. 자식들의 피가 아직 그의 옷에 묻어 있었고, 그가 말할 때마다 계속해서 눈물이 그의 뺨을 타고 흘러내렸다. 아무 말도 할 수 없었다. 그러더니 그는 하늘을 보고는 무력하게 말했다. "하느님께서 바라시는 것이겠지." 람지는 학교로 오는 이들 가운데 일부가 오는 길에 사랑하는 이들의 죽음을 지켜보았기에 그 뒤로 위험을 무릅쓰고 시체를 찾아와 묻어 주기 위해 돌아가곤 한다고 말해 주었다. "장례가 매시간 새로 열린다네." 많은 이들이 집을 확인하러 가서 엇갈린 집안 사람들을 찾는다. 어떤 이들은 돌아오고 어떤 이들은 그러다 살해당한다. 찾던 이들과 함께 돌아오는 이들은 적다.

죽어서 아이들과 함께 돌무더기 아래 파묻혔다고 보고된 기자가 다음 날 살아서 발견된 일이 있다. 기자의 아버지가 자동응답 메시지에 담긴 목소리를 듣고 싶어 전화를 걸었는데, 예상치도 못하게 그 목소리를 들은 것이다. 녹음된 것도 아니고 바로 나오는, **살아 있는** 목소리를. 기자와 그 아이들은 구조를 기다리고 있었다.

우리가 찾아간 네 번째 학교에서는 히샴의 형이자 내 친한 친구인 바쌈Bassam을 만났다. 바쌈은 이스라엘 감옥에서 여러 해를 보낸 적이 있어 어려움을 너무나도 잘 알고 있었다. 바쌈의 '방'은 학교 4층에 있었다. 왜 1층을 고르지 않았냐고 묻자, 바쌈은 지금 가진 방을 얻은 것도 운이 좋은 거라고 했다. 바쌈과 다른 사내들은 새로운 마을로 삼고자 학교를 청소하고 준비하는 데 하루 종일을 막 쓴 참이었다.

밤이 내려앉자 난 프레스 하우스에 머물러야겠다고 마음을 굳혔다. 호텔이 더는 안전하지 않기 때문이다. 프레스 하우스는 인터넷이 없어도 최소한 전기가 있었다. 오늘 밤 머무를 사람은 아들 야세르, 형제 모함메드, 기자 하팀, 변호사 겸 활동가 압둘라Abdullah 그리고 나까지 다섯 명인 듯했다. 우리는 계란, 콩, 구운 토마토를 가지고 같이 저녁을 준비했다. 식사를 마친 뒤 우리는 물담배 주위에 앉았다. 폭발음이 멀리서 들렸고 프레스 하우스가 좌우로 떨렸다. 우린 팔레스타인 사람으로서 이 상황을 정치적으로 분석할 기회를 만끽했다. 가자시티 주민으로서 우리는 항만의 어떤 군함이 어떤 포격을 할지도 알고 있었다. 라디오 뉴스에서는 진행자가 열다섯 '달', 그러니까 영혼이 떠났다고 말하고 있었다. 그런 언어가 우리가 듣는 이야기의 무게를 덜어 주지는 않는다. 갑자기 파편 한 조각이 프레스 하우스 앞마당에 떨어졌다. 파편은 끔찍한 소리를 냈고, 우린 달려 나가 누가 다치지는 않았는지 살펴보았다. 확인해 보니 파편이 떨어져 나온 미사일은 옆집 가게에 부딪히고 건물 옥상에서 떨어져 가게 문을 통해 우리 앞마당까지 나뒹군 게 틀림없었다. 우린 파편을 주워 홀로 가져왔다. 만지기 뜨겁고 무서웠다. 우린 그걸 살해당한 세 기자의 조끼 옆에 내려놓았다. 이 모든 모습이 커져만 가는 참화를 표현해 주었다.

저녁이 점차 흐르자 모기들이 물어뜯었다. 압둘라는 자기 동생이 모기와 먼지 알레르기가 있다고 말해 주었다. 우린 남은 저녁 식사를 마쳤다. 이쯤 되자 어째선지 전쟁이 평범했다. 처음에는 공습 횟수를 세고 사람들이 전부 어디에 있는지 알아내려고 애썼지만, 며칠이 지나자 그만 세게 되었다. 일종의 자동 주행, 2014년 전쟁에서 배운 생존 모드가 켜진 것 같다. 세부적인 것 하나하나에 크게 관심을 쏟지 않는 것이다. 우린 몇 시간 동안 세상으로부터 단절될 수 있었다. 인터넷이 없는 것은 도움이 됐다. 가자 지구에 전기가 끊겼기에, 태양전지판에 전적으로 의존한 상태였다. 이는 소비에 신경을 써야 한다는 뜻이다. 물도 끊겼지만, 하루 정도는 물탱크에 보관된 걸로 충분하다.

오늘 아침, 모함메드와 함께 항만으로 걸어갔다. 이틀 전에 인스티튜션 거리에 있는 많은 건물이 파괴되어 해번 근처 어딜 거니는 일도 긴장 탓에 할 수 없었다. 우린 내륙 쪽으로 돌아 동쪽의 오마르 알-무크타 거리를 따라 앗-쉬파al-Shifa 병원으로 향했다. 카멜 타워는 무너지는 듯 보였다. 콘크리트와 잔해가 거리에 흩어져 있었다. 가자의 주요 커피숍 가운데 하나인 델리스 커피Delice Coffee도 피해를 입었다. 앗-슈하다 거리에 있는 프레스 하우스로 돌아가는 길에 공격당한 건물 4층에 아직 깃발이 나부끼는 걸 보았다. 이 건물은 다른 많은 건물들이 맞이한 운명에 저항하며 아직 어떻게 서 있었다. 압바스 사원Abbas Mosque은 무너졌지만 반구형 지붕은 멀쩡했다. 지붕은 회색 잔해 더미

위에, 약간 기울어져 있긴 하나, 때 없이 서 있었다.

자발리야 앗-사프타위에 있는 내 아파트에 도착했다. 요즘은 가족과 라말라에 살고 있기에, 아파트는 자주 쓰지 않고 물도 쓰지 않았다. 그래서 지금은 물이 꽤 많았다. 욕조를 온수로 채우고 몸을 푹 담갔다. 옷을 냄비에 넣고 비벼 빨았고 아파트 근처에 널어 두었다. 아파트가 이번 전쟁에 박살날 수도 있다는 걸 알았기에, 돌아다니며 벽에 걸어 둔 사진들을 모아 전부 한쪽으로 치워 두었다. 앞으로 남는 시간이 넘쳐날 테니 책장을 살펴 읽을 만한 책을 찾았다. 《안나 카레니나》를 고르고, 내 책 《가자의 책*The Book of Gaza*》두 권을 집어들었다. 전쟁이 끝나고 호텔로 돌아간다면, 접수처 방명록 위에 이 책들을 두리라 맹세했다.

야세르는 건물 통로에서 다른 십 대 소년들과 놀고 있었다. 야세르는 물담배에 쓸 담배를 좀 빌릴 수 있냐고 물었다. 야세르도 거진 어른이지만, 안 된다고 했다. 어릴 때부터 담배를 시작하는 건 어리석은 일이다. 나쁜 버릇이니까. 전쟁이 발발한 이래로 야세르는 처음으로 즐거워 보였다. 내일까지는 다른 애들과 같이 머물러도 되냐고 야세르가 물었다. 나는 우리가 다 같이 있는 게 낫겠다고 했다.

우리는 초콜릿, 주스, 견과류를 사러 슈퍼마켓에 갔다가 하루를 마치고자 프레스 하우스로 향했다. 거기서 몇 분간 마치 전쟁 한가운데 있는 게 아닌 양, 긴장을 풀고 간단히 마시며 이야기를 나눴다. 우리를 둘러싼 악몽으로부터 짧고 행복한 타임아웃이었다.

## 10월 13일, 금요일. 일곱째 날.

    같은 거리에 있는 집 하나가 어젯밤 파괴됐다. 처음 보도로는 열네 명이 살해당했다는데 아침이 되자 스물일곱이라고 한다. 거리는 야파Jaffa와 하우즈Howj(가자 북동쪽에 있는 마을)에서 온 난민들의 이름을 따, 가끔은 야판Jaffan 거리라고도 하고 가끔은 하우지Howji 거리라고도 한다. 근년에는 하우지라는 이름이 더 널리 쓰인다. 살해당한 사람들 가운데 많은 이들이 아는 사람들이었다. 내 이웃들이었다.

    거리 전역에서 건물들이 공격을 당했다. 이제 멀쩡해 보이는 거라곤 거리 한가운데 걸려 있는 라마단을 반기는 깃발 하나뿐인 것 같다. 공격이 있을 때 나는 프레스 하우스에 있었다. 이브라힘에게 전화해 아버지와 가족들은 어떤지 물어보았다. 이복 여동생 아미나는 표적이 된 건물 건너편에 살고 있었다. 다행히도 아미나는 그날 일찍 아버지 댁으로 거처를 옮겼다. 다른 이복 여동생 사마는 해변 근처, 훨씬 북쪽 베이트 라히야 근처에 사는데 그 아이도 아버지 댁으로 옮겼다. 하우지 거리가 공격당한 뒤, 사마는 한번 더 옮겨 나세르에 있는 학교 대피소나 앗-샤티Al-Shatti 난민촌으로 가기로 했다. 불과 며칠 전에 사마는 셋째를 출산했다.

같은 공격으로 내 친구 모함메드 모카이아드Mohammed Mokaiad의 부인이 집 지붕으로 들어온 파편에 목을 맞았다. 치명적인 상처였다. 필요한 건 있는지 물어보려 했지만 연락이 닿지 않았다. 주 라우터에 전력이 연결되지 않아 프레스 하우스의 인터넷이 어제 다운됐기 때문이다. 프레스 하우스에서 우리는 전력 긴축 정책을 새로 실시했다. 전등은 한 번에 하나만 쓰기로 했다. 또, 오늘은 온수를 쓰지 않기로 했다. 일반 물탱크는 비었고 남은 물은 보일러를 돌리는 물탱크에 있었기 때문이었다.

밤 동안 많은 기자들이 프레스 하우스로 와서 잤다. 빌랄은 그들에게 매트리스와 베개를 내주었다. 얼마 안 가 프레스 하우스는 기자들로 가득 찼다.

야세르와 나는 바깥, 앞마당 근처에서 잤다. 집 안이나 그 근처에서 잔 이들은 새벽 다섯 시에 일어났다. 이스라엘이 가자시티와 가자 지구 북부에 있는 사람들에게 남쪽으로 이동하라고 명령했다는 것을 두고 그들이 하는 이야기를 들었다. "그거 소문이잖습니까." 나는 일어나며 무시하듯 말했다. 누군가 대답했다. "아뇨, 사실입니다. 친구가 방금 전화로 말해 줬어요." 증명하거나 부정할 인터넷이 없었기에 다시 누워 좀 더 자려고 했다. 두 시간이 지나

일곱 시가 되자 모함메드가 나를 깨워 이곳에서 대피해야 한다고 했다. 내가 물었다. "왜?" 건물 앞 거리에 있는 적십자 건물에서 직원들이 대피를 진행하고 있었다. 모함메드가 말했다. "모든 국제조직은 남쪽으로 간대."

아직 여기에는 열 명이 있었다. 우리는 출입구로 가 적십자 직원들의 차가 떠나는 것을 보았다. 모두가, 심지어 문을 닫은 페이스트리 가게 밖에 놓인 식탁 아래 앉아 있는 고양이마저 두려움에 떨고 있는 것 같았다. 우린 오후에 떠나 남쪽으로 갈지 남을지 결정하기로 했다. 야세르와 모함메드와 함께 차를 타고 앗-사프타워에 있는 내 아파트로 돌아갔다. 나는 가족사진과 기념품을 전부 챙겼고 모함메드에게 빨리 움직여야 할 때 필요할지 모르니 매트리스와 베개를 세 개씩 챙겨 차에 실으라고 했다. 여러 귀중품을 쿠피예*에 올린 뒤 꾸러미로 만들었다. 나크바** 때

* كوفية, kufiya. 무명 재질로 된 전통 머리 장식으로 아랍 동쪽 지역에서 사용한다.
** النكبة, Nakba 아랍어로 '대재앙'이라는 뜻이며 이스라엘이 1948년 독립을 선언하고 제1차 중동전쟁을 시작하며 팔레스타인 영토에 있던 팔레스타인 선주민들을 대상으로 자행한 인종청소를 가리킨다. 영국은 1920년 팔레스타인 영토를 점령해 위임통치령으로 삼았고, 1947년 유엔에서 팔레스타인 분할안이 통과되어 해당 지역 영토 대부분이 유대인 국가로 할당되면서 아랍 국가들의 반감이 고조되었다. 나크바는 이러한 1948년 이스라엘 건국뿐 아니라 이후 이스라엘이 미국과의 동맹을 바탕으로 패권을 과시하며 벌인 여러 번의 중동전쟁과 팔레스타인 지역 군사 점령 그리고 그 시기 동안 부단히 자행된 인종청소로 이어지고 있다.

도 이랬던 걸까 하는 생각이 들었다. 떠날 준비를 하고 있자 멀지 않은 곳에 있는 아부 리히야Abu Lihia 가족의 집이 미사일에 맞았다. 나중에 이 공습으로 열다섯 명이 죽었음을 알게 되었다. 이런 일은 일반적인 일이 된다. 매 공습마다 잔해, 돌무더기, 파편과 함께 기억도 흩어진다. 역사가 지워진다. 구급차 사이렌이 요란히 울릴 때마다, 누군가의 희망이 죽는다.

거리는 사람으로 가득했다. 이들은 어디로 갈지도 딱히 모른 채 거닐고 있다. 호텔을 떠난 밤 우리가 그랬듯이 이들은 그저 계속 움직이고 싶을 뿐이다. 많은 이들이 가방 무게에 짓눌린 채, 우는 아이들을 뒤에 끌고 다니고 있었다. 그들이 바라는 안전과 생존을 누가 그들에게 줄 수 있을까.

대학 시절 친구인 카말Kamal이 전화를 해서 누세이라트에 있는 자기 집으로 오라고 제안했다.

출발하기 전 프레스 하우스에서 하팀에게 물었다. "어디서 지내지?" 우리는 남쪽으로 차를 몰고 가 사람들이 거기서 진짜 뭘 하고 있는지 보자고 정했다. 내가 말했다. "최악의 경우라 돌아올 수 없다면, 차에서 자면 돼." 압둘라가 말했다. "좋은 생각이야." 하팀은 그런 상황이라면 언제든 히크마트Hikmat에게 가면 될 거라고 했다. 히크마트는 프레스 하우스의 뉴스 통신사 〈SAWA〉의 편집자다. 그곳 현장은 어떤지 살펴보는 것도 좋을 것이다.

우리가 남쪽으로 간다고 하자 야세르가 물었다. "남쪽 어디요?" 내가 말했다. "내가 답을 전부 알고 있는 건 아니 잖니. 가끔은 반쪽짜리 답으로도 만족해야 한단다." 야세르는 가끔 내 아이들 중 가장 불안해 보이기도 하고 밤에 혼자 슈퍼마켓에 가는 걸 두려워하는데, 지금 보니 더 강인하고 용감해 보였다. "두렵니?"라고 묻자 야세르는 "뭐가요?"라고 답했다. 나한테는 이걸로 충분했다.

사업가 아부 사드 와디아Abu Sad Wadia가 동네를 돌아다니며 자기 가게의 물품인 요거트와 우유를 공짜로 나눠주고 있었다. 몇 병을 프레스 하우스로 보냈다. 난 내 몫인 복숭아 맛 요거트를 먹으며 이렇게 단 걸 또 먹을 날이 언제 올까 생각했다.

## 10월 14일, 토요일. 여덟째 날.


노트북이 이제 안 된다. 껐다 켜 보기를 몇 번 해 봐도 마찬가지다. 자는 동안 멍청하게 정원 탁상에 꺼내 놔서 밤새 물이 들어간 게 아닌가 싶다. 말려 보려고 햇볕 아래 뒀다. 그 말인즉슨 다시 이 끔찍하고 거의 읽을 수 없는 손글씨로 일기를 써야 한다는 거다. 죽으면 일기를 어떻게 보존할지 싶어 하나하나 읽어서 친구와 잉글랜드에 있는 출판사에 보내 사본을 갖고 있게 하면 되겠다고 생각했다.

지난밤, 프레스 하우스 정원에 야세르, 모함메드, 하팀, 압둘라, 나 이렇게 다섯 사람이 앉아 큰 질문을 두고 의논했다. 오늘밤 여기 머무를 것인가 아니면 남쪽으로 향할 것인가. 이스라엘군은 가자 지구 북부에 있는 모든 이들에게 남쪽으로 가라고 요구했는데 이는 주민 백이십만 명을 집에서 내쫓는 것을 의미한다. 한나는 내게 야세르와 함께 텔 알-하와Tel al-Hawa에 있는 자기 자매의 집에서 지내면 어떻겠냐고 했다. 내 생각에는 자발리야 난민촌의 장인어른 댁에서 지내는 게 최선이었지만, 말을 꺼내기도 전에 한나는 이미 니마Nima 고모가 아들과 가족을 데리고 아버지 댁에 들어갔다고 알려 주었다. 니마 고모가 살던 곳은 난민촌 동쪽의 구 철도 구역이었는데, 이번에 극심한 폭격을 당했다. 한나는 처제 후다도 아버지 댁으로 옮기라고 설득해 볼 거라고 말해 주었다.

이스라엘은 우리가 24시간 내로 떠나야 하고, 24시간이 지나면 누구의 이동도 허가하지 않겠다고 했다. 아부 사에다Abu Saeda 가족의 집에 가한 공격으로 스무 명이 살해당했다. 모함메드는 이스라엘의 최후통첩을 진지하게 받아들여야 한다고 했다. 앞서 그날 저녁, 거리에서 스파이더맨 코스튬과 마스크를 쓴 아이와 걷고 있는 노인을 만났다. 아이는 노인의 손자 같았다. 노인에게 "가자의 스파이더맨과" 셀카를 찍어도 되겠냐고 물었다. 사진을 페이스북 담벼락에 게시했다.

모함메드에게 살라 앗-딘 도로와 알-라쉬드 도로를 따라 차를 몰고 가서 사람들이 진짜 남쪽으로 움직이는지 보는 건 어떻겠냐고 했다. 먼저 우린 살라 앗-딘으로 갔다. 거기 있는 청년은 이스라엘이 와디 가자 강을 넘는 다리를 무너뜨려 아무도 남쪽으로 건너갈 수 없을 거라고 말해 주었다. 그 뒤 우리는 서쪽의 알-라쉬드 도로로 향했는데 남녀 수백 명이 해변에 나란한 길을 따라 걸어 내려가고 있었다. 하팀과 압둘라가 "언론PRESS"이라 쓰인 외투를 입고 있는 걸 보고 많은 사람들이 발걸음을 멈추고 전쟁이 언제 끝날 것 같냐고 둘에게 물었다. 기자들이라면 어떻게든 자기들보다는 잘 알 거라고 짐작한 것이다. 매트리스, 베개, 침대보로 꽉 찬 차들이 몇 대 지나쳤고 다른 이들은 걸어 갔다. 소를 태운 트럭을 끄는 경운기가 그 뒤를 따랐는데 어린 송아지를 운전석에 태운 채 움직이고 있었다. 하팀은 사진을 찍었다.

차 몇 대가 좌회전해 자흐라 시Zahra City로 향하는 게 눈에 띄었다. 이들처럼 내륙으로 가자고 제안했다. 그렇게 우린 가자 지구 시골 지역에 있는 좁은 다리를 건너겠다고 기다리는 차들의 기나긴 행렬 사이에 끼게 되었다. 삼십 분쯤 기다리고 해가 지고 나서야 누세이라트로 건너갈 수 있었다. 다리를 건너고 나서도 거리는 사람들로 꽉 들어차 있었고 난민촌으로 들어가는 길은 더욱 비좁아지기만 했다. 마침내 우린 UNRWA 학교에서 멀지 않은 곳에 차를 세웠다. 갑자기 아이의 목소리가 크게 울렸다. "아빠, 아빠." 하팀의 아들이었다. 하팀의 가족은 어제 전부 이리로 옮겼다고 한다. 그들과 근황을 나눈 뒤 나는 일행에게 말했다. "돌아가자." 압둘라가 말했다. "안 돼, 지금은 못 가. 너무 늦었잖아. F-16이 밤에 움직이는 건 모조리 다 공격하는 거 알잖아." 압둘라의 말이 맞았다. 최소한 오늘 밤에는 남쪽에 머물러야 했다. 이스라엘이 요구한 걸 우리가 그대로 했다는 생각에 욕이 나왔다. 일행은 내 탓이라고 했다. '현장'이 어떤지 와서 보겠다고 한 건 나였으니 말이다.

하팀의 가족이 머무르는 곳에 차를 대자고 제안했다. 하팀의 아버지는 내 오랜 친구인데, 그를 만나 나중에 돌아와 한 시간쯤 더 이야기를 나누자고 약속했다. 그러고서 우리는 근처 베두인 구역에 있는 히크마트의 집으로 걸어갔다.

하팀은 히크마트의 아버지 댁에 있는 '디완Diwan'으로 가는 길을 알았다. 디완은 대개 개활지에 있는 넓은 공간으로 부족(혹은 가족)의 무크타르Muktar(가장)가 앉아 손님을 들여 부족 구성원들 혹은 다른 부족 사이에 생긴 분쟁에 판결을 내리는 장소이다. 하지만 디완에 닿았을 때는 아무도 없었다. 십 분쯤 기다린 뒤 히크마트에게 전화를 걸 즈음에, 한 소년이 지나가다 여기서 뭘 하고 있냐고 우리에게 물었다. 이 분 뒤에 히크마트는 '디완' 뒤에 있는 좁은 길목에서 나타났다. 그는 우리에게 와서 커피 좀 들라고 초대했다. 커피는 고맙지만 우린 한 시간 뒤에 여길 벗어나야 한다고 말했다. 히크마트는 불을 피우고 싶어 했다. 그가 말했다. "불은 베두인의 향기지." 난 그에게 커피면 충분하다고, 우린 시간이 없다고 말했다. 자정 즈음에는 차 안에서 자는 게 우리 계획이었다. 두 시간씩 돌아가며 깨 있을 생각이다. 어른이 네 사람 있으니 그러면 여덟 시간은 버틸 수 있을 것이다. 나가서 전화를 걸고자 했으나 성과는 없었다. 돌아와 너무 지쳐 실수로 안경 위에 앉아 안경이 망가졌다. 이제 노트북도 안 되고 안경은 부서졌다. 이 무슨 꼴이람!

이십 분 뒤, 히크마트의 조카 바샤르Bashar가 커피를 가지고 들어왔다. 그 뒤로 바샤르의 아버지가 들어와 자기 집에서 묵으라고 했다. 이견은 받지 않겠다고, 밤이 됐으니 집 밖으로 나갈 수 없다고 고집했다. 거절할 수 없는 베두인식 환대였다.

안에서 우리는 온수와 전기 그리고 무엇보다 중요한 인터넷을 만끽했다. 바샤르의 아버지는 우리에게 저녁을 가져다주었고, 식사를 마친 뒤 나는 양해를 구하고 자야 한다고 말했다. 다른 이들은 나 없이도 한동안 계속 이야기를 했다.

새벽쯤 모함메드의 시끄러운 코골이에 잠에서 깼다. 최대한 오래 기다린 뒤 휴대전화를 집어들어 뉴스를 읽었다. 비보를 접하기엔 너무 이를 때도 있기 때문에, 뉴스를 읽기 전에 의도적으로 최대한 오래 기다리곤 한다. 아침 식사 중 다른 사람들도 모함메드의 코골이에 짜증이 났다는 걸 알게 되었다.

압둘라는 장인 댁으로 간 부인을 만나게 자와이다 Zawaida에 자기를 태워다 줄 수 있겠냐고 우리에게 물었다. 전쟁이 나기 며칠 전, 압둘라의 부인은 첫째 아이 바실Basil 을 낳았다. 압둘라는 아이를 안고 돌볼 시간을 충분히 갖지 못했다. 자와이다 난민촌이 어디 있는지 몰라서 몇 번이고 길을 잃었다. 몇 번 차를 세워 사람들에게 길을 물어보았지만 그들도 이 근처 출신이 아니라는 것만 듣게 될 뿐이었다. 다들 가자시티에서 내려온 사람들이었다.

한두 시간 지나 우리는 다시 가자시티에 돌아왔다. 가자에서 가장 아름다운 구역인 리말에서, 우리는 최근에 벌어진 본격적인 파괴를 눈으로 볼 수 있었다. 리말 구역은 가자 안에서도 가장 부유한 가족들이 사는 최고급 동네였다. 이젠 그저 돌무더기일 뿐이다. 압바스 대통령 사저 건너편 구역은 박살난 회색 콘크리트 더미가 길게 늘어서 있을 뿐이었다. 대통령 사저도 부분적인 손상이 있었다. 이 모든 게 2차 세계대전 이후 독일 드레스덴 시나 영국 이스트앤드를 패닝 숏으로 찍은 것 같았다. 마문의 아파트가 있던 터에 돌무더기가 있는 걸 보았다. 일주일 전까지만 해도 내가 그와 저녁을 보내던 곳인데.

우리 주변의 모든 게 죽은 듯 조용했다. 까마귀들과

이따금 길 잃은 개 하나가 무더기를 뒤질 뿐이었다. 이스라엘은 가자 전체가 이런 꼴이기를 원했다. 살 수 없는, 지옥 같은 곳. 며칠 전 사메르 만수르Samer Mansour의 대형 서점, 서점을 차린 '레고' 건물 자체가 파괴되었다. 리스토레트Ristorette라는 옥상 카페가 있는 멋진 새 건물이었고, 젊은 프리랜서들과 테크 업계 녀석들이 즐겨 찾던 곳이었다. 이전에 있던 사메르의 서점도 2021년 전쟁 중 파괴되었는데, 국제적 반향이 일어나 세계 전역의 출판사들이 책을 기부하였다. 작년에 새 책으로 가득 찬 새 건물의 개소식을 내가 했다. 이제 그 건물은 허물어져 폐허가 되었고 세상은 조용하기만 하다. 리바드Libad라는 다른 서점도 손상을 입었다. 오늘은 내 예술가 친구 후다 자쿠트Huda Zakout와 그 아이들이 살해당했다는 소식을 접했다. 후다는 전통 의상을 입은 고전적인 팔레스타인 여성을 초상화로 완벽하게 담아 낸 예술가였다. 전도유망했지만, 이스라엘이 그 미래를 참살해 버렸다.

## 10월 15일, 일요일. 아홉째 날.


　다시 일어날 수 있을지 모르면서 잠에 드는 건 어려운 일이다. 우린 이제 주민들이 거의 다 떠나간 리말 구역 한편에 있는 프레스 하우스로 돌아왔다. 프레스 하우스는 정원 두 개가 앞뒤로 딸린 2층 건물로 높은 벽에 둘러싸여 있다. 운 좋게도 프레스 하우스 주변 건물들도 한두 층 정도로 낮았고 넓은 정원들로 둘러싸여 있었다. 그러니까 인접한 건물이 우리 위로 떨어질 일이 없고 잔해가 날아들어 맞을 가능성이 확실이 낮다는 것이다. 난민촌 내 건물 대부분이 무너지면서 인접한 저층 건물을 덮치곤 했다.

　어젯밤에 비가 아주 조금 왔다. 구름도 거의 없었고 바람은 불지도 않았다. 빗방울이 몇 분 떨어지곤 끝이었다. 때마침 프레스 하우스 정원에 나와 있었기에, 나는 비를 받아 세수를 하려고 손을 뻗었다. 하늘이 준 선물일까 생각했다. 아니면 스러진 이들에게 흘리는 눈물일 수도 있고. 드론은 아직도 굶주린 개처럼 새 희생양을 찾아 내 머리 위를 맴돌고 있었다. 하팀에게 비 좀 받게 양동이를 내놓는 게 좋겠다고 했다. 하팀은 공기가 포탄과 미사일에서 나온 먼지와 독으로 가득해, 빗물이 오염되어 마실 수 없을 거라고 했다.

지난밤, 우린 빵을 한 개도 구하지 못했다. 대부분 빵집이 문을 닫았고 아직 문을 연 집은 밖으로 줄이 길었기 때문이다. 많은 이들이 서너 시간씩 기다리고서도 빵집 주인이 밀가루나 가스가 떨어져 문을 닫아야 된다고 하는 소리를 듣곤 했다.

프레스 하우스 간사인 아흐마드Ahmad를 도시 동쪽 슈자이야Shuja'iyya에 있는 집으로 태워다 주면서 많은 사람들이 전통 사즈 빵을 몇 움큼씩 들고 있는 걸 봤다. 근처에 옛날식 빵집이 있는 게 분명하다고 모함메드에게 말했다. 우린 구 앗-자위야 시장Azzawiya souk 근처에 있었고, 그 옆 작은 골목에 빵집이 하나 있던 걸 흐릿하게 떠올렸다. 팔레스타인 광장에 주차해 시장까지 걸어가 아직 장사를 하는 약초상, 식료품점, 닭장수를 찾았다. 그리고 사즈 빵집도 찾았다. 빵 열 '덩이'를 사기 전까지 삼십 분은 기다려야 했다. 그러고는 닭장수에게 닭 두 마리를 사서 반으로 갈라 달라고 했다. 또 프레스 하우스로 돌아가 식사를 준비할 때 쓸 약초와 올리브유도 샀다. 떠나기 전에 감자와 토마토, 양파를 조금 샀다. 감자는 대부분 썩었고 토마토와 양파는 말라비틀어졌다. 돌아오는 길에 앗-사프타위에 있는 내 아파트에 들르자고 했다. 그러면 샤워도 하고, 프레스 하우스에서 하루에 쓰는 물도 아낄 수 있을 테니. 지금 옷이 너무도 더러워져, 아파트에 들른 김에 5년간 한 번도 입지 않은, 다림질도 안 된 푸른 티셔츠를 챙겼다.

프레스 하우스에 돌아와 이십 분쯤 초인종을 눌렀지만 하팀은 문을 열지 않았다. 결국 야세르에게 벽을 타 넘어 건너편으로 가 문을 열게 했다. 하팀은 안에 있었지만 깊이 잠들어 있었다. 음식을 전해 주고는 아버지를 보러 갔다. 이브라힘은 장인어른과 같이 지내기로 했고, 누이 아와티프는 대가족(아들딸)과 함께 시댁에서, 아미나는 아버지와 지내기로 했다. 아버지는 나 보고 본인 집에서 자고 가는 게 어떻겠냐고 했고, 당연히 나도 그러고 싶었다. 내가 태어나고 삶의 대부분을 보낸 게 이 집이니까. 프레스 하우스에 있는 전기와 인터넷이 필요하다는 점을 설명하며 최대한 완곡하게 이를 거절했다. 나는 반쯤 농담으로, 반쯤 진담으로 물었다. "겁나세요?" 아버지는 웃었다. "아니지, 그럴 리가. 하느님께서 우릴 지켜 주시잖느냐." 내가 아버지의 표정을 읽으려는 동안, 모함메드는 아버지에게 담배를 권했다.

프레스 하우스에 돌아와 저녁을 요리하기 시작했다. 하팀에게 어떤 물을 쓰는 게 가장 안전하겠냐고 물었다. 하팀은 다행히도 어떤 마음씨 좋은 사내가 우리가 다 같이 쓰라고 거리 건너편에 큰 검은색 물탱크를 설치했다고 설명해 주었다. 양동이 두 개를 가지고 그 거리로 가서 물탱크에서 물을 받아 왔다.

내 매트리스를 안쪽으로 옮겨 샌드위치에 끼운 소시지처럼 책상 두 열 사이에 깔았다. 이쯤엔 전기를 아끼고자 TV를 제외한 모든 것들을 꺼 두었다. TV 화면에서는 뉴스 앵커가 가자, 텔아비브, 칸 유니스, 남부 레바논에 있는 특파원들에게 최신 정보와 추가적인 설명을 계속 물어보고 있었다. 나는 우리가 파편에 맞아 누운 자리에서 그대로 살해당하고, TV가 아무 일도 없었다는 듯이 틀어져 있다가, 마침내 우리 시체 위로 우리가 죽었다는 뉴스를 전하는 걸 상상했다. 근처에 또 공습이 터져 선반에 있던 TV가 우리 위로 떨어져 화면을 바닥에 깔고선 토막 난 우리 시체에 대고 우리가 죽음을 맞이했다는 소식을 전하는 것을 상상했다. 앵커가 TV에서 기어나와 주변에 펼쳐진 살육에서 자기가 할 말을 주워담아 다시 깨끗하게 해 보려고 하는 모습을 그려 보았다.

아침 여섯 시에 일어나 신호가 잡히길 바라며 밖으로 나갔다. 밤새 온 메시지를 받는 것뿐이지만, 거리 한가운데 서서 머리 위로 휴대전화를 흔들어야 했다.

오전 열 시 즈음에는 손 한번 안 댄 채 옷장에 5년도 넘게 있던 새 티셔츠를 빨았다. 달리 입을 게 없어 다 마를 때까지 벌거벗은 채 세 시간을 기다렸다. 벌거벗은 채 모기 세례를 받았는데, 모기는 밖에서 드론이 내는 것과 비슷한 소리를 냈다. 노트북을 햇빛 아래 꺼내 좀 더 마르게 두었다. 언젠가 다시 작동하리라 아직 믿는다. 우린 작은 희망에 매달리게 된다. 그래야만 한다.

## 10월 16일, 월요일. 열번째 날.

어제는 죽음이 다가오는 걸 봤다. 그 발걸음이 커져만 가는 걸 들었다. 다가오며 그 아가리가 벌어지는 걸 봤다. 빨리 해치우든가, 생각했다.

갑자기 전화가 울렸다. 서안 지구에 사는 친척 룰라Rulla였다. 룰라는 전화로 사촌 하템Hatem이 사는 텔 알-하와 거리에 공습이 떨어진 게 사실인지 확인해 보라고 했다. 텔 알-하와는 가자시티 남쪽에 있다. 하템은 아내의 유일한 자매 후다와 결혼했고, 4층 건물에 살고 있다. 하템의 어머니는 1층에, 남동생(과 그 가족)은 2층에, 형(과 그 가족)은 4층에, 하템은 자기 가족과 아들 가족과 함께 3층에 산다. 저녁 여덟 시다.

몇 사람한테 전화를 걸어 하템이 살고 있는 동네 어떤 건물이 공격을 당했는지 알아보려 했다. 하지만 전화가 되는 사람이 없었다. 명부를 확인해 보려고 앗-쉬파 병원까지 걸어갔다. 임시 영안실 밖에는 신원이 확인된 사망자들의 명부가 매달려 있었다. 병원 건물에 가까이 가는 것조차 어려웠다. 가자 주민 수만 명이 가족이 있는 병원이라면 정원과 복도 등 빈 공간이나 남는 구석까지 자기 집으로 삼고 있다. 나는 포기하고 하템이 사는 건물로 향했다.

삼십 분 뒤 그가 사는 거리에 발을 디뎠다. 하템의 형제 하짐은 운 좋게도, 아니면 그의 말대로 운 나쁘게도 미사일이 떨어졌을 때 심부름을 하러 나와 있었다. "사실이에요." 그가 확인해 주었다. 후다와 하템이 살던 건물은 한두 시간 전에 공격당했다. 후다의 딸과 손녀의 시신은 이미 수습했다. 지금까지 확인된 바, 그들이 알던 유일한 생존자는 후다의 다른 딸인 위쌈Wissam이었다. 위쌈은 중환자실에 있다고 한다. 위쌈이 바로 수술에 들어가 양다리와 오른손을 절단해야 했다는 걸 알게 된 건 나중의 일이었다. 위쌈은 가자 예술대학에서 갓 졸업한 젊은 예술가다. 전쟁이 터지기 하루 전, 난 위쌈의 졸업식에 참가하기로 했으나 개인적인 일로 늦었다. 이제 위쌈은 여생을 다리와 한 손 없이 살아야 한다. "다른 사람들은 어떻게 됐어요?" 하짐에게 물었다. 하짐은 "못 찾았어요."라고 답했다.

하루를 마칠 무렵에는 시신 다섯 구를 찾을 수 있었다. 네 구는 무스타파Mustafa와 그의 아들 아담Adam, 아내와 세 달배기 아이였다. 안타깝게도 시신을 더 발견하지는 못했다. 우리는 부르고 또 불렀다. "저기요? 들리세요?"라고 소리쳤다. 실종된 이들의 이름을 큰 소리로 불렀고 폐허 아래 아직 누군가 살아 있기를 간절히 기대했다. 슬프게도 우린 발견한 시신을 공동묘지에 묻기 위해 다섯 시간 뒤 떠나야 했다.

그날 저녁, 위쌈을 보러 병원에 갔다. 위쌈은 깨어 있는 것조차 어려워하다 삼십 분쯤 지나 내게 물었다. "이모부, 저 꿈 꾸고 있는 거죠?"

내가 말했다. "우리 모두 꿈을 꾸고 있는 거지."

위쌈은 답했다. "내 꿈은 너무 끔찍해요! 왜 이런 거에요, 이모부? 왜?"

내가 말했다. "우리 모두 끔찍한 꿈을 꾸고 있단다."

십 분간 침묵이 지나자, 위쌈이 말했다. "거짓말하지 마요, 이모부. 꿈인데 다리가 없어. 이거 진짜죠? 나 다리 없는 거죠?"

내가 말했다. "네가 꿈이라고 했잖니."

위쌈이 답했다. "나 이 꿈 맘에 안 들어요, 이모부."

물러나야 했다. 기나긴 십 분 동안 나는 울고 또 울었다. 지난 며칠의 참상에 압도되어, 나는 병원에서 걸어나와 거리를 떠돌았다. 한가한 생각이 들었다. 이 도시를 영화, 전쟁영화 세트장으로 삼을 수 있겠다. 제2차 세계대전이나 세계 종말을 다루는 영화라든가. 할리우드 최고 감독들한테 빌려줄 수 있겠다. 가능한 온갖 참상에 필요한 모든 게, 주문형 종말이 여기 다 있잖나.

누가 저 멀리 라말라에 있는 내 아내 한나에게 말을 전할 용기가 있을까? 누가 한나에게 하나뿐인 자매가 죽었다고, 가족이 죽었다고 전할 용기가 있을까? 내게는 그럴 용기가 없었다. 난 동료인 마나르Manar에게 전화를 걸어 친한 친구 두어 명과 라말라에 있는 우리 집에 가 한나에게 소식이 전해지는 걸 늦춰 보기라도 해 달라고 부탁했다. "거짓말을 해. 건물이 F-16에 공격당했지만 이웃들이 후다와 하템이 그때 건물 밖에 있었던 것 같다고 한다 해." "어딨는데?" "우리도 몰라. 어디 있겠지." 마나르한테 말했다. "어떤 거짓말이라도 괜찮아. 죽었다는 소식이 밝혀졌을 때 아주 조금이라도 충격을 덜어 줄 수 있는 거라면 뭐든지."

아침에는 실종된 시신들의 수색을 도우러 갔다. 건물은 T. S. 엘리엇이 말했을 법한 "파괴된 우상 더미"* 같았고 드론들은 푸르고 무한한 하늘에서 찾아보기에는 너무도 멀리, 작게 있었다. 그 귀뚜라미같이 계속 웅웅대는 소리 아래 우리가 폐허를 헤집는 동안, 드론들은 우리에게 피난처가 절대 없도록 지켜보고 있었다. 수많은 삶이 허물어졌다. 후다와 하템의 집으로 가는 길에 타워, 상점, 학교, 대학 건물이 파괴된 것을 보았다. 가자는 정기적이고도 소름

* T. S. 엘리엇, 《황무지》, 황동규 옮김, 민음사, 2017.

끼치는 변화를 또 거치고 있는 듯 보였다. 하지만 이번에는 달랐다. 새로운 가면, 채울 수 없는 분노의 가면이 그 위에 씌워지고 있었다.

난 1973년 전쟁이 개전할 때 두 달배기였고, 그 뒤로 끝없는 전쟁 속에서 살아가고 있다. 첫 인티파다 때 이스라엘 병사의 총에 맞았다. 탄환 파편들이 간에 박혔다. 당시 나는 열다섯 살이었고 일부 파편은 아직도 내 간 속에 있다. 영국인 외과의가 어머니를 진정시켰고, 당신 애가 살아남을 거라고 말했다.

지금 이 순간처럼, 길 한가운데서 죽음이 눈앞에 닥칠 때마다, 난 용기를 내어 영국 의사가 엄마에게 말했던 것처럼 내가 살아남을 것이라고 스스로를 설득해 왔다. 이번에는 다르다. 이번에는 스스로를 납득시킬 수 없었다. 진정하려는 시도는 실패했다. 내가 거짓말할 수 없다는 걸 안다. 죽음은 어디서든 보였고, 느낄 수 있었다. 내가 누릴 수 있는 선택지에 생존이란 없었다.

## 10월 17일, 화요일. 열한번째 날.


개전 11일 차이지만, 날짜들은 이미 하나로 합쳐졌다. 오늘도 어제와 똑같은 폭격이 벌어지고, 똑같은 소식이 전해지고, 똑같은 두려움과 똑같은 냄새가 풍긴다. 아무것도 바뀌지 않는다. 폭격, 폭발음, 드론의 서성임, F-16의 굉음과 함께 살아가는 것이다. 마치 영화와도 같은 불협화음의 사운드트랙이지만, 그 영화가 인생인 것이다. 이를 안고 살아가야 하고, 그 속에 **살아남아 있다**는 걸, 이게 영화가 아니라는 걸 스스로 일깨워 줘야 한다. 하지만 그러곤 스스로를 의심하게 된다. 이건 영화가 맞을지도 모른다. 나를 다룬 전기 영화고, 나는 이미 죽었을지도 모른다.

어머니는 말씀하시곤 했다. "아테프, 우리가 솔직하게 말을 걸면, 죽은 사람들이 우리 말을 들을 수 있단다." 어쩌면 내가 다큐멘터리 안에 있는 것일지도 모른다고 생각했다. 시청자들의 모든 선입견, 그들에게 미디어가 떠먹인 모든 거짓말을 재확인하고 틀어 주는 나라의 이익에만 봉사하는 선전물, 질 나쁜 다큐멘터리 말이다. 어쩌면 나는 그런 선전 자료에서 지나가는 말로 언급하는 사망자 가운데 하나일지도 모른다. 어쩌면 나는 이미 죽은 사람, 지금

기만당하고 기만의 대상이 되고 있는 사람일지도 모른다. 그리고 누구도 내 말을 듣지 못할지도 모른다.

화면 아래 자막 뉴스를 따라 나오는 이름들을 전부 읽으며, 내 이름이 나타나기를 기다렸다.

저녁에는 지금껏 병동에 홀로 남겨진 위쌈을 다시 만나고자 돌아갔다. 간호사를 만나 위쌈이 처한 상황을 설명해 줬다. 간호사가 말했다. "상황이 어떻든 간에 그 아이한테는 같이 있어 주고 돌봐 줄 사람이 필요해요." 위쌈에게 말을 걸었고 위쌈은 어제와 똑같은 질문을 했다. 나는 위쌈에게 운명이란 우리가 정하는 게 아니라 그냥 일어나는 일일 뿐이라는 걸 설명하려 했다. 이런 상태에서 내가 위쌈에게 뭐라고 하든, 그걸로 비판을 받아서는 안 된다. 위쌈을 진정시키기 위해선 무슨 말이라도 해야 했다. 위쌈은 다시 자기 다리에 관해 물었다.

나는 이렇게 말했다. "중요한 건, 네가 아직 살아 있다는 거야."

위쌈이 물었다. "다리가 없어도요? 손이 하나뿐이어도요?"

"그래." 그 아이에게 해 줄 말이라고는 이것 말고는 없었다.

이 소식을 전하는 책임을 내게 돌린 운명을 저주했다.

위쌈의 언니 위다드Widdad에게 전화를 걸어 위쌈에게 말을 걸어 달라고 부탁했다. 그다음 위쌈의 결혼한 언니 와파 Waffa에게 전화를 걸어 마찬가지로 위쌈에게 말을 걸어 달라고 부탁했다. 고통에 관해서는 이야기할 수 없다. 표현할 수도, 글로 쓸 수도 없다. 그저 느끼고 살아갈 뿐이다. 위쌈 곁에서 기다리면서, 나는 병원 창문 밖을 보며 어둠 너머에서 우리를 기다리고 있는 게 무엇일지 알아내 보려 했다. 다음에 할 일은 이것보다도 더 힘들었다. 가족을 너무나도 많이 잃은 장인어른과 장모님을 위로해 드려야 했다.

지난밤, 난 내가 태어나고 삶의 대부분을 보낸 곳, 자발리야 난민촌에 있는 친구 집에서 잘 수밖에 없었다. 사흘 밤을 프레스 하우스의 정원에서 잤다. 열다섯 살 아들 야세르는 밤을 나와 보내며 내 곁에서 잤다. 당연하게도 야세르는 겁에 질렸다. 프레스 하우스는 가자시티 리말 구역 중심부에 있다. 우리는 거기서 지내는 밤마다, 시간마다, 잔해가 우리 근처로 떨어져 부딪히는 것을 느꼈다. 일어나 새 피난처를 찾으러 가야 했던 때도 몇 번 있었다. 결국 우리는 한쪽 통로에 모여, 새 책상 두 열 사이에서 인터넷 및 컴퓨터 전선들을 쳐다보며 잠에 들었다. 마침내 잠이 든다는 건 일종의 항복이자 패배 선언이다. 다가올 것이 무엇이든, 심지어 죽음이라도 수긍하고 이기게 둘 수밖에 없다는 걸 깨닫는 것이다.

내 단기적 목표는 파라즈네 집에서 잠을 자는 것이었다. 이모님과 그 가족까지 장모님 댁으로 들어와 지냈다. 장모님 댁은 자발리야 난민촌 동쪽 끝 철도 구역이라 부르는 곳에 있다. 파라즈는 개전일에 형제가 죽자 부인이 친정에서 지내러 갔기에, 지금 자기 아파트에 혼자 살고 있었다. 파라즈의 어머니는 그 건물 1층에 사셨고 파라즈의 아파트는 그 바로 위에 있었다.

장모님 댁에 도착했을 때 많은 여성들이 침대를 둘러싸고 앉아 장모님을 위로하고 있었다. 장인 모스타파Mostafa는 본인 침실에 홀로 누워 계셨다. 동요하지 않도록, 장인어른 방에 들어가기 전에 준비하려 했다. 장인어른은 스스로 뺨을 때리고 조용히 소리를 질렀다. 처가댁은 딸만 둘 있었는데 이제 그 가운데 한 사람, 후다가 세상을 떠났다. 가족의 절반이 쓸려나갔다. "하느님 도와주소서"라고 읊조렸지만, 계속 허공을 쳐다볼 뿐이었다. 장인어른 곁에 앉았다. 더 버틸 수 없어 울음을 터뜨렸다. 하템, 후다가 얼마나 착한 사람이었는지를 생각했다. 공격 전날, 하템은 자기 집에 와서 자고 가라고 문자를 보냈었다. 그랬다면 아마 나도 지금쯤 죽었을 것이다.

"그 아이들 찾아볼 거냐?" 장인이 물었다.

나는 대답했다. "인샬라(신의 뜻대로). 아침에 가서 찾아볼 겁니다." 같이 앉아 있던 중 비가 포근하게 떨어지는 소리가 들렸다. 이맘때 올리브 나무에 필요한, 수확 전에 수확량을 늘려 줄 마지막 비였다. 창문 너머를 보고 말했다. "모르는 겁니다. 살아 있는 사람을 찾을 수도 있어요." 단순히 희망적인 생각이 아니었다. 많은 이들이 며칠 뒤에 발견되곤 했다. 생존에 관한 이야기는 죽음에 관한 이야기만큼이나 빠르게 퍼져 나갔다.

장모님 이야기도 하자면 아이, 그것도 갑자기 잃은 아이에 관해서는 아무 말도 할 수 없을 것이다. 후다가 아픈 것도 아니었기에, 그 죽음은 어떤 경고도 없이 찾아왔다. 이스라엘의 미사일 공격 직전, 장모님은 후다와 전화로 이야기하고 있었다. 그러다 저녁을 차려야 해서 장모님은 대충 "조심하려무나." 하고 끊어야 했다. 조심해도 오 분을 넘기지 못할 거라는 걸 알지도 못한 채.

장모님은 후다의 이름을 부르며 몇 시간을 울고 또 울었다. 딸이 세상을 떴다는 걸 믿을 수 없는 듯 보였다. 장인은 본인 어머니에게서 따온 이름을 첫째 딸에게 지어 주었다. 후다 할머니와 남편 유세프Yousef의 연애담은 가족들의 집단 기억 속에 살아남아 세대를 거쳐 전해 내려왔다.

1967년 전쟁 이후, 두 분은 어린 시절 나크바로 인해 억지로 떠나야 했던 야파를 다시 방문할 수 있었다. 잠깐이나마 도시에 돌아온 건 꿈만 같았고, 두 분은 옛날처럼 알함브라 극장의 계단에 앉았다.

할머니는 손녀사위 하템과 손녀 후다의 피살에 대해 무슨 생각을 할까?

와파(위쌈의 언니)의 남편 아슈라프Ashraf는 장인에게 전화해 소식을 전했고, 장인어른은 장모님이 자기처럼 경고 없이 소식을 들을 수 있도록 통화를 스피커폰으로 돌렸다. 장모님은 장인어른과 동시에 소식을 접하고는 비명을 질렀다.

파라즈의 집으로 걸어갔다. 어제부터 아무것도 먹지 않았다. 어렸을 때부터 알고 지낸 친구이자 또 다른 전직 팔레스타인 자치정부 경관인 모함메드 모카이아드로부터 그의 부인 목에 파편이 하나 튀어 완전히 마비 상태에 빠졌다는 소식을 들었다. 그의 형제 야세르는 이스라엘이 요구한 대로 남쪽으로 가다가 자기 가족과 함께 살해당했다. 동네 동녘에는 사람들 수십 명이 뒷길에서 아직도 영업을 하고 있는 유일한 상점 앞에 앉아 있었다. 우리 동네에는 두 골목이 있다. 하우지 마을에서 모든 가족들과 공유하는 주요 골목인 하우지 거리가 있고 데이르 수나이드Dayr Sunayd

에서 피난 온 가족들과 공유하는 뒷골목이 있다. 할아버지가 이 뒷길에 상점을 하나 갖고 있었는데, 1967년 이후로는 요르단으로 떠나 여생을 보내셨다.

팔라펠을 찾으러 나선 모함메드는 하나도 찾지 못했지만 대신 초콜릿 몇 쪽을 가지고 돌아왔다. 나는 세 쪽을 먹고 두 쪽은 칼릴 편에 부쳐 아버지께 보냈다.

파라즈의 집에 도착하자, 그는 바로 우리에게 저녁을 차려 주겠다고 했다. 그날 내가 먹은 거라고는 앞서 말한 초콜릿 몇 쪽이 전부였지만, 정중히 거절했다. 이제는 식량을 제한해서 배급해야 했다. 대신 나는 모함메드가 사온 카드로 내 전화를 인터넷에 연결하려 했다. 여기서는 이렇게 카드로 인터넷에 연결하는 걸 '도로망'이라고 한다.

새벽 두 시 사십오 분쯤, 우린 F-16이 발사한 미사일이 근처 건물에 부딪히는 소리에 잠에서 깼다. 이미 아파트에 매트리스를 깔 가장 안전한 장소로 어디가 좋을지 여러 선택지를 고민한 끝에, 내 매트리스는 거실 한가운데에 있었다. 처음에는 거리에서 가장 먼 주방을 생각해 봤으나 사방에서 주방용품이 날아드는 걸 상상하고는 그 대신 거실 구석을 선택했다. 하지만 거울이 내 위로 떨어지면 어떡하지? 언제나 신경 쓸 것이 있었다. 그래서 결국 거실 한가운데를 택했다.

저 아래 거리에서 목소리가 들려와 창문으로 향했다. 보아하니 백 미터쯤 떨어진 은행이 표적이었다. 사상자가 없다고 구급차 운전기사가 말하는 게 들렸으나 은행 건물은 완전히 파괴되었다. 아침이 되면 파편 한 조각이 당초의 표적에서 수백 미터를 날아가 내 친구 압델 아지즈Abdel Aziz네 집 방으로 들어가 그의 아들을 죽였다는 소식을 듣게 될 것이다. 그날 밤, 압델 아지즈는 네 아들과 딸 하나를 데리고 일부러 천장이 나무로 된 집에 딸린 방에서 자도록 했다. 콘크리트 천장으로 된 집은 대개 천장이 무너지며 안에 있는 사람을 전부 죽이곤 했기에 더 위험하다고 생각한 것이다. 죽은 아들은 다른 세 형제와 누이 사이에서 자고 있었고, 나무 천장을 쉽게 뚫고 들어온 파편에 맞았다.

장인어른과 그 손녀 위다드를 데리고 위쌈을 만나러 갔다. 위다드는 가족이 공격당했을 때 할머니를 돌보고 있었다. 공습과 위쌈의 절단 수술 이후 두 자매가 처음 만나는 것이었다. 예상대로 만남은 눈물과 흐느낌으로 가득했다. 할아버지는 두 아이들을 진정시키려고 애썼다. 보고 있을 수 없었다. 나는 내가 원하는 만큼 강하지 않았다. 그들을 내버려두고 프레스 하우스로 갔다. 들어가자 빌랄은 걱정하는 눈치였다. 그의 눈에서 두려움을 느낄 수 있었다. "겁나?" 내가 물었다. 빌랄이 대답했다. "아니, 겁은 안 나.

근데 상황이 점점 견디기 힘들어지고 너무 많은 일들이 뒤바뀌고 있어서." 빌랄은 구시가에 있는 친구 저우닷 쿠다리Jawdat Khoudary네 집에 같이 가서 자자고 했다. 나는 폐허에서 시체를 찾는 일을 계속하러 가야 한다고 했다. 야세르가 돌아와서 위다드가 휴지와 위쌈에게 줄 차가운 주스를 달라 했다고 전해 주었다. 위쌈의 얼굴과 가슴이 펄펄 끓었다. 우리 모두 그게 몸이 감염을 이겨 내려는 증상이라는 걸 당연히 알았지만, 마치 폭발의 열기가 몸에 남은 것만 같았다. 위쌈에게는 차가운 음료가 절실히 필요하다.

모함메드는 필요한 것들을 가지러 슈퍼마켓에 갔고 나는 야세르, 장인어른과 함께 부서진 집을 보러 갔다. 야세르와 나는 폐허를 뒤졌고 장인은 멀찍이 서 계셨다. 더 가까이 오지를 못하셨다. 그저 선 채 우실 뿐이었다. 돌무더기가 쌓여 있는 곳마다 크든 작든 구덩이가 있었다. 석조 부분, 지지 구조물, 벽이나 계단통이 붕괴를 막고 있는 큰 구덩이들이 들어가기가 좋았다. 큰 구덩이 여러 개에 들어가 절박하게 소리를 질렀다. "후다, 하템, 들려? 들리는 사람 있으면 '네', '하느님'이라고만 말해." 야세르와 나는 돌들을 치웠다. 썩은 내가 퍼지기 시작했다. 여기가 하템의 침실일 수도 있겠구나 짐작했다. 휴대전화 카메라 기능을 켜고 작은 구덩이 하나에 내려보내 비치는 걸 가까이

볼 수 있도록 최대한 확대했다. 꺼낼 게 뭐라도 있는지 보려고 몇 번이고 이 짓을 했지만, 아무 수확도 없었다.

몇 시간 이 짓을 하고 난 뒤 프레스 하우스로 돌아갔다. 리말 구역은 조용했다. 차도, 길을 건너는 사람도 없었다. 도시는 약하고 지친 듯했다. 어디든 새로운 파괴 현장이 있었다. 집은 군데군데 무너졌다. 한 귀퉁이가 없어지고 그 자리에 돌무더기만 있다든가, 고층 아파트 건물에 층 하나가 사라져 벽이 있던 곳에 먼지만 남았다든가. 거리는 온갖 가재도구로 가득 찼다. 흩어진 옷들, 아이들이 다시 집어들기만을 기다리는 장난감들, 찢어진 교과서들, 반쯤 탄 소설과 소책자들, 손바느질한 덮개로 싼 베개와 소파들, 주인이 가장 좋아하는 프로그램을 다시는 틀지 못할 부서진 TV들, 심지어 욕실 타일마저 다시는 깨끗해질 리 없는 도시를 찾아 거리로 떨어지고 있었다.

가자는 안정이라는 걸 모른다. 전쟁은 가자만큼이나 오래 있었다. 자발리야로 돌아오는 길에 나는 이탈리아 단지를 보았다. 2014년 전쟁에서 파괴된 곳으로 유명했고 세 달 전에야 재건이 완료되었다. 이탈리아 단지가 이 전쟁에서 살아남을 수 있을지를 생각했다.

## 10월 18일, 수요일. 열두번째 날.


우리 삶에서 가장 중요한 사건 두 가지는 삶에서 우리가 어떤 영향력도 발휘할 수 없는 두 가지이기도 하다. 태어남과 죽음이 바로 그것이다. 우리는 그 사이에서 한 판 시합을 벌일 뿐이다. 하지만 여태까지 우리가 해 온 것을 무너뜨리고 조롱하기까지 하는 최후의 슛, 로스타임에 들어가는 말도 안 되는 골에는 어떤 힘도 쓸 수 없다. 그저 패배할 뿐이다.

자발리야 난민촌에서 보내는 두 번째 밤이다. 처음부터 내가 있던 곳. 우리 가족, 아버지, 누이들, 형제들이 모두 모여 있던 곳. 제1차 인티파다 때 난 여기서 죽을 수도 있었다. 제2차 인티파다 때도 그랬고 마지막으로 벌어진 긴 '전쟁'인 2014년에도 그랬다. 우린 라디오를 듣겠다고 신호를 잡으며 밤을 보내고는 했다. 전쟁은 과거로, 상황을 파악하는 옛 수단들로 우리를 잡아끈다. 이제 우리에게 소식을 전하는 건 라디오밖에 없다. 인터넷도, SNS도 없다. 라디오 시대로 돌아간 것이다. 폭발이 계속되며 점점 더 가깝게만 느껴졌고, 내가 맞았는지 스스로의 몸을 확인하게 했다.

그러다 생각이 들었다. 애초에 왜 살려고 하는 거지? 또 하루 살아남지 못할까 두려워하며 살 뿐이라면 생존이 내게 무슨 이득인가? 물론 아직까진 살아 있다. 하지만 또 하루 그럴 뿐이라면 무슨 의미가 있겠는가? 그만두고 이 시합에서 물러나야 할까? 죽음에 고개를 숙여야 하는 것도, 다음 피난처를 찾아 헤매는 것도, 우리에게 일어나는 일을 합리화하는 것도 다 거부하고? 무슨 일이 다가오든 벌어지게 내버려둬야 할까?

어둡고 끔찍한 밤이었다. 지난밤 침례 병원\*에서 오백 명이 넘는 사람이 살해당했다.\*\* 다른 곳에서 죽었을 수도 있을 것이다. 하지만 이들은 병원의 존엄함 안에서 삶과 미래를 찾으며, 이스라엘도 병원이 국제법의 보호를 받는다는 사실을 알 거라고 생각했을 것이다. 그들의 생각은 틀렸다. 그들은 상관없이 살해당했고, 소탕당했다.

---

\*    알-아흘리 아랍 병원(المستشفى الأهلي العربي, Al-Ahli Arab Hospital). 가자시티 남부 앗-자이툰 구역에 있는 병원으로 도시에 있는 가장 오래된 병원 중 하나다. 1882년 영국-이집트 전쟁 직후 영국 성공회 선교 협회가 의료 선교차 오스만 제국에 지었는데, 1954년 미국 남침례회 국제 선교회가 매입해 '가자침례교회'로 개칭했다. 저자가 '침례 병원'이라고 칭한 것은 이로 인한 것으로 보인다. 1980년대 초 영국 성공회 선교 협회에 반환되어 성공회 예루살렘 교구에 할당되면서 현재의 이름을 갖게 되었다.

\*\*   최종 사망자 수는 471명으로 정정되었다.

그 병원은 백오십 년 전에 영국, 잉글랜드 국교회가 지은 것이다. 우린 영국 병원이라고도 부르곤 했다. 십 대 시절, 제1차 인티파다 와중에 총에 맞고 영국인 외과의 덕에 살아난 것도 그 병원이었다. 아이들 생각에 잠을 거의 잘 수 없었다. 병원 내 교회 앞 정원 풀밭에 누워, 남색 하늘 아래 흩어진 구름 몇 점만이 지켜 주는데, 아침 해가 뜨기만을 기다리며 잠들었을 아이들. 해가 떴을 때 아이들은 일어날 수 없을 것이다. 눈을 감고, 나도 깨어나지 못하는 걸 상상해 보았다.

전쟁 첫날, 친구가 문자를 했다. "가자에서 무슨 일이 벌어지고 있는 거야?" 나는 답신했다. "뭔 일이 벌어지고 있는 게 아니라 여태껏, 75년이 넘게 무슨 일이 벌어지고 있었던 거냐고 묻는 게 제대로 된 질문이야." 우린 전쟁영화 속을 살고 있었고, 감독 겸 제작자 겸 스타께서는 영화가 끝나는 걸 원치 않는다. 영화를 지원하는 할리우드 영화사는 새로운 장면들이 담긴 각본을 계속 건네주고 예산에 수백만 달러를 계속 보태 주었다. 처음에 한 스크린 테스트들은 이 영화가 블록버스터가 될 거라는 걸 증명했다. 하지만 이를 위해서는 영화를 계속 찍고, 멈추지 말아야 한다.

내가 살아 있다는 걸 알 수 있는 건 깨어날 때뿐이다.

깨어날 때조차도 잠깐 동안은 잘 모르겠다. 어제 오후에는 침례 병원 근처에 있었다. 병원 골목을 돌아서 있는 재래시장의 작은 빵집에 빵을 사러 갔다. 공격이 몇 시간만 일찍 벌어졌으면, 나도 사망자 중 한 명이었을 것이다. 사람들은 어디든 빵을 구하러 줄을 섰다. 도시 내 모든 빵집이 사람들로 들썩였다. 운이 좋으면 두세 시간 줄을 서 빵 열 덩이를 사 가족이 하룻밤을 때울 수 있을 것이다. 어제부터 우린 아무것도 먹지 못했다. 어제 우린 커피, 커피, 또 커피만 마셨다. 다른 곳보다 덜 붐비는 곳을 찾아 수많은 빵집을 지나쳤지만, 결국 포기하고 한 빵집 앞에 줄을 섰다. 이집 빵은 '포르마forma', 그러니까 옛날식 황토 화덕으로 만들어 샤와르마Shawarma* 랩에 쓰는 것처럼 빵을 특별히 큰 덩어리로 만들었다. 나는 운이 좋았다. 한 시간 반밖에 안 걸려 내 차례가 됐고, 그때까지도 우리 몫의 빵을 만들 밀가루가 충분히 있었다.

옷을 입자마자 프레스 하우스로 향했다. 거긴 대체로 전기가 끊기지 않았기에 최소한 휴대전화를 충전하며 몇 시간 동안 머무르며 TV로 뉴스를 볼 수 있었다. 어젯밤, 프레스 하우스가 있는 동네 전체가 공격을 당했고 창문, 바닥, 천장, 선반, 문, 건물에 있는 모든 게 다 조각났다. 유

* شاورما: 얇게 썬 고기를 빵으로 감싸 꼬치에 꽂고 천천히 돌려 익힌 아랍 음식.

리는 사방에 깨져 있었고 나무와 알루미늄 조각, 찢어지고 휘어진 금속이 이곳저곳에 일그러져 있었다. 정원으로 통하는 문은 날아갔다. 떨어지지 않은 건 안뜰 주변에 걸려 있는 가자시티 사진들밖에 없었다. 지난주, 전쟁이 터지기 전에 사진가들의 눈으로 본 가자시티 전시가 개최되어 이 도시의 아름다움을, 그 중심가와 공원, 항구 지역의 아름다움을 기렸다. 사진들은 그대로 걸려 있었다. 야세르와 내가 전쟁 첫 주에 그랬듯이 밤에 거기서 잤더라면, 우린 살아남지 못했을지도 모른다. 자발리야에 우리 집이 있는 게 다행이었다.

자발리야는 가자 지구 안에서도 가장 위험하고, 가장 극심히 공격당한 곳 가운데 하나다. 그런데도 우리가 지난밤 거기 있었던 게 다행이란 것이다. 지금 가자에서 뭐가 안전하고 뭐가 위험한지, 뭐가 좋고 뭐가 나쁜지, 누굴 믿고 누굴 믿지 말지는 아무도 모른다. 그저 선택을 내려야할 뿐이다. 주사위를 던져야 하는 것이다.

뉴스에 따르면 이스라엘은 가자 지구 주민의 60퍼센트 이상을 추방하고 싶어 하며 그 목적은 가자시티의 초토화로 보인다. 와디 가자 강 북쪽에 남아 있는 누구든 테러 조직과 제휴하는 것으로 간주될 것이라고 아랍어로 쓰인 전단이 헬기로 사방에 흩뿌려졌다. 아마 발견 즉시 사살할 수 있다는 뜻이리라. 하지만 나는 그들의 명령에 따르지 않을 것이다. 난 여태껏 가장 극심한 공격을 당한 두 곳, 가자시티 북부와 리말 구역에서 지냈다. 이건 미친 짓이 아니다. 저들의 명령에 따르는 것이야말로 미친 짓이다. 가진 것이라곤 자기가 내린 선택밖에 없기에, 가끔은 그 선택이 **자기** 선택인지 확실히 해야 한다.

어쨌든 내가 남쪽으로 간다고 안전할 거라는 보장은 없다. 한나는 내게 문자로 라파로 가라고, 그래야 외국 여권 및 외교관 여권을 가진 사람들에게 검문소가 열릴 때 야세르와 내가 근처에 있을 수 있다고 했다. 나는 답신했다. "이스라엘 군대는 안 믿어. 내가 왜 걔들 말에 복종해야 하지?"

사태가 진전될수록 저들을 더욱 믿을 수 없었다. 어제는 내 친구 모함메드의 형제 야세르가 이스라엘 말대로 가자시티를 벗어나 남쪽으로 가다 누세이라트 난민촌에 있는 자기 가족과 함께 살해당했다. 명령을 따른 다른 많은 이들도 멀리 가지 못했다. 어제는 살라 앗-딘 도로에 미사일 공습을 가해 수십 명이 살해당했다. 그 도로는 가자 지구에서 남쪽으로 가는 주된 길이다. 이 사람들은 혼잡한 차 안에서 기다리면서 천천히 남하하며 명령을 따르다 죽었다. 이들은 이미 명령을 두 번이나 따른 사람들이기도

했다. 집을 나와 UNRWA 학교에 가라는 명령에도, 그 뒤로 학교에서 남하하는 호송대로 가라는 명령에도 따랐다.

프레스 하우스를 운영하는 기자 친구 빌랄은 가자 지구에 안전한 곳은 없다고 항상 말했다. 밖에서 드론이 내는 소리나 안에서 모기가 윙윙대는 소리나 같은 것이다. 위험은 어디에나 있다.

이 도시에 미래가 있다면 어떤 미래를 마주할지까지 생각이 미치자, 계속 글을 쓰게 되었다. 우린 글을 써서 여러 곳을 살려 두고 지금은 잔해만 남은 거리, 이제는 초토화된 집에 관해 우리가 지닌 기억을 적어 둘 수 있었다. 우린 잊는 걸 막을 수 있을 뿐 아니라 다시 지을 지도를 만들수 있다. 우리가 어떻게 되든 전에 그랬던 대로.

하템의 집에 있던 가족들은 폭탄이 떨어졌을 때 다 죽었다. 스물셋 조카 위쌈과 그 언니 위다드만이 살아남았다. 이 아이들이 가족의 이야기를 이어 가며 무슨 일이 있었고 마지막 순간, 마지막 웃음, 마지막 포옹이 어땠는지 전해 줄 것이다. 어느 누구도 삶을 종식시킬 수는 없다고, 그 누군가 우리에게 증명해야 한다. 삶은 선물이며, 무엇이 우리에게 삶을 주었든 그걸 지켜 줄 것이다. 이건 기도가 아니다. 기도는 운명의 흐름을 바꿀 수 없기 때문이다. 이건 이따금 나를 압도하는 느낌이다. 어제 위쌈을 만나러 병원에 갔을 때, 온갖 혼란과 인파 속에서 병원 복도에 있는 여자아이가 조용히 학교 숙제를 하는 모습을 보고선 그런 느낌을 받았다.

## 10월 19일, 목요일. 열세번째 날.


두 시간 동안, 우린 정확히 무슨 일이 일어난 건지 알아보려 했다. 하지만 아무것도 찾을 수 없었다. 잔해, 돌무더기, 건물 조각, 부서진 가구 조각, 사방으로 흩어진 기억과 한 시간 전까지만 해도 살아 있었을 이들의 일상용품뿐이었다. 우린 정신없이 살아 있는 사람을 찾으려 했고 그 모든 소음 속에서 도움을 요청하는 소리를 하나라도 들으려고 했다. 혼란스럽고 견딜 수 없는 광경이었다. 잠깐이나마 내가 이 잔해 아래에서, 살아 있지만 아무도 구하러 오지 않는다고 상상해 본다. 야세르가 그런 상황에, 잔해 아래 있지만 잠든 채, 산소가 떨어져 죽을 거라는 걸 모르고 있다고 상상한다. 마지막 꿈을 즐기고 있을까? 아이들이 산산이 조각나는 순간 꾸고 있었을 꿈은 무엇일까?

파라즈의 집으로 돌아갔다. 지금 우린 할 수 있는 게 없다. 아침에는 눈이 좀 더 또렷해지리라. 하지만 잠들 수 없어 방에 다시 햇볕이 들어오기만을 기다리며 그저 누워 있었다. 그러다 일어나 동네 사람들과 함께 생존자들, 아니면 죽은 이들을 찾아 나설 것이다. 어젯밤 F-16이 발사한 미사일이 떨어진 곳은 가는 길이 비좁아 불도저가 갈 수 없었다. 손으로 잔해를 치우는 건 불가능한데, 치우지 않고는 시신을 수습하거나 아직 살아 있을 사람들을 도울 방법이 없다. 가장 넓은 길도 폭이 2미터를 넘지 않았다. 우리가 맨손으로 잔해를 치울 수밖에 없다. 한 번에 남자 열 명 정도가 큰 조각, 돌과 콘크리트를 들어 옆으로 날라 치운다. 그 뒤나 아래에서 누구라도 찾길 바라며, 무너진 벽 몇 개를 치웠다. 내 사촌이자 무너진 집 가운데 한 채의 주인인 알리의 아들 압도Abdo는 근처 골목을 걸어다니며 제 자식들을 찾아다녔다. 압도는 자식들이 살아 있을 거라고, 미사일이 집에 떨어졌을 때 어떻게든 빠져나갔을 거라고 믿었다. 우린 그를 진정시키려 했다. 압도는 계속 소리쳤다. "얘들아 일어나라. 자고 있다는 거 안단다. 이제 일어나야지." 누구도 그의 아픔을 보고 있을 수 없어 그의 비통한 목소리를 떨쳐 내고자 갑절로 힘을 내서 작업에 집중했다.

사촌 알리의 시체를 찾았다. 알리는 자발리야 난민촌에서도 가장 유명한 달걀 장수다. 3주 전에는 아들 모스타파의 결혼을 축하했다. 아들들은 죽음을 피해 갔지만 그는 그러지 못했고, 딸들은 더 안전하리라는 생각에 남편과 자기 자식들과 함께 난민촌 중심부에서 지내러 갔다가 죽었다. 이제 우린 시장에서 알리를 다시 볼 수 없으리라. 그에게 이렇게 묻지도 못하리라. "사촌, 알은 좀 어떤가?" (아랍어로 '알'은 '불알'도 가리킨다.) 그가 이렇게 답하는 것도 듣지 못하리라. "계속 커지는데 이젠 쓸모가 없어!"

칸 유니스에 있는 친척 집에도 미사일이 떨어졌다는 걸 그 뒤에 알게 됐다. 그 집 주인은 건물 맨 아래층에서 팔라펠 가게를 했고, 그 집 자녀들은 팔라펠 준비를 도왔다. 지난밤, 그들은 늘 하던 일을 했다. 병아리콩을 으깨고, 반죽에 양념을 친 뒤, 익힌 기름에 팔라펠 경단을 떨궜을 것이다. 문을 닫고 집으로 돌아간 게 새벽 세 시쯤이었다. 네 시에는 집이 폐허로 변해 버렸다. 여덟 가족이 옆집에 살던 네 사람과 함께 곧바로 살해당했다. 하지만 시신이 빨리 수습된 게 행운이다. 이런 상황에서는 이런 게 '행운'이다. 제대로 된 장례식을 치를 수 있는 운, 마지막 의례로 조금의 대우나마 받을 수 있는 운. 며칠이고 몇 주고 시신이 수습되길 기다리며 기다리며, 아직도 폐허 아래서 끝없이 마지막 순간을 갇힌 채 몇 번이고 반복하리라고 상상하지 않아도 된다면, 그 가족은 '행운'인 거다. 한나가 지금 겪고 있는 게 이 불운이다. 후다, 하템 그리고 그 아들 모함메드가 잔해 아래 누워 있는 모습을 떠올리며, 이들을 꺼내는 데 자신이 할 수 있는 게 아무것도 없다는 걸 알면서도, 후다가 겪고 있을 삶의 마지막 순간을 간절히 그리는 것.

죽더라도 운이 더 나빠질 수 있다. 후다와 하템 그리고 그 가족의 죽음은 천둥처럼 갑자기 일어났지만, 제대로 된 장례식을 치르지 못하는 건 더 많은 가족들에게 혼란을 가중시키는, 또 다른 충격이다. 고인을 쉬게 해야 우리도 쉴 수 있는 것이다.

어떤 아이들은 이스라엘의 미사일에 맞아 자신들이 조각난 뒤에도 이야기를 전하거나 최소한 녹화라도 할 수 있는 새롭고 영리한 방법을 고안했다. 자기 시체가 확실히 확인될 수 있도록 손발에 마커로 자기 이름을 써 둔 것이다. 이걸 SNS에서 공유하고 있었다. 어떤 녀석들은 자기 죽음을 전화로 알릴 수 있도록 가족 전화번호까지 써 두었다. 우리가 죽은 뒤에도 세상이 나아갈 것이라고 생각하는 건 불가능한 일에 가깝지만, 이 녀석들은 그러고 있다. 사랑하는 이들이 자기 생사를 알지 못해 연옥으로 떨어지지 않도록, 이들을 우선시하고 고통을 덜어 주려 한 것이다. 스스로를 위해서도 한 게 아닐까 생각한다. 죽은 뒤 누구도 애도하지 않는다는 생각은 견디기 힘드니까.

병원 3층, 위쌈이 치료받고 있는 곳까지 가는 길에 지나치는 면면들과도 이미 익숙해졌다. 응급실 근처 계단 입구에 있는 작은 천막에 사는 사람들도 안다. 1층 통로의 들것에서 자는 과체중 여자도. 2층 입구 근처에 앉아 이제 자기들 삶이 이렇다는 걸 아직도 믿지 못해 불안한 얼굴을 한 젊은 여자 셋도. 수술실로 가는 2층 통로를 따라가면, 언제나 수술실 옆 쪽방을 침실로 쓰고 있는 가족을 볼 수 있다. 항상 아이들을 진정시키려 하는 아버지도, 통로 한 구석을 자기 공간으로 삼으려고 달아 놓은 커튼 뒤 사내의 얼굴도 안다. 그의 커튼이 보인다면 4층에 도착했다는 걸 알 수 있다. 그리고 1층 통로로 내려가면, 항상 그쯤에서 아이들에게 샌드위치를 만들어 주느라 바쁜 여자를, 다리가 부러져 깁스를 하고 있는 남자를 만난다.

항상 얼굴을 찡그린 간호사들과도 전부 익숙해졌다. "하느님께서 이들 모두를 도우시길" 하고 혼잣말을 했다. 위쌈이 입원한 병실에 있는 다른 부상자들의 가족들도 알게 됐다. 전쟁 전 경찰관으로 일한 사내 아부 나임도, 위쌈이 온 첫날부터 위쌈을 다정하게 돌봐 준 청년 아부 야잔과 그 부인 옴 야진도 안다.

이 모든 면면과 그들의 고통을 안다. 그들이 어떤 느낌일지, 어떤 걸 느끼지 못할지, 안다.

## 10월 20일, 금요일. 열네번째 날.


"도대체 뭘 신고 있는 거야?" 순간 모함메드가 여자 신발을 신고 있다는 걸 깨닫고 씩씩거리며 쏘아붙였다. "이제 알았어?" 모함메드가 답했다. 어제부터 신고 있었다고 한다. 같은 운동화를 2주째 신고 있었더니 발이 계속 아팠다는 것이다. 그러다 어제는 한나의 신발이 훨씬 편하다는 걸 알게 됐다. 이제 아무도 그런 사소한 일에 신경 쓰지 않는다. 전쟁 그리고 어떻게 살아남을지에만 매달릴 뿐이다. 전쟁 속에선 모두가 똑같고, 젠더도 그 예외가 될 수 없다. 어제 위쌤을 만나러 갈 때는 반바지를 입고 갔다. 그런 장소에 그런 차림으로 가리라고는 평소에는 상상조차 하지 않을 것이다. 하지만 이제는 아무도 신경 쓰지 않고, 알아차리지도 않는다. 이런 면에서는 전쟁 속의 삶이 훨씬 더 간단하다.

우린 항상 최악에 대비한다. 예컨대 여성들은 이제 완전히 차려 입고 심지어 머리까지 가린 채 잠에 든다. 그래야 급히 대피할 때 머리를 가린다고 시간을 쓰지 않으니까. 하지만 내 생각엔 밤에 살해당했을 때 시신이 반라로 발견되지 않도록 그러는 것 같기도 하다. 언제나 준비되어 있으라는 건 전쟁의 법칙이기도 하다. 이번 전쟁의 첫 열흘 동안은 나도 그랬다. 나도 항상 옷을 입고 잠들었다. 그러다 최악의 경우만 생각하는 건 그만두기로 했다. 그렇게 하루를 마감할 수는 없다. 또, 죽으면 내 시체에 무슨 일이 일어날지는 모르는 건데, 왜 걱정한단 말인가? 난 어차피 죽었을 텐데. 생각하고 있어야 할 유일한 문제는 그런 일이 없게, 안전히 있도록 하는 것이다.

지난밤에는 잠을 잤다. **진짜로** 잘 잤다. 확실히 우리 모두 잠이 필요했다. 드론이 떠다니며 윙윙거리길 멈추지 않았지만, 그 속에서도 잤다. 가자시티 남쪽 자흐라 시에 미사일이 많이 떨어져 아름다운 신축 아파트들 대부분이 파괴됐다. 자흐라 시는 원래 아라파트가 닛자림Nitzarim 불법 정착촌의 확장을 막고자 새로 개발한 지역이다. 앗-셰이크 이즐린 구역 가장자리에 있는 이 신도시는 번창하여 해안 도로에 새로운 활기를 불어넣었다.

베개에 머리를 뉘자 바로 잠에 들었다. 원래는 잠드는 데 꽤 걸린다. 드론 소리를 들으며 조종사들과 대화하는 척 중얼거리는, 작은 의례를 치러야 잠에 들 수 있다. 하지만 지난밤은 새까맣게 잠들었고, 일어났을 때 아침 일곱 시라는 걸 믿을 수 없었다. 그러다 새벽 세 시쯤, 공습 소리를 듣고 몇 분이나마 일어나, 침대에서 나와 창문 밖으로 소방차가 저 아래 거리에서 용을 쓰는 걸 보기까지 한 걸 떠올렸다. 파라즈에게 전부 꿈인지 물어보았다. 그는 꿈이 아니라고, 모두 일어나 지켜봤다고 확인해 주었다. 저 아래 거리를 가리키며, 소방차 여러 대가 아직도 용을 쓰고 있다고 말했다. 잠에서 깼던 오 분은 내게 마치 악몽과도 같았다.

우린 매일 밤 침실에 들기 전에 물담배를 하며 뉴스를 듣곤 했다. 긴장이 풀리려고 할 즈음에는 대개 폭발로 건물이 흔들리곤 했다. 우린 점점 어디에 공습이 떨어졌나 창문으로 보러 가는 것조차 하지 않게 되었다. 폭발은 이제 우리 삶의 일부가 되었다. 중요한 건 내 집이나 옆집이 아니라는 것뿐이다. 난민촌 안에 가해진 서로 다른 공격들로 인해 열네 명이 죽었고, 이 가운데에는 내 친구 지아드 아부 지디안Ziad Abu Jidian도 있었다. 최대한 많이 죽이는 게 이스라엘군의 본능인 것 같다. 저들에게 사망자 수는 중요하지 않고, 가자가 죽는다는 사실만이 중요했다. 저들에게 우린 숫자에 불과했고, 숫자에 지나지 않기에 십이건 만이건 중요하지 않았다. 그저 숫자니까. 주요 도시나 수도에서 벌어지는 몇몇 시위를 빼면, 세상은 조용히 있었다. 하지만 이스라엘은 시위에도 아랑곳하지 않았다.

휴대전화가 울려 하템과 후다의 집이 있던 폐허에 불

도저가 도착했다고 알렸다. 노트북을 닫고 거기까지 모함메드와 차를 타고 갔다. 잔해 일부가 치워져 있었다. 우린 이어지는 정리 작업을 도왔고 삼십 분쯤 지나 마침내 남자의 것이 확실한 손을 보았다. 그 근처는 먼지와 자갈이 가득했기에 처음에는 알아채지 못했다. 십 분간 우리 손으로 근처 공간을 치웠고 바위를 옮기며 손이 붙어 있을 시체에 닿고자 더 깊이 땅을 팠다. 머리가 없었다. 오른손은 마치 폭발의 화마로부터 주인의 얼굴을 지키려고 한 듯 들려 있었다. 하템의 형제 하짐은 시체가 아들 아와드의 것이라고 했다. 나는 한참 동안 그 결론에 의구심이 들었다. 그러나 당시 하템이 흰 셔츠를 입고 있었고 아들이 검은 셔츠를 입고 있었다고 하짐이 설명하자, 의문이 가셨다.

불도저 운전수는 이제 가야 한다며, 당장 할 수 있는 건 이게 전부라고 하고는, 우리를 고통 속에 버려 두고 떠났다. 우린 시체를 비닐 봉투에 넣고 나머지 시체를 계속 찾았다. 몇 분 지날 때마다, 한나는 다시 전화해 후다를 찾는 데 진전이 있었냐며 물었다.

얼마 지나자 등이 아파 계속할 수가 없었다. 나는 모함메드에게 프레스 하우스까지 태워다 달라고 했다. 한 시간 뒤, 모함메드가 전화로 하짐의 아들딸 시체를 전부 찾았다고 전했다. "우리 소식은 없고?" 난 하템, 후다, 그 아들에 관해 물었다. "아쉽지만 없어." 그가 말했다. 정오쯤 되자 모함메드는 프레스 하우스로 돌아와 구역에 폭격이 있어 빠져나와야 했다고 설명했다. 수색을 계속하기에는 너무 위험해졌다. 아직도 작업은 끝나지 않았다.

그 뒤로는 자발리야에 있는 다른 폭격 현장에 갔다. 사촌 나빌Nabeel은 자기 집이 있던 폐허 위에 울며 앉아 있었다. 나빌의 자녀들은 아직 그 폐허 아래 있다. 난 그의 곁에 앉았다. 할 수 있는 말이 없었다. 침묵은 연대의 한 형태이자 공통된 무력함의 표현이었다. 이미 여러 사내들이 맨손으로 일하며 사람들을 꺼내려 노력하고 있었다. 마침내 누군가 울부짖었다. "시체 일부를 찾았어!" 세 시간 더 힘을 쓴 뒤에야, 시신 몇 구를 발견했다. 나빌의 아들, 유세프도 있었다. 가족 스물세 명이 아직도 폐허 속에 사라진 채였고, 이들을 찾으려는 노력은 해가 질 때까지 이어졌다.

## 10월 21일, 토요일. 열다섯번째 날.


오늘은 무슨 요일이지? 일어나면 처음 하는 질문이다. 회의나 약속이 없기에, 날짜는 이제 의미가 없다. 모든 날이 똑같아 보인다. 어떤 날엔 공격을 더 많이 보게 되는데, 여태까지의 폭력이 덜해서가 아니라 폭력이 가자 지구 내 다른 곳에서 일어났기 때문이다. 폭력은 언제나 있다.

토요일이다. 그러니 어제는 금요일일 것이다. 친척들은 잔해에서 시체를 더 찾으려 계속 애쓰고 있다. 친척 중 한 사람인 아부 라일Abu Lail이 커피를 가져다주었다. 나빌은 여전히 현장 근처에서 아들들과 손주들의 목소리를 들어보려 하고 있다. 목소리나 울음소리가 들리길 바라며, 잔해에서 찾을 수 있는 아무 구멍에나 귀를 대고 있다. 그는 구멍 하나에 팔을 뻗더니 손주가 가지고 놀던 장난감을 손으로 움켜쥐었다. 그걸 꺼내자 그는 걷잡을 수 없이 흐느끼기 시작했다. 그다음에 그가 찾은 건 (후식의 일종인) 바스부사Basbousa가 조금 담긴 접시 한 개였다. 미사일이 떨어졌을 때 누군가 이걸 먹고 있던 게 분명했다. 이것 한 조각을 먹다가 누군가 죽었다는 사실을 받아들이지 못해, 우린 그릇 주위로 모여들었다. 죽음으로 끝난 파티일까 아니면 파티로 끝난 죽음일까.

어젯밤은 힘들었다. 안 힘든 밤이 없으니 똑같은 소리를 반복하는 것 같을 수 있겠다. 그리고 어젯밤 일어난 일은 매일 밤 일어나는 일이 반복된 것에 불과하기도 하다. 미사일이 사방에 떨어졌다. 전쟁이 일어난 지 얼마 안 됐을 때는 미사일 소리를 가지고 어떤 종류인지, 군함, 전차, F-16 가운데 어떤 게 쏜 건지를 가지고 말다툼을 했다. 이제 우린 각각의 미사일 종류에 대해 훨씬 더 잘 알기 때문에 이견이 없다. 로켓의 쌕 하는 소리를 들을 때마다 우린 폭발이 일어나길 기다리고, 집은 갈지자로 춤을 춘다. 박자도 있다.

우리가 폭발에 익숙해진 걸까? 전쟁이 막 벌어졌을 때에 비해 우리가 덜 두려워하고 있는 걸까? 그럴 수도 있겠다. 모든 게, 심지어 죽음마저도 자주 일어나면 평범해진다. 가까운 이의 죽음을 접하는 것도, 하루 종일 다른 이들에게 그런 일이 벌어지는 걸 듣게 되니 평범해진다. 슬프게도 익숙해지는 것이다. 죽음은 힘을 잃고, 이젠 전에 그랬던 것처럼 충격을 줄 수 없게 되어 버린다. 특정한 때가 되면, 이제 모든 신경이 일신의 생존에 집중된다. 그리고 다른 사람이 죽었다는 소식을 접하면, 반대로 자신은 아직 살아 있다는 뜻이 된다. 죽은 이들은 소식을 듣지 못한다.

다른 이들의 죽음을 전해 듣는 건 내가 죽지 **않았다**는 뜻이다.

항상 죽음을 생각하지 않기 위해 내가 하는 놀이가 몇 가지 있는데 그 가운데 하나는 그냥 내 몸 바깥에 아무것도 없다고 상상하는 것이다. 오늘 아침 위쌈을 만나러 병원에 가는 길에도 해 봤다. 아무도 보지 못하고, 아무도 나를 보지 못하는 척하는 것이다. 아무것도 보거나 듣지 않는다. 매일 가던 길로 가되 이번엔 통로를 지나고 계단을 오르는 동안 내가 투명인간이라고 상상하는 것이다. 아무도 날 보지도 듣지도 못한다. 나는 고개를 숙이고 있다. 위쌈의 병실에 닿아 그 아이가 신에게 하는 말을, 자신을 아직 살려 두었다고 비난을 퍼붓는 것을 들을 때에야 나는 이 놀이에서 깨어난다. "왜 절 죽게 두지 않았어요? 다른 사람들처럼 죽었어야 하잖아, 나도 같은 방에 있었는데! 왜?"

보이지 않는 건 쉽다. 하지만 상처와 트라우마에도 불구하고 다른 사람한테 안정적으로 보이면서도 계속 나아갈 수 있는 것, 정말 힘든 건 그거다. 그렇기에 나는 병원에서 돌아오는 길에 눈을 최대한 넓게 뜨고 내 주변에 있는 모든 것과 모든 사람을 보고 듣겠다고 결심했다. 복도에 있는 과체중 여인도, 3층 입구에서 불안한 모습을 주고

받는 젊은 여자 셋도, 돌아갈 학교가 있을지 없을지도 모르면서 숙제를 하는 소녀도. 아침 샌드위치를 만들고 있는 엄마 근처에 앉아 있는 아이들이 눈에 들어왔다. 다리가 부러진 사내가 고통에 찬 신음 사이로 부인에게 속삭이는 모습이 눈에 들어왔다. 그들의 대화를 엿들을 수 있으면 좋으련만. 이 모든 걸 묘사하기에 말은 너무도 불충분하고, 현실의 고통을 덜어 주는 데 도움이 되지 않는다. 아직도 나빌의 부인 보테이나Bothina가 신을 탓하는 목소리가 들린다. 저들의 손주 하나 살려 주는 게 신에게 무슨 차이가 있다고 신이 이런단 말인가?

어제 프레스 하우스 정원에 빌랄과 앉아 평소대로 근황을 묻고 물담배를 하는 동안, 거리에서 소란이 일었다. 사람들이 차가 떠나는 소리 사이로 말을 나누며 소리를 지르고 있었다. 가서 무슨 일인지 보기로 했다. 보아하니 이스라엘군이 리말 구역 주민들에게 전화를 걸어 지역을 떠나라고 요청했다고 한다. 프레스 하우스가 있는 앗-슈하다 거리는 리말 구역에서도 아직까지 삶의 흔적이 남아 있는 몇 안 되는 곳 가운데 하나다. 바로 어제만 해도 청춘 남녀가 손을 잡은 채 거리를 걷고 카메라에 대고 웃으며 셀카를 찍는, 보기 드문 낭만적인 시간을 보내고 있었다. 그들이 지나갈 때 난 건물 밖에 서서 휴대전화 신호를 잡으려 하고 있었다. 어쩌면 전쟁 가운데서도 사랑이 가능하겠구나, 생각했다. 그들은 나를 알지도 못하는데도 반기면서 이렇게 말했다. "안전하시다니, 하느님께 감사드릴 일이네요." 이 말은 이제 사람들이 서로를 맞으며 건네는 상투적인 말이 되었다. 남녀는 커다란 유칼립투스 나무 아래 잠시 멈춰 있더니 나사렛 거리Nazareth Street로 향했다.

사업가인 내 친구 아부 사드 와디아가 이 거리에 산다. 무슨 소란인가 알아보려고 빌랄과 함께 밖으로 나섰다. 아부 사드를 진정시키려고 가족들이 그를 에워싸고 있었다. 그는 자기 집을 이제 떠나야 한다는 걸 믿기 어려워하고 있었다. 나는 아부 사드의 가족 모두를 프레스 하우스로 들인 뒤, 상황을 논리적으로 생각할 수 있도록 진정하라고 했다. 이스라엘 장교가 아부 사드에게 전화로, 집이 파괴될 것이니 떠나야 할 거라고 말했다 한다. 이럴 때는 자신이 감당할 수 있는 것만 생각할 게 아니라 같이 있는 이들을 생각해야 한다. 이스라엘의 목표가 가자 지구 북부를 전부 비우고, 그 뒤에는 분명 남부에도 똑같은 일을 벌여 결국 가자 지구에 살던 인구 전부를 시나이 사막으로 쫓아내는 것이라는 걸 우리 모두 알고 있다. 아무도 여기에 휘말리고 싶지 않지만, 함께 있는 가장 취약한 이들을 생각해야만 했다.

자발리야로 돌아가기 전, 앗-사프타워에 있는 아파트에 잠시 들렀다. 거기서 내 옷을 적셔 빨았다. 내 보라색 티셔츠는 지저분한 회색빛 보라색으로 변했다. 침대에 삼십 분 정도 누워 쉬려고 했다. 이미 건물 안은 거의 비었다. 이웃들은 전부 떠났다.

아침부터 계속 굶었기에 모함메드에게 팔라펠을 사서 파라즈네 집에서 먹자고 했다. 파라즈가 빵이 떨어져 우리가 가져올 거라고 생각하고 있을 줄은 짐작하지 못했다. 모함메드가 돌아오자 내가 그리 말하는 걸 듣고선 이웃 아부 아실Abu Aseel은 부인을 불러 우리한테 빵을 조금 나눠 줘도 괜찮을지 물었다. 이웃의 인심 덕에, 우리는 오늘 한 끼나마 제대로 먹을 수 있었다.

지난밤, 파라즈의 집으로 돌아가기 전, 장모님을 뵈러 갔다. 장모님은 평소에도 하던 질문을 하면서도 피곤하고 지쳐서 울기조차 어려워 보였다. 장모님과 지내던 야세르는 다시 나를 따라 파라즈네로 가겠다고, 아침에 위쌈을 보러 갈 때 같이 가겠다고 고집을 부렸다. 우리만 가고 자길 데려가지 않는다고 불평했다. 할머니가 힘들어하시니 같이 지내는 게 어떻냐고 하자, 야세르는 싫다고 했다. 파라즈네 집으로 돌아오는 길에 아버지 댁에도 들렀다. 치즈와 올리브로 저녁 식사를 하시려던 참이었는데 우리가 도착할 때는 가스 실린더에 불을 붙이고 계셨다. 추우시냐고 묻자 추운 건 아니고 그냥 최대한 따뜻한 게 좋다고 하셨다. 드리려고 산 견과류와 초콜릿 세 쪽을 건넸다.

거리에는 어떤 소년이 온갖 종류의 라디오를 팔고 있었다. 라디오의 시대가 드디어 돌아온 것이다. 그 모습은 내 소설의 등장인물 하나에 영감을 준 내 옛 이웃, 아부 다르위시를 떠올리게 했다. 팔레스타인 사람들은 뉴스에 엄청나게 매달렸다. 마치 무슨 소식 하나 듣겠다고 75년 동안 엉덩이를 달싹이고 있던 것처럼. 자신들의 모든 문제가 해결됐다는, 짐을 싸서 고향으로 돌아갈 수 있다는 소식이 나올 것처럼.

## 10월 22일, 일요일. 열여섯번째 날.


오늘은 전쟁 16일째다. 나는 아직도 살아 있다. 가자는 이제 가자가 아니다. 다른 도시가 됐다. 아침에 일어나 창문 아래로 자발리야 난민촌을 보았다. 청년 수십 명이 지난 사흘간 미사일로 박살 난 건물들의 잔해를 치우려고, 그 아래 깔린 시체들을 수습하려고, 바쁘고 절박하게 애를 쓰고 있었다. 그들은 약 서른다섯 구가 아직 깔려 있다고 계산했다. 내 가족만 놓고 봐도, 처제 후다와 사촌이자 매부 하템 그리고 그 아들의 시신을 못 찾은 지 이제 8일이 되었다. 한나는 매일 아침 전화로 오늘은 시신을 찾아 묻어 줄 가능성이 얼마나 되냐고 물었다. 어떤 이들은 사랑하는 이들의 시체가 폭발의 충격으로 수백 미터 밖으로 내던져진 걸 발견하기도 했다. 후다의 차남 모함메드의 시체는 70미터 떨어진 건물 위에 널브러져 있다 발견되었다.

자발리야에서 우리 옆집 이웃이던 파라즈는 지난 2주간, 마음에 진 모든 짐과 슬픔을 털어놓으며 우리와 많이 가까워졌다. 파라즈는 지금껏 매일 새벽 동이 트기도 전에 일어나 우리 모두를 기다리고 있는 긴 하루를 마주하고자 준비에 나섰다. 가족을 위해 평범함, 아니 그나마 '평범함'

에 근접하게 누릴 수 있는 것의 일부라도 지켜 내려면, 파라즈는 가장 기초적인 식량을 구하기 위해서라도 하루의 세세한 부분을 마치 전략처럼 계획해야 했다.

이런 시국에 가장 먼저 생각해야 할 것은 하루 먹을 빵을 찾는 것이다. 아침에 맞춰 빵을 찾을 가능성은 극도로 낮다. 대개는 한낮이 되어서야 구한다. 많은 가족이 이를 알기에 아이 하나를 해가 뜨기 전에 빵집으로 보내 그 앞에 줄을 서게 한다. 이 아이들은 귀중한 빵을 가지고 돌아가기까지 최소한 두 시간은 기다린다. 다섯 시간까지 기다릴 수도 있다. 안타깝게도 어젯밤에는 빵을 하나도 구하지 못했다. 파라즈와 우리 가족은 이 모든 일이 시작된 이래 같이 식사 준비를 하고 있다. 그래서 지난밤 나는 파라즈가 빵을 구해 오리라 생각했고, 파라즈는 내가 얻어 오리라 생각했던 것이다. 함께 앉아서 식사하려고 집 앞에서 그와 만났을 때 난 팔라펠을 사 들고 있었고, 우린 먹을 게 팔라펠 경단밖에 없다는 걸 알고는 당황했다. 빵 이야기를 하는 걸 들은 동네 친구 유시프 샤힌Yousif Shaheen이 우리가 먹을 빵이 없다는 걸 알고는 바로 부인에게 전화를 걸어 빵을 몇 덩이 나눠 줄 수 있겠냐고 물어보았다. 몇 분 뒤, 상냥한 아주머니가 작고 둥근 빵 아홉 덩이를 들고 왔다. 파라즈, 모함메드, 야세르와 내가 먹기에 충분한 양이었다. 몇 년 동안 가자를 떠나 있었기에, 어려울 때조차 서로 돕는 가자 사람들의 힘을 잊어버리고 있었다.

다음으로 염두에 둬야 하는 건 깨끗한 식수를 어떻게 확보할지의 문제다. 몸을 식혀 줄 찬물은 잊어라. 마실 수 있을 정도로 깨끗한 물을 바라는 게 최선이다. 가자시티 사람들은 오랫동안 깨끗한 물이 부족했다. 형편이 가장 좋을 때도 물은 오염되어 있었다. 하지만 이제는 아예 물이 끊겼다. 지난 열흘간 시간을 보낸 프레스 하우스는 물이 아예 없다. 문제는 깨끗한 물이 부족하다는 것만이 아니었다. 전기도 대개는 끊어져 있었기에, 물이 있다 하더라도 건물 꼭대기 물탱크로 펌프질이 되지 않았다. 이 탓에 대부분 건물에 물이 없었다. 병에 든 물은 누구나 살 수 있는 게 아니었다. 전쟁이 시작되고 며칠 지나지 않아 작은 병한 개의 가격이 10세켈로 올랐고, 사람들은 그걸 사는 대신 가까운 UNRWA 급수시설로 아이들을 보내 몇 병, 아니면 4리터들이 통을 채워 오게 했다.

병원에 누워 있는 위쌈은 열이 펄펄 끓었다. 몸속에 폭발의 열기가 남아 그걸 아직도 느끼고 있는 것만 같았다. 그렇기에 물이 지속적으로 공급될 필요가 있었다. 가능하면 차가운, 얼음물이 이상적일 테다. 하지만 어디서 구한단 말인가? 프레스 하우스에 가 몇 병을 냉장고에 넣고

선 저녁에는 조금이라도 가져다줄 수 있게 다섯 시간을 기다렸다. 냉수는 대부분이 꿈도 꾸지 못할 특권이다.

이런 시기에 세 번째로 신경을 쏟아야 하는 건 충전 가능한 배터리다. 요즘 시국에 전기는 구하기가 어렵고 순식간에 사라진다. 난민촌 안에는 아예 없다. 자발리야 난민촌에 전기가 마지막으로 들어온 게 13일 전이다. 십 년 넘도록 매일 규칙적으로(여덟 시간 켜지고 여덟 시간 꺼지는) 등화관제를 당했으니, 가자 지구에 있는 대부분의 집들이 이에 적응했다. 운이 가장 좋은 이들은 보조 발전기가 있었지만 대부분은 차량용 배터리와 크게 다르지 않은, 에너지가 있을 때 충전해 두는 배터리에 기댔다. 이걸로 밤에 흐릿하게나마 빛을 비추고 인터넷에도 어느 정도 접속할 수 있지만 전기레인지나 냉장고, 전기포트 같은 걸 켤 수는 없었다. 배터리 하나를 충전하는 데 최대 다섯 시간이 걸렸다. 전기가 아예 없는 이런 시기에, 여유가 있는 사람들은 알 법한 사람 가운데 태양열 발전이 되는 집에 가족 한 사람을 종종 보내곤 한다. 그러면 플러그를 꽂을 자리 앞에 배터리를 들고 줄을 서고 충전이 다 되기를 기다린다. 충전한 배터리를 집에 들고 온 뒤에야 휴대전화를 충전할 수 있는 것이다.

상황이 이러니, 평범함을 유지하려면 세 사람이 움직

여야 했다. 빵을 구할 줄을 설 사람, UNRWA 물 펌프 앞에 줄을 설 사람, 태양열 전지판이 있는 건물에서 기다리며 집 배터리를 충전할 사람. 이걸 할 수 있는 아이 셋이 있는 사내는 운이 좋은 편이지만 그렇지 못하면 부인과 함께 여기 저기 뛰어다니며 정신없이 부스러기를 주워야 한다.

오늘 아침에는 빵집 줄이 더 길었다. 남녀노소 수천 명이 빵을 얻겠다고 줄을 서 있었다. 위다Whida 거리에 있는 샨티 빵집Shanti Bakery 앞 줄은 500미터가 넘었고 위다 거리 와 나세르 거리 사이 교차로에 있는 가족 빵집 앞 줄도 비 슷했다. 제빵업 연합회 회장 압델나세르 아즈라미Abdelnasser Ajrami에 따르면, 이스라엘의 미사일이 빵집 일곱 곳을 무너 트렸다. 이틀 전, 여동생 아스마의 집 근처에 있는 빵집 '아 부 라비Abu Rabee'가 그 앞에 줄 서 있던 사람들의 삶과 함께 완전히 파괴되었다. 내가 지내는 자발리야에서 고작 수백 미터 떨어진 곳이다. 많은 사람들이 집도 없고 자기 부엌 에 갈 수도 없는 상황이라 빵집뿐 아니라 사람들에게 패 스트푸드를 제공하는 카페도 공격을 당했다. 이스라엘 이 가장 취약한 표적을 찾고 있는 것만 같다. 그들은 침 례 병원과 교회 일곱 곳을 공격했고, 침례 병원 공격은 당 연하게도 상당한 비난을 샀다. 팔레스타인 사람들 탓으로 떠넘길 수야 있겠지만, 병원을 **두 곳**이나 노리는 건 조금 의심스러워 보일 수 있으니 이제는 더 작고 약한 표적을 노렸다. 그 가운데 많은 곳이 빵집이었다. 대체로 아이들이 참을성 있게 줄을 선 채 공습으로 빨리 죽건, 줄이 매일 점점 길어져 천천히 굶어 죽건, 죽음을 기다리고 있는 곳.

어젯밤, 누세이라트 난민촌 시장이 공격당했다. 공격당한 곳 중에는 난민촌에서 가장 유명한 식당 두 곳, 제닌 Jenin 식당과 아킬Aqil 식당이 있었다. 전쟁 5일 차, 누세이라트에 있었을 때 아킬 식당에서 샌드위치를 사 먹었다. 어젯밤 샌드위치를 구하겠다고 줄을 서 있던 사람들은 이제 죽었다.

어젯밤, 아버지를 설득해서 가지고 계시던 낡은 라디오 가운데 하나를 빌렸다. 전기도 인터넷도 없는 긴 밤에는 세상으로부터 단절된 느낌이 든다. 들리는 거라곤 정확히 어디서 나는지도 모를 폭발음과 비명 소리뿐. 가끔 파라즈, 모함메드와 나는 각 폭발이 어디서 났고 얼마나 가까울지를 추측하는 섬뜩한 놀이를 했다. 아마 지난 2주 동안 가자 지구 사람들 대부분이 이 놀이를 했으리라.

이러지 않을 유일한 방법이 라디오를 가지고 있는 것이었다. 아버지에겐 가족의 유물 같은 것이다 보니, 아버지는 라디오를 세 개나 가지고 계셨고 하나는 삼십 년도 넘은 물건이었다. 마침내 아버지는 전쟁 동안 밤에 쓰도록 하나를 가져도 좋다고 했다. 지금 많은 이들이 뉴스를 접하고자 이 낡은 물건에 기대고 있다. 다시 팔기 시작하기까지 했다. 라디오 매장은 오래 전에 없어졌지만, 가자에 있는 많은 상점에서 라디오를 팔고 있다고 홍보하고 진열장 유리 한가운데에 라디오를 두었다. 우린 밤마다 잡음과 싸우며 선명한 신호를 잡으려고 씨름한다.

하지만 시간이 지날수록 매 낮밤이 그 전날과 똑같이 느껴지고 이번 전쟁도 저번 전쟁, 그 전 전쟁과 똑같이 느껴진다. 전쟁에는 새로울 게 없다. 모함메드에게 이렇게 말했다. "전쟁에서 새로울 수 있는 게 딱 하나 있는데 그건 네가 절대로 알 수가 없어. 네 최후가 그거거든." 그렇다한들, 매일 아침 우리가 깨어난다는 사실도 내게는 충분히 뉴스이고, 적극 환영할 일이다.

## 10월 23일, 월요일. 열일곱번째 날.


어젯밤이 가장 끔찍했다. 육백 명 정도 되는 사람들이 가자 지구의 서로 다른 곳에서 벌어진 공격들로 살해당했다. 밤 열한 시쯤 근처에서 폭발음이 들렸다. 늘 있는 일들의 연속이었다. 로켓이 쌕 소리를 내고 날아가고, 어둠 속에 불이 번쩍이고, 폭발이 일어난다. (창문으로부터 멀리 떨어져) 아파트 한가운데에 매트리스를 깔고 누워 잠을 청하다 곯아떨어질 즈음, 검고 해로운 구름이 거리를 채우는 게 눈에 띄었다. 밖에는 아무도 없는 것 같았다. 구급차 여러 대가 동시에 도착하는 소리가 들렸다. 기침이 나왔다. 금속이 타는 냄새, 재 냄새가 났다. 물을 마셔야 했다. 목이 따가웠다. 다들 일어나 창밖을 내다봤다. 연기는 점차 짙어졌다. 거리 동쪽 끝으로 가는 구급차를 세어 보니 열두 대였다.

보통 이다음 "저게 어디지?" 하는 질문을 던질 터였다. 보통이라면 삼십 분쯤 지나 뉴스가, 예컨대 자발리야 난민촌의 번화가인 '티란스' 근처라고 소식을 전할 터였다. 이런 식으로 전쟁 3일 차에 오십 명이 넘게 죽었다는 걸 지금은 안다. 하지만 요즘은 이런 정보가 확실해지기까지 며칠씩 걸린다. 요즘 들어 전쟁에서 가장 사람을 불안하게 하는 건, 미사일이 고작 몇 미터 밖에 떨어지더라도 정확히 어디에 떨어졌는지 몇 시간, 심지어 며칠이 지나도록 알 수가 없다는 것이다. 뉴스도, 인터넷도, 밖에 나갈 수도 없으니 누가 맞았을지 짐작하는 수밖에 없다.

제대로된 음식이 그립다. 아침에 팔라펠을 먹고 저녁에도 팔라펠을 먹는 게 대부분이다. 이틀 전에는 모함메드, 야세르와 먹으려고 닭고기를 조금 사 세 조각을 잽싸게 튀겼다. 잔치라도 하는 기분이었다. 내일 먹게 몇 조각은 남겨 두고 싶었지만 모함메드는 코웃음쳤다. "내일이면 다 상하지!" 틀린 말이 아니었다. 전기가 끊겨 냉장고를 쓸 수 없기 때문이다. 그래서 밤이면 기온이 떨어질 테니 닭고기를 냄비에 넣고 발코니에 내두었다. 하지만 아침에 일어나자, 고기가 꽤 상해 냄새가 심했다. 이젠 먹을 게 없어 이브라힘에게 전화해 가게가 닫기 전에 팔라펠을 좀 사다 줄 수 있냐고 부탁했다. 이브라힘이 지내고 있는 가족 집에 가서 팔라펠로 샌드위치를 어떻게든 조금 만들었다. 살면서 먹은 가장 맛있는 한 끼 같다는 생각이 먹을 때마다 든다. 속으로는 이게 마지막 끼니일 수 있으니 그렇게 생각하는 거 아닌가 하는 마음이 든다.

오늘 아침 이발소가 열려 있는 걸 보고 놀랐다. 하지

만 앞에 청년들이 몇십 명이나 서 있었기에 들어갈 수는 없었다. 대신 이브라힘에게 가지고 있는 작은 바리깡으로 머리를 잘라달라고 했다. 죽은 형 나임은 우리 머리를 잘 잘라 주었다. 첫 인티파다 때는 통금이 40일씩 이어지기도 했는데, 그때 나임은 동네 남자들 대부분의 머리를 잘라 주었다. 이번엔 이브라힘이 최선을 다해 보리라.

아침에 일어나자 뭐라도 바뀌었으면 하는 마음이 간절히 들었다. 전쟁이 끝나길 기다리는 건 가망이 없었다. 안 끝나면 어쩌지? 한 주가 지났지만 끝이 나지 않았다. 한 달, 한 해가 지나도 끝나지 않을 수도 있다. 전쟁의 대상인 우리는 그 전개에 아무런 발언권도 갖지 못한다. 그렇기에 장기적 전략을 갖고 다가올 몇 주, 몇 달 동안 삶을 어떻게 감당할지 더욱 진지하게 고민해야겠다는 생각이 들었다.

오늘은 자발리야에 종일 있을 것이다. 위쌈을 보러 병원에 가지도 않을 거고 프레스 하우스에도 가지 않을 거다. 위쌈을 보러 가는 것만으로도 나는 무너지는 기분이었다. 내가 내 생각보다도 약한 모양이다. 그리고 때로는 장기적으로 이득인 일을 해야 한다. 내일 위쌈을 보러 가려면 오늘은 가면 안 된다. 쉬어야 한다.

여동생 에이샤에게 전화를 걸어 따뜻한 요리를 해 줄 수 있냐고 물었다. 에이샤는 좋다고 했다. 에이샤의 남편 마헤르Maher도 나와 친한 친구다. 마헤르는 자기 집 마당에 있는 작은 우리에서 키운 닭 두 마리를 잡겠다고 했다.

기름이 거의 다 떨어졌기에 오늘은 차를 쓰지 않을 계획이다. 우린 한 주가 넘도록 차에 기름을 넣지 못했기에 신중해야 했다. 가자 주민들에게 당장 시급한 문제 가운데 하나가 기름이다. 발전기를 가진 사람들도 기름이 필요했다. 그러니 수백 명이 발전기를 계속 돌리겠다는 희망을 갖고 4리터들이 통을 든 채 주유소 앞에 서 있는 걸 보는 것도 대단할 것 없는 일이다. 어제는 자발리야 난민촌 입구에 있는 주유소 주인이 그 앞에 모여 있는 사람들을 타이르고 있었다. 기름이 없으니 줄을 설 필요가 없다고 설득하는 것이다. 줄을 선 사람들이 주유소를 떠날 거라는 그의 생각은 부질없었다. 한 사내가 고함을 질렀다. "주유소에 왜 기름이 없어?" 주유소 주인이 화를 내며 대꾸했다. "따질 거면 전쟁한테 따지쇼."

난민촌 안의 탈 앗-자아타르Tal Azzatar 근방에 있는 에이샤네 집으로 걸어갔다. 이 정도 지나고 나니 폭발이 너무 많아서 내가 있는 도시에 구멍을 내었더라도 거의 관심이 없어졌다. 17일이나 지나자, 삶을 멈추는 게 쓸모가 없었다. 삶은 계속되어야 했다. 전쟁이 축소되지는 않았지만 사람들은 전쟁이 소강 상태라도 된 양 다시 거리를 돌아다녔다. 잔해와 반쯤 무너진 건물들이 사방에 널려 있었다. 걸음을 옮길 때마다 도시에 새로 난 틈이 보였다. 친구들의 집도, 거리 배치에 필수적인 건물들도 모두 사라졌다. 사라진 것들 가운데에는 지역 명소도 있었다. 우리에게 도대체 무슨 일이 벌어진 걸까?

여기서 죽는 사람들은 전부 순전히 운이 나빠 죽는다. 그냥 딱 그 순간 미사일이 떨어지는 곳에 있었던 것뿐이다. 죽은 이들 대부분이 어디가 가장 안전할까 어렵게 짐작하며 한곳에서 다른 곳으로 움직이고 있었다. 이제 어디가 됐든 뿌리를 내리고 사는 사람은 없다.

하나 작게나마 위안이 되는 건 로켓 소리가 들리면 맞지 않을 거라는 점, 표적이 아니라는 점을 알게 된 것이다. 가자 사람이라면 모두가 배우게 된다. 로켓의 표적이 되면, 떨어지는 소리를 듣지 못한다. 그냥 죽는다. 그냥 죽는 것이다. 그런데도 꿈에서는 죽음이 시간을 들여 자기를 인지하게 한다. 죽음의 발소리가 들리고, 이빨이 보인다.

그리고 인간이라는 종으로 살아오면서 우리가 여태껏 알게 된 그 어떤 것도, 이런 상황에는 별 도움을 주지 못한다. 잠시 멈춰 양치기가 양떼를 몰고 길을 건너길 기다렸다. 양과 염소 수백 마리가 날 지나쳤다. 다들 지쳐 보였다. 며칠 동안 뭘 먹지 못했을 수도 있다. 저 양치기도 헛간을 비우라는 명령에 거리로 내몰린 것이리라. 가축들을 어디 숨겨둘지를 모르니 거리로 이끌고 나온 거겠지. "밤에는 어쩌시려고요?" 내가 물었다. "그냥 있는 데서 자면 얘들은 내 근처에서 잡니다."

에이샤네 집에 다다라 스스로에게 같은 질문을 던졌다. 여긴 정말 안전할까? 답이 없다 하더라도 안전에 관한 질문은 피할 수 없다.

## 10월 24일, 화요일. 열여덟번째 날.


"가자에서의 삶은 항상 힘겹나요?" 이런 질문을 많이 받는다. 그러지 않았던 시기를 기억해 보려고 옛날 생각에 매달려 본다. 1990년대 초에 흩어진 몇몇 순간들이 떠오른다. 팔레스타인 자치정부가 도시에 근거지를 마련했을 때는 잠깐이나마 평온이 있었다. 평온은 아니더라도, 미래 어떤 시점에는 평온이 올 수 있다는 약속이 있었다. 당시 스무 살이던 내 세대에게는 미래가 막 열리고 있었다. 평화협상은 새로운 시작의 성사가 될 터였다. 그럴 수 있다. 수천 명이 거리로 나서 이를 지지했다. 우리가 지푸라기를 붙들고 있는 거라는 걸 그때는 몰랐다. 돌아가신 어머니는 오슬로 협정이 체결되었을 때 이를 축하하는 수많은 대중 시위에 참여했다. 협정이 아들의 석방으로 이어지는 게 어머니의 바람이었다. 어머니는 그 얼굴도 보지 못하고 돌아가셨다.

그렇더라도 좋은 시절이었다. 가자의 앞길은 창창했다. 건물들이 사방에서 하늘로 뻗어 올라갔고, 도시도 남북으로 뻗쳐 나갔으며, 모래밭길이 새로이 포장되고, 공공기념물이 설치되는 등 돈이 도시로 흘러들어 왔다. 평화협상이 지속된다면, 가자의 미래는 밝았다.

하지만 이 시절은 그저 몇 년 갔을 뿐, 그 뒤로 전부 무너졌다. 모든 곳에 이스라엘 경찰을 들이는 건 평화의 대가로 치기엔 너무 컸고, 팔레스타인 사람들에게 평화는 짐이 되었다. 미래는 취소되었다. 경제는 침체됐고 공항은 폭격당했다. 이스라엘의 정착민과 군대가 물러난 뒤로도 사람들은 포위되었고 벽으로 둘러싸였다. 가자 사람들은 다시 한번 깨달았다. 여기서 자신들은 시민이 아니라 죄수라는 걸.

어젯밤 내내 전차들은 멈출 생각을 하지 않았다. 에이샤의 집은 자발리야 동쪽에 있어 국경에 서 있는 전차 수백 대와 가까웠다. 여기로 오는 건 위험한 결정이었지만 물도 부족하고 매트리스에서 자며 씻지도 못하고 17일 동안 여기저기를 전전하고 나니, 이젠 지쳤다. 샤워도 하고 제대로 된 침대에서 자고 싶었고 옷을 빨고 이를 닦고 싶었다. 에이샤네 집에서는 다 할 수 있다. 태양열 전지판이 있어 옥상으로 물을 펌프질할 수 있기에 수돗물이 나온다!

에이샤는 빵을 준비하기 위해 일찍 일어났다. 이스라엘이 수많은 빵집을 표적으로 삼았기에, 열네 살짜리 아들을 보내 몇 시간 동안 줄을 세우지 않기로 했다. 직접 빵을 굽는 게 유일한 선택지였다. 에이샤는 전쟁이 시작되자마자 슈퍼마켓에 달려가 밀가루를 사재기해 두었다. 그러고 는 이틀마다 이틀치 빵을 만들었다. 에이샤를 도와 반죽을 주무르고 잘랐다. 에이샤가 설명했다. "빵이 정말 얇아야 해." 제부 마헤르는 프라이팬에 빵을 굽기 시작했다. 크레 페를 만들 모양이었다.

에이샤는 자기가 빵을 만들어 먹을 거라고는 생각도 못했다. 에이샤는 가게에서 다 사서 먹는 세대 사람이다. 가지와 호박을 잘 깎아서, 아욱(물루키야)도 잘 잘라서 파 는 등, 가게에서 사는 채소조차도 조리 준비가 끝나 있는 시대 아닌가. 이제는 다 직접 해야 한다. 에이샤는 마을 중 앙에 더 가깝게 옮기는 데 반대했다. UNRWA 학교 선생님 이라 집에서 학교까지 거리가 수백 미터밖에 안 됐다. 에이 샤가 물었다. "가르치는 교실에서 살게 되는 거 아니야?" 생각만으로도 기괴했다.

가자에 살고 있는 수천 가족들도 지금은 우리처럼, 빵 을 어떻게 만드는지 직접 배우고 있을 게 틀림없다. 빵집 폭격이 해낸 일이 이거다. 에이샤는 빵을 구울 가스가 있어 속도를 낼 수 있으니 운이 좋은 편이었다. 하지만 대부분 이, 특히 집을 떠나야 했던 이들은 나무나 상자를 써서 직 접 불을 피워 구워야 했다. 우리가 가지고 있는 걸 이들은 임시변통으로 때워야 할 것이다. 잔해에서 건진 나무로 불을 피워 그 위에 돌 두 개로 철판을 받치는 식으로.

몇 년 전, 어떤 사람이 난민촌 동쪽에 있는 UNRWA 학교에 이상한 구호를 써 뒀다. "우리는 뒤로 나아간다." 기억하기 쉬운 구호였다. 새로운 전쟁은 하나같이 우릴 기초로, 시작점으로 잡아끈다. 우리 집과 관습을, 사원과 교회를 무너트린다. 우리 정원과 공원을 허물어 버린다. 미래에 아무것도 남겨 두지 않는다. 모든 전쟁은 회복에 몇 년이 걸리지만, 우리가 회복하기도 전에 새 전쟁이 찾아온다. 새 전쟁은 경보를 울리지도, 휴대전화로 메시지를 보내지도 않는다. 그냥 찾아온다. 갑자기 그 가운데 있게 되는 것이다. 6일 전 야파 도로 공격에서 가족 대부분을 잃은 사촌 나빌은 어제 밤새 큰 소리로 알라에게 외쳤다. 나빌은 우리에게 닥친 모든 일에 대해 알라를 탓하고 있었다. "하느님께서 결정하신 거라면 왜 제가 가족들을, 아들들을, 딸을, 손주들을 잃도록 하셨습니까? 어째서 전능하신 힘을 제게 시험하십니까?" 나빌은 신실한 신자였지만, 이런 미친 시기에 두려움에 사로잡히더라도 탓할 사람은 아무도 없으리라.

우린 오직 실수로, 로켓이 우리에게 닿지 않아 살아 있다. 죽음이 우릴 인지하지 못했거나, 다른 사람과 착각하여 살아 있을 뿐이다. 우리가 매일 깨어나는 건 이런 우연 덕일 뿐이다.

　그리고 그 뒤에 오는 날은 밤을 기다리는 데 쓰일 뿐이고, 밤에도 이는 마찬가지다. 물론 낮시간이 좋은 점도 있다. 낮에는 연기가 어디서 올라오는지 보고 지난 폭격이 어디에 떨어졌는지 짐작할 수 있다. 밤에는 더 할 게 없다. 그냥 폭발음을 듣고, 번쩍임을 보고, 그걸로 끝이다. 아무 것도 모르고, 아무것도 느끼지 못한다. 그냥 누워서 짐작하고, 전부 상상으로 채울 뿐이다. 가장 행복한 순간은 일어나서 아직 내가 멀쩡히 있는지 스스로를 부여잡아 보고 방을 둘러보는 것이다. 살아남았다, 밤을 정복했다, 이런 생각이 밀려든다. 가끔은 그러고도 확신이 없어 내가 살아 있다는 걸 증명할 테스트를 생각해냈다. 하나는 집에 있는 다른 이들을 전부 깨워 말을 걸고 뉴스를 주고받는 것이다. 세부적인 이야기가 일상적일수록 좋다. 세부 사항이 지루하기에 이게 꿈이 아니라는 걸 알게 된다. 꿈은 이것보다 좀 더 희한한 법이다. 다른 테스트는 아내에게 전화를 걸어 야세르와 내가 아직 살아 있다고 전하는 것이다. 한나의 목소리는 꿈에서 따라 할 수가 없다. 목소리만 들으면 한나인지 바로 알 수 있다. 그렇게 이 모든 게 진짜이고, 이미 죽은 누군가의 꿈이 아니라는 걸 알 수 있다.

## 10월 25일, 수요일. 열아홉번째 날.


　병원에 약과 장비가 충격적일 정도로 없었다. 약만 없
는 게 아니라 이제는 환자들이 마취제 없이 수술을 받아야
했다. 고통이 배가된 것이다. 모든 병상에서 비명이 이어지
는 게 예삿일이다. 진통제도 진정제도 없다. 침대 하나만
주어지는데 이제는 그것조차도 모자라다. 앗-쉬파 병원은
일반적으로 병상 오백 개를 수용했는데, 이번 주에는 갑절
이 되었다. 하지만 이제는 그것조차 모자라다. 새로 들어
오는 사람들은 갈 곳이 없다. 병상 세 개로 운영되도록 설
계된 병동 하나에 이제 일곱 개를 수용하게 되었다. 병상
이 복도에, 대기실에, 수술실 앞에, 심지어 화장실 입구와
계단 근처에까지 놓였다. 한 뼘의 공간이라도 값지게 쓰였
다. 어제는 이에 대응하고자 병원 운영진이 응급실 앞 출
입 구역 위로 캐노피를 설치했다. 큰 천 한 장을 위에 덮
고, 그 아래 공간을 나누어 간이 병동으로 삼았다. 수용 능
력 문제는 해결되지 않았으나, 공간은 확보한 셈이다. 이
제, 병원에 새로 입원하는 사람들을 땅에 매트리스를 깔고
뉘였다. 침대도 없이.
　오늘 아침, 앗-쉬파 병원은 전례 없이 혼잡해 보였다.

전쟁 중에는 모든 일이 아침마다 조금씩 달라 보이지만 병원은 특히나 달랐다. 온갖 곳에 수백 명의 사람들이 있었다. 걸어다니고, 서 있고, 의사 주변으로 모여 있고, 병원 앞 천막에 급조된 천막 안팎을 뛰어다니고 있었다. 한적한 곳이 없었다. 천으로 새로 지은 벽과 복도를 보니 야전병원에 있는 것 같았다. 큰 천막 주위 사방으로 바닥에 환자 수백 명이 누워 있었다. 의사는 없었고, 젊은 간호사 하나가 모든 사람들의 질문과 요청을 들어주고 있었다.

병상으로 가자 위쌈은 내게 어려운 부탁을 했다. 독극물 주사를 놔 줄 수 있냐고 한 것이다. 그렇더라도 알라가 자신을 용서해 줄 것이라고 자신했다. 나는 웃으면서 "위쌈, 하지만 알라께서 날 용서해 주진 않을 거잖니."라고 했다. 위쌈이 답했다. "내가 용서해 달라고 할게요, 이모부 대신에." 미친 생각이라고 답하고서 주의 지혜로부터 한 구절을 암송했다. 주께서는 이 모든 죽음 사이에서 네가 살아 있기를 바라실 거라고 말해 주었다. 그게 주의 뜻일 거라고. 위쌈은 상처가 너무 아파 더는 견딜 수가 없다고 고집을 부렸다. 위쌈은 어떤 약이나 마취제도 받지 못했다. 그 애가 이 모든 고통을 견뎌야 한다는 건 납득되지 않는 일이다. 애 얼굴은 창백했고 포기할 마음을 굳힌 것처럼 보였다. 힘이 날 말들을 몇 번이고 해 주었지만, 어떤 말도 도움이 되지 못했다.

　　오늘은 전쟁 19일째고, 끝날 기미는 없다. 누구도 완전한 휴전을 이야기하지 않는다. 뉴스에 나온 사람들은 대부분 인도적 사유로, 음식이나 약을 들일 수 있도록 몇 시간이라도 휴전을 할 가능성을 다루고 있었다. 이런 시기에는 뉴스를 들어 성명이나 한 줌의 새로운 정보라도 전부 알아야 한다. 하지만 동시에, 뉴스를 듣는 건 견디기 어려운 일이다. 저들이 우리 가운데 누구에게도 말해 보라고 한 적도 없이 우리에 관해 말하고, 우리를 가리키고, 우리를 대신해서 말하고 결정을 내리는 게 역겨웠다.

　　어젯밤, 새벽 세 시 십오 분쯤, 마지막으로 들려온 공습이 내가 머무르고 있는 파라즈의 집에 떨어졌다고 생각이 들어 누워 있던 매트리스에서 벌떡 일어났다. 소리가 들렸다면 표적이 된 게 아니라는 법칙을 까먹은 것이다. 우린 모두 창문으로 달려가 아래 있는 거리를 내려다보았다. 벽이 쪼개지고 무너지는 소리, 사방에 흩어진 유리와 금속과 나무가 타는 짙은 냄새가 오감을 사로잡았다. 동네 가운데 한 곳에 공습이 떨어지는 소리를 세어 보니 세 번이었다. 늘 그렇듯 또 짐작을 시작했다. 이 집일 수도, 저 집일 수도 있었다. 그러다 이 짓도 멈추고 잘 시간이 되었다. 아침이 되자 모함메드가 알 할라비AI Halabi 가족 집이라고 알려 주었다. 그 집은 우리 가족 집에서는 건물 두 개만 떨어져 있고 파라즈의 집에서는 백 미터 떨어져 있다. 시신 여섯 구가 발견되었고 열다섯 명이 구조되었으며 다른 이들은 잔해 아래 실종된 채였다. 동네의 다른 사내들처럼 나도 거리로 나가 구조 작업을 돕고자 했다. 훼손된 시체 조각들을 손으로 집어 담요 위에 모아 두는 것도 어려웠지만 시체의 신원을 확인하는 건 더 어려웠다. 먼저 성별로, 그다음에는 나이로 알아내려 했고 그다음에는 그래서 이 사람이 누구인지, 가장 어려운 짐작을 해야 했다.

신원을 확인할 수 없는 시신이 많았다. 많은 경우, 시체들은 작게 조각났다. 다리 하나는 여기, 몸통 조각들은 저기 있고, 나머지는 다진 고기처럼 남아 있는 식이다. 저번 주에는 가자 주민들이 자기 시체가 조각나더라도 신원이 확인될 수 있도록 펜이나 유성 마커로 손과 다리에 이름을 적어 두는 게 유행이라는 걸 알게 됐다. 섬뜩한 소리 같지만 이제 보니 지극히 합리적인 행동이다. 죽음에 관해 생각하는 논리적인 방법은 죽은 사람처럼 생각하는 것이다. 사람으로서, 우리는 기억에 남고 싶고, 우리 이야기가 전해지길 바란다. 우리가 어떻게 죽든, 우리를 죽인 이들이 뭐라 정당화하든, 우리의 죽음에 조금이라도 존엄이 있다는 보장을 받고 싶다. 최소한 우리 무덤에 우리 이름이 적힐 거라는 존엄이라도.

　가족들이 살던 집, 지난주 공습으로 무너진 그 잔해 아래, 회수되지 못한 시체의 냄새가 대기 중에 감돌고 있다. 아직도 일곱 사람이 실종 상태다. 이미 많은 사람들이 원래 집에서 친척이나 친구 집으로 이동하며 유랑하고 있기에 찾으려는 사람이 몇 명인지 알기 어려운 경우가 많다. 생존자나 시체를 찾는다고 하면, 몇 명을 찾아야 하는지 아는 사람은 사실상 아무도 없다.

　파라즈가 사는 동네에 있는 집들이 너무도 많이 무너졌고 아직 잔해를 치우지도 못했다. 자발리야는 좁은 골목 길들로 유명하지만 이제 그 길들은 건물에서 떨어진 석조 부분, 콘크리트 덩어리, 뒤엉킨 금속으로 전부 가로막혔다. 몇 시간 전만 해도 누군가의 집이었을 혼란의 무더기 위에 잠깐 서 있자니, 내가 나고 자란 동네 생각이 났다. 동네의 좁은 거리들은 내 마음속에 고스란히 남아 있었다. 눈 감고도 다닐 수 있다. 자잘한 것 하나, 이정표 하나, 건물 하나 빼놓지 않고 기억이 난다. 이 전쟁이 끝나도, 만약 정말 끝이 난다고 해도, 이제는 모르는 동네가 되어 있을 것이다. 너무도 많은 게 잔해만 남아 버렸기에, 골목과 골목을 가르는 경계도 다 사라져 버렸다. 구조 작업 중 잠시 쉴 때, 기억 속에 있는 내 동네harra의 모습을 정리하고자 머릿

속에서 이 골목길과 곁길들의 지도를 새로 그렸다. 우리가 살던 동네에 관해서는 얼마 안 가 우리가 기억 속에서 만들어 낸 것들만이 남게 될 것이니, 지금부터 만들어 두기 시작해야 되겠다.

## 10월 26일, 목요일. 스무번째 날.


어젯밤은 최악이었다. 원래는 하루에 칠백 명이 죽은 그제 저녁이 가장 참혹했다. 어젯밤은 또 달랐다. 전차의 포격 소리가 새벽까지 이어졌고 건물 전체가 거리를 이곳저곳 누비려는 것처럼 계속 좌우로 덜덜 떨렸다. 창문을 닫을 수가 없어 잔해에서 나온 먼지가 집 안 공기를 채웠다. 닫았다가는 근처에서 폭발이 날 때 압력으로 창문이 깨질 것이기 때문이다. 그래서 유리 조각이 날아드는 대신 사방으로 먼지가 날아들었다. 난민촌 안의 건물은 사정이 좋을 때조차도 형편이 열악했다. 대부분 건물이 영구적인 구조물로 지어진 게 아니었다. 한 가족이 단층집을 짓고(대개 단칸방), 아들 하나가 결혼하면 그 가족이 살 층을 그 위에 하나 더 짓는 게 전통이다. 이는 차남이 결혼할 때 3층을 짓는 식으로 이어진다. 한 층을 지탱하기 위해 지은 벽과 초석이 결국 네댓 층을 지탱하게 될 수도 있는 것이다. 이럴 경우, 건물 사이 골목과 통로는 직선이나 일반적인 형태를 거의 맞추지 못한다. 누워서 포격을 듣고 진동을 느끼면서, 건물이 마치 도로를 따라 갈지자로 달리는 밴 뒤에 아무렇게나 비좁게 실어 둔, 나뭇가지를 엮어 만든 상자 같다는 생각을 했다.

아침 여섯 시 반에 일어났다. '일어난다'는 건 잠과 깸 사이의 일정한 구분을 암시하는 것이니 더 정확히 말하자면, 나는 여섯 시 반에 침대에서 나와 하루를 시작한다. 길모퉁이에는 작은 빵집이 있는데 이 집은 달달한 크루아상과 팬케이크로 유명했다. 부드러운 것이 위쌈이 먹기에 더 좋으리라는 생각에 나는 그리로 향했다. 삼십 분쯤 기다렸을 때, 빵집 주인은 안타까워하며 밀가루가 다 떨어졌다고 말했다. 그는 오후 네 시쯤에는 밀가루가 더 생길 수도 있으니 그때 다시 오라고 했다.

매일 음식을 찾아다닐 계획을 하는 것이 지금 삶에서 가장 짜증나는 것들 가운데 하나다. 빵을 구하는 것도 어렵지만, 그 외의 부분이라고 쉬운 건 아니다. 전기가 없기에 냉장고도 쓸 수 없고 따라서 매일 음식을 새로 사야 한다. 슈퍼마켓에 있는 통조림 음식이나 두고 먹을 수 있는 것들은 이미 다 팔렸기에 오늘 꼭 먹을 것만 살 수 있다. 어젯밤에는 큰 슈퍼마켓에서 우리가 먹을 걸 사려고 나파크 거리Nafak Street로 갔다. 슈퍼마켓 주인이 태양열 발전기가 있는 덕에 고기와 유제품도 있었다. 하지만 그렇다 해도 내일 먹을 것도 아니고 오늘 먹을 것만 사야 하기에 소고기 패티를 샀다. 집에 와서는 토마토 슬라이스, 오이, 양파,

레몬까지 갖춰서 버거를 만들었다. 같이 먹을 빵은 없었지만, 지금 우리 상황에서는 이걸로도 수라상이다.

　슈퍼마켓에서 돌아오는 길, 폭발이 차를 따라 집까지 쫓아오는 것 같았다. 잘라 거리에서는 백미러로 하늘에서 불이 벽처럼 쏟아지는 걸 봤다. 폭발음이 사방에서 들렸다. 최대한 빨리 차를 몰았다. 미사일 여러 개를 동시에 같은 곳에 발사한 것인데 사람들은 이를 '불의 고리'라고 불렀다. 내가 이런 말이 있다고 알려 주자 모함메드는 웃었다. "우리 말하는 게 아주 전문가 같지 않냐?" 내가 말했다. "전문가 맞지. 살아남는 데 도가 텄잖아." 나중에 뉴스로 듣기로는 내가 본 '불의 고리'로 사십 명이 사망했음이 확인되었고 백이십 명이 실종 상태라고 한다. 모든 죽음이 가슴을 아프게 하지만, 알자지라 가자 지구 국장 와엘 다흐두Wael Dahdouh의 가족들이 살해당했다는 소식에 우리는 특히 침통했다. 다흐두의 가족들은 이스라엘이 가자 시티에 있는 모든 이들에게 가라고 했던 와디 가자 강에서도 꽤 남쪽에 있는 누세이라트에서 공격을 당했다. 와엘은 당시 앗-쉬파 병원 공격을 취재하고 있었는데, 갑자기 부인과 아들딸의 죽음을 보도해야 하는 처지에 놓였다. 기자 본인의 소식을 전하게 된 것이다. 자식들의 죽음에 비통해하던 와엘은 스스로에게 "신경 쓰지 마"라는 말을 내뱉으며 위안을 삼으려 했다. 어쩌면 그가 그 순간 국제사회에 직접 말을 건 걸지도 모르겠다. 아무도 신경을 쓰지 않는다. 조금이라도 관심을 두는 사람은 아무도 없다.

뉴스를 보던 중, 우리와 함께 지내고 있는 여자아이가 아기 귀에 뭐라 속삭이자 아기가 웃음을 터뜨렸다. 웃음소리가 공습 소리에 묻히자, 아이는 또 속삭였고 아기는 또 웃었다. 이웃 유세프가 내게 물었다. "이번이 우리가 겪는 마지막 전쟁일까?" 그러고는 말을 고쳤다. "살아남은 사람들한테도 이번이 마지막 전쟁일까?" 유세프는 조용해졌다. 모든 사람들이 생각은 하고 있지만 묻지 않는 질문을 맞닥뜨린 것이다. "이번이 **내가** 겪는 마지막 전쟁일까?"

최악은 어젯밤이 아니라 오늘 밤이다. 오늘은 사망자 수만 칠백 명이 넘었고 그중 절반이 아이들이다. 세상이 잠에서 깨려면 우리가 얼마나 더 많이 죽어야 하는 걸까? 뉴스에 구급대가 잔해에서 구한 남자아이가 나왔는데 아이는 구급대원에게 "구급대 아저씨 고마워요, 사랑해요!"라고 했다. 그러고서 아이는 작은 목소리로 엄마가 어디 있는지 물었다.

어제 저녁을 먹고 남은 설거지를 하는 동안, 우리가 내일도 저녁을 먹고, 잠을 자고, 다가올 날들에도 물을 쓸 수 있을까 하는 생각이 들었다. 이번 식사, 이번 잠, 지금

이 생각이 내 마지막이 될까?

아침에 일어났을 때 오늘이 무슨 요일인지 기억이 나지 않았다. 전쟁 중에는 날짜를 세는 법이 다르다. 누군가에게 오늘이 며칠이냐고 물으면 이렇게 답할 것이다. "20일째요." 무슨 요일인지, 날짜가 어떻게 되는지를 묻는다면, 답하는 사람은 어깨를 으쓱하고 "바라피시(그걸 내가 어떻게 아나)!"라고 말할 것이다. 지난날을 돌이켜보면 본인의 날짜 감각도 이건 3일째에 일어났고, 저건 10일째에 일어났지, 하는 식으로 바뀌어 있을 것이다. 미사일 포격 횟수로 시간을 세고, 말살당한 가족 수로 날짜를 셌다. "이스라엘이 침례 병원을 공격했을 때 이 일이 있었지"라든가 "하템, 후다 가족이 살해당했을 때 그 일이 있었지"라고 하는 것이다. 전쟁은 날짜를 세는 방식을 피로 물들인다.

프레스 하우스로 갔을 때는 다들 죽은 듯이 조용했다. 대개 운영자인 빌랄과 정치 이야기나 잡담을 나눌 걸 기대한다. 하지만 전쟁이 시작되고 20일이 지나자, 말을 꺼낼 수조차 없었다. 가끔씩 현장의 진행 상황에 대한 새로운 소식을 주고받기도 했지만, 서로가 여전히 그곳에 있다는 것을 알리기 위해서일 뿐이었다.

## 10월 27일, 금요일. 스물한번째 날.


    친구이자 이웃 아드함Adham이 우리와 함께 (내 이웃) 파라즈의 집에서 함께 밤을 보내러 왔다. 아드함은 능력 있는 전기 기술자로 여러 배터리를 연결해 밤새도록 써도 충분할 정도로 집의 전기 시스템을 급조해냈다. 밤새 인터넷을 쓸 수 있고 아버지의 오래된 라디오를 가지고 신호를 잘 잡아 보겠다고 계속 움직일 필요가 없어졌다는 뜻이다. 나는 아버지가 드디어 당신의 그 신성한 라디오를 돌려받을 수 있을 테니 기뻐하겠다고 농담했다.

    아드함의 가족은 파라즈의 집에서 멀지 않은 친정으로 거처를 옮겼고 이제 아드함은 우리와 함께 밤을 보내게 됐다. 그가 오고 나서부터는 전신주를 쳐다볼 때마다 아드함이 그 위에서 전원장치나 전화선을 아파트에 바삐 다시 연결하는 모습을 볼 수 있다. 오늘 밤, 우리는 드디어 저녁 동안 끊기지 않는 인터넷을 쓰는 것을 기대해 볼 수 있게 되었다. 이런 것조차도 요즈음엔 특권이 되었기에, 나는 최대한 만끽하고자 새벽 늦게까지 일어나 있으려고 했다. 하지만 밤 아홉 시가 되자 잠이 오기 시작했다.

    아드함과 파라즈가 어린 시절 친구들에 관해 추억을

나누고 있었기에, 바닥에 누워 책을 읽으며 긴장을 풀려고
했다. 잠이 들기 시작할 즈음, 매우 가까운 데서 폭발음이
들렸다. 가자 지구는 아주 작은 구역이고 극심히 과밀한
땅이기에, 공격이 어디서 일어나든 옆집에서 일어난 것처
럼 느껴지곤 한다. 미사일이 가자시티, 예컨대 리말 구역에
떨어진다면, 자발리야에 있는 사람들도 이를 느낀다. 하지
만 어디든 가깝게 느껴지고 때로 실제보다도 가깝게 느껴
진다는 걸 안다 하더라도, 그게 두려움을 덜어 주지는 않
는다.

　곤히 잠들어 밤새 푹 자고 여섯 시 반에야 눈을 떴다
는 게 믿기지 않았다. 기도하는 소리를 들은 기억을 빼면
깨지 않고 잔 것이다. 모함메드가 커피를 타기 시작할 때
깨우지 않았다면 더 잤을 것이다. 내 매트리스를 부엌에
깔아 두었기에, 커피를 타려면 날 깨울 수밖에 없었다.

　"조용한 밤이었나 보네." 내가 물었다.

　"그랬나 봐." 모함메드가 답했다. 하지만 문자 메시지
를 마저 읽어 보니 전혀 조용하지 않은 밤이었고 그저 우
리가 너무 지쳐서 곤히 잠들었다는 걸 알게 됐다. 아드함
은 알림을 몇 개 읽기 시작했다. 라파에 공습이 있었고, 누
세이라트에서는 또 학살이 일어났고, 베이트 라히야에서는
해상과 공중에서 그리고 가자시티 해안을 따라 공격이 가

해졌다. 만약 누가 "아, 지난주 뉴스네"라고 했다면 믿었을 것이다. 우리 삶은 그저 폭격, 포격, 파괴, 죽음의 무한 연쇄다. 친척 중 하나이며 나빌의 부인인 보테이나는 가족 대부분이 말살당했을 때 직접적으로 이렇게 물었다. "이 전쟁, 내 탓일까?" 수사적인 질문을 던지는 게 아니었다. "당연히 아니지." 내가 말해 주었다. 어떤 경우에도 피해자 탓은 아니다. 얼마나 용감하고 확고하든 간에, 자신이 피해자라는 걸 얼마나 거부하던 간에, 피해자는 피해자다. 그날 보테이나가 한 질문, 자기 삶에 내보일 것이 하나라도 있게 손주 하나라도 남겨 달라던, 신에게 애원하던 보테이나의 얼굴과 목소리가 꿈에도 나오곤 한다. 알라와 협상을 하려 한 것이다. 물론 이틀 뒤, 그러니까 머물던 집에 애초에 공격이 가해진 날로부터 5일이 지나고서 우리가 그때까지 생사가 확인되지 않은 아이 둘의 시신을 발견했기에, 보테이나의 협상은 실패했다. 나는 다시 잠에 들어 보려고 했다.

어젯밤, 우리 가족 집 근처에 차를 대던 도중, 도로 건너편 건물 하나가 폭발했다. 불이 거리로 쏟아져 나오는 걸 보았다. 나는 떨어지는 석조 장식을 피하려고 도망쳤다. 몇 분 뒤, 여자들 여럿이 머리에 먼지를 뒤집어쓰고 공격당한 건물을 가리키고 소리를 지르면서 건물 옆 골목길로 도망쳐 나오는 것을 보았다. 아부 조바인Abu Jobain 가족 집이었다. 집은 완전히 무너졌고 근처에 있던 소유물들도 크게 손상되었다. 십 분이 지나 모든 게 다시 잠잠해지자 다시 '정상'이 되었고, 나는 파라즈의 집으로 가 잠들었다.

오늘 아침에는 근처에서 또 공습이 터져 다시 잠들려는 시도를 무위로 돌렸다. 파라즈의 집에서 북쪽으로 몇 건물 떨어진 곳이었다. 맨날 하듯이 표적이 된 집으로 가 구조 작업을 도왔다. 마흐무드 모하이신Mahmoud Mohaiseen의 집이었다. 그의 장모가 우리 이모 라티바이다. 잔해 아래 살해당한 사람은 열두 명. 담배가 마흐무드를 구했다. 공습이 터졌을 때 밖으로 담배를 피러 나갔던 것이다. 담배에 불을 붙이고 연기를 빨아들이기 시작할 때 집과 가족이 무너졌다. 그는 부상만 입었으나 아이들을 모두 잃었다. 죽은 사람 중에는 아버지의 친구인 에이드Eid와 그의 부인이 있었는데, 그분들은 뒷골목에 있는 집이 더 안전하리라는 생각에 중심가에 있는 본인 집에서 나와 거기서 머물고 있었다.

프레스 하우스로 가지 않기로 하고 내 아파트로 차를 몰았다. 오늘은 금요일인데 휴일 같다는 느낌이 들었다. 전쟁에는 모든 날이 휴일이고 근무일이다. 오늘 뭘 먹을지도 모른다. 열다섯 살 아들 야세르에게 위다 거리에 있는 작은 사즈 빵집에 줄을 서 줄 수 있는지 물어보았다. 오십 명 정도 줄이 있을 것이다. 야세르에게 말했다. "길어 봐야 한 시간 반일 거야." 아들이 줄을 서 기다리는 동안 나는 슈퍼마켓으로 가서 요리를 하지 않고도 먹을 수 있는 거라면 뭐든 찾아서 샀다.

이제 다시 아파트로 돌아와 앉아서 글을 쓰고 있던 중에 사방에서 폭발음이 들렸다. 최대한 움직이지 않으려고 했다. 건물이 흔들렸고, 창밖에 약 백 미터쯤 먼 곳에서 건물 하나가 삐걱대고 금이 가다 땅으로 무너지는 걸 보았다. 연기와 먼지가 방으로 흘러들어 와 기침이 나왔다. 계속해서 글을 썼다. 아무것도 바꿀 수 없고, 이 전쟁을 멈추기 위해 내가 할 수 있는 건 아무것도 없다.

## 10월 28일, 토요일. 스물두번째 날.

"지상군은 아직 안 쳐들어 왔어?" 아무도 모른다. 어제 저녁 여섯 시 이십 분쯤, 사방에서 폭발음이 들렸다. 장인어른 댁 앞에 친척들과 앉아 있을 때, 커다란 폭음이 우릴 흔들었다. 그러자 전차와 군함에서 발사된 로켓 수백 발이 머리 위로, 서쪽과 북쪽에서 쌩 하며 날아갔다. 옆 블록을 때린 것 같았다. 처음에 우린 폭발의 수를 세어 보려고 했다. 하나, 둘, 셋… 열… 열다섯… 서른다섯. 그것조차 마치 역겨운 놀이처럼 되고 말았고, 얼마 안 가 우린 폭발음이 가까이 나기는 하지만 실제 폭발은 난민촌 밖, 서쪽과 북쪽 방향에서 일었다는 걸 알게 되었다. 한 번 섬광이 일고 서너 번의 폭발음이 들리는 식이었다. 섬광이 일 때마다 우리는 폭발이 얼마나 멀리서 났는지 확인하고자 천천히 세어 보았다. 야세르는 폭발음이 일 초 늦게 들릴 때마다 1마일 거리라고 과학 시간에 배운 걸 떠올렸다. 갑자기 폭발이 연속해서 일었지만, 이번에는 멈추지 않았다. 절대 멈추지 않을 것만 같았다. 하야트Hayat 당이모가 말했다. "자정에 휴전이 있을 테니 더 심해지는구나." "휴전이요?" 내가 그 말에 움찔해 물었다. 이모가 한 시간 전쯤 누

군가에게 듣기로는, 포로와 인질을 교환하기 위해 휴전이
있어야 할 것이라고 했다 한다. 모여 있던 열 명 남짓 사람
들은 휴전과 함께 몇 시간이라도 쉴 수 있기를 바랐다. 장
인어른에게는 이제 열흘 동안 잔해 아래 있을 딸과 사위,
손자의 시체를 수습할 기회가 될 것이다.

휴전을 하게 되면 이스라엘은 꼭 휴전을 맺을 때까지
가진 걸 전부 때려붓곤 했다. 폭풍 전의 고요함이 아니라
고요함이 오기 전의 폭풍이었다.

이제는 완전히 어두워졌다. 보름달이 떠 있었지만
빛은 겹겹의 연기와 먼지 뒤에 머물러, 하늘은 새까맣
다. 이번 달에는 누구도 이를 달가워하지 않았다. 가까운
UNRWA 학교는 난민을 위한 집단 대피소로 개조되었는데,
여기도 다들 조용했다. 다들 이다음에 뭐가 올지를 기다렸
다. 오늘은 전쟁 22일 차였고, 가장 힘든 날이었다. 장인어
른은 슬슬 위험하니 집으로 들어가자고 했다. 나는 우리랑
먼 곳에서 일이 일어나고 있지 않냐고 말했다. "계속 그러
리란 법은 없잖나." 장인어른이 말했다. 우리보다 상황을
잘 알고 계셨다.

한나의 이모 니암Niam은 오늘 아침, 죽음이 두렵지 않
다고, 어차피 우리 모두에게 일어날 일이라고 하셨다. 이모

님은 십 년 전쯤 남편을 잃었고 자기도 조만간 죽을 거라 하셨다. 이모님은 자기 몸이 토막 나거나 조각나는 걸 원치 않으셨고, 온전한 몸으로 죽길 바라셨다. 나는 전쟁 중에는 우리가 처한 조건을 정할 선택권이 우리에게 없다고 말했다. 본인의 자매, 그러니까 장모님과 함께 지내려고 난민촌 동쪽에 있는 본인 집에서 나온 이모님은 그 뒤 접한 소식에 경악하셨다. 본인 아들딸이 가자 지구 여러 곳, 주로 남쪽에 흩어져 있다는 소식 때문이었다. 장모님은 나크바가 있던 해에 아스칼란Askalan에서 태어나 아기 때 가자로 오신 분이다. 장모님께 여쭸다. "두려우신가요?" 장모님은 희미한 목소리로 말씀하셨다. "당연하지."

휴대전화 배터리가 떨어졌다. 어제 전화로 일기를 적던 중에 배터리가 0퍼센트가 되었고, 바로 충전할 곳은 없었다. 모함메드에게 에이샤네 집으로 차를 타고 가 충전해달라고 한 뒤, 난민촌에서 앗-사프타위에 있는 내 아파트까지 걸어갔다. 2014년 전쟁 때는 매일 이 길을 따라 걸었다. 하지만 이번 전쟁 동안 제대로 걸어다닌 건 어젯밤이 처음이었다. 길을 따라 있는 세세한 것들, 특히 저녁마다 큰 교차로에 있는 오래된 플라타너스 나무에 닿을 때마다 받았던 느낌을 아직도 기억한다. 플라타너스 나무는 내가 집에 거의 다 왔다는 표시로, 볼 때마다 나를 진정시켜 주었다. 올려다보자 나무는 여전히, 내가 여태까지 살아남았음을 기리며 거기 서 있었다. 야세르가 나와 같이 산책하는 게 더 좋다고 한 만큼, 나는 아들과 함께 이전 전쟁 때 거닐던 길 일부를 따라 걸었다.

날이 더 어두워지고 위험해지자, 파라즈의 집으로 돌아왔다. 돌아오는 길에 더 많은 빛이 보였는데 마치 갈라진 혀가 우리 서쪽에 있는 모든 것에 불을 지르려는 것만 같았다. 그러다 폭발음이 들렸다. 사람들이 거리에 무리지어 서서 보고 들은 것을 이야기하고 있었다. 갑자기 휴대전화 연결과 인터넷까지, 신호가 전부 끊어졌다. 다들 서서계속 전원을 껐다 켜면서 다시 접속하려고 휴대전화를 바삐 만지작대고 서 있었다.

파라즈의 집에 도착하자 여기도 인터넷이나 휴대전화연결이 전부 안 된다고 파라즈가 말했다. 세상에서 우리가단절되었다는 걸 깨달았다. 우린 심지어 여기서 일어나고있는 일에서조차 괴리되었다. 이제 우리가 기댈 거라곤 폭발음을 듣고, 피어오르는 불을 보고, 땅의 흔들림을 느끼는 것뿐이다.

다들 파라즈네 집 거실에 모여들었다. 그제서야 아버지에게 빌린 오래된 라디오를 돌려 드린 게 멍청한 짓이었다는 걸 깨달았다. 파라즈 집에 있는 온갖 설비와 아드함의 전기 기술이 있으니 라디오는 이제 필요 없다고 생각했다. 포격이 늘어나서 우리 가족 집으로 돌아가 라디오를 다시 찾아올 수는 없을 것 같았다. "내일 가져올게, 모함메드." 내가 말했다. "이렇게나 공습을 하잖나. 내일은 없을 걸세." 파라즈가 답했다.

폭발음이 점차 커지자 모함메드는 파라즈의 휴대전화로 라디오 신호를 잡아 보려 했다. 한 시간쯤 지나 방송국 신호 하나를 잡았다. 뉴스 앵커가 지상 침공 개시에 관해 이야기하고 있었고 심지어 통신 두절에 관해서도 말하고 있었다. 모함메드가 웃었다. "웃기네. 오늘은 가자 주민들과 더는 소통할 수 없다고 보도하는데, 어젠 **그럴 수 있었는데도** 우리한테서 들을 생각도 안 했잖아."

라말라에 있을 한나가 얼마나 걱정할지 상상이 갔다. 야세르에게 몇 분마다 다시 전화를 하고, 똑같은 녹음 메시지만 듣고 있을 것이다.

잠에 들어 보려고 했지만 헛된 시도였다. 방금 터진 공습이 우리 건물이나 옆 건물에 맞았다는 생각에, 우린 몇 분마다 벌떡 일어났다. 잠들기 전 마지막 기억은 새벽 두 시 반이었다. 아침 여섯 시, 살아서 일어났다는 걸 깨닫자 기분이 좋았다. 파라즈는 이미 거리로 나섰다. 동네 남성 수십 명도 마찬가지로 살아 있다는 점을 기뻐하며 밖에서 이야기를 나누고 있었다. 이러한 아침 모임은 살아남았다는 걸, 또 하룻밤 이겨 냈다는 걸 축하하는 의례가 되었다. 야세르는 일어나 배가 고프다고 툴툴거렸다. 달걀 두 개를 튀겨 주고 파라즈를 따라 거리로 나섰다. 대부분 옛날 학교 친구였기에, 한 시간 정도 이야기를 하며 근황을 나눴다. 일곱 시에는 가족 집에 들렀다. 아버지는 아직 주무셔서, 에이샤가 괜찮은지 보러 갔다. 밤에 악몽을 꿨는데, 우리가 와서 옆에 있어 주니 흡족해했다. 에이샤는 아침과 함께 따뜻한 차를 차려 주었다. 그 뒤, 우린 여동생 할리마가 밤을 잘 보냈는지 보러 갔다. 할리마는 베이트 라히야에서 벗어나 파티마 이모의 건물 근처에 있는 빈 상점에 머물고 있었다. 이 비좁고 더운 곳에서 아홉 명이 자고 있었다. 이모는 본인 집도, 남편분 친척 집도 무너졌다고 하셨다. 이모네 집은 2014년 전쟁 중 무너져 4년 뒤에 다시 지은 것이었지만, 이번 전쟁으로 한 번 더 무너졌다.

장인어른은 위쌈을 보러 병원에 가게 태워다 달라고 하셨다. 함께 가서 위쌈과 몇 분 동안 만났는데, 전보다 더 의식이 또렷한 것 같았다. 위다드는 어젯밤 위쌈이 처음으로 식사를 했다고 말해 주었다. 정말 좋은 소식이었다. 저녁에 뭘 가져다 줄지 묻자 위쌈이 답했다. "지방 하나도 안 뺀 우유요."

## 10월 29일, 일요일. 스물세번째 날.


　　다들 일찍 일어난다. 새벽 네 시 오십 분쯤, 누군가 거리에서 소리쳤다. "신호가 돌아왔습니다! 인터넷도요!" 자던 중 그 소리를 듣고 꿈이려니 했다. 그러다 파라즈가 나를 깨웠다. 나는 피난해야 되는 거라 생각해 벌떡 일어났다. 이브라힘이 파라즈에게 전화를 걸어 나 보고 아내한테 전화하라고 했다고 한다. "전화?" 그가 끄덕였다. 꿈이 아니었구나. 한나에게 전화를 걸었다. 한나는 우리랑 연락도 못하고 이틀 밤을 두려워하며 보냈기에 행복에 겨워 울었다. "어, 어, 야세르는 괜찮아. 자고 있어. 목소리 듣게 깨울까?" "아냐, 자게 둬." 한나는 라말라에서 알고 지낸 모든 사람한테 전화를 걸어 가자와 연락이 닿는 사람이 있는지 알아보며 지난 이틀을 보냈다고 한다.

　　거리는 다시 사람들로 가득 찼다. 수백 명이, 거의 모든 사람이 나와 있었다. 대축제* 같았다. 많은 가족이 서로 흩어져 있었기에 다들 다른 곳에 사는 가족들에게 전화를

---

\* 원문은 Eid. 이슬람 문화의 주요 축제 두 가지를 가리킨다. 라마단이 끝나는 것을 축하하는 '이드 알피트르(عيد الفطر)'와 신의 뜻을 따른 아브라함에게 신이 제물로 쓸 양을 내린 것을 기리며 가축을 제물로 바치는 '이드 알아드하(عيد الأضحى)'를 가리킨다.

하고 있었다. 고작 몇 분이었다 하더라도, 다들 행복했다. 공격이 이어지고 폭발음이 더 커지고 있다는 사실에 아무도 신경 쓰지 않았다. 다들 벌어지는 일들에서 숨을 돌리고 친척들이 무사한지 확인하고 있었다. 곧 애도와 비탄의 때가 되겠지만, 당장은 잠시나마 전화로 서로를 다시 만날 때였다.

아직 여덟 시 반밖에 되지 않았는데, 파라즈는 물담배를 하자고 했다. 항상 저녁 식사 이후에만 해 왔기에 이렇게 이른 시간에 피운 적은 없었다. 하지만 예외적인 상황이지 않은가. 축하의 일종이자 큰 소리로 함께 내쉬는 안도의 한숨이리라.


일찍 잠들었으나 밤 열한 시쯤 이웃들이 소리를 질러 깼다. 누가 다쳐서 병원에 데려가야 한다고 했다. 다친 남자아이를 이미 옮기고 있는 유세프에게 무슨 일인지 물었다. 집 앞에 서 있던 아이 머리 위로 석조 장식이 떨어졌다고 한다. 폭격으로 옆 건물이 흔들리자 지붕에서 떨어진 것이다. 아이를 들어 거리 끄트머리에 있는 민방위 건물로 300미터를 걸어가야 했다.

전화 신호나 인터넷 연결 없이 지낸 지 서른여섯 시간이 지났다. 휴대전화는 완전히 쓸모를 잃었다. 하지만 아이를 옮길 때 보니, 이런 상황에 상인들은 이미 적응한 것 같았다. 한 청년은 휴대전화를 잔뜩 모아 두고 "게임하기 딱 좋습니다"라고 했다. 사람들은 시간을 낭비해 삶을 더 쉽게 살려고 하는 법이다.

건물에 다다르자 민방위에서는 신호가 돌아온 이래 전화가 빗발쳤다고 했다. 지난 서른여섯 시간 동안 민방위 소속 구호조들은 자신들이 어디로 가야 할지 짐작할 수밖에 없었다. 구급차 운전기사와 경찰관들은 정찰 중에 바로 앞 거리 한복판에 시체들이 널브러져 있는 걸 보고 놀랐다. 아직도 수백 명이 살아 있고, 살아남고자 몸부림치고 있을 거라고 이들은 말했다. 일부는 잔해 아래서 문자 메시지를 보냈는데, 그게 이제서야 수신되고 있다고도 했다.

어젯밤 이스라엘이 앗-샤티 난민촌과 나세르 지구의 건물을 공격했을 때, 부상자와 사망자들은 세발자전거나 동물들이 끄는 수레에 태워 이송되어야 했다. 절단된 팔다리가 수레에서 굴러떨어져 길에 피가 흐르는 걸 앗-쉬파 병원으로 가면서 보았다. 훈련 하나 받지 않았더라도 전쟁 중에는 모든 사람이 의무관이고 즉시 출동해야 하는 구조대이다. 하지만 전화 연결이 끊어지면, 누구도 도움을 청할 수 없다. 옆 블록까지 닿도록, 도와 달라고 목청껏 소리를 질러야 했다. 누군가 이렇게 소리를 지른다. "라삼 할라와

Rasam Halawa 거리에 도움이 필요합니다. 전해 주세요." 그러면 옆 블록에 있는 사람이 그 옆 블록으로 소리를 질러 블록과 창문을 타고 가장 가까운 민방위 건물이나 구급대, 도우러 달려갈 수 있는 사람이라면 누구에게라도 닿을 수 있도록 한다. 할리우드 영화가 아니다. 가자에서 일어나는 일이다. 창작물이 아니라 여기서는 삶이 이런 것이다.

지상 침공에 관한 이야기는 더욱 심각해진 것 같다. 앗-쉬파 병원으로 운전하던 중, 사람들이 해안으로부터 멀어져 동쪽으로 향하는 걸 보았다. 여자들은 아이들을 업고 다른 소지품들을 머리에 이고 있었다. 다들 공격 헬기를 보고 피하고 있었다. 하지만 어디로 갈 건가? 전차들이 있는 동쪽으로? 십 대 여자아이 하나가 남동생 둘의 손을 잡아끌며 더 빨리 걸으라고 애원하고 있었다. 한 여자가 멈춰 서서 어젯밤 어떤 생지옥을 목도했는지 우리에게 들려주었다. "우리가 본 건 죽음이었어요." 많은 이들이 잘라 거리로 가는 남쪽 길로 향했다. 하지만 다들 길을 잃은 듯 보였다. 우리 모두가 길을 잃었다. 전차들은 북쪽 국경에서 쳐들어와 아메리칸 학교American School를 향해 이동하고 있었다. 북가자에는 이제 파괴할 게 얼마 남아 있지도 않았지만 그들은 집, 나무, 길 등 오는 길에 있는 모든 것을 파괴할 것이다.

앗-쉬파 병원의 상황은 더욱 악화되었다. 부상자들이 꾸준히 유입되는데 이들을 치료할 공간은 하나도 없다. 병원 앞에 차린 간이 야전병원도 이미 수용 능력을 넘어섰고, 다른 공간은 전부 임시 영안실을 겸하고 있는 것 같았다. 의사들은 어느 부상자를 치료할지 가슴 아픈 결정을 내렸다. 가망이 있으면 치료를 했지만, 가망이 없으면 운명에 맡겼다. 누구도 어떤 게 옳은 결정인지 모르고, 그저 직감을 따라야 했다.

거리에 있는 사람들은 사방에서 움직이고 있었다. 어떤 이들은 빵을 받는 줄에 자리를 잡으려 서둘렀고, 다른 이들은 물병을 들고 있었고, 또 다른 이들은 접이식 매트리스를 들고 UNRWA 학교 바닥에서 하룻밤을 보내러 가거나 보내고 오는 길이었다. 남자 셋이 콩이 담긴 단지들과 팔라펠이 든 자루들을 나르고 있었다. 죽음이 우리 모두의 머리 위를 감돌고 있었음에도 모든 곳에서 생기가 감돌고 와글거렸다. 빵집 앞 줄은 아침마다 더 길어졌고 사람들은 더 절박하고 쇠약해 보였다. 내일이라고 더 나아질지는 아무도 몰랐다.

도심에서 운전을 하는 건 이제 사실상 불가능했다. 잔해나 구멍이 없는 거리가 점점 줄어들고 있다. 어떤 거리로 차를 몰고 내려가려다 막힌 걸 보고 돌아서 다른 거리로 갔더니 큰 건물이 내려앉아 있었다. 자발리야에서 프레스 하우스로 차를 타면 원래 이십 분 정도 걸리는데 이젠 한 시간이 걸릴 수도 있어서 도로에 나와 있는 동안에는 연료 계기판만 보고 있게 됐다. 기름이 떨어져서든 아니면 내가 있는 거리 양쪽이 폭격을 맞아서든, 곧 차를 완전히 버릴 때가 온 것 같다.

## 10월 30일, 월요일. 스물네번째 날.


에이샤네 집에 가스가 떨어졌다. 에이샤는 일어나자마 자 어떻게 가스를 다시 채울지 고민에 빠졌다. 매부 마헤 르는 단지 커피를 끓이려고 아버지네 아파트에 가야 했다. 다들 대책을 마련하려고 최선을 다하고 있다. 에이샤는 기 존 입장을 반복했다. "내가 가르치는 학교에서 사는 난민이 되진 않을 거야. 거긴 이미 충분히 보고 살았어!" 내가 이 의를 제기해도 에이샤는 단호했다. 선택지가 될 수 없다고 했다. 내가 물었다. "이 전쟁에 선택지가 있는 사람이 어 딨어? 다 해야 하는 걸 할 수밖에 없는 거잖아." 모함메드 는 전화를 몇 통 걸었지만 소득은 없었다. 부엌에 하나, 보 일러에 하나, 앗-사프타위의 내 아파트에 가스통이 이렇 게 두 개 있다고 에이샤에게 말했다. 전에는 마을의 좀 더 안전한 구역으로 가서 밤을 보내기 전에 아파트에 두 시 간 정도 들러 식사를 하고 삼십 분 정도 침대에서 쉬곤 했 지만 지금은 일주일이 넘도록 돌아가지 않았다. 지상 침공 개시 이래 미사일과 전투 헬기가 계속 앗-사프타위를 타격 하고 있었다. 에이샤는 반대했다. "너무 위험해."

매일 밤처럼 으레 위쌈을 만나고 앗-쉬파 병원에서 돌

아오는 길에 우린 앗-사프타위 거리로 차를 몬 뒤 내 아파트가 있는 거리로 좌회전했다. 모함메드와 야세르는 가스통을 가지러 건물로 뛰어 들어갔다. 나는 야세르에게 건물에서 나올 때 매트리스와 베개를 갖고 나오면 드론 조종사들이 우리가 아파트에서 나와 피난을 가는 거라고 생각할 것이라고 했다. 이런다고 조종사가 우릴 쓸어 버리는 일을 완전히 막을 수 있는 건 아니지만(분명 저들에겐 맞춰야 하는 시간제 할당량이 있을 거다), 사소하게라도 스스로를 편하게 해 주어야 한다.

모함메드는 가스통을 잘 분리할 시간이 없어 그냥 연결된 고무 파이프를 잘라내 통째로 어깨에 짊어지고 나왔다. 차 안에서 한없이 기다리다 두 사람이 건물에서 뛰어나오는 걸 백미러로 봤다. 모함메드는 가스통을 들고, 야세르는 머리에 매트리스를 이고 손에 베개를 쥔 채 나오고 있었다. 방금 은행을 턴 것 같은 모습이었다.

에이샤는 다시 가스가 생겨 뛸 듯이 기뻐했다. "우리가 커피 한 잔 값은 한 것 같은데." 내가 말했다. 에이샤가 커피를 끓였으나 나는 마시지 않았고, 오늘은 좀 푹 자고 싶다는 생각을 했다.

이날 이스라엘군은 가자시티 남쪽의 터키-팔레스타인 친선병원을 공격했다. 친선병원은 암이 있는 사람들이 치료를 받을 수 있는 유일한 병원이다. 한 일주일쯤 전에 앗-쉬파 병원 관리자들은 일부 환자의 치료를 완수하기 위해 부상자 일부를 친선병원으로 옮기는 걸 고려하고 있다고 했다. 항상 우선순위가 문제였다. 새로 유입되는 부상자들을 눕힐 병상이 더 필요했다. 위쌈은 그리로 이송될 환자들 중 하나였는데 어떤 이유에선지 앗-쉬파 병원에 남았다. 위쌈을 보러 가서 농을 던졌다. "너도 그리로 가는 사람들 사이에 있어야 했는데 말이야. 그럼 지금 어디 있겠니?"

위쌈은 단호하게 말했다. "전 3주 전에 살해당했어야 해요. 일어났어야 하는 일이란 그런 거라고요."

앗-쉬파 병원 안에는 아직도 기자들이 몇 명 있었다. 기자들은 부상당한 이들이 먼저 들어서는 응급실 출입구에 카메라 렌즈를 결연하게 겨누고 있었다. 알자지라나 다른 아랍 방송에 나오는 가자 사진들은 대부분 옥상에서 찍은 와이드 숏이다. 그리고 여기에 '서방' 기자는 전혀 없다. 이로 인해 발생한 공백을 지역 및 시민 기자들이 채웠다. 이 새로운 기자 집단은 단순히 자기 집에 가해진 공격을 나날이 기록했더니 새 직장을 얻게 되었고, 현장 취재원이 필요한 큰 미디어 채널에 자기 영상이 나온다고 농담을 던졌다. 예컨대, 이제 알자지라의 주 특파원 세 사람은 병원에 자리를 잡고 있는 시민이 현장 취재원이 된 것이다. 한 사람은 가자 지구 앗-쉬파 병원에, 한 사람은 데이르 알-발라에 있는 슈하다 알-아크사Shuhada Al-Aqsa 병원에, 다른 한 사람은 칸 유니스의 나세르 종합병원*에 있다. 공격이 극심해서 평범한 사람들이 돌아다니기는 어렵고 "PRESS"라고 쓰인 방탄조끼나 헬멧을 쓰고 있다면 표적을 달고 걸어다니는 것과 다를 바 없다. 이런 방탄조끼는 입는 게 안 입는 것보다 더 위험하다. 전략은 단순했다. 뉴스와 보도가 가자를 벗어날 수 없게 하라. 안타깝게도, 비교적 저명한 기자 대부분이 순진하게도 더 안전하리라 생각하며 한참 전에 남쪽으로 향했다.

오늘 뉴스는 대체로 지상 침공에 관한 것이었다. 이걸 보는 게 무슨 의미가 있는지 의구심이 들었다. 우린 이미 보고 듣고 그 속에서 살고 있다. 폭발음과 총성이 멈추지 않는다. 포격의 박자를 따라 차를 타고 앗-쉬파 병원으로 돌아갔다. 처음에는 포탄이 언제든 차를 맞출 수 있다는 생각이 들어 이런 공격을 뚫고 운전을 해야 한다는 게

---

* مجمع ناصر الطبي, Nasser Medical Complex. 1957년 당시 가자 지구를 지배하고 있던 이집트 당국이 지은 병원으로 1960년에 개원하였다. 1984년에는 이스라엘이 '오염되었다'는 이유로 이 병원의 정형외과를 폐쇄하여 앗-쉬파 병원으로 이관하였다. 가자 지구에서 가장 큰 병원 가운데 하나였으나 이스라엘의 지속적인 공습, 포위, 습격으로 인해 2024년 2월 사실상 기능을 정지하였다.

176

너무나도 겁이 났다. 하지만 그러다 그냥 익숙해진다. 그래도 사라지지 않는 질문이 하나 있다. 어디에 있을까? 이스라엘 전차 말이다. 꽤 많은 가정과 추측, 소문을 들을 수 있었지만 다 짐작에 불과했다. 구역 하나씩, 블록 하나씩, 도시와 자발리야에서 점점 더 많은 곳에 갈 수 없게 되었다는 것만 알 뿐이다. 이유는 둘 중 하나다. 너무 위험하거나 아니면 단순히 갈 방법이 없기 때문이다. 거리와 블록은 잔해와 뒤섞여 하나로 합쳐졌다. 그리고 매일 밤 몸을 뉘일 때마다, 다음 날 일어날 수 있을 거라는 확신이 조금씩 줄어든다. 잠에 드는 건 마치 '신변 정리', 그러니까 최후를 준비하는 것의 축소판처럼 느껴진다.

아침에 가자시티와 북부에 새로 공격이 있었다는 걸 알게 되었다. 도시는 점점 작아지고 지상군의 침공은 계속된다. 프레스 하우스의 운영장인 빌랄은 약간 도발적으로 질문을 던졌다. "남쪽으로 갈 때가 된 걸까?" 내 대답은 변치 않는다. "안전한 곳은 없어. 다 똑같아." 하지만 그에게 절충안을 던졌다. "리말 구역에 병사들이 오고 전차가 저 밖 거리에 서서 우릴 모두 줄 세우고 총구를 들이밀며 남쪽으로 가라고 하면, 그때 가자." 이런 시나리오라면 이스라엘의 거짓말을 믿고 도망치다가 살해당할 일은 없을 거라고 설명했다.

빌랄에게 이렇게 말했다. "우린 쉬운 길을 택하지는 않을 거야. 길고 고통스러운 길을 가야겠지." 빌랄은 고개를 끄덕였다.

## 10월 31일, 화요일. 스물다섯번째 날.


어젯밤에는 일찍 자려고 했다. 겨울밤은 사납고 긴데, 지금은 둘 다 포격과 폭격 탓에 끝이 없는 듯했다. 햇빛이 있는 동안에는 사람들과 만나 이야기를 나누고 집 근처의 피해를 파악할 수 있다. 하지만 일단 해가 지면, 지금 피난하고 있는 건물에 갇히게 된다. 전기도 TV도 인터넷도 없이, 주변의 세계로부터 단절된 채 말이다. 들리는 건 폭발음, 드론이 멎지 않고 내는 윙윙거리는 소리, 쏜살같이 지나가는 F-16의 굉음뿐이다. 이제 사람들은 해가 뜰 때 가장 기뻐한다. 아직 살아 있다는 걸 알고, 힘겨운 밤을 또 하루 넘기고 살아남아서 조금 황홀한 순간이니까. 이제는 해가 한 시간씩 빨리 지기에 새벽까지의 길고 뼈아픈 기다림을 더 일찍 시작하게 되었다.

잠에 든 지 두 시간도 지나지 않아, 집이 통째로 흔들려 잠에서 깼다. 모함메드는 한참 동안 총격전이 벌어져 듣고 있었다고 했다. 모함메드는 담배를 또 하나 꺼내 불을 붙이고는 다른 소리들을 들어 보려 방을 가로질렀다. 나는 침대로 돌아갔다. 다행히도 그다음 잠은 조금 더 길게 이어져 새벽 두 시 십사 분에 폭발이 또 일어날 때까지 잠에서 깨지 않았다. 똑같은 공포에 질리고, 똑같은 질문을 던지고(어디였어?), 똑같은 걱정을 한다. 다시 잠에 들어, 아침 여섯 시까지 깨지 않았다.

앗-쉬파 병원에서는 수십 명이 날 지나쳐 응급실 입구로 향하고 있었다. 이들은 각자 자가용, 마차, 심지어 세발자전거까지 동원해 데리고 온 사상자들을 옮기는 걸 돕고자 온 것이었다. 인파를 뚫고 가긴 어려웠다. 위쌈에게 가져다주려고 피자를 조금 가져왔다. 쿠피에 스카프로 골판지 상자를 가려야 했다.

위쌈은 여태까지 아무것도 삼키지 않았다. 며칠 전에 가져다 달라고 한, 지방을 빼지 않은 우유를 마시고는 토했다. 그래도 어제는 피자를 가져다 달라고 했다. 나는 웃으며 말했다. "지금 전쟁 중인 거 알지? 피자 가게는 영업 안 해." 그래도 바로 동쪽으로 차를 타고 나팍 거리에 있는 큰 슈퍼마켓에 갔더니 모차렐라 치즈를 조금 찾을 수 있었다. 슈퍼마켓에는 물건은 없었지만, 사람은 가득했다. 어떤 코너는 아예 선반만 남아서 폐쇄되었다. 초콜릿이나 비스킷 같은 건 생각할 필요도 없었다. 마찬가지로 육류 코너도 폐쇄되었다. 쌀, 파스타, 커피 등 마른 음식만 남아 있었다. 남아 있는 것들 대부분이 먹으려면 요리를 해야 하는 것이었는데, 그럴 만한 전기가 있는 사람은 아무도 없다.

모차렐라 치즈를 찾다니 운이 좋았다. 슈퍼마켓에서 에이샤네 집으로 가 하룻밤 자고, 일찍 일어나 황토 화덕에서 피자를 만들었다. 아직 연료가 남아 있었다. 이탈리아에서 4년간 공부한 덕에 괜찮은 피자를 만들 줄 알았지만 에이샤는 내가 하는 지시대로 면밀히 따를 테니, 자기가 만들겠다고 고집을 부렸다.

병원 밖에는 세 남자와 한 여자가 사랑하는 이의 죽음에 애통해하고 있었다. 이들은 고인의 시신을 앞에 두고 서 있었고, 시신은 천막 앞 땅바닥에 누워 매장만을 기다리고 있었다. 이 천막 오른쪽 2미터 정도 떨어진 곳에서 믿을 수 없는 광경을 목격했다. 피로 뒤덮이고 작은 공처럼 생긴 뇌 조각이 땅에 떨어져 있었다. 구토가 올라오는 걸 겨우 참고 걸음을 옮겼다.

위쌈은 피자를 맛있게 먹었다. 나는 명예 이탈리아인인 내 지시 아래서 만든, 내가 인정한 피자라고 자랑했다. 위쌈이 다 먹고 토하지 않은 건 이번이 처음이었다. 심지어 옆 병상에서 다친 딸을 돌보던 노파가 준 차까지 받아 마셨다.

물을 마신 지 여섯 시간이 지났다. 프레스 하우스에는

받아 놓은 물이 없고 수돗물만 남았다. 대개 우리는 그대로 마시는 건 고사하고 차나 커피를 끓인다거나 요리를 할 때조차 수돗물은 절대 쓰지 않는다. 가자의 수돗물은 바다만큼이나 짜고 온갖 침전물과 미립자가 섞여, 청소에만 써야 한다. 하지만 나는 절박했다. 커피와 함께 끓이면 그리 심하지는 않을 거라고 스스로를 설득했다. 전쟁에는 나름의 논리가 있다. 나는 심지어 끓이면 소금도 좀 증발할 거라고 스스로를 설득했다. 너무나도 목이 말랐다. 그래서 설마 내가 만들리라고는 생각조차 하지 않은 커피를 끓였다. 그러고는 마셔 보려고 했다. 한데, 마실 수 없었다. 한 시간 뒤, 모함메드는 아직 물을 팔고 있다는 말을 듣고 슈퍼마켓에서 물 한 병을 사다가 내게 건네주었다.

전투가 점점 다가오고 있다. 이스라엘 병력은 서쪽과 북쪽에서 들어온다. 내 아파트가 있는 앗-사프타위 근처, 트완Twan 구역 안팎에서 교전이 발생했다는 보도도 여럿 있었다. 방어선이 후퇴하면서 사람들은 집을 강제로 떠나야 했다. 방어선 밖은 전차 포, 공습, 군함, 박격포가 남김없이 황폐화시켰다고 한다. 부분적인 손상조차 겪지 않은 건물은 하나도 없다고 한다. 빌랄이 내게 물었다. "이제 어쩔 거야? 걔들[병력]이 프레스 하우스 앞에 올 때까지 기다릴 거야?"

기자 아부 사드Abu Saad가 끼어들었다. "우리한테 무슨 선택지가 있는데? 남쪽으로 도망가자고? 사방팔방에서 사람들이 살해당하고 있어. 여기만큼이나 집들도 표적이 되고 있다고."

나도 그리 생각했다. 이스라엘조차 자신들의 초점이 '정확성'이 아니라 '파괴력'에 있다고 인정했다.* 그러니 우린 그들의 '파괴력' 추구 속에서 죽을 것이다. 어떤 논리도 우리가 내릴 결정에 적용될 수 없다. 몇 블록 밖에서 타다당 하고 총소리가 들린다. 지금 이 순간이 우리의 마지막일 수도 있다는 건 새삼 떠올릴 필요도 없다. 한 시간 동안 우린 진정하고 뉴스를 보려 했다. 총성과 폭발음 외의 어떤 것도 우리의 이목을 잡아 둘 수가 없었다.

프레스 하우스 간사 아흐마드가 큰 물통을 들고 와서 모든 이들에게 차를 타 주었다. 내게는 단순히 차가 아니라 갈증을 달래 줄 음료였다. 난 차를 좋아하지 않고 고전적인 아랍식 아침 식사(자타르와 올리브유, 나블루스 치즈 그러니까 흰 치즈)를 먹을 때만 마시고 거의 마시지 않는다. 하지만 오늘은, 차가 세상에서 가장 달콤한 음료다.

---

* 2023년 10월 9일, 이스라엘 국방부 및 이스라엘 국방군 대변인인 다니엘 하가리는 "방점은 파괴에 찍혀 있지 정확성에 있지 않다"고 공언했다(서재정, "무자비한 인공지능, 팔레스타인 민간인 겨누다." 한겨레. www.hani.co.kr/arti/politics/assembly/1119739[검색일: 2024년 5월 31일]).

이브라힘은 내게 전화를 해 이스라엘 방위군이 자발리야 동쪽을 공격하고 있다는 뉴스를 봤다고, 내가 자발리야에 없는 게 맞냐고 물었다. "정확히 어디를 친 건데?" 내가 물었다. "아조르Ajorr 빵집 뒤." 난 아직 리말 구역에 있다고 했다. 이브라힘은 서쪽 출입구도 공격을 받고 있으니 오늘 밤 자발리야로 돌아갈 때 조심하라고 경고했다. 전차들이 트완과 앗-사프타위, 난민촌 서쪽을 향해 발포하고 있다 한다. 그러니까 동쪽에서 난민촌으로 들어가 자발리야 쪽을 돌아 나즐라Nazla를 가로질러 올라가야 한다. 집에 갈 때마다 새로운 길을 생각해야 한다.

## 11월 1일, 수요일. 스물여섯번째 날.


　이브라힘이 어제 전화해 자발리야에 있는 거냐고 물었을 때는 폭격이 얼마나 심한지 몰랐다. 어젯밤 차를 타고 북쪽으로 갔을 때는 거리가 비어 있어 리말 구역에서 자발리야로 가는 길까지 차 한 대나 보행자 한 명도 마주치지 않았다. 총성과 폭발음이 사방에서 귀가 멀 것만 같이 들렸는데 섬뜩했다. 가자는 원래 사람들로 가득한 곳이다. 이런 건 처음이다.

　앗-사프타위에 가까워지자 이스라엘이 쏜 로켓과 미사일의 잔해가 도로 한편에 굴러다니고 있었다. 잘린 전선이 도로에 늘어져 있고 벽돌과 콘크리트 덩어리가 길에 흩어져 있었다. 아파트 건물, 사무실, 정원, 슈퍼마켓까지 전부 속이 까뒤집혀 도로에 흩뿌려져 있었다. 이 길로 오는 건 멍청한 짓이었다. 짐작했던 대로 자발리야를 돌아 나즐라로 들어가는 동쪽 길을 가 봐야 했다. 원래 그럴 계획이었지만, 내가 살던 동네에 공격이 가해졌다는 소식이 더 들려서 집에 최대한 빨리 가 보고 싶었다. 야세르가 거기 있었고 전화로는 연락이 안 됐다. 모함메드가 이브라힘한테 전화했을 때도 이브라힘은 야세르가 자기와 같이 있다고 확인해 주지 않았다. 그저 공습 십 분 전에 봤다고만 했다.

해안과 난민촌을 잇는 거리 오른편을 보고 내가 알던 오래된 플라타너스 나무를 보았다. 아직도 그 나무가 서 있는 걸 보자, 기묘한 안도감이 마음을 적셨다. 플라타너스 나무는 후줄근하고 닳디 닳은 게 나처럼 지쳐 보이면서도 또 나처럼 아직 여기 있었다.

이건 공격이 아니다. 학살이다. 마치 전쟁영화의 결말 같았다. 모든 게 박살났다. 건물 50여 채가 허물어졌다. 대부분 2, 3층짜리 건물이었다. 동네에서 표적이 된 지역은 완전히 사라졌다. 보고도 믿을 수 없었다. 건물들이 서로의 위로 무너진 게 마치 졸다가 넘어지면서 옆에 있는 건물도 넘어뜨린 것 같았는데, 잔해에서 두 건물을 구별할 수가 없을 정도였다. 자발리야의 명물인 옛 골목길과 좁은 차선도 전부 사라졌다. 전부 하나가 되어 버렸다. 여긴 우리가 시나다Sinada 지역이라고 하는 곳인데, 1948년에 데이르 수나이드 마을에서 피난 온 이들을 수용한 곳이다. 시나다는 가자 지구 맨 위 국경 바로 북쪽에 있는, 아니 있었던 곳이다. 에레즈Erez 검문소로 빠져나간 소수의 운 좋은 가자 주민들에게는, 검문소를 나와 바로 왼쪽에 있는 곳이 바로 여기다.

시나다 지역 대부분이 초토화되었다. 여긴 내가 속속

들이 아는 곳이다. 모든 건물과 거기 누가 사는지도 안다. 누가 누구랑 결혼했고, 아이는 몇이나 있는지도 안다. 집마다 무슨 이유로 다투는지도 우리 집처럼 잘 안다. 여긴 내 동네다. 나는 여기서 나고 자랐다. 내 유년기의 중요한 순간들은 사라져 버린 여러 골목길에서 일어났다. 각 골목마다 거기서 일어난 일을 열 개씩 풀어놓을 수 있다. 머릿속으로 여기 있던 골목들과 그 경계를, 여기 있던 건물을 다시 그릴 수도 있다. 건축가와 십억 달러만 준다면 처음부터 다시 지을 수도 있다.

동네는 건물과 거리로만 구성되지 않는다. 거기 살던 모든 이들의 모든 기억, 시간이 지나며 생겨난 사람들과 그 관계들로 이루어지는 것이다. 동네는 단지 태어난 곳이 아니라 자신의 기억과 결합된 기억을 지닌 장소다. 누군가에게 이곳에 대해 말해 주면 그들은 "그걸 어떻게 아세요?"라고 묻는다. 내 대답은 항상 같다. 여기가 내 '동네'니까. 내가 전하는 이야기는 내가 태어나기 전, 어쩌면 나크바 전까지 거슬러 올라가는 사실일지도 모른다. 나도 내가 어떻게 이 이야기를 아는지 모를 때도 있다. 내가 할 수 있는 유일한 설명은 내가 이곳 사람이라는 것뿐이다.

야세르는 안전하고 다행히도 표적이 된 곳과 그리 가깝지 않은 곳에 있다는 것도 알게 됐다. 아버지 댁 근처 골목을 걷던 중, 야세르 주변으로 석조 장식이 떨어졌다고 한다. 손으로 머리를 가리고 가장 가까운 큰길로 달려갔다고 한다. 전투기가 미사일 아홉 발을 연달아 쏘자, 다들 같은 방향으로 도망쳤다. 지역 전체를 불의 고리로 두른 것이다. 연기와 먼지가 전부 뒤덮어서 정확히 뭐가 맞은 건지 사람들이 깨닫기까지는 십 분이 걸렸다. 아무도 제대로 볼 수가 없었다. 다들 먼지 속에서 도망다니며 날아드는 조각이나 떨어지는 콘크리트에 맞거나 다치지 않으려 애쓰고 있었다.

두 시간 동안 구호 활동을 도와 생존자를 찾고 시체를 치웠다. 다들 제 역할을 하고 있었다. 난 폐허 한가운데서 잔해를 긁어내는 한 집단에 속했다. 동네 친구인 라에드Raed는 가족이 살던 집에 떨어진 폭격에서 살아남았지만 지금은 가족을 찾고 있었다. 라에드가 공습이 떨어졌을 때 가족들이 앉아 있었으리라 생각하는 곳을 가리켰다. "보통은 이 두 방 가운데 하나에 앉아 있어." 라에드는 방금 말한 두 방이었을 거라 추리한 콘크리트 더미를 가리키며 설명했다. 우린 맨손으로 돌과 콘크리트 덩어리를 치우기 시작했다. 콘크리트 아래서 엄청나게 많은 책을 찾았다. 라에드가 말했다. "그래, 내 말이 맞다니까. 여기가 거실이야. 이거 아버지 책이야!" 잠시 책 제목에 눈이 갔다. 갑자기 손에 털이 닿았다. 여성의 머리인 것 같았기에, 이제는 조심해야 했다. 십 분쯤 폐허를 긁어내고 머리 아래쪽에서 자갈과 모래를 털어 내자, 결국 잘린 머리와 흉부를 꺼낼 수 있었다. 담요 위에 두고 시체의 나머지 부분을 계속 찾았다. 한 시간이 지나도 잘린 시체 일부밖에 찾을 수가 없었다. 찾은 건 팔 일부와 손가락 몇 개, 추간판 몇 개와 양다리였다. 비현실적인 세상이다. 누가 삽을 건네줘서 시체를 더 찾아보았다. 라에드는 나머지도 이 아래 있을 거라고 확신했다.

한 청년이 몇 미터 오른쪽에서 누군가 공포에 질려 내는 소리를 들었다고 소리를 질렀다. 그 소리를 듣게 조용히 하라고 누군가 "쉿" 하고 소리를 질렀다. 그래, 누군가가 우리 세계에 말을 걸려 하고 있었다. 이제 소리가 정확히 어디 아래서 나고 있는지를 특정해야 했다. 우리가 잔해에 낸 구멍으로 들여보내라고 "산소"라고 외치자, 곧 민방위 사내들이 왔다. 한 시간 뒤, 청년 하나를 구해 병원으로 이송했다. 어둑어둑했고 완전히 진이 빠졌다. 손은 오물로 새까매졌고 옷은 전부 더러워졌다. 우리 가족 집으로 간신히 걸어가서 오래된 물에 세수를 하고 옷을 헹구려 했다. 몸은 땀으로 범벅이 되었고 뭔가에 오염된 기분이 들었다. 맑은 공기를 마시려고 집 옥상으로 갔다. 견딜 수가 없었다. 옥상에 누워 하늘을 보고 수백 가지 질문을 던졌지만, 어떤 답도 기대할 수 없었다.

자야 했지만 잠들 수 없을 걸 알았기에, 거리로 다시 나가서 공격 당시 그 근처에 있던 사람들의 이야기를 들었다. 저녁마다 하던 대로 그 거리를 거닐고 있었다면 나 역시 살해당했을 것이다. 운이 좋게도 그때 프레스 하우스에 있었다. 한나는 야세르와 이야기를 나눴다. 비록 야세르가 본 참상에 관한 이야기였지만, 그래도 야세르와 이야기를 나눴다는 것만으로, 한나는 이제 진정했다.

우린 파라즈의 집에 돌아와서 우리가 목도한 걸 믿을 수가 없어 그저 조용히 앉아 있었다. 전쟁이 끝날 때면 우리 모두 살해당할 거라는 느낌을 받았다. 우리 가운데 누구도 살아남지 못할 것이다. 우린 세 시간 동안 이야기를 나누면서 죽은 게 확인된 이들의 이름을 나누고 그들을 그리워하며 옛 기억을 떠올렸다. 이야기를 나누던 중 최근 소식을 듣지 못한 오랜 친구들이 떠올라 아직 살아 있는지 궁금해졌다. 아드함은 사촌 둘을 잃었지만 장남은 기적적으로 살아남았다. 아드함은 전화로 아이와 대화를 해 보려 했지만, 당장 말을 할 수 없는 상황이었다. 트라우마가 너무 큰 것이다. 사실 우리 모두 트라우마를 입었다.

아침에는 꽤 일찍 프레스 하우스로 갔다. 빌랄과 아

부 사드가 밖에 앉아 햇볕을 쬐고 있었다. 아부 사드는 외국 여권이 있었고 라파 검문소를 떠날 허가를 오늘 받았다. 이집트 쪽 명단에 그의 이름이 올라온 것이다. 아부 사드는 남쪽으로 갈 수 있게 가족들이 짐을 싸는 동안 기다리고 있었다. 아부 사드의 형제에게 우크라이나 여권이 있었는데, 바로 몰도바로 간다는 조건 아래 떠날 수 있다는 말을 들었다고 한다. 지금은 검문소에서 출국 명령을 받는 걸 기다리고 있다 한다. 아부 사드의 형제는 한 전쟁터에서 다른 전쟁터로, 가자에서 키이우로 향할 것이다.

아부 사드의 차는 창문으로 백기를 내밀고 코르니쉬 Corniche 거리를 따라 떠나갔다. 이제 프레스 하우스 앞에 앉아 있는 건 나와 빌랄뿐이었다. 본래 엄청나게 붐비는 간선도로인 샤하다 도로에는 아무도 없었다. 겁에 질린 개만 근처에서 짖으며 우리 곁을 지키려 했다. 나는 빌랄에게 말했다. "내가, 아테프가 그립네. 내가 나였던 게 그리워."

## 11월 2일, 목요일. 스물일곱번째 날.


아드함은 어젯밤 공습으로 아들 아베드Abed를 잃었다. 아드함과 서로의 곁에 누워 자려고 했는데 자정 즈음 큰 폭발이 동네를 뒤흔들었다. 나는 매트리스에서 벌떡 일어나 무릎을 안으로 당겨 팔로 다리를 감쌌다. 아드함은 담배에 불을 붙이고 내게 물었다. "저건 어딘 것 같아?"

내가 말했다. "멀진 않겠는데. 아마 저기 같아." 남쪽에 있는 건물 하나를 가리켰다. 물론 단서는 하나도 없었지만 가까이에 떨어진 것 같다는 느낌이 들었다. 이럴 때 어둠은 방해가 된다. 이런 공습이 있고 나서는 얼마 지나지 않아 청년들이 거리로 나와 방금 무슨 일이 일어났는지 알아보러 나설 것이다. 아드함이 담배를 반도 채 태우기 전에, 저 아래 거리에서 목소리가 들렸다. 목소리가 아주 큰 친척 아랍Arab이 공습이 동네 남쪽에 떨어졌다고 말했다. 나와 아드함은 창문으로 가 아래 있는 이들과 질문을 주고받았다. 공기가 먼지와 연기로 가득해 숨을 쉬기 어려웠다.

우리가 건물에서 나올 즈음에는 거리에 더 많은 사람들이 모여 있었다. 사람들은 먼지를 뚫고 보기 위해 휴대전화에서 나오는 빛을 비췄다. 마치 촛불 집회 같았다. 어디가 공격당했는지 아는 사람은 아무도 없었다. 다들 물었다. "당신 집 근처였소?" 자기 집 근처라고 생각하는 사람은 없어 보였다. 우린 진원지를 찾아 먼지와 연기가 가장 짙은 곳으로 걸어가기로 했다. 아랍이 말한 대로 남쪽 방향이었다. 어디서 연기가 오는지 찾기 위해 눈만큼이나 코도 썼다. 동네의 줍디 줍은 골목들로 이어졌기에 조심해야했다. 우리 근처에서 구급차 소리가 들렸다. 아드함은 지금까지 다른 사람들과 마찬가지로 도우려는 입장이었다. 하지만 누구보다도 이 골목을 잘 알았기에, 공습을 맞은 집이 동네에서 차로 갈 수 없는 곳에 있는 것 같다는 느낌이 들었다. 골목 가운데는 너비가 1미터를 넘지 않는 곳도 있기 때문이다.

아드함은 지난 2주 동안 밤마다 나와 함께 방을 썼다. 전쟁 첫 주에 집이 부분적으로 손상당하자 집을 떠났다. 부인은 아이 몇을 데리고 친정으로 갔고 다른 아이들은 삼촌과 할머니 집으로 갔다. 아드함의 장남 아베드는 이틀 전 자발리야에서 이스라엘이 자행한 학살을 목격했다. 그날 밤의 참극에서 살아남은 몇 안 되는 사람이었기에, 난 아베드가 기자 몇 명과 이야기를 해 보게끔 설득하고 있었다. 하지만 아베드는 자신은 말을 할 수 없다고, 아드함의 전화로 내게 문자를 보냈다. 아베드는 사건이 끝나고도 여섯 시간째 말을 할 수가 없다고 했다. 너무도 큰 트라우마를 입은 모양이었다.

　　우리가 지난밤 찾아 헤매던 공습은 아드함의 가족이 머물던 집에 떨어졌다. 아베드는 죽었다. 아베드의 할머니도 죽었고 고모도 죽었다. 아드함은 순식간에 가족 셋을 잃었다. 우린 모두 휴대전화 빛을 켜 두고 구조대가 더 잘 볼 수 있도록 했다. 나는 (열 살쯤 되어 보이는) 아직도 눈에 졸음이 남아 있는 남자아이의 손을 잡아 구급차로 데려가려 했다. 아이는 매우 지친 목소리로 말했다. "아뇨, 놔요. 엄마 기다릴 거예요." "엄마는 괜찮아." 내가 말했다. 아이가 단언했다. "아니잖아요. 엄마 어딨어요?" 잠시 후 어떤 여자가 들것에 실려 나왔다. 아이를 데리고 가 여자의 신원을 확인해 달라고 했다. 아이 엄마는 아니었다. 십오 분 뒤, 잔해 아래 살아 있는 아이 엄마를 꺼냈다. 아이는 그제서야 구급차 안으로 기어올라 엄마 곁에 앉았다.

　　한 시간 반 뒤, 우리가 있는 거리 동쪽 끝에 있는 6층 건물이 또 공격으로 무너졌다. '안바르Annbar'라고 불리던 곳으로 전날의 참상을 비껴 간 몇 안 되는 건물이었다. 그 옆 건물도 손상을 입었다. 두 건물 사이에 백오십 명 정도가 살고 있었다. 피해를 안타깝게 바라보며 그 아래 감춰진 생명들을 생각하던 중, 이상한 기억이 났다. '안바르' 건물 1층에는 아드함의 형제가 운영하는 유명한 이발소가 있었다. 샤라위Sharawi 이발소라는 곳이다. 23년 전 결혼할 때, 거기서 머리를 잘랐었다.

어느 날보다도 아귀 같은 이틀이었다. 어젯밤에는 해가 지기 전에 난민촌 내 팔루자Falouja 구역에 살고 있는 친구들에게 전화를 하려 했다. 결국 페이스북에서 그중 두 명과 연락이 닿아, 차를 타고 가서 누구 집이 피해를 입었는지 보기로 했다. 우리가 아직 자발리야에서 벌어진 야만적인 학살로부터 숨을 고르고 있는 동안, 이스라엘은 난민촌 서쪽 팔루자 구역을 공격해 건물 열여덟 동을 파괴하고 백여 명을 살해했다. 지금까지도 사망자 수가 정확히 몇 명인지 모른다. 잔해 더미의 규모가 너무 크다는 단순한 이유로, 시신 수습이 느리게 이루어지고 있기 때문이다.

마르완Marwan은 십 년이 넘는 시도 끝에 막 아이를 가진 친구인데, 아버지와 누이들 그리고 그 가족까지 공습으로 잃었다. 마르완이 커다란 콘크리트 덩어리 위에 앉아 있는 걸 봤다. 얼굴은 까만 오물로 뒤덮여 있었고 옷도 마찬가지였다. 눈에 고인 눈물은 자갈 같았다. 그를 안아 주었다. 그는 흐느꼈다. 다행히도 마르완의 부인은 아이를 데리고 친정으로 가 있었다. 마르완은 막대한 잔해 더미 가운데 하나를 가리키고는 울면서 자기 가족 여든 명이 저 무더기 아래로 사라졌다고 말했다. 마르완의 아버지가 막 건물에 도착했을 때 공격이 가해졌다. 건물에 들어가기도 전에 죽었을 거라고 추정된다. 지옥도 같은 현장이었다. 어떤 말도 마르완을 도울 수 없었다. 폐허 여러 곳에 많은 사람들이 앉아서 울고 있었다. 해가 지자 나는 파라즈의 집으로 가서 파라즈와 아드함과 조용히 앉아 오늘 먹는 유일한 한 끼를 들었다.

어제는 빵을 구하는 걸 포기해야 했다. 여러 친구들에게 전화를 걸어 남는 빵이 있는지 아니면 빵을 구하는 걸 도와줄 수 있는지 물어보았다. 친구 하나는 나와 빌랄에게 빵을 한 덩이씩 얻어 주겠다고 약속했다. 프레스 하우스에서 몇 시간을 기다렸지만, 다시 연락해 보니 우리 전화를 받지 않아 결국 포기했다. 대신 해바라기씨와 견과류를 조금 사서 오늘은 이걸로 때워야겠다고 납득했다. 모함메드, 야세르, 나까지 세 사람이 북쪽으로 차를 몰며 그걸 꾸역꾸역 먹을 즈음, 빌랄이 전화로 드디어 빵이 왔다고 했다. 우린 빌랄의 사무실에서 우릴 기다리고 있는 그 귀중한 보물을 찾으러 바로 돌아갔다.

오늘 아침에는 에이샤의 남편 마헤르의 여동생과 그 남편, 자녀 셋이 자이드Zaid 로터리 근처 건물을 표적으로 한 공격으로 전부 살해당했다는 소식을 접했다. 마헤르의 여동생은 UNRWA 학교의 교사였다. 에이샤와 마헤르를 보러 갔으나 마헤르는 거기 없었다. 가족을 묻으러 아버지와 형제와 함께 묘지로 간 것이다.

도시는 나날이 그 전날보다 슬프게만 보였다. 어떤 것도 희망을 가질 이유를 주지 않는다. 우린 모두 지쳤고 고통받고 있다.

## 11월 3일, 금요일. 스물여덟번째 날.


아침 일찍 앗-쉬파 병원에 간 건 이번이 처음이다. 여
기로 피난 온 사람들 대부분이 아직 바닥에 누워서 자고
있었다. 침대보를 덮고 있는 사람도 있고 몇은 폐허가 된
집에서 꺼내 온 매트리스 위에 누워 있었다. 병원은 아직
잠에서 깨어나지 않은 도시 같았다. 통로를 따라 걸어가는
데 사람들이 이곳저곳에 잠들어 있어, 어디에 발을 디딜지
난감했다.

계단을 오르내리는 건 그보다도 어려웠다. 계단 자체
가 가정집처럼 되어 버렸기 때문이다. 통로 한쪽 끝 구석
에는 젊은 여자가 아직 잠든 아이들을 먹일 샌드위치를 만
들고 있었다. 작은 빵 덩이에 초콜릿을 바르고 있었다. 그
여자가 가져온 주전자에서 김이 뿜어져 나오자, 평범한 아
침이 생각났다. 그 단순한 모습에 평범함을 애타게 원하게
됐다. 잠든 몸들 사이로 까치발을 하고 다니며 그들을 바
라보니, 이 사람들이 몇 주만에 처음으로 쉬는 것일 수도
있겠다는 생각이 들었다. 응급실에 있는 방송 카메라들조
차 잠이 들었다.

오늘 아침 자발리야를 향해 출발한 게 일곱 시 반이

었다. 앗-사프타위 길을 지나 잘라 거리를 따라 내려가 리말 구역으로 향했다. 전쟁 치고는 극히 평범한 아침이었다. 빵집 몇 곳이 영업을 하는 것 같았는데, 밖에 선 줄은 어느 때보다도 길었다.

가자시티와 자발리야 난민촌에 있는 슈퍼마켓과 식료품 매장의 이름과 주소를 이제 전부 외운다. 지난 몇 주간가 보기는커녕 들어보지도 못했던 상점과 슈퍼마켓을 다니면서 전문가가 다 되었다. 하지만 재고가 동이 나면서 영업을 하는 슈퍼마켓과 식료품점의 수도 줄어들었다. 어제 갔던 슈퍼마켓이 오늘 문을 닫는 일도 예삿일이다. 이제 가자를 통틀어 아직도 문을 연 슈퍼마켓의 수는 두 손으로 꼽을 수 있는 수준이다. 큰 가게들은 계속 영업을 하기 위해 작은 가게들의 재고를 사들였다. 물론 문을 닫은 상점 대부분에도 아직 재고가 가득하지만, 점주들은 영업을 계속하는 건 너무 위험하다고 생각한다. 아직 영업을 하는 데서는 물건을 살 선택지가 매일 줄어들고 있다.

또, 노점상과 이들이 물건을 파는 길모퉁이에도 전문가가 되어야 했다. 이들은 임시 시장처럼, 나귀가 끄는 수레에 채소를 담아 팔고는 한다. 지금은 다 안다. 잘라 거리 북쪽 끝에 하나, 앗-쉬파 병원 밖에 하나, 나세르 거리에 하나, 가족 빵집 근처에 하나, 나팍 거리의 큰 슈퍼마켓 근처에 하나. 지난 4주간 여기서 채소를 샀다. 지금도 구할 수 있는 채소는 가짓수가 적다. 감자, 토마토, 고추, 오이, 가지, 양파 그리고 운이 좋으면 호박 정도가 전부다. 더불어 약국도 이름과 주소를 전부 알아 둘 필요가 있다. 물론 지금은 문을 다 닫았지만 말이다. 그렇지만 상점, 식료품점, 노점상, 약국을 다 제쳐 두고서라도 가장 중요한 건 빵집 전문가가 되어야 한다는 거다. 나도 개인적으로 자발리야에서 가자시티까지 가는 길에 영업하고 있는 빵집을 전부 꿰고 있다.

오늘 밤, 이스라엘군은 가자시티와 북부를 남부로부터 완전히 고립시켰다고 했다. 전차가 알-라쉬드 도로를 정찰하고 있었다. 알-라쉬드 도로는 가자시티와 와디 가자 강 사이를 가로지르는 해안 도로인데, 가자에서 상상할 수 있는 가장 아름다운 길이다. 가자 주민들은 여기를 홀로 산책하고, 바다와 석양을 보길 좋아했다. 여길 거닐며 사진을 찍지 않기도 어렵다. 라쉬드라는 이름은 압바스 왕조의 유명한 칼리프이자 아랍 세계에 번영과 지식, 과학을 가져온 지도자, 하룬 알-라쉬드에서 따온 것이다. 유명한 베이트 알-히크마(지혜의 전당)를 세운 것도 그다. 이제는 이 거리도 잔혹한 파괴의 또 다른 현장이 되어 버렸다. 가자시티와 가자 지구 북부는 와디 가자 강 남쪽에 있는 가자 지구 나머지 지역과 고작 두 개의 길, 동쪽의 살라 앗-딘 도로와 서쪽의 알-라쉬드 도로로만 연결되어 있다. 농부들이 쓰는 좁은 흙길 몇 개를 빼면 다른 길은 없다.

어제는 이스라엘이 리말 구역 북쪽에 있는 앗-샤티 난민촌에 전단을 뿌렸다. 난민촌에서 나가라는 내용이었다. 전단은 "압도적 위력"의 공격을 가할 것이라 다짐하며 이것이 공격 전 마지막 경고라고 했다. 전단은 빨간색이었다. 여태까지 전단 색은 처음에는 녹색, 그다음엔 노란색이었다. 우리 일상은 색으로 구별되는 모양이다. 하지만 이건 이스라엘의 케케묵은 수법이었다. 에레즈 검문소를 넘어가려고 하면(실제로 넘는 건 극소수에 불과한 드문 호사라는 걸 덧붙여 두겠다), 병사들이 개별적인 위협 수준을 알아내기 위해 색깔 분류를 사용한다. 이름마다 이런저런 색으로 밑줄을 긋는데, 밑줄 색은 이스라엘에 어떤 수준의 위협을 가하며 따라서 통과를 허가할 것인지 말 것인지를 가리킨다. 마찬가지로 서안 지구에서 (대부분의 일자리가 있는) 불법 유대인 정착촌이나 이스라엘에서 일하기 위해 취업 허가증을 신청하면, 이스라엘 웹사이트에서 자기 이름을 검색해 볼 수 있다. 녹색이면 일을 할 수 있지만 노란색이면 조사 대상이다. 빨간색이면 꿈도 못 꾼다. 그리고 이들이 낙인 찍듯 부과한 색에 항의할 수단은 당연히 없다. 우린 이 전단을 '죽음의 전단'이라고 부르게 됐는데, 이것도 바보같이 단순하기는 매한가지다.

앗-쉬파 병원으로 이동하며 나세르 거리를 지나 우리가 북쪽으로 가면 갈수록 총소리가 또렷하고 날카롭게 들렸다. 하늘은 연기로 가득했다. 셰이크 라드완Sheikh Radwan 구역으로 들어갔을 때, 더 가면 위험할 것 같았다. 군대가 화력을 앗-샤티 구역과 인근 거리에 집중하고 있는 것 같았다. 요즘은 다들 앗-쉬파 병원에 이스라엘이 전차를 투입한 의도를 두고 이야기를 하고 있다. 앗-쉬파로 4만 명이 이주해 왔기에 어떤 이들은 여기를 '새 가자'라고 부르기도 했는데, 이러한 이주는 쉬파의 뜻인 '치유'에 있는 게 아니라 폭격을 피하기 위해 이루어졌다.

어제는 와디 가자 강 남쪽, 알-부레이즈 난민촌에 있는 주택 단지가 공격을 당해 파라즈 부인의 직계가족이 몰살당했다. 부인의 어머니, 형제 둘, 자매 둘 그리고 그 아이들까지. 파라즈의 부인은 다행히도 알-부레이즈에서 가족과 2주를 보낸 뒤 라파에 있는 유엔 대피소로 거처를 옮겨 살아남았다. 우린 파라즈가 부인과 대화하고 위로를 건넬 수 있도록 세 시간 동안 부인에게 전화를 걸었지만 신호가 너무도 약했다.

어젯밤에는 일찍 자려고 했다. 하지만 아들, 어머니, 딸을 잃은 충격에서 아직 벗어나지 못한 아드함이 울음을 멈출 수 없어, 간이 침실에 혼자 있게 했다. 그를 보내고서 우리는 뉴스를 들으며 아드함 이야기를 했다. 난 내버려두는 게 나을 거라고 했다. 다른 사람의 동정을 받지 않고 혼자 울어야 할 때도 있는 법이다. 밤 열 시쯤 자러 들어갔다. 새벽 두 시 반쯤 아드함이 불을 켰다. 잠이 오지 않는다고 했다. 두 시간 정도 이야기를 나눈 뒤, 나는 자야 된다고 했다. 헛된 일이었다. 새벽 다섯 시가 되자, 창문 아래 거리가 소란스러웠다. 사람들은 좋은 자리를 찾아 줄을 서겠다고 벌써 빵집으로 향했다. 몇몇은 태양광 전지를 달아 전기가 있는 집으로 배터리를 들고 갔고, 몇몇은 친척 집에서 하룻밤 자고 나와서 매트리스를 들고 집으로 돌아가고 있었다. 채소 장수가 오이 사시오! 소리를 질렀다. 우유나 사탕 장수는 없었다. 전쟁은 선택지를 주지 않는다.

## 11월 4일, 토요일. 스물아홉번째 날.

해가 저물 즈음 죽음을 직면했다. 죽음은 나를 받아들이고 돌아올 수 없는 여행에 데려가려 했다. 친구인 모함메드 호카이아드Mohammed Hokaiad가 다친 부인을 돌보기 위해 앗-쉬파 병원에서 지내고 있어서 그와 이야기를 하고 있었다. 위쌈을 보러 왔다가 병원 정문에서 그를 만났다. 십 분간 이야기를 나누고 기도를 주고받고 나중에 또 만나자고 약속을 하던 중, 미사일이 날아들었다. 미사일은 표적인 병원 정문을 맞혔다.

미사일이 때린 건 내가 서 있던 곳에서 7, 8미터 떨어진 곳이었다. 조금 전에는 교사 시절 알고 지낸 청년과 이야기를 나누고 있었다. 그는 앗-샤티 난민촌에서 가족과 함께 병원으로 피난을 와서 지내고 있다고 했다. 내게도 야세르와 같이 여기로 오라고 했다. 짧고 용건이 명확한, 전형적인 전쟁기의 대화였다. 그러다 몇 미터를 걸어 모함메드를 만났고, 쾅 소리가 들렸다. 물론 폭발음이 들리는 건 항상 있는 일이고, 그럴 때마다 고작 몇 미터 밖에서 터진 것 같은 느낌이 들었지만, 이번에는 진짜였다.

우린 깜짝 놀라 서로 다른 방향으로 도망쳤는데 정작

공습이 어디 떨어졌는지는 몰랐다. 그러다 고개를 들어 연기를 눈으로 쫓으니 정문 방향이었다. 사람들이 고함과 비명을 지르며 달아나고 있었다. 밖으로 나가던 구급차 여러 대가 공습이 터지자마자 뒤로 돌아 차문을 열었다. 구급대원 다섯이 뛰쳐나와 부상자를 돌봤다. 이 구역은 좋은 시절에도 가족, 영업사원, 차량, 기자, 의사와 간호사로 붐볐다. 게다가 병원이 새롭게 과밀한 임시 '도시'가 되면서, 매일 지나다녀야 하는 병목 지역이 된 것이다. 이스라엘은 자기들이 뭘 하고 있는지 정확히 알고 있었다. 도망쳐야겠지만, 어디로 간단 말인가? 모함메드 호카이아드는 이 공격이 '불의 고리'의 첫발일까 봐, 그러니까 블록 반대편, 북쪽, 동쪽에 사격이 이어지고 그 고리 안쪽을 철저히 파괴할까 봐 두려움에 빠졌다. "고리 밖으로 나가야 해." 그가 소리를 질렀다. 불의 고리는 대개 큰 길을 네 변으로 하는 사각형 꼴이었기에, 우린 북쪽으로 최대한 빨리 달려나갔다. 다행히 이번에는 '불의 고리'가 아니었다. 만약 그랬다면 살아남지 못했을 거다. 잘라 거리 동쪽으로 차를 타고 가는 동안, 만약 내가 가르쳤던 그 청년과 계속 말을 주고받았더라면 지금쯤 죽었을 거라는 생각이 계속 들었다.

공격으로 열여섯 명이 살해당했고 구급차도 망가졌다는 소식을 나중에 들었다. 위쌈이 괜찮은지 연락을 해 봤냐고 물어보려 한나에게 전화를 했다.

위쌈이 이집트로 가 치료를 더 받을 수 있기만을 계속 바랐다. 요즘은 매일 다른 환자들이 라파 검문소 너머로 치료차 이송된다. 위쌈의 이름도 명단에 있다. 오늘 떠나기로 되어 있었는데, 내일이 될 수도 있다고 짧은 안내를 받았다. 앗-쉬파 병원에서는 마취제 없이 치료를 받고 있기에, 이송 연기 소식은 위쌈을 무너뜨렸다. 하루 종일 고통으로 비명을 지른다. 간호사가 상처를 닦아 주거나 수술을 더 받기라도 할 때가 가장 심했다. 시나이에 있는 아리쉬 Arish 병원으로 이송될 준비가 끝났다고 들었는데, 이제 해안을 지나는 알-라쉬드 도로가 이스라엘 전차의 포격 아래 놓이면서, 국경으로 향하는 움직임이 전례 없이 더뎌졌다. 어제 오후에는 알-라쉬드 도로를 따라 남쪽으로 향하던 수십 명이 살해당했다. 그들의 훼손된 시체(시체 조각이라고 하는 게 맞을 수도 있겠다)가 도로 위에 흩어져 있는 사진들은 경악스러웠다. 이스라엘군이 시키는 대로 남쪽으로 간 것뿐인데, 그 보상으로 그들은 터져 조각이 났다.

하지만 가장 충격적인 건 앗-사프타위에 있는 초등학교를 찍은 사진이었다. 내 아파트에서 고작 백 미터 떨어진 곳이다. 내 자식 나엠Naem과 야세르가 6년간 거길 다녔다. 이제 그 구역 전체가 가까이 갈 수도 없을 정도로 위험해졌다. 전차는 서쪽, 트완과 수다니아에서 온 것 같다. 요즘은 앗-사프타위 길에서 난민촌으로 운전하는 것조차도 위험하다. 내 생각에는 동쪽에서 왔다 갔다 하느라 밖에서 시간을 낭비하는 게 더 위험할 것 같은데도, 모함메드조차 평소에는 그 길로 가지 못하게 할 정도다.

남학교, 여학교가 하나씩 있었고 수백 가족이 거기로 피난을 가 있었는데 미사일 한 발이 학교에 명중했다. 거기 있던 사람들은 서쪽 해안가에 있던 자기 집에서 피난 온 이들이었다. 미사일에 맞은 건 남학교였고, 죽은 아이들 대부분이 그 학교 학생이었다. 그 아이들은 수학 대신 죽음을 배운 것이다. 그 참상에서 찾은 시체 가운데 온전한 건 하나도 없었다. 현장은 마치 도살자가 흥에 겨워 신나게 일한 정육점 같았다. 마치 그 모든 걸 순전히 즐거워서 한 것처럼.

뉴스가 너무 많아 쫓아가기가 어려웠다. 자기 안전을 확보하고 주변 사람을 챙기는 게 할 수 있는 전부였다. 앗-사프타위 학교에서의 참상과 마찬가지로, 북가자의 주요 의료 시설인 인도네시아 병원 근처 다른 학교도 미사일 공습을 당했다. 공격으로 인한 조각과 잔해가 수많은 병실로 날아들었다. 많은 사람들이 죽었고 그 수는 아직 정확히 모른다. 파라즈는 내게 물었다. "블링컨 국무장관의 순회 방문 그리고 공격, 특히 학교와 병원을 향한 공격의 강화. 연결점이 보여?" 답할 말이 없었다.

프레스 하우스로 돌아와 커피를 끓였다. 물이 끓을 때까지 두면 가스를 너무 많이 쓸 테니 불을 껐다. 이제는 다시 채울 곳도 없으니 가스가 다 떨어지지 않도록 다들 신경을 썼다. 물은 따뜻한 편이라 충분할 듯싶었다. 전쟁에서는 맛을 따지지 않고 마실 게 있다는 것만으로도 충분하다. 어젯밤에는 빵을 하나도 구하지 못했고 친구들한테서 얻지도 못했다. 대신 마카로니를 삶아 소금을 좀 쳐서 먹었다. 간소한 식사지만 맛있었다. 그걸로 충분했다. 야세르에게 약속했다. "내일은 빵을 먹을 수 있을 거다." 그 '내일'도 이제 반이 지나갔지만, 도대체 빵을 어떻게 구해야 할지 감도 잡히지 않는다. 열린 빵집은 전보다 적은데, 아직 연 집 앞에 선 줄은 더 길었고 다들 자기 가족을 우선시했다. 오늘이 저물어도 우리가 먹을 빵이 있을까? 없다면 달리 먹을 걸 생각해내야 한다. 아직 마카로니 작은 봉지가 하나 있긴 하다. 그거라도 있다니 다행이다. 하지만 야세르에게 이거라도 있으니 얼마나 다행인지 설득하는 건 경우가 다른 일일 수 있다.

오늘 아침 파쿠라 학교가 공격당해 열두 명이 살해당했다. 2014년에도 공격당한 학교다. 난민촌 북서쪽에 있는 곳인데, 수백 가족이 거기서 살고 있다. 유엔 로고가 자기들을 도우리라 생각한 수백 명이 말이다. 참으로 놀라운 세상이다.

## 11월 5일, 일요일. 서른번째 날.


어젯밤 공습으로 왼쪽 다리를 다쳤다. 살면서 가장 가까이서 접한 공습이었다. 저녁 일곱 시쯤이었다. 멀지 않은 곳에 차를 대 놓고 파라즈의 집까지는 걸어가려고 했다. 그때 아버지를 봤다. 아버지는 이복 여동생 아미나의 아파트로 가고 있었다. 20미터쯤 떨어진 6층 건물이라, 어두운 계단을 오르는 걸 좀 도와 줄 수 있냐고 하셨다. 야세르가 아버지 손을 잡고 같이 갔다. 기다리던 중 오랜 친구 파크리Fakhry가 저편에서 길을 건너는 걸 보고 와서 이야기 좀 하자고 불렀다. 파크리는 나보다 나이가 많았는데, 동네에서 아직도 좌파 정당과 관련이 있는 몇 안 되는 사람 가운데 하나였다. 어제는 내게 종교 세력은 그 자체로 우파이기에, 진정한 좌파는 절대 그 소속을 종교 세력으로 바꾸지 않는다고 설명했다. 동지였던 사람들이 갑자기 종교에 귀의한 것을 두고 하는 말이었다. 파크리를 부르자, 화장실에 가는 길이니 잠깐 있으면 돌아오겠다고 했다. 그 잠깐이 파크리를 죽음으로 몰아넣었고, 나를 살렸다.

갑자기 우레 같은 압도적인 충격과 함께 내 앞에서 미사일이 터졌다. 불이 벽처럼 날 밀어냈고 연기가 그 뒤를 따라 나왔다. 눈 깜짝할 사이에 나는 먼지 구름 속에 서 있었다. 도망치려 했지만 막대한 양의 잔해가 우리 위로 쏟아졌다. 나는 손으로 머리를 가리고 아래로 숨어들어 갈 곳을 찾아 좁은 길을 따라 뛰어 내려갔다. 어쩌다 보니 신발을 잃어버렸다. 나는 맨발로 뛰었고 모함메드와 이브라힘도 나를 따라 뛰었다. 200미터쯤 달리자 멈출 수밖에 없었다. 숨을 고르고 있자니 사람들이 소리를 지르는 게 들렸다. 날아다니는 잔해와 콘크리트에 그들이 있던 건물도 맞아서 쏟아져 나온 것이었다. 잠시 후, 차까지 걸어 돌아가 신발을 찾으려 했다. 그때까지는 아무 느낌이 없었다. 그제서야 다리에 따뜻한 게 느껴졌다. 피가, 그것도 많이 흐르고 있었다. 손으로 닦아내고 표적이 된 집으로 걸어갔다. 건물 다섯 채가 완전히 초토화되었다. 건너편 건물들도 대부분 피해를 입었다. 구급차는 아직 오지도 않아서 우리가 힘을 써야 했다. 친척 푸아드Fouad의 집은 일부가 무너져 불이 나 들어가기가 어려웠다. 어떤 사람들은 측벽을 무너뜨려 들어가려고 했다. 밖에, 거리 쪽 나무 근처 잔해 아래 사람이 있다고 누군가 소리쳤다. 다들 젖 먹던 힘까지 짜내 콘크리트와 시멘트를 치웠다. 오싹하게도 거기 누워 있는 건 파크리였다. 이미 죽어 있었다. 구급차와 민방위 대원들도 도착했다. 우리는 파크리를 들것으로 옮겼다.

푸아드는 집 문 근처에서 발견되었다. 다행히도 우리가 얼굴 근처로 떨어진 잔해를 치워서 푸아드는 숨을 쉴 수 있었다. 십 분 뒤, 푸아드를 꺼낼 수 있었다. 하지만 그의 부인 마하와 다섯 아이에 관한 소식을 전해야 했다. 마하도 한나의 사촌이었다. 푸아드의 가족 전부가 불이 나서 혹은 그 전에 죽은 것 같았다. 우리 집안 사람 니하도 거리 건너편에 있는 건물의 침실에 죽어 쓰러져 있는 채로 발견되었다. 표적이 된 건물에서 떨어져 날아간 콘크리트 상인방에 맞은 게 사인이었다.

벌어진 모든 일에 갑자기 지치고 압도되었다. 더는 견딜 수 없었고 어지러웠다. 모함메드는 내가 잔해에서 내려와 차까지 가는 걸 도와주었다. 병원에 데려다주겠다고 했지만, 다들 팔다리를 잃고 있는 판국에 이런 작은 상처로 병원에 가는 건 우습게 느껴졌다. "내가 알아서 할게." 모함메드를 안심시켰다. 파라즈의 집에 가서 상처를 물로 닦고 천 조각으로 감쌌다. 내가 상처를 싸매는 동안 다른 사람들은 바삐 움직였다. 파라즈의 집도 일부 손상을 입었다. 유리가 전부 깨졌고 거울, 사진, 심지어 문까지도 땅바닥에 흩어졌다. 여기에 잔해까지 더해져 바닥을 덮었다. 아드함, 파라즈, 야세르, 모함메드는 우리가 여기서 잘 수 있게 청소에 공을 들였다. 일하는 동안 모두 말수가 적었다.

하루의 대부분을 프레스 하우스의 침대에 누워서 보냈다. 상처는 생각보다도 더 아팠다. 이번에는 소금과 물로 다시 상처를 씻고 천조각을 새로 댔다. 하루 종일 사실상 아무것도 하지 않고 그저 쉬면서 전날 겪은 사건을 복기했다. 만약 내가 죽었다면? 누가 야세르를 돌보지? 파크리를 따라 길을 건너려고 했는데, 폭격이 몇 초만 늦었으면 잔해 아래 누워 있는 건 나였을 거다. 거의 종일 잠만 잤다. 자발리야로 돌아가는 길에 위쌈을 보러 갔다. 계단을 오르는 게 정말 어려웠다. 현기증이 났다. 병원에는 바뀐 건 별로 없고 모든 게 늘었을 뿐이었다. 사상자도, 고통도, 사망자도 늘었다. 병원 관리자들은 영안실로 쓰던 흰 천막을 치우고 임시 봉쇄 시설로 교체했다. 그러나 시신이 너무 많아서 많은 수가 시설 바깥에 있는 바닥에 놓여 있었다. 산 사람이 아니라 시신이더라도 여기에 있을 공간을 찾았다면 운이 좋은 거였다. 폐쇄공포를 느껴 하늘을 보자, 저 위에 뭐가 있었는지 기억이 났다.

한나가 불쌍했다. 또 한 사람, 이번에는 사촌을 잃었다. 다시 전화로 한나가 계속 우는 걸 들어야 했다. 도움이 되지 않을 걸 알기에 달래 줄 말이 없었다. 에이샤네 집에 가서 좀 쉬고서 파라즈의 집으로 돌아왔다. 우리는 매일 점점 슬퍼지고 있다.

## 11월 6일, 월요일. 서른한번째 날.


오늘 아침에는 모함메드 알자자Mohammed al-Jaja가 가족들과 함께 살해당했다. 소식을 듣고 믿을 수가 없어 울음이 나왔다. 바로 어제, 같이 프레스 하우스에 있었다. 모함메드는 날 돌봐 줬고 다친 다리를 치료하는 걸 도와줬다. 지난 4주 동안 모함메드는 "PRESS"라고 쓰인 파란 방탄조끼까지 완전히 차려입고 프레스 하우스로 와서 우리와 함께 앉아 있었다. 그는 기자이면서도 복지와 구호 활동을 하는 단체들에서도 일했다. 전쟁 동안 대부분 시간을 빵집과 슈퍼마켓에 가서 UNRWA 학교에 피난 온 사람들에게 줄 빵과 식료품을 얻어다 주며 보냈다. 이 모든 일 사이에서 우린 자투리 시간이라도 잡고, 사태의 중요성을 돌아보고, 지난 공격들의 기억과 비교해, 전쟁 이후의 미래를 계획해 보았다. 이제 그에게도, 그의 가족에게도 기대할 미래는 없다. 어제는 프레스 하우스 문 앞에 그와 함께 서서 너무 위험해지고 있으니 나세르 지구에 있는 아파트에 더 머물지 않는 게 어떻겠냐고 물었다. 모함메드는 앗-쉬파 병원과 같은 거리에 있는 아파트 1층에 살고 있었다. 빌랄은 가족을 데리고 그날은 프레스 하우스로 오라고 했다.

그는 우리 생각에 웃음을 흘리고는 걸음을 옮기며 "내일 봅세"라고 했다.

위쌈을 보러 갔을 때는 시신 수십 구와 함께 그의 시신이 병원 밖 바닥에 널브러져 있었다. 이 시신들이 지난밤 앗-샤티 난민촌과 나세르 지구를 습격해 얻은 전리품이었다. 처음에는 모함메드인지 알아보지 못했다. 파란 조끼를 보고는 '또 기자가 죽었다니 안타까운 일이야'라고 생각했을 따름이었다. 모함메드일 거라고는 생각도 못했다. 그럴 리가 없다. 어제, 그제, 지난주, 지지난 주에도 같이 있지 않았는가….

이제 점심에 빵을 빌릴 수 있는지 물어볼 사람이 없다. 지난주 내내 모함메드는 프레스 하우스에 남는 빵을 다섯 꾸러미씩 들고 와서 친구들, 그러니까 우리들한테 나눠 주었다. 덕분에 나는 일주일이 넘도록 빵 걱정을 하느라 스트레스를 받지 않아도 됐다. 물론 빵을 찾지 못한 날도 있었는데, 모함메드는 아무것도 갖고 오지 못해 죄책감을 느끼기도 했다. 내가 답했다. "괜찮아, 빵 없이도 살 수 있어." 이제는 그 없이 살아남아야 한다. 전화기로 그의 사진을 보고, 어제 이야기를 이어 나가게 된다. 그는 두려움 그리고 전차들이 다시 잠에 빠져든 시대를 꿈꾸는 자신의 열망을 이야기했다. 그는 부인과 아이들을 데리고 유럽으로 여행을 떠날 계획을 세우고 있었다. "한 달을 통으로 쓸 거야." 그가 말했다. "이민 가게?" 내가 놀라 물었다. 그는 단호히 말했다. "아니, 가자의 미래는 지금보다 더 나을 거야." 그는 진심이었다. 모함메드는 평생의 삶과 경력을 가자와 거기 사는 사람들을 돕는 데 썼다.

한동안 아무 말도 없이 빌랄과 앉아 있다가 내가 침묵을 깼다. "한 사람이 모자라. 이 방에 분명 셋이서 있었잖아. 이제 둘밖에 없어."

우리 세 사람은 삼총사처럼, 전차가 문 바로 밖에 들이닥칠 때까지 단호히 버티다가 수갑이나 좀 더 그럴듯한 케이블타이로 손이 묶여 쫓겨나는 우리의 모습을 상상하곤 했다. 이스라엘군이 목적을 달성해 도시와 북부를 비우는 걸 도울 이유는 하나도 없다. 남쪽도 위험하긴 마찬가지다. 보건부에 따르면 사망자의 42퍼센트가 남쪽에서 죽었다. 어제와 그제, 이스라엘군 대변인은 주민들이 오후 한 시부터 네 시 사이, 살라 앗-딘 도로를 따라 남쪽으로 떠날 수 있다고 공포했다. 많은 사람들이 이 지시를 따라 이동했지만, 여전히 폭격을 당하고 살해당했다. 이스라엘은 언제나 "보안상 우려"를 들먹이며 자기들이 전에 말한 걸 뒤집을 수 있었다. 길에서 벗어나거나, 멈추거나, 병사의 의심을 돋우는 물건을 가지고 있거나 하면, 누구든 "보안상 우려"가 되었다. 그리고 어느 때든 차나 타고 있던 이동 수단에서 내려 3, 4킬로미터를 걸어서 가라는 명령이 떨어질 수도 있다. 신분증을 손에 쥐는 것 빼고는 아무것도 가지고 갈 수 없게 했다. 이스라엘 병사들이 남자들에게 속옷 빼고 다 벗으라고 했다는 보도도 있었다. 이런 굴욕을 보고 들은 많은 사람들은 차라리 북가자로 돌아갔다.

앗-쉬파 병원 5층에서 아래로 보이는 광경은 믿기지가 않았다. 시체들이 사방의 땅바닥에 널브러져 있었다. 촬영진은 인터뷰 대상들을 한데 모았다. 여자아이들은 모여서 장난감을 가지고 놀았다. 남녀 한 쌍은 가족이 쓸 천막을 치며 자신들과 아이들이 지낼 공간을 마련해 보려 애쓰고 있었다. 구급차는 지난밤 공습으로 죽은 사람들을 더 싣고 돌아왔다. 남자 열 명 정도는 머리를 자르려고 간이 이발소 앞에 줄을 서 있었다. 한 시간 동안, 나는 앗-쉬파라는 이 새로운 마을, 한때 가자라 알려진 도시의 난민들이 모여 만든 마을을 바라보았다.

어젯밤 공습은 앗-샤티 난민촌을 때려 북가자의 대부분을 완전히 지워 버렸다. 간호사 한 사람이 다친 남자에게 물었다. "무슨 일이 있었나요?" 그가 답했다. "기억이 안 나요. 우리 집 주방에 있는 휴대용 물통에서 물을 받고 있었는데… 열다섯 명이 있었어요."

또, 밤 동안 F-16이 파라즈의 집과 아주 가까이 있는 야파 사원을 공격했다. 이 정도로 가까운 공격은 거의 매일 밤 일어나 익숙했다. 우리 아파트 창문에는 남아난 유리가 없다. 마지막으로 남은 것도 어젯밤에 깨져 버렸다. 경첩에 붙어 있는 문도 이제는 없다. 소리도, 폭발도, 연기와 불도 흔한 일이다. 새벽 두 시 십오 분이었다. 잠깐 있다 창문을 내다보니 연기가 하늘로 솟았다. 이번에는 잔해도 없고 누구도 다치지 않았다. 최소한 우리 아파트 안에서는 말이다. 전날 밤 있었던 일 탓에 집은 여전히 지저분했지만, 살 만하긴 했다. 나는 다시 잠들었다. 솔직히 말해서 이런 생활양식에도 익숙해졌다. 잘 수 있고 자야 할 때면 베개에 머리를 뉘였다. 어차피 다음 폭발로 깰 때까지 얼마 자지도 못할 것이다. 잘 수 있을 때 최대한 자 둬야 한다.

아침에 일어날 때부터 뭐 하나 집중이 되는 게 없다. 프레스 하우스에서는 모함메드 알자자가 언제든 들어와 소식과 농담을 전하고 어쩌면 빵을 좀 가져올 거라는 생각에 계속 빠져들었다.

도시는 점점 더 작아지고 있다. 우리가 쓰고, 움직이고, 자고, 숨을 쉴 공간은 매일같이 줄어들고 있다. 슈퍼마켓도, 빵집도, 식료품점도, 약국도, 사랑하는 이들도 줄어든다. 도시는 움츠러들고 사라져 연기와 먼지가 되어만 간다. 도시는 돌무더기와 잔해로 전이되고 있고, 그 전이는 마치 질병처럼 모든 곳으로 퍼져나간다. 가자는 주인공이 배경만 남기고 빠르게 사라지고 있는 사진처럼 되어 간다.

# 11월 7일, 화요일. 서른두번째 날.

가자는 피를 흘리며 빠르게 속을 비우고 있다. 신선한 음식은 거의 다 사라졌고 상점에 남은 건 마르고 썩지 않는 음식뿐이다. 물을 구하려는 줄은 길어져만 가고 사람들은 사라지고 있다. 가자시티와 북부 지역에 남은 대부분의 주민은 최심부 구역에 있는 이들이었다. 이들은 여기는 접근성이 떨어지니 전차 침공도 쉽게 할 수 없을 거라고 생각했다. 외곽 동네들과 작은 마을들은 주민들이 더는 공습을 견딜 수 없어 이미 거의 다 비었다. 베이트 하눈이나 베이트 라히야 같은 곳은 지금 유령 도시가 되었다고 한다.

자발리야 마을과 자발리야 난민촌 동쪽 구역들 그리고 카라마, 트완 같은 난민촌 서쪽에 있는 비교적 새로 생긴 동네들, 무카바라트 타워즈Mukhabarat Towers와 앗-사프타워 서쪽도 마찬가지였다. 베이트 라히야 서쪽 해안가 동네, 특히 수다니아와 아무디도 그랬다. 친구들 말로는 다 버려졌다고 한다. 가자시티는 남부 구역 대부분, 특히 앗-셰이크 이즐린, 탈 알-하와 그리고 앗-자이툰 지구의 특정 부분이 완전히 비었다고 한다.

반대로 다른 구역들은 훨씬 더 인구밀도가 높아졌다.

북가자에서는 항상 그렇듯, 자발리야 난민촌이 활동의 중심지로 남아 있고 나잘 마을과 자발리야 마을을 잇는 내부 도로가 추방당한 가자 주민들에게 피난처로 부상했다. 자발리야 난민촌은 여전히 하루에도 수십 번 F-16의 공격을 받지만, 사람들은 전차를 더 무서워했다. 하지만 이 구역은 전차가 들어오기에는 너무나도 밀도가 높다고 믿고 있었다.

당연히 앗-쉬파 병원과 그 주변 일대가 가자시티에서 가장 중요한 피난처다. 사람들은 병원을 아예 그 자체로 마을처럼 대했다. 보도에 따르면 가자 주민 4만 명이 현재 병원과 그 근교에 살고 있다고 하는데, 이웃하고 있는 건물과 학교에 수천 명이 더 살고 있다. 심지어 천 명 넘는 사람들이 극장과 도서관을 겸하는 근처 건물인 샤와 문화회관Shawa Cultural Centre을 꾸역꾸역 채우고 있었다. 병원 주변 모든 거리에 인도를 따라 친 천막은 집 없이 절박한 가족들에게 새로운 집이 되어 주었다.

잘라 거리도 나세르 지구와 서부 전장과 가깝지만 인구밀도가 높았다. 리말 북부와 나세르 남부의 일부, 도시 중심부를 향한 지역, 예컨대 슈자이야, 트우파Twfah, 다라즈Daraj에도 여전히 사람이 많았다. '전투 구역'의 일부가 된 앗-자이툰과 함께, 이 세 지구는 '구시가지'라 부를 수 있는 것을 형성한다. 전투가 벌어지고 있음에도 불구하고 앗-자이툰의 일부이며 큰길인 오마르 알-무크타 주변에서는 여전히 삶을 찾아볼 수 있다.

인접한 지역들을 이스라엘 군대가 통제하면서, 이 지역들에 일종의 '고립무원'이 형성되었다. 교전 수위는 거리마다 다르다. 서쪽은 극심하고 잔혹한 상황이지만 북쪽은 좀 더 안정적인 것 같다. 북쪽은 특히 전차들이 큰길인 살라 앗-딘을 완전히 장악한 덕을 본 듯하다. 사람들이 이 고립무원 안쪽으로 후퇴하고 또 후퇴했다. 이제 그 규모는 평소에 사람들이 살던 지역의 3분의 1도 되지 않는다.

새로 떠오르고 있는 '피난처'들조차 지속적인 공세에 놓였다. 이리로 도망쳐 온 이들에게 중요한 질문은 "어디가 더 안전한가?"가 아니라 "어디가 덜 위험한가?"였다.

여기에 더해, 아직도 장사를 하는 가게에서는 과일과 채소가 전부 사라졌다. 가자 지구 내 경작지 대부분을 이스라엘 군대가 완전히 장악했다. 2014년에 그랬듯, 전차와 불도저는 밭을 전부 파헤쳐 작물, 과일나무, 관개시설 그리고 당연하게도 농민들의 집까지 전부 뭉개 버렸다. 아직 점령되지 않은 경작지는 칸 유니스 동쪽과 마와시 서쪽, 와디 가자 강 남쪽에 있다. 하지만 가자 지구가 남북으로 분단되면서 막 고립된 북쪽 지역에 남쪽의 농산물이 닿을 수 없게 되었다. 게다가 보관하고 있었거나 수입된 물건 대부분이 산업 구역의 창고에 있어 닿을 방법이 없었다. 여긴 다 이스라엘과 맞닿은 동쪽 국경을 향해 있어 지금은 이스라엘이 완전히 통제하고 있기 때문이다.

음식을 찾는 건 점점 지치는, 대부분의 경우 결실이 없는 일이 되었다. 도시는 좁아져만 가고 있고 그 안에서 사는 건 점점 어려워지고 있다. 오늘은 대부분 빵집이 문을 닫았다. 문을 연 몇 안 되는 가게들 밖에 수백 명이 줄을 서 있었다. 전에는 네 시간을 기다려야 했는데 이제는 일곱 시간 넘게 걸린다. 잠이 들기 전에는 내일은 무슨 음식을 구할지밖에 생각나지 않는다. 정확히 말하자면, 무슨 음식을 구할지가 아니라 어떻게 구할지이지만.

어젯밤에는 자발리야 마을 중심부로 가서 고기를 구해 보려 했지만, 늦게 도착해 정육점이 모두 문을 닫아 버렸다. 파라즈에게는 밤에 뭔가 맛있는 걸 구해 오겠다고 약속했다. 붉은색이 진하게 도는 고기를 마지막으로 먹은 게 언제인지 기억도 나지 않는다. 열흘 전쯤 닭을 먹었지만, 그건 색이 연한 고기지 않나. 나는 파라즈에게 밀가루를 좀 구해 달라고 했다. "밀가루?" 파라즈가 물었다. "응, 믿어 봐." 내가 말했다. 오늘 밤은 운이 좋은 것 같다. 칠면조를 파는 가판대를 찾았다. 사내는 작업대 주위로 몰려드는 사람들에게 주문을 받느라 바빠 보였다. 우리가 기다리는 동안 조수는 새들을 잡아 깃털을 모두 뽑고 넓적다리, 가슴살, 날개로 잘라 냈다. 사내는 일정한 수량 제한을 두고 달라는 걸 팔고 있었다. 1.5킬로그램을 겨우 건졌다.

우린 집 안에 공사가 끝나지 않은 3층에 불을 피웠다. 나는 밀가루를 물, 소금과 섞었다. 모함메드는 반죽을 구울 수 있도록 덩어리로 만드는 걸 도왔다. 불 위에 철판을 올렸고, 익은 철판은 오븐 역할을 했다. 작게 스무 덩어리를 만든 뒤 칠면조를 작게 조각내 준비했다. 불 위에 올린 커다란 팬으로 양파와 고추를 기름에 튀겨 고기와 섞었다. 부엌에서 양념을 좀 치자, 식사가 완성됐다. 원래는 화톳불로만 만드는 음식인 '사지아Sajia'를 만들었다. 진수성찬이 따로 없었다!

아침에 거리를 보니 히로시마를 찍은 옛 사진과 다를 게 없었다. 사방이 폐허와 잔해뿐이다. 여전히 똑바로 선 몇 안 되는 건물에서 밖을 보는 기분은 묘했다.

앗-쉬파 병원 앞, 나귀가 끄는 수레에 상처를 입은 두 남자가 누워 있었다. 구급차 세 대가 어젯밤의 공습으로 죽은 시신 다섯 구를 실어다 주었고, 한 여인이 소리를 지르며 그 뒤를 쫓았다. "내 아들 어딨어?" 아무도 그 말에 답을 할 수 없었다. 여인은 아들이 죽은 걸 알기에 계속 울었다. 야세르는 왜 채소 가게에 레몬밖에 없냐고 물었다. "레몬밖에 없으니까." 내가 답했다. "근데 레몬을 어디다 썼어요?" 야세르가 또 질문했다. 레모네이드조차 생수가 필요한데, 그런 걸 가진 사람은 이제 아무도 없다.

난 야세르에게 웃으며 말해 주었다. 이틀 전 내가 에이샤네 집에서 수프를 끓일 때 쓴 감자가 가자 전체에 마지막으로 남은 감자였을지도 모른다고.

## 11월 8일, 수요일. 서른세번째 날.


어젯밤에는 처음으로 모함메드가 코를 고는 소리를 듣지 못했다. 평소에는 모함메드가 코골이를 멈추면 폭발과 폭격의 소리가 갑자기 또렷하게 들렸다. 지난 며칠 동안은 모함메드가 코를 고는 소리가 일종의 위로를 해 주었다. 코골이는 폭발과 함께 오는 공포 속에서 내 곁을 지켜 주었다. 어둠 속에 누워 로켓의 쌕 하는 소리와 그 뒤를 따르는 폭발음을 세다가, 어디 맞았을지 짐작하는 데 빠져들었다. 이 어둡고 강박적인 놀이에서 날 끄집어내 평범함에 좀 더 가까운 뭔가로 이끄는 것은 모함메드의 코골이밖에 없다. 잠을 자려다 같은 방에서 자는 다른 사람의 코골이에 짜증을 내는 사람의 평범함. 모함메드의 코골이를 들으면 다른 소리는 전부 잊고 이 단순하고 자연스러운 짜증에 완전히 사로잡힌다. 역설적이게도, 이 상황에서 빠져나와 궁극적으로 잠에 들 수 있게 해 주는 건 바로 이 짜증이다.

하지만 어젯밤에는 모함메드가 짜증날 정도로 코를 골지 않았다. 처음에는 원래 이렇다고, 좀 편하게 자리를 잡으면 코를 골 거라고 생각했다. 하지만 모함메드는 한 시간이 지나도 코를 골지 않았다. 자는 자세를 바꿔 좀 더 깊게 잠들어 코를 골게 하려고 깨워 보기도 했다. 자는 자세 때문에 코를 고는 거라고도 하지 않는가. 그래서 모함메드의 몸을 뒤집어도 봤다. 로켓 생각은 더 하고 싶지가 않았다. 빌어먹을 휴식이 필요했다. 어떻게 보면 코를 골아주기를 바랐던 걸지도 모른다. 하지만 모함메드는 코를 골지 않았다.

어제는 사실상 굶었다. 야세르가 찾은 초콜릿 한 쪽과 비스킷 몇 개가 전부였다. 슈퍼마켓에서 물건을 사던 시절의 작은 흔적이었다. 커피 한 잔 말고는 더 먹은 것도 없다. 파라즈의 집에 도착하자, 파라즈가 빵 두 쪽을 건넸다. 괜찮은 척, 배가 고프지 않은 척하고 하나를 야세르에게 건네면서도 다른 하나는 파라즈 보고 내일 아침으로 먹게 아껴 두는 게 어떻겠냐고 했다. 저녁에는 전날 삶은 터머스turmus(루핀콩 씨앗)를 조금 먹고 오렌지를 깠지만, 익지 않아서 반만 먹었다. 그게 어제 먹은 음식 전부다.

잠들기 전에 친구인 살림Saleem과 살림의 어머니에게 찾아가 살림의 형제 마지드Majid의 죽음에 조의를 표했다. 마지드는 얼마 전 이스라엘 감옥에서 죽었는데, 병사들이 약을 주지 않은 게 이유였다. 그는 지난 몇 년간 암을 앓고 있었고 특수한 치료를 받아야 했다. 전쟁이 나자 그는 이스라엘에 있는 다른 가자 출신 노동자들과 함께 체포되었다. 병사들이 그의 수중에 있는 약을 감옥에서 빼앗아 버려 버렸다. 마지드는 죽었다. 정확히 언제 죽었는지는 아무도 모른다. 그가 죽었다는 소식을 처음 들은 건 다른 노동자들이 이스라엘 감옥에서 몇 주 동안 갇혀 있다가 가자 지구 남쪽으로 추방됐을 때였다. 처음에는 이들 가운데 몇이 마지드가 죽었다고 문자로 전했다. 다른 이들은 마지드가 아직 살아 있다고 상반되는 말을 했다. 오늘, 이스라엘 당국이 팔레스타인 자치정부에 공식적으로 그가 죽었다는 소식을 전했다.

이제 마지드 어머니의 유일한 소원은 묻히기 전에 아들을 보는 것이다. 그러려면 마지드의 시체를 가자로 다시 데려와야 한다. 그게 불가능하다는 걸 알면서도 마음으로, 어머니의 마음으로는 그걸 인정할 수 없는 것이다.

오늘 아침, 리말 구역으로 가는 길, 빵집이나 슈퍼마켓, 식료품점까지 열린 곳이 하나도 없었다. 심지어 작은 골목길 모퉁이에 있는 가판대까지 전부 장사를 하지 않았다. 더 작더라도 아직 연 곳이 있을까 싶어 나즐라 마을로 차를 돌렸다. 거기서 나는 야세르에게 먹을 걸 아무것도 못 찾았을 때 차에 쟁여 두고 꺼내 먹을 수 있게 초콜릿, 사탕, 비스킷, 뭐가 됐든 좋으니 찾을 수 있는 걸 골라사 오라고 했다. 차 하나가 우리를 부산하게 지나쳐 시체로 보이는 걸 싣고 앗-쉬파 병원 쪽으로 갔다. 공습으로부터 며칠이 지나자 많은 시신이 발견되었다.

빌랄은 나를 날카롭게 쳐다보았다. "아테프, 얼마나 더 길어질까?" 나는 저 시선이 무슨 뜻인지 안다. 전쟁은 우리가 생각했던 것보다 더 길어지고 있다. "도대체 언제 끝날까?" 그가 무슨 말을 하고 싶은지 알겠어서 망설였다. 내일이 되면 남쪽으로 가는 게 어떨지 생각해 보자고 했다. 영웅 행세도, "총구를 들이밀고 끌어내는" 일도 없었다. 삼총사도 없었다. 모레면 아마 남쪽으로 출발할 것이다. 같이 움직이자고 약속했다. 우리에게는 이제 선택지가 없다. 우리 친구 모함메드 알자자에게는 생각을 해 볼 시간조차 없었다는 점을 빌랄이 상기시켜 주었다. 그러자 문제가 떠올랐다. 남쪽 어디에서 머물고 어떻게 살 것인가? 와디 가자 강을 넘어가기 위해 우리 앞에 놓인 어려움은 한두 가지가 아니었다.

프레스 하우스에서 이걸 쓰는 동안, 거리에서 남녀노소를 가리지 않고 소리를 지르는 게 들렸다. 앞으로 나가 무슨 일인지 보았다. 수백 명이 짐을 지고 거리에서 달리고 있었다. "무슨 일입니까?" 내가 묻자 어떤 사내가 말하기를, 다들 해변 근처 어시장 가까이 있는 UNRWA 학교에 머무르고 있었는데, 전차가 이제 그리로 밀고 들어와서 떠나

는 거라고 했다. 전차와 불도저가 오고 있으니 조심하라고
도 했다. 그에 따르면 전차가 이제 프레스 하우스에서 고
작 반 킬로미터만 남았다. 거리 서쪽 끝에서는 전차의 길
에 있다는 이유만으로 많은 사람들이 죽었다. 다른 사내는
학교 근처 이슬람 사원 그리고 그 근처에 있는 아파트들을
무너트리고 있는 걸 봤다고 했다. "놈들이 죄다 태우고 있
어!" 그는 쉬지 않고 도망치면서 소리를 질렀다.

## 11월 9일, 목요일. 서른네번째 날.


어제가 프레스 하우스에서 보낸 마지막 날이었다. 물건을 챙기고 떠나야 했다. 돌아올 일은 없을 거다. 동네는 텅 비었고, 전차가 거리 두 개만 지나면 이리로 들이닥칠 것이었다. 프레스 하우스가 그 자리에 서 있을 날도 얼마 남지 않았다. 대부분이 며칠 전에 떠났다. 도시 중심부를 향해 동쪽으로 인파가 향하는 걸 봤을 때 리말 구역, 이 동네도 이제 끝장났다는 걸 직감했다. 이제 어디로 간단 말인가? 내 물건들을 챙기기 시작했다. 낮에는 나와 빌랄이 건물을 지켰지만 지난 3주간 (건물을 잠자리로 쓰는) '숙직'을 한 건 와디아 가족이었다. 그들도 이미 짐을 싸서 떠날 준비를 마쳤다. 가자, 암만, 카이로에 여러 사무실을 둔 성공한 사업가 집안이던 그들은 갑자기 노숙자 신세가 되었다. 전쟁에서는 소유물이 얼마나 많든, 돈이 얼마나 많든 적든 중요치 않다. 돈으로 안전이나 중립 자격을 살 수는 없다. 항상 표적이 되는 건 영혼이다. 병사들은 명령을, 할당량을 받았고 목표가 있다.

이스라엘군은 언제나 목표를 잘 알고 있다. 그들의 목표는 가자 지구 전체의 인종청소다. 이 지역에 와서 "2006

년에 하마스에 투표한 게 누구냐?"라든가 "누가 하마스한테 투표할 것 같냐?"고 묻고 '청소'하는 게 아니다. 저들이 청소하는 건 하마스가 아니다. 아랍인들이다. 보이는 대로 죽이거나 떠나도록 강제하거나, 둘 중 빠른 쪽으로 할 거다. 선택권은 없다. 죽든 떠나든 해야 한다. 평화롭게 있고 싶다고 말할 수도 없고 점령자들에게 문제를 일으키지 않을 거라고 약속을 할 수도 없다. 미사일이 들이닥치니, 많은 사람이 애초에 그런 선택을 할 수도 없었다.

노트북과 서류, 충전기를 챙겼다. 처음 왔을 때 공적인 일이 있을 때를 대비해 뒷마당에 두고 건드리지도 않았던 구두도 챙겼다. 한 달이 넘도록 운동화만 신고 뛰어다녔더니 이 빨갛고 하얀 줄무늬들은 이제 내 예복의 일부가 되었다. 그리고 '뛰어다녔다'는 말은 단순한 표현이 아니다. 다들 뛰어다니지 아무도 조용히 걸어다니지 않는다. 예컨대 나는 짐을 챙겨 차로 뛰어갔고, 모함메드는 냉장고로 달려가 먹을 수 있는 게 남아 있다면 전부 쓸어 담았다. 빵 반 꾸러미, 오렌지 주스 한 병, 양파 반쪽이 전부였다. 끝내 차를 몰고 빠져나왔을 때는, 아무도 뒤를 돌아보지 않았다.

그때는 몰랐지만, 아침에 앗-쉬파 병원에서 리말 구역에 살던 사내 넷의 시체가 바닥에 나뒹구는 걸 봤다. 그

중 둘은 아부 샵반Abu Shabban 가족이었다. 그들은 유명한 채소 가게가 있는 건물 1층에 살았다. 저녁에 프레스 하우스를 나설 때마다 그들에게 경례를 하곤 했다. 걱정과 소망을 나누곤 했다. 마지막으로 헤어질 땐 그들도 짐을 싸느라 바빠 보여 손을 흔들기만 했다. 전쟁이 끝나면 만나자고 약속하며, 희망이 담긴 말을 큰 소리로 외쳤다. 그리도 빨리, 그리도 잔인하게 다시 만날 줄은 몰랐다.

이제는 리말 구역에 남은 마지막 삶의 보루였던 앗-슈하다 거리까지도 유령 도시가 되었다. 나무가 늘어선 이 아름다운 거리에는 단 하나의 생명도 남아 있지 않다. 우린 지난 30일가량을 이 고전적인 지중해풍 거리에 꽃핀 활발한 전쟁 공동체의 일부를 이루었다. 이제 거리는 버려져 전차들의 몹쓸 짓에 내맡겨졌다.

다들 동쪽으로 향하는 듯 보였다. 위다 거리 야르무크 놀이터Yarmouk Playground로 향하는 거라고 누군가 말하는 걸 들었다. 앗-쉬파 병원이나 인근 대피소에는 공간이 하나도 없었다. 이스라엘 병사들은 추방당한 사람들한테 이제 앗-쉬파에서도 나가라고 명령하고 있었다.

지난밤, 아버지를 불러 파라즈네 집에서 우리와 같이 지내자고 했다. 어머니가 내 이복형제 무사를 데리고 떠났기에, 아버지는 가족 집에서 혼자 지내고 있다. 이복 여동생 아미나는 5층짜리 아파트 건물에서 지내는 게 이제는 안전하지 않다고 여기는 것 같았다. 하지만 아버지는 내 말을 듣고도 여기서 지내고 싶어 했다. 우리 가족의 집은 사면이 다른 복층 건물들로 매우 촘촘히 둘러싸여, 그중 하나라도 공격을 받으면 우리 집도 아마 손상을 입을 것이다. 내가 한참을 더 고집부리자, 아버지는 그제서야 파라즈네 집으로 같이 오기로 했다.

오전 열 시 반쯤 아버지가 날 깨웠다. 기침을 하고 숨을 헐떡이며 내 곁에 서 계셨는데, 그것조차 간신히 하고 계셨다. 병원에 데려다 달라고 하셨다. 아버지는 호흡기질환을 앓고 계신다. 이젠 어디든 가기가 어렵다고, F-16이 움직이는 건 모두 쏴 버린다고, 어떤 사람들은 고양이들조차 공습을 당하고 있다고 했다. 구급차를 한 대 보내 달라고 구급대에 전화하려 했으나 신호가 잡히지 않았다. 아드함은 아버지에게 얇은 플라스틱 접시로 바람을 부쳐 드려 숨 쉬시는 걸 돕는 게 어떻겠냐고 했다. 아드함, 야세르, 나는 돌아가며 그리했다. 아버지 옆에 앉아 삼십 분을 접시로 부채질을 했다. 몇 시간 지나자, 아버지는 호전되어 화장실에 가고 싶다고 하셨다. "좋은 신호야." 아드함이 말했다.

마침내 자리를 잡았지만 잘 수가 없었다. 병원에 전

화를 할 수 없다는 생각이 들자 겁에 질렸고, 아버지를 직접 병원으로 모셔다 드리지 않았다는 결정에 부끄러운 마음이 들었다. 직접 모셔다 드리지 않기로 결정을 했는데 아버지가 돌아가셨다면, 제정신으로 살아갈 수 있었을까? 모셔다 드렸더라도, 온갖 일이 벌어지고 있는 와중에 간단한 약이 필요한 칠십 대 후반 남성에게는 아무도 신경 쓰지 않았을 것이다.

아침에 일어나자 빌랄에게 문자 메시지가 왔다. 그가 어제 아침 프레스 하우스를 비운 뒤 아직까지 연락을 하지 못했다. 다른 통신사, 다른 번호에서 온 문자였다. 전화를 걸자 빌랄은 셰이크 라드완에 있는 가족 집에서 머물고 있다고 했다. "아테프, 넌 어쩌게?" 빌랄은 항상 그렇듯 내게 질문을 던졌다. "기다려야지." 나도 하던 대답을 했다. "뭘 기다린다고?" "기다리게, 구경할 게 있는지 기다려 보게." 이틀 뒤에 만나 다음에는 어떻게 할지 정하자고 한 뒤 전화를 끊었다. 남쪽으로 가자는 어제 계획을 우리 모두 미룬 것이다.

앗-쉬파 병원 밖에는 시신이 여러 줄로 길게 늘어서 가족들이 신원을 확인하고 장례를 치르기만을 기다리고 있었다. 나귀가 끄는 수레 하나가 유달리 탄 시신 세 구를 싣고 왔다. 보아하니 고운 청년 셋이 죽을 때까지 전기로 지져진 모양이었다. 한 명은 목이 잘렸다. 청년들의 얼굴은 담요로 덮여 있었다. 한 명은 다리가 이상한 각도로 꺾여 있었다. 신고 있는 가죽 신발은 새것 같았다. 아직도 광이 났다. 목이 잘릴 때 손가락으로 뭔가, 흔들거나 기타를 치고 있었던 것만 같았다. 마치 옷가게 유리창으로 쓰러진, 아름다운 마네킹 같은 청년이었다.

돌아오는 길에는 셰이크 라드완에 있는 곳에서 사십 분 동안 줄을 서고선 팔라펠을 좀 얻어 왔다. 이게 오늘 끼니다.

## 11월 10일, 금요일. 서른다섯번째 날.

상황은 매일 악화되기만 한다. 오늘 아침에는 내가 길을 찾아갈 수 있는 골목길로는 가자시티에 갈 수 없었다. 앗-사프타위 도로처럼, 자발리야 난민촌과 가자시티 사이의 간선도로들이 막힌지 당연히 오래됐기에 나즐라 마을을 통하는 작은 골목과 도로를 탔다. 이대로 가면 돌아서 잘라 거리 북쪽 끝으로 갈 수 있다. 나즐라에서 잘라로 가는 길을 따라 절반쯤 가자 멈춰야 했다. 거리에는 나밖에 없었고 건물은 전부 비어 있었다. 폭발음이 모든 곳에서 들렸다. 조금이라도 더 가면 전장 한가운데에 있게 되리라. 전차 포탄이 앞에 있는 건물에 처박혔다. 폭발음이 가까워졌다. 물러나야 했다. 차를 돌려야 했다.

계획한 대로 아침에 위쌈에게 따뜻한 음식을 가져다줄 수는 없었다. 새벽에는 닭고기를 좀 얻어 보려고 시장에 갔다. 구할 수 있을 거라고는 생각하지 못했지만, 닭고기를 구했다. 여동생 에이샤에게 위쌈에게 가져다주게 닭을 하나 요리해 줄 수 있겠냐고 했다. 닭을 쌀로 채우고 "수프도 같이!"라고 덧붙였다. 가는 길에 주유소 앞에 차를 십 분간 세우고 앗-쉬파 병원으로 가는 길을 새로 생각해 보았다. 그제서야 길을 지나는 사람들로부터, 앗-쉬파 병원이 전차 공격을 당하고 있다는 걸 알게 되었다. 이미 수십 명이 죽고 다쳤다. 전차들은 병원의 특정 부분을 노리고 있었다. 마찬가지로 마을의 다른 지역, 나세르 거리에 있는 란티시Rantisi 병원도 전차들에 포위되었다. 병원에 대피하고 있던 많은 이들이 백기를 들고 나오려다 총에 맞았다. 잘라 거리 북쪽 지역도 공격당했다. 요컨대 서쪽 가자 시티 전체가 다시 한번 점령당했다는 것이다. 2005년이 다시 반복되었다.

　그 즈음에 위쌈이 이미 남쪽으로 이송되었다는 걸 알게 된 건 나중 일이다. 위쌈의 삼촌이 휠체어에 태워 살라 앗-딘 도로를 따라 칸 유니스로 데리고 갔다. 병원 뒤에서 벌어지는 포격과 사격 소리를 듣자, 위쌈은 비명을 지르기 시작했다고 한다. 미사일이 자기 집에 떨어진 날을 떠올리게 만든 것이다. 위쌈은 "꺼내 줘… 꺼내 줘"라고 소리쳤다. "병원에서 꺼내 줘"라는 건지 아니면 잔해에서 끄집어내지던 순간을 다시 겪고 있는 건지 아무도 알 수 없었다. 병원을 벗어날 수 있는 구급차가 하나도 없었기에 나갈 방법은 옛날 방식으로, 걸어가는 수밖에 없었다. 위쌈의 경우는 휠체어였다. 수천 명의 사람들이 위쌈과 같이 병원을 떠났다.

하지만 내가 차에 앉아 있었을 때는 사람들이 말해 주는 것밖에 알 수 없었다. 뉴스도, 인터넷도 없고 휴대전화 신호는 너무도 약했다. 나중에, 위쌈이 칸 유니스에 도착했다고 위쌈의 삼촌이 전화한 뒤에야 그 아이가 이송된 걸 알았다. 위쌈의 삼촌은 아직도 위쌈을 전화한 곳 근처 병원에 입원시키려 애쓰고 있었다.

해가 저물자 다들 내일 생각을 했다. 남을지 남쪽으로 갈지 오늘 밤 결정해야 한다는 걸, 지금이 결정을 할 마지막 기회일지도 모른다는 걸 다들 알고 있었다. 가자시티가 침공당했으니 이다음에 병사들이 난민촌으로 올 듯싶었다. 떠나야 할까? 빌랄에게 전화를 걸었지만 받지 않았다. 한나는 내게 떠나라고, 최소한 남쪽으로 가면 덜 위험할 거라고 애원했다. 파라즈는 움직이려면 휠체어가 필요한 아흔 살 노모를 버려 둘 수밖에 없기에, 쉽게 결정을 내리지 못했다. 모함메드는 우리가 휠체어를 함께 밀면서 도울 수 있지 않겠느냐고 했다. 나는 다시 말했다. "기다려 보는 건, 탱크가 이 거리에 올 때까지 기다려 보는 건 어때?" 아드함은 그쯤이면 우리 모두 건물 잔해 아래 파묻힐 거라고 했다. 그 말에 우리는 다 같이 기가 꺾인 양, 눈을 내리깔았다.

내가 물었다. "무슨 일이 일어날까? 저들의 큰 그림이

뭐냔 말이야."

모함메드가 물었다. "또 점령인가? 진짜 우릴 점령할까? 그걸 원하기나 해?"*

이 모든 게 어찌 될지는 아무도 짐작할 수 없는 일이었으나 모든 가능성 중에 우리가 두려워하고 가장 소스라치는, 가장 디스토피아 같은 것은 '가자 지구 북부'가 완전히 비워지는 것, 즉 새로운 나크바였다. 이스라엘이 임시적 추방이라고, 일정 시간 동안만이라 약속하더라도 믿는 사람은 아무도 없을 것이다. 1948년에 일어난 일이 바로 이거다. 할머니는 며칠 뒤에 돌아오리라 생각하며 야파에 있던 예쁜 집에서 떠나라는 명령을 받았다. 그게 75년 전 일이다. 이 공통의 상실을 떠올릴 때마다 우리는 가슴이 아팠다. 우리 모두 그게 어떤 모습일지 안다. 바로 이런 모습이겠지.

전환점 같아 보였다. 난민촌은 계속 줄어드는 우리마냥 보였다. 병력이 서쪽, 앗-샤프타위 지역 근처로 향하고 잘라 거리가 봉쇄되었으니 앞으로는 동쪽 출입구, 살라

---

* "또 점령"이라는 표현에서 혼동이 있을 수 있어 덧붙인다. 이스라엘은 2005년에 가자 지구에서 철수했고 그 뒤로는 가자 지구를 점령하고 있지 않다고 주장한다. 하지만 이스라엘은 엄밀히 말해 군 주둔지를 철수한 것일 뿐 1967년 이래 가자 지구를 비롯하여 팔레스타인 전역에서 점령을 멈춘 적이 없다.

앗-딘 도로를 통해서만 나갈 수 있을 것이다. '새로운 나크바의 길' 말이다.

지난밤, '불의 고리'가 자발리야 동쪽, 인도네시아 병원 근처에 쏟아졌다. 미사일들이 하늘에서 떨어지는 걸 봤다. 폭발, 더 많은 건물이 무너지는 소리가 들렸다. 피해는 병원 쪽이 입었지만 근처 건물에서도 대부분의 충격을 느낄 수 있었다. 그러고는 구급차와 민방위가 도착하는 소리만이 울려퍼졌다.

앗-사프타워에 있는 내 아파트가 어떻게 됐을지는 상상도 가지 않는다. 사람들 말로는 이미 거리에 전차가 지나다니고 있다 한다. 내 책들은 다 어떻게 됐을까? 지난 35년 동안 제대로 된 서고를 만들어 뒀는데. 이제 다 잔해 아래 파묻혔을까? 한참 전에 죽은 저자들에게 직접 사인을 받은 초판본들, 나를 지금 작가이자 사람으로 있게 해 준 책들. 한 권 한 권이 내 마음에 각별하게 남아 내가 지적으로 성장하는 데 일부를 이루었다. 아파트 이웃 한 사람에게 전화를 걸어 뭐라도 아는 게 있는지 물어보려 했다. 그는 지금 남쪽에, 데이르 알-발라에 있다고, 오히려 **내가** 무슨 소식을 전해 주길 기대했다고 말했다. 이스라엘 점령 아래 놓인 지역은 그러자마자 통신이 끊겨, 우리가 보는 화면에서 사라졌다. 주민들은 도망쳤거나 살해당했기에,

누구도 그들로부터 소식 하나 듣지 못한다.

　알자지라를 볼 수 있는 에이샤네 집으로 갔다. 앗-쉬
파 병원에 관한 보도가 모든 걸 뒤덮었다. 특파원과 카메
라맨도 거기를 떠나 남쪽으로 갔기에 앗-쉬파 병원에서 직
접 보내는 방송은 없었다. 해가 지고 있다. 폭발이 이어진
다. 다음에는 뭐가 올지 우리가 기다리는 동안, 집이 좌우
로 흔들렸다.

## 11월 11일, 토요일. 서른여섯번째 날.


앗-쉬파 병원은 포위되었다. 병원에서는 어떤 뉴스도 나오지 않았지만, **병원 자체가** 뉴스가 되었다. 멀리서 폭탄 소리, 폭발음만 들릴 뿐이다. 거기서 지내던 이들 대부분이 이제 떠나야만 했는데, 강제로 그곳을 벗어나다가 죽을 위험이 거기서 지내다 죽을 위험보다 더 컸다. 보건부 장관 마이 알카일라Mai Al-Kaila는 병원에 전기가 없어 오십 명가량이 사망할 거라고 공식 추산했다. 한 병원 건물에서 다른 건물로 이동하다 발견되는 이들은 전부 사살되었다. 병원 안에 있는 간호사는 병원 건물 안에 이제 구급차가 두 대밖에 없다고 전했다. 누구도 드나들 수 없다. 오직 전차 포탄만 그럴 수 있다.

다행히도 위쌈은 남쪽으로 이송되었다. 이송을 결정할 때는 위쌈에게 도움이 될지 확신이 없었다. 하지만 위쌈은 이제 칸 유니스에 있는, 상태가 좋은 유럽 병원European Hospital에서 약을 받고 있다고 한다. 전기도, 인터넷도, 전화 신호도, 제대로 된 음식도 있다고 한다. 나는 거기 알고 있는 사람들을 통해 병원장에게 위쌈을 따로 만나, 그 애가 편하게 지낼 수 있도록 그와 그의 팀이 최선을 다하겠다고 다짐해 달라고 부탁했다. 다만 이제 내가 그 아이를 찾아 갈 수 없다는 게 문제다. 위쌈은 이스라엘 방위군이 와디가자 강을 따라 가자 지구를 둘로 나눈 새로운 '철의 장막' 건너편에 있다. 연줄을 통해 위쌈이 잘 지내고 있다는 소식을 들었다. 진통제를 처방받고, 환부를 닦을 때도 더 세심하게 다룬다고 한다.

앗-쉬파 병원, 인도네시아 병원, 나세르 병원. 이렇게 가자 지구 북부에 있는 병원 세 곳이 지속적인 공격을 받고 있다. 어젯밤에는 인도네시아 병원 주변에 폭발이 일어나 두 번을 깼다. 보도에 따르면 인도네시아 병원 안에는 이미 전기도 전등도 없다고 한다. 폭격이 시작되기 전부터 의사들은 휴대전화 손전등 기능에 기대 수술하는 법을 익히고 있었다. 우린 밤새도록 전차 포격과 총격 소리를 들었다. 소리가 점점 커져 가는 것만 같았다.


아침이 되자 에이샤와 모함메드가 식사를 차렸다. 모함메드와 야세르가 어젯밤 팔라펠 반죽에 쓸 병아리콩을 갈아 두었다. 이런 작은 의례로 가족들이 내 주변에 모여 예전에 어머니가 비슷한 상황에서 쓰던 것과 같은 옛날 맷돌을 쓰는 걸 보고 있자니, 보기 드문 기쁜 순간이었다. 우리 모두 아이들일 적에, 어머니와 아버지 곁에 앉아 팔라펠 반죽을 준비하는 걸 돕던 때가 떠올랐다. 나는 준비한 팔라펠을 먹으면서 에이샤에게 정중하게 말했다. "인샬라(신의 뜻대로). 전쟁이 끝나면, 다시 이런 식으로 음식을 차려 줘." 이게 요즘 내가 하는 기도다. 다들 살아서 그때를 마주하자고. "순례를 떠나는 것보다 더욱 값진 소원이네." 에이샤 말이 맞았다.

더는 자발리야 난민촌을 떠날 엄두가 나지 않는다. 내가 돌아다닐 수 있는 영역은 매일 좁아져만 간다. 지난 이틀 동안은 난민촌 안에서, 길을 걸어다니며 오랜 친구들과 대화만 했다. 친구들은 들러서 전쟁 이야기만 거듭 하고는 떠났다. 내가 지내는 거리에 있는 사람들은 전과 똑같았다. 사십 대 초반의 무스타파는 아이들에게 사탕을 팔고, 사미Sami는 새 카트를 끌며 식료품을 팔고, 와피Wafi는 주스와 탄산음료를 팔았다. 사람들은 삼삼오오 둘러앉아 수다를 떨고, 무슨 일이 일어나고 있는지 분석하며, 여기서 새로이 벌어지고 있는 각 상황이 어떻게 전개될지에 관해 의견을 나누고 있었다. 하지만 아무도 답할 수 없는 중요한 질문이 있었다. 과연 저들이 난민촌에 쳐들어올까? 보아하니 다들 다음 순서가, '앗-쉬파 함락' 다음에 향할 곳이 자발리야라는 데 동의했다. 자발리야 난민촌은 팔레스타인 사람 대부분의 집단의식 속에서 저항의 오랜 보루이자 반

항의 요새였고, 자발리야 사람들은 이런 명성에 자긍심을 가졌다. 아라파트도 이를 알고 대축제마다 들러 자발리야를 "혁명 캠프"라고 했다. 하지만 오늘 밤에는 대화 속에서 두려움이 느껴졌다.

우리 일곱 사람은 좁은 골목길, 동네에 수백 개는 있을 곁길 가운데 한 곳에 있는 의자에 나란히 앉아 있었다. 이브라힘은 이 근처가 '거리 와이파이'를 제공하는 허브 속도가 다른 곳들보다 빠르다며, 여기서 일하는 게 어떻겠냐고 했다. 일어나고 있는 일들에 관해 우리는 서로 다른 견해를 갖고 있었다. 몇은 지치고 질려 버린 모습이었다. 몇은 어떤 대가를 치르더라도 이제 전부 다 끝나기를 바랐다. 몇은 냉소적이었고, 몇은 거창한 말을 쓰며 쉽게 흥분했다. "하지만 전쟁이 **정말로** 내일 끝나면? 뭘 해야 되지?" 한 사람이 물었다. 내가 답했다. "축하해야지." "하지만 노숙자만 수천 명일 거고 돌아갈 집이 없는 사람도 수만 명일 거야. 그 사람들은 어디서 살아?" 우린 서로를 바라보았다. 누군가 답했다. "국제사회가 나서겠지." "집을 새로 지어 줄까?" 나도 똑같은 생각이었다. 가자 지구를 재건하는 데 최소 5년은 걸릴 거다. "그때까지 우린 뭘 해야 되지?" 똑같은 질문으로 돌아왔다. "그 수만 명이 앞으로 5년을 UNRWA 학교에서 살아야 해?" "어떻게 될지는 아무도 모르는 거야." 내가 말했다. 다들 조용해졌다. 물론 화두를 튼 사람 말이 맞다. 전쟁이 끝나도 지옥도일 것이다. 하지만 지금은 **바로 이** 지옥에서 벗어나야 한다. 그러나 아직까지는 그것조차 우리에게 허용되지 않았다. 휴전도, 정전도, 그걸 입밖으로 내기라도 할 용기가 있는 서방 정치인도 없다. 아무것도 없다. 그리고 그들이 그 용기를 찾을 때까지, 우린 여기 앉아 죽기만을 기다려야 한다.

그 뒤에는 베이트 라히야에서 온 친척 몇을 만났다. 전차들이 농장을 쓸어 버려 이리로 피난을 왔다고 했다. 가족 중 죽은 사람들의 이름과 수를 갱신했다. 연로하신 니마, 나왈Nawal 고모의 아들딸들, 손자 손녀들이 죽었다. 슬픔과 아픔을 나누었다. 친척 가운데 한 분은 밭을 잃어 애통해하셨다. "농사철은 시작도 못했어. 아들들과 같이 종자를 준비하는 데 저축을 쏟아부었는데. 철 좋은 때 가진 걸 전부 다 걸었어. 이젠 남은 게 없구나." 이 집은 딸기를 전문으로 했다. 아직도 가자 지구 최북단에 있는 고모 댁에서 보낸 밤, 해 아래 잠에 들며 신선한 과일을 잔뜩 먹던 기억을 소중히 간직하고 있다. 올해 가자에는 딸기가 없을 것이다.

어부 아흐마드와 전에 나눈 대화가 떠올랐다. 아흐마드는 바다에 물고기가 많을 시기지만 누구도 그걸 잡을 수 없을 거라고 애통해했다. 나는 나중에 바다로 나가면 엄청나게 잡아 떼돈을 벌 거라고 말하며 그를 달래 보려 했다. 그는 이렇게 답했다. "그럴 리가 있나. 군대가 항구를 박살 내고 어선을 세우는 곳을 초토화해 버렸어." 그러면서 며칠 전 정어리 떼가 해안 근처를 헤엄치던 걸 보고 친구들과 헤엄쳐 가서 고기를 한데 몰아 그물을 던져 다 잡았다고 덧붙였다.

배가 어떻게 됐는지 소식을 들은 게 있냐고 물었다. "아직 멀쩡하답니까?" 그러자 그의 눈은 실망감만 내비쳤다. "들은 바 없네."

## 11월 12일, 일요일. 서른일곱번째 날.

어제는 정말 곤히 잤다. 일어나 다들 어젯밤 공격이 얼마나 심했는지 말하는 걸 듣고 놀랐다. 전부 눈치도 못 채고 잤다. 정말 지친 모양이다. 머리를 베개에 뉘인 게 저녁 여덟 시였는데, 눈을 다시 뜨자 새벽 다섯 시 삼십오 분이었다. 파라즈는 파지르 기도*를 하고 있었고, 그가 화장실까지 가는 길을 밝히려 쓴 불빛에 눈이 부셨다. 아홉 시간이 넘게 자는 건 내게 드문 일이었다. 이렇게 이른 아침에는 할 게 없었다. 한 시간만 더 잤으면 좋았을 텐데. 하지만 밖에서 들리는 남녀의 목소리, 걷고 말하는 소리에 그럴 수가 없었다. 파라즈는 휴대전화에 잡히는 채널에서 나오는 뉴스를 들으려고 내 옆에 누웠다.

어젯밤에는 새 라디오를 얻었다. 아래층에 사시는 파라즈의 어머니는 쿠란을 듣기 위해 가끔씩 라디오를 쓰셨다. 아흔 살이시다 보니 라디오를 뉴스보다는 주로 곁을 지키는 용도로 필요로 하셨다. 그러나 저번 주에는 라디오

---

* صلاة الفجر. 이슬람교의 기도 '살라트(صلاة)'는 하루에 해야 하는 의무 예배 다섯 번을 가리키는데, 파지르는 이 가운데 해가 뜰 때부터 완전히 나기 전까지 해야 하는 새벽 예배를 가리킨다.

가 작동하지 않아 그것조차 할 수 없었다. 파라즈는 다시 쓸 수 있게 해 보겠다고 설득해 위층으로 가져와 고쳐 보려고 했다. 우리는 두 시간을 허비했지만, 성과는 없었다. 신호가 아예 잡히지 않았다. 붉은빛이 바랜 라디오는 마치 옛날에 찍은 사진처럼, 지나간 세월을 떠올리게 하는 먹빛 사진처럼, 이제는 벽에 걸려 있다. 그래서 어젯밤 내가 잠든 동안, 파라즈는 아무것도 모른 채 폭발음을 듣고 있을 수밖에 없었다.

오늘 아침은 하늘에 구름이 많이 끼어 있었다. 비가 올 것 같았다. 평소라면 좋은 소식일 테다. 특히나 11월도 반이 지났는데, 일 년 내내 비가 내리지 않았으니 더 잘된 일일 것이다. 건조한 겨울에는 비가 조금이라도 내리면 감지덕지다. 하지만 우리가 처한 상황에서는 그렇지도 않았다. 학교나 바깥, 설령 다른 곳에 있더라도 (폭발의 압력으로 깨진 지 오래되어) 창문 하나 없이 살고 있는 수십만 명에게, 대규모 침실이 된 교실에서 차고 딱딱한 바닥에 다닥다닥 누워 잠을 자며 살아가야 하는 이들에게, 겨울은 지옥일 것이다. 비는 방 안으로 쏟아져 담요를 적실 것이다. 거세게 내려 배수구에서 오수가 차올라 거리와 골목을 휩쓰는 건 제쳐 두더라도 말이다.

"비가 오는 것 같네." 파라즈에게 말했다. 속으로는 해가 떠 구름이 지나가기를 기도했다. 이 아파트에서 상대적으로 안락하게 지낸 우리에게도 비는 재앙이 될 것이다. 건물에 있는 모든 창문이 터졌다. 화장실 문이 없어졌고 다른 문도 여러 개가 부서졌거나 경첩 하나에 매달려 있다. 그런데도 아마 이 집이 지금 가자 지구에서 피해를 가장 덜 본 집일 것이다. 가자에 깨끗한 유리창은 하나도 없다. 지금 겪고 있는 덥고 건조한 날씨는 시기상 평소보다 심했으나 우리에게는 신이 내린 축복과도 같았다. 하느님께서도 우리가 더 고통받는 건 원치 않으시는 것이리라.

파라즈와 아드함은 오늘 아침 창문을 고치는 데 세 시간을 허비했다. 유리가 아예 없는 창틀에는 담요를 빳빳하게 펼쳐 덮었고 깨진 유리라도 있는 곳은 나일론으로 덮었다. 파라즈 어머니가 계신 1층에도 마찬가지 작업을 했다. 솜씨가 엄청나게 좋은 작업도 아니고 임시방편에 불과했지만, 비가 오면 최소한 들이치는 걸 늦춰 주기라도 할 거다. 어느 정도가 되면 담요도 젖고 거기서 물이 떨어져 아파트로 새어들 것이다. 하지만 이거 말고 추위를 막을 방법이 뭐가 있나? 끔찍한 겨울이 될 것이다. 이제 창밖을 볼 수도 없게 되어, 집은 갑자기 어두컴컴해졌다.

어젯밤에는 F-16이 에이샤네 집과 아주 가까운 건물에 사격을 가했다. 집주인들은 동쪽에서 미사일과 탱크 포격이 날아드는 걸 두려워해 이미 한 달도 전에 떠났다. 그런데 별 뾰족한 수도 없었기에, 이들은 어제 아침 집으로 돌아왔다. 어젯밤 그들 중 아홉 명이 시신으로 발견되었고 나머지는 잔해 아래 깔려 있다. 나는 에이샤와 아이들이 괜찮은지 확인하러 갔다. 에이샤네 집이 있는 거리로 가자 그 동네 사람들이 경이롭게 살아남은 이야기를 한가득 들려주었다. 한 부부는 처음으로 부엌에서 잤는데, 아이들이 한밤중에 같이 자자고 부엌에 따라 들어왔다고 한다. 아이들의 침실은 미사일에 맞아 무너졌지만, 순전히 우연으로 온 가족이 살아남았다.

난민촌에서 사람들이 주로 찾는 시장에는 많은 이들이 찾는 향수 가게가 있는데, 마찬가지로 어젯밤 파괴되었다. 며칠간 쓸 생필품을 사러 시장에 가서야 이 소식을 알게 되었다. 냉동식품 말고는 아무것도 찾지 못했다. 시장은 사흘 전에 왔을 때보다 훨씬 북적였다. 이제는 수십 명이 와서 냉동식품을 사고 있었다. 친척 중 한 사람인 마흐무드는 지금 점령 단계에는 우리 모두 절식해서 하루에 한 끼만 먹는 게 어떻겠냐고 제안했다. "우린 이미 하루 한 끼만 먹잖아!" 내가 답했다. "하지만 의식적으로 먹는 걸 줄이면 하느님께 더 가까워지겠지." 그가 말했다. 내가 다시 말했다. "하느님과 더 가까워지려면 배를 채워야지. 그래야 우리가 더 쓸모가 있을 거 아냐."

죄다 너무 비싸졌다. 많은 상인들이 상황을 악용해 물품들을 독점하고 최소한 평소 가격보다 세 배로 불려 팔았다. 열 배로 파는 것들도 있었다. 밀가루 1킬로그램이 이제는 12셰켈이다. 전에는 4셰켈도 안 했다. 누가 됐건 독점하면 안 되는 기초 재료 아닌가.

앗-쉬파 병원 소식이 계속 우리를 괴롭혔다. 인도네시아 병원 보도도 마찬가지였다. 오늘 아침에는 더 많은 가족들이 남쪽으로 향했고, 다른 이들은 우리처럼 그저 다가올 운명을 기다렸다. 친구가 말하길, 남쪽으로 간 사람들도 북가자에 있는 사람들과 똑같이 기초적인 식량 부족에 시달리고 있다고 한다. 그럼 남쪽으로 갈 이유가 뭐란 말인가? 여기서 우린 최소한 난민은 아니었다. 내 친구가 전화로 말했다. "상상이 가? 화장실에 가려면 세 시간은 줄을 서야 돼." 상상이 갔다. 그리고 난 최소한 나한테 선택권이 있는 동안에는 그러고 싶지 않았다. 어떤 이스라엘인들은 가자 지구 북부를 거대한 엔터테인먼트 단지로, 식민지 이주민과 정착민들을 위한 디즈니월드로 만들어 달라고 정부에 요구하고 있다. 나는 파라즈에게 저들이 1967년에 팔레스타인 마을 세 곳, 임와스Imwas, 얄로Yalo, 베이트 누바Beit Nuba를 파괴하고 허물어 버렸을 때도 똑같은 짓을 하지 않앉냐고 했다. 야파에서 예루살렘으로 가는 길에서 조금 떨어져 있는 그곳에, 그들은 '캐나다 파크'라는 이름을 붙였다.

"어떻게 다른 사람들의 무덤으로 휴가를 간단 말야?" 파라즈가 물었다.

"이스라엘 여행 산업 전체가 그걸 바탕으로 하잖아." 내가 말했다. 그들은 세상에 대고 외친다. "팔레스타인인들의 무덤에 와서 파티를 즐기세요! 세상에서 가장 큰 감옥 옆에서 춤을 추고 한잔 하세요. 쉬고, 재미도 보고, 놀다 가세요!"

## 11월 13일, 월요일. 서른여덟번째 날.

아침에 길을 걸었다. 그냥 걸으면서 생각을 정리하는 데만 세 시간이 지나갔다. 어젯밤도 참혹했다. 앗-쉬파 병원 포위망이 점점 조여들었다. 어제는 병원 관리자들이 건물 앞에 사망자들을 전부 묻을 큰 무덤을 하나 파면서도 총에 맞지 않으려고 노력해야 했다. 좀 더 가까운 인도네시아 병원에 이른 시간에 새로 공격이 가해졌다는 소식을 들었다. 많은 민간 주택이 공격당했다. 사람들이 병원에 가는 건 불가능해졌다. 전화를 해 볼 생각은 아예 포기했다. 한나는 내 연락 두절이 길어지는 데 익숙해졌다. 전쟁이 벌어졌을 때, 한나는 내가 매시간 확인하지 않으면 걱정에 화를 냈다. 이제는 신호가 며칠 동안 잡히지 않아도, 그래서 연락이 안 닿는 거라는 걸 안다.

유린되어 지저분한 거리였음에도 아직 생기가 남아 있었다. 사람들은 모여서 이야기를 나눴다. 때로는 이런 모임이 싸움으로 번지기도 하고 웃음이 터져 나오기도 한다. 당연한 일이지만 사람들은 곤두서 있었다. 나는 계속 걸었다. 4년 반 동안, 고향 도시에서 이렇게 오래 보내긴 처음이다.

젊은 이웃 오마르와 마주쳤다. 오마르는 200리터 물

탱크를 채우는 데 방금까지 두 시간 걸렸다고 했다. 물이 차오르는 걸 보는 데도 오래 걸렸고 느렸다고 한다. 결국 다 채우고 물탱크를 휠체어 위로 끌어올려 집으로 밀고 가고 있었는데, 돌아가던 중 휠체어가 균형을 잃어 물탱크가 엎어져 거리에 물을 다 쏟았다고 했다. 우두(기도 전에 씻는 행위)에 쓸 물이었는데, 아무래도 하느님께서 자기가 예배 드리는 걸 원치 않으시는 것 같으니 다시 채우지는 않겠다고 했다. 농담인지 알 수가 없어서 말했다. "하지만 알라나 기도랑은 아무 상관이 없잖아." 오마르가 답했다. "박사님, 알라께서 기도하지 말라 하시는 게 틀림없어요. 아니라면 왜 제 물이 다 사라졌겠어요?"

걷다가 또 다른 사람이 나를 멈춰 세웠다. 나랑 같은 고등학교를 다닌 알라Alaa'라고 자신을 소개했다. "한 학년 선배셨어요." 그는 웃더니, 아직도 드론과 식사를 같이 하냐고 물었다. 내가 전에 쓴 전쟁 일기 제목 이야기다. "멈춘 적이 없죠." 내가 답했다. "식탁에 남은 게 없겠는데요?" 알라가 웃었다. "우리 집에 있는 건 죄다 집어삼키던데요?" 슬프게도 드론은 지금 잔치를 벌이고 있다. 그때 나는 몰랐지만, 지금에 비하면 2014년은 전채 요리 수준이었다. 알라는 정세와 미래에 관한, 좀 뻔한 질문을 던졌다. 그가 말하는 미래란 전쟁이 끝난 뒤, 우리 가운데 누구도 제대로 예측할 수 없는, 그런 시기를 가리키는 것이었다. 그의 집과 가족은 어떤지 물었다. "지금까진 다 괜찮아요." 그가 말했다. "계속 그러길 기도할게요." 내가 덧붙였다.

알라가 말했다. "커다란 플레이스테이션 게임 속에서 조종당하는 느낌이에요. 우리가 캐릭터고 저들(이스라엘군)이 게임을 하고 있는 거죠. 우린 저들이 시킬 때 움직이고 저들이 죽으랄 때 죽는 거죠. 저들이 우릴 조종하는 거예요. 우린 사람이 아니에요. 게임 캐릭터지." 이 말에 뭐라 해야 할지 몰랐다. 그는 웃고는 큰 소리로 말하고서 다시 움직였다. "아테프 선배, 드론 친구가 선배를 가지고 놀고 있는 겁니다." 혼자서 계속 거리를 걸었다. 이동통신망이 끊어진 지금, 가자에서는 대화가 이런 식으로 이루어진다. 걸어다니다 아는 사람과 멈춰 서서 이야기를 나눈다. 지난밤에 벌어진 가장 큰일에 관해 최신 정보를 나누고 이야기를 듣는데, 일 분을 넘지 않았다. 오늘 사람들이 가장 듣고 싶어 하는 이야기는 휴전이나 정전에 관해 나온 말이 있는지였다. 일 분 남짓 짧은 대화들을 통해서 사람들은 특정 정치인들이 한 말을 반복하고 잽싸게 분석했다. 다들 이 전쟁이 얼마나 긴지를, 그런데도 아직 살아 있다는 점을 떠올리며 진정하려 했다. 예컨대 물탱크에 아직 물이 있다는 데서 위안을 찾았다. 기름통에 아직 기름이 있으면 더욱 기뻐했고, 태양광 전지가 있으면 왕이라도 된 기분이었다. 우린 할 수 있는 모든 것에서 위안을 찾았다.

파라즈는 딸 마리암Mariam과 겨우 연락이 닿았다. 마리암은 지난주 동안 앗-샤티 난민촌 전투 가운데 갇혀 있었다. 이제는 벗어나서 남편과 자식을 데리고 남쪽으로 도망쳤다고 한다. 하지만 일주일 동안 머물던 건물의 벽과 창문으로 탄환이 날아들었다고 했다. 앗-샤티에 있는 많은 이들이 가만히 있는다고 한다. 마리암은 병원에 있는 사람들에게 음식도 물도 없다고 했다. 적십자에 도움을 요청했지만, 아무도 오지 않았다. 위험을 무릅쓰고 살라 앗-딘 도로 쪽으로 떠난 이들은 벗어날 수 있을지 확신할 수 없었다. 많은 이들이 가는 길에 사살당했다. 마리암은 많은 이들이 자기 집 앞문을 여는 순간 총에 맞았다고 했다. 살라 앗-딘으로 가는 길에 마리암은 모든 곳에서 죽음을 마주했다. 전차, 병사, 건물로 날아드는 로켓이 사방에서 나타났다. 지금 하늘은 죽음으로 가득 차 있는데, 그건 땅도 마찬가지였다. 이스라엘 병사들이 도로 양편에서 튀어나와 떠나는 사람들 가운데 젊은 남성을 길 한쪽으로 불러 심문하고 대부분 체포했다. 하지만 마리암은 자기는 살아남았다고 했다. 기쁜 목소리였다. 이제 새로 시작하는 삶, 추방된 삶이 있는 것이다. 피난민의 삶이 있는 것이다. 이미 난민촌에 있다가 나온 것이니, 더 정확히 말하면 "피난-피난민"이라고 하는 게 맞을지도 모르겠다.

앗-샤티 난민촌은 지난 2주간 포위되어 있었다. 이스라엘은 서쪽과 북쪽에서 치고 들어왔다. 해변에 있는 난민촌을 두고 서쪽은 해군이, 북쪽은 전차가 통제하고 있었다. "샤티"는 해변이라는 뜻이다. 야파 출신 난민이 거기 살고 있는 이들 가운데 가장 많았다. 돌아가신 카드라Khadra 이모도 거기 사셨고 나도 어렸을 적 여름휴가를 그 집 안팎에서 보내곤 했다. 이런 지역이 포위되면 특파원이나 기자가 들어갈 수 없기에 뉴스에서도 완전히 소식이 끊기고 어떤 통신도 유출되지 않는다. 2주 동안 우리는 앗-샤티에서 군사작전이 수행되고 있다는 건 알았지만 그 내용은 하나도 몰랐다. 오늘 아침, 이스라엘은 난민촌에 남아 있는 사람들에게 유세프 아트마Yousef Athma 거리를 따라 살라 앗-딘으로 가라는 명령을 내렸다. 서쪽 끝에서 동쪽 끝으로 걸어가라는 소리를 한 거다. 기나긴 여로지만 이조차 시작에 불과했다. 그런 뒤에 다리까지 또 5킬로미터를 걸어가야 했다. 이스라엘의 앗-샤티 난민촌 침공으로 몇 명이 죽었는지는 아무도 모른다. 모함메드의 처가 사람 몇이 앗-샤티 북부 UNRWA 학교에 있다고 했다. 지난주에는 그들로부터 소식을 듣지 못했다. 파라즈는 모함메드에게 새벽에 다시 연락을 해 보라고, 거기는 신호가 그때쯤 더 괜찮을 거라고 했다. 그 말을 듣고 모함메드가 새벽 네 시 반쯤 일어나 전화를 했지만, 통화가 되지 않았다. 오전 열한 시쯤에야 모함메드는 딸과 연락이 닿았다. 조카는 다들 5일 전에 셰이크 라드완에 있는 고모 댁으로 거처를 옮겼다고 했다. 모함메드에게 오늘이나 내일 가서 만나 보라고 했다. 다들 추방당했으니 정신적인 지지가 필요할 것이다.

## 11월 14일, 화요일. 서른아홉번째 날.


어제는 프레스 하우스에서 일하던 청년, 아흐마드 파티마가 이스라엘의 공격으로 살해당했다. 마지막으로 그를 본 건 5일 전, 내가 프레스 하우스에서 보낸 마지막 날이었다. 늘 그렇듯, 우린 악수를 하고 다 끝나면 다시 만나자고 약속했다. 전쟁 첫 달 동안은 그를 매일 만났다. 아흐마드는 프레스 하우스 간이식당 담당자였다. 식당을 열고 닫는 게 그였다. 아흐마드는 십 대 때 프레스 하우스에서 함께하기 시작했을 때부터 비슷한 일을 했다. 차와 커피를 탔고, 회의와 훈련을 준비했고, 끝난 뒤에는 청소를 했다. 그러고는 사진가 위치로 올라서서 다른 기술들을 독학하여 끝내는 검증과 신뢰가 확실한 기자로 거듭났고, 프레스 하우스에서 가장 숙련된 기자들과 함께 일했다.

마지막으로 그를 만났을 때, 그는 걱정을 털어놓았다. 옆 건물이 공습을 맞아 가족들이 전날 밤을 갓길에서 보냈다는 것이었다. "이제 저희 집에는 벽이 없어요." 그는 농담을 던졌다. UNRWA 학교 밖에 가족들과 서서 자리라도 잡아 보려고 세 시간을 기다렸다고 했다.

아흐마드는 나를 다그치곤 했다. "쓰세요, 박사님. 쓰시라고요." 매일 아침 그는 내게 공간을 내 주고, 노트북이 완전히 충전되도록 해 두고, 인터넷에 연결해 주었다. 그러고는 커피를 작은 잔으로 내주고 내가 하루를 좀 더 편히 보낼 수 있게 해 줬다는 생각에 기뻐했다. 그럴 때마다 나는 그에게 커피는 유리잔에 담아 주는 게 좋다고 했고 아흐마드는 웃으며 말했다. "걱정 마세요. 다음엔 그렇게 드릴게요."

운영자인 빌랄이 회의실에 마련한 작은 서고에 여러 책들이 꽂혀 있었지만, 아흐마드가 그걸 읽을 시간까지는 없었을 것이다. 하지만 그는 모든 책의 제목과 저자, 주제까지도 꿰고 있었다. 틀림없이 발음을 어려워했을 영어책조차도. 뭐가 어디 있는지 알고 뭐가 어떻게 작동하는지를 아는 '프레스 하우스의 대장'이 되는 게, 그의 일이었다.

어젯밤은 에이샤네 집에서 두 시간을 보냈다. 에이샤에게는 매일 밤이 그 전날보다 위험했다. 군대가 고작 몇 백 미터 떨어진 인도네시아 병원에 공세를 강화하고 있었다. 에이샤에게는 아들 둘, 딸 하나가 있는데, 아이들은 겁에 질렸다. 에이샤의 여섯 살 아들 샤우키Shawki와 놀아 주었다. 베개 싸움과 숨바꼭질을 했다. 그러다 아이한테 물어봤다. "두렵니?" 아이는 갑자기 웃음을 멈추고 단호하게 답했다. "네."

그날 밤 파라즈의 집으로 돌아와 모함메드와 함께 우리가 알던 사람들, 가족들과 친구들 중에 누가 죽었는지 목록을 짜 보았다. 팔십쯤 세고는 멈췄다. 너무도 우울했다. 또, 너무도 많은 이들이 '불명' 항목에 속해, 우리가 품은 많은 질문도 수렁에 빠졌다. 아흐마드 생각이 났고 2주 전에 죽은 모함메드 알자자 생각도 났다. 내일이나 다음 주에는 또 누가 떠오를지 어찌 알겠나. 아직도 아흐마드의 목소리가 귀에 생하다. "쓰세요, 박사님. 쓰시라고요." 이제는 네 이야기를 쓰고 있구나.

파라즈의 부인은 파라즈에게 자기가 있는 라파로 오라고 설득하고 있다. 부인은 가족을 전부(알-부레이즈에 있던 어머니와 형제자매) 잃었고, 더는 잃고 싶어 하지 않았다. 파라즈는 이제 북부에 머물러 있는 게 더는 안전하지 않다고 확신했다. 하지만 아흔 살이신 어머니를 버리고 갈 수는 없고, 어머니를 데리고 와디 가자 다리까지 갈 방법도 떠오르지 않았다. 파라즈는 매일 일어나자마 몇 시간을 어머니를 씻기고 먹이는 데 썼다. 파라즈의 어머니는 움직이시기 매우 어려웠고, 휠체어로 모시려 하면 겁을 냈다. 하지만 오늘은 파라즈가 위험을 무릅쓰고 고통을 감내할 준비를 마친 것 같았다. 그가 말했다. "들어 봐. 우린 언젠가 떠나야 할 테니 지금; 눈먼 전차가 우릴 다 포격으로 쓸어 버리기 전에 떠나는 게 낫겠지." 부인의 압력으로 그가 이런 입장에 놓였다는 걸 알 수 있었다. 나는 그를 안심시키려 했다. "파라즈, 네 선택이 뭐가 됐든 그게 맞을 거야. 네가 움직일 때 다 같이 움직이자."

이스라엘군이 남하하는 사람들을 전부 검사한다는 소식을 들었다. 모든 검문소에서 하듯이 남자 청년들을 멈춰 세워 심문하고 가끔은 체포한다고 한다. 걷던 중 휴대전화라든가 뭐가 됐든 떨어트리면, 주우려고 되돌아갈 생각은 하지도 말아야 한다. 그러면 체포와 구타를 당할 거라고 모두가 입을 모아 말했다. 와디 가자 강으로 향하는 몇 킬로미터를 걷는 건 무슨 일이 일어나느냐에 따라 삶에서 죽음으로, 아니면 그 반대 방향으로 걸어가는 것 같다고 다들 말했다.


거의 종일 파라즈네 근처 좁은 골목에 앉아서 보냈다. 여기서는 하루 세 시간 정도 인터넷에 접속할 수 있다. 긴 골목길에 열 명 정도가 같이 앉아, 대부분의 시간을 고개를 숙이고 휴대전화를 바삐 만지며 보냈다. 가끔은 서로 소식을 나누고, 거기 한마디 보태곤 했다. 골목 한쪽은 커다란 잔해로 막혀 버렸다. 와이파이 신호가 뜨기 때문에 이 골목은 점차 동네의 중심지가 되었다. 청년들은 여기 모여서 접속을 시도하며 서든 앉든 휴대전화를 할 자리를 찾았다. 우리는 여기를 '왕의 골목'이라고 불렀고, 지난 이틀 동안 여기는 우리의 터전이 되었다.

　　오후 세 시쯤 되자 콘크리트 조각과 잔해가 커다란 폭발과 함께 우리 위로 떨어지기 시작했다. 골목이 새로운 잔해들로 차기 시작하자 우린 도망갈 수밖에 없었다. 우리는 머리를 손으로 가렸다. 머리카락에는 먼지와 모래가 가득했다. 야세르를 내 가까이로 잡아당겼다. 일 분쯤 지나자 하늘에 있는 매캐한 연기 구름 빼고는 다시 잠잠해졌다. 요즘에는 하늘이 거의 항상 저런 구름, 위로 갈수록 점점 더 넓어지기만 하는 검은빛과 회색빛의 길고 컴컴한 기둥들로 가득했다. F-16이 큰길 동쪽에 있는 6층짜리 건물을 공격했다는 걸 나중에 알게 됐다. 바로 부상자들에 관해 보도가 이루어졌지만, 처음에 집계된 사망자는 없었다. 건물이 비어 있었던 모양이다. 식료품점을 향하던 소년 하나가 떨어지는 잔해에 맞아 죽었다는 소식이 전해졌다.

　　그날 밤, 또 천둥 같은 폭발음이 들렸다. 엄청 가까이서 나는 소리 같았다. 다시 잠들 수 없었다. 사방이 어두웠다. 다들 잠들어 있었다. 이스라엘은 난민촌 남쪽, 나디 Nadi 지역을 공격했다. 집 여덟 채가 무너지고 수십 명이 살해당했다. 난민촌 서쪽 파쿠라 지역에 다른 공격이 가해졌다. 또 다른 이들이 살해당하고 부상을 입었다. 밤새 서로 다른 공습 소식이 전해졌다. 다른 이들과 왓츠앱으로 이야기를 나누면 나눌수록, 밤새 벌어진 학살의 규모를 알게 되었다. 그때 나는 나쁜 소식을 더 들을 여유가 없었다. 그래서 휴대전화를 내려 두고 위층으로 향했다. 비가 거세게 내리기 시작했다. 집이 습하고 살 수 없게 되지 않게 하려면 신경을 써야 했다. 빗소리, 나무를 스치는 바람 소리가 우물물처럼 기억을 퍼올렸다.

## 11월 15일, 수요일. 마흔번째 날.


40일째다. 이렇게 길어지리라고는 아무도 예상하지 못했다. 이슬람교에서 40일이라는 시간은 매우 중요한 의미를 갖는다. 사람이 죽으면 보통 40일을 애도한다. 그런데 우리는 40일 동안 죽지 않고, 아직 여기에 있다.

어제저녁, 이스라엘의 F-16이 난민촌에 빛을 비춰 하늘을 밝혔다. 밤하늘이 한 시간 동안 대낮 같았다. 오후 다섯 시 반쯤 일이었다. 밤이 막 찾아와 모든 게 고요했다. 모함메드와 내가 아버지 댁으로 가던 중, 갑자기 우리가 걷고 있던 좁은 길 저편에서 빛이 두 줄기 보였다. 전차나 대형 트럭이 내 방향으로 오고 있는 줄 알았다. 살짝 눈이 부셨다. 그러다 사방이 빛으로 휩싸였다. 올려다보니 하늘에 불이 난 것만 같았다. 온 동네가 가짜 햇빛에 잠긴 것 같았다. 그러다 동네 일부는 정말로 잠겨 버렸다. 난민촌의 특정 지역에 불빛이 비춰졌고, 다른 곳들은 불이 꺼졌다. 불이 꺼진 지역은 무엇 하나 보이지 않을 정도로 깜깜했다. 불빛은 병사들의 시야를 확보하려고 드론이 쏘는 것이었다. 가자 지구에 대한 이스라엘의 첨단 감시는 이십 년이 넘게 이어지고 있다. 광학 장비, 적외선 장비, 무선통신까지, 온갖 장비로 가자 지구 구석구석이 감시당하고 있는 것 같다. 감시용 풍선이 국경 장벽을 넘어 떠다닌다. 카메라들은 국경을 따라 있는 완충지대 너머로 전선에 매달려 있고, 군함들은 수평선에 들어앉아 지켜보고 있다. 무엇보다도 드론들, 수십 개씩 끝도 없는 드론들이 밤낮을 가리지 않고 하늘을 매섭게 돌아다니고 있다. 이런 '디지털 점령'은 침략성이 덜해 보일지도 모른다. 하지만 이스라엘군이 국경 바로 저편에 눌러앉아 있다고 해도, 그 정탐군은 가자 지구 깊숙이 들어와 있는 게 실상이다. 반대로, 팔레스타인 사람들에게는 아무것도 없다. 공군은커녕 활주로도, 해군도, 첨단 장비도 없다. 뭐 하나 갖는 걸 허용하지 않는다. 의문이 들 수밖에 없다. '전쟁'이 아니려면 도대체 전투가 얼마나 비대칭적이어야 하는 건가? 이건 그냥 학살이다.

아버지에게 갈 생각을 접었다. 모함메드는 불빛이 F-16이나 전차가 표적을 더 쉽게 확인하도록 하는 유도등일 수도 있다고, 집 안에 있는 게 더 안전할 거라고 했다. 파라즈의 집 창문에 서서 빛을 비추는 드론이 몇 대인지 세어 보았다.

그날 해가 지기 직전에 F-16이 난민촌에 있는 집 두 채, 알마둔Al-Madhoun 가족과 마흐디Mahdi 가족 소유의 집을 공격했다. 유명한 샤와르마 식당 '모한나드Mohannad's' 바로 뒤에 있는 집이다. 두 집은 완파되었고 근처 집들도 피해를 입었다. 많은 건물에는 벽이 남지 않았다. 앞벽이 없는 아파트 단지들로 둘러싸인 커다란 잔해 더미 위에 다른 사람들과 서 있는 모습은 마치 극장 발코니석과 개인석에 앉아 있는 관중들에게 박수를 받는, 무대 위 배우 같았다. 아파트 단지들이 우리를 매우 이상하게 바라보았다.

민방위대가 십 대 여자아이 하나를 구하려고 바삐 움직이고 있었다. 아이가 보였는데, 잠든 것 같았다. 공격이 일어났을 때 자고 있던 게 분명했다. 빨간색 추리닝을 입고 있었다. 몸은 널브러져, 왼손이 가슴 왼편 위에 놓여 있었다. 잠깐이나마 동화의 등장인물, 잠자는 미녀 같아 보였다. 콘크리트 천장이 아이 위로 떨어져 아이를 침대로 짓누르고 있었다. 사내들은 아이가 몸을 빼낼 수 있도록 옆에서부터 잔해를 계속 긁어냈다. 매우 섬세하게 하는지라 마치 아이를 깊은 잠에서 깨우고 싶어 하지 않는 것처럼 보였다. 이 짓도 40일쯤 하니까 세상이 제대로 미쳐서 이제 스스로 멈추라고, 충분하다고, 그만두라고 할 수 없는 지경에 이른 건가 싶었다. 마치 그런 말을 하는 게 내가 보고 있는, 콘크리트판 아래 깔린 저 모습보다도 더 무섭기라도 한 건지, 세상은 끝내 그 말을 입 밖에 내지 못한다.

이스라엘군이 어젯밤 앗-쉬파 병원에 들이닥쳤고, 군
사작전은 지금까지도 계속 이어지고 있다. 병원 안에는 전
기도, 약도 없고 마취제도, 인큐베이터도, 난방도 없이 아
이를 낳고 있다. 병원 안으로 그저 대피를 했을 뿐인 많은
이들이 살해당했고 다른 많은 이들도 부상당했다. 병원 안
에서 부상자가 생기는 판국이다! 병원들은 저번 주부터 '정
당한 표적'이 되어 작전지, 전장이 되었고 국제사회는 여기
에 휘파람이나 불고 있다. 병사들은 환자들이 대량살상무
기를 숨기고 있다고 주장하며 안에 뭘 숨겼는지 보자며 환
자들의 상처를 다시 벌리기까지 했다. 병원에 대고 전쟁을
벌이는 건 가자 지구 전역에 걸쳐 가해지고 있는 전략이다.
이스라엘은 이제 나세르 구역에 있는 란티시 병원까지 침
공했다. 알-아우다Al-Awda 병원은 곧 장악될 것이다. 인도네
시아 호텔만 남게 되리라. 모함메드가 생각 끝에 말했다.
"이제 더 길어지지는 않을 거야. 도시의 절반이 완전히 점
령당했잖아."

　　오늘 아침 장인어른 댁에서 돌아오는 길에 근처에 있
는 건물 하나가 폭격당했다. 다와스Dawas 빵집과 가까운 곳
이었다. 길 건너편에서 의료진이 어떤 노인과 그 손주들을
살려내려고 하는 걸 봤다. 결국 의료진은 그들의 얼굴을
덮고 들것에 실어 옮겼다. 한 여인이 의료진을 따라 일했

는데, 도우면서도 방금 가족을 전부 잃었다는 걸 받아들이지 못해 울고 있었다. 콘크리트 덩어리를 들어올리지 않을 때는 시체를 되살리려고 애를 쓰고 있었다.

오늘 아침은 슬프지 않은 곳이 없다. 심지어 흐린 하늘마저 슬퍼 보인다. 해는 온데간데 없고, 사람들은 다음 공격만을 기다리며 하루 종일 터덜터덜 걸어다녔다. 어디가 공격당할까? 이번에는 누가 살해당할까? 누가 살아남을까? 사는 걸 견딜 수 없는 일로 만드는 질문들이었다.

다시 비가 내리기 시작했다. 몇 주째 공기를 더럽힌 먼지와 모래로 가득한 비였다. "공기를 씻어내겠지." 내가 말했다. "하지만 쫓겨난 사람들의 삶을 지옥으로 만들어 놓을 거야." 모함메드가 답했다. 친구가 문자를 보냈는데 가족들과 남쪽으로 가는 건 성공했지만 이스라엘이 아버지와 남동생을 체포했다고 했다. 끝에는 우는 이모티콘을 덧붙였다. 한 시간 뒤 다시 문자가 왔는데, 아버지는 풀어줬지만 동생은 여전히 잡아 둔 채라고 한다. 그 동생이 누군지 안다. 젊은 기자인데, 프레스 하우스와 앗-쉬파 병원에서 자주 본 얼굴이다. 이스라엘은 여기서 4킬로미터 거리에 북부와 남부를 가르는 검문소를 세웠다. 지나가는 남자 대부분이 구금되었다.

이스라엘의 명령에 따라 남쪽으로 간 사람들 가운데

많은 이가 가는 길, 검문소에서의 괴롭힘, 검문소 건너편의 처참한 여건에 관해 불만을 토로했다. 오늘 아침에는 모함메드의 친구가 모함메드에게, 떠난 게 실수였다고 하는 걸 엿들었다. "물 빼고 다 주더라고. 토마토도, 감자도, 온갖 게 다 있는데 물만 없어. 물이 다 떨어졌어."

폭발음이 계속됐다. 이제 난민촌에 있는 건물의 3분의 1이 무너졌다. 건물 대부분이 매우 좁은 골목길이나 뒷길에 있어, 잔해를 치우고 사람을 구하기가 너무도 어려웠다. 차량으로는 가까이 갈 수 없었다. 큰길에서 가는 길을 막고 있는 건물을 부수지 않고서는 그리로 가는 게 거의 불가능했다. '나중에'는 거기 살고 있는 사람들에게 특히나 어려운 말이다. 다시 짓기 위해서는 부술 수밖에 없다. 하지만 그건 한참 뒤 이야기다. 우리는 **지금**밖에 생각할 수 없고, 폭격의 '끝'이야말로 종류를 불문하고 진정한 끝이 되리라. 우리는 이 비현실적인 영화가 끝나 자막이 올라가기를 40일째 기다렸지만 그러고 나면 후속작이, 스핀오프 시리즈가 분명 나올 것이다.

## 11월 16일, 목요일. 마흔한번째 날.

어제는 난민촌 서쪽에 사는 여동생 아스마를 만났다. 전날 밤, 전차 포탄이 아스마가 살고 있는 건물에 명중했다. 다행히도 포탄은 건물에서 가장 튼튼한 부분인 계단실을 때렸다. 물론 계단실은 파손되었지만 포탄은 그 안에서 멈췄다. 아스마네 집은 4층에 있는데, 아스마의 남편이 커다란 포탄 조각 셋을 문 앞에 가져다 두었다. 다섯 딸들은 이를 그리 가벼이 여기지 못했다. "다음 포탄이 자고 있는 동안 우릴 맞힐 거예요." 열 살 난 딸 파티마가 말했다.

"그럴 리가."

파티마는 계속 말했다. "침실에 하나 떨어진 이웃도 있어요. 그 애는 죽었고요. 같은 학교 다니는 애라 알아요." 아스마가 팝콘을 튀겨 왔고, 우리는 영화라도 보는 양 지난 40일간 겪은 사건들을 복기했다.

아스마네 집 건너편이 다른 여동생, 할리마가 지난 2주간 피난을 가 있는 학교다. 베이트 라히야에 있는 할리마의 집은 파손되어 이제 거기서 살 수가 없고, 그 마을을 통째로 이스라엘이 작전 기지로 삼고 있다. 그 지역에 아예 남은 집이 없다는 소문도 있다. 이제 할리마와 가족들은 할리마의 남편이 담요로 세운 천막에서 살았다. 길을 건너가서 만났을 때 할리마는 커피를 끓여 주었다. "전쟁이 끝나면 우린 어디로 가야 할까?" 할리마가 물었다.

"일단 전쟁이 끝나면 생각해 보자." 할리마는 내 답변에 전혀 만족하지 못했다.

"전쟁이 계속되는 동안은 지낼 곳이 있을 거야. 하지만 전쟁이 끝나면 쫓겨나겠지."

"전쟁이 계속되면 좋겠어?" 내가 물었다.

"아니. 집에 가고 싶어."

어젯밤, 대피소의 책임자인 하딜 알마스리Hadeel al-Masri라는 여자가 배에 전차 포탄 한 발을 맞고 살해당했다. 할리마의 남편 이스마엘은 내장이 하딜 앞으로 쏟아졌다고 말해 줬다. 포탄은 마치 하딜을 가른 칼 같았다고 한다. 파라즈는 포탄을 설명할 때 '눈먼'이란 표현을 쓴다. 포탄이 포신을 떠나면 어디든 떨어져 뭐든 맞히고, 포에서 날아간 포탄을 조종할 기술은 없다는 것이다.

우리 동네로 돌아가던 길, 근처 공동묘지에서 끔찍한 광경을 보았다. 묘지 근처로 무너진 집을 세어 보니 여섯 채였다. 살아 있는 자들이 땅 위에서 내는 온갖 소리에 묘지에 누워 있을 고인들이 얼마나 짜증이 났을까 생각이 들었다. 공격이 벌어질 때 듣지 못했다는 게 놀라웠다. 모함메드가 말했다. "아니, 우린 분명 공격을 들었을 거야. 옛날처럼 신경을 쓰지 않을 뿐이지." "하지만 우리가 서 있는 데서 250미터밖에 안 되잖아?" 내가 항변했다. 모함메드는 그냥 어깨를 으쓱였다.

파라즈의 아침 일과가 하나 늘었다. 라파 UNRWA 학교로 피난 간 부인에게 아침 전화를 거는 일이 일과가 된 것이다. 파라즈는 새벽 네 시 반쯤 일어나 신호가 겨우 잡히는 2층으로 올라갔다. 동이 트기 전, 이 시간대에만 신호가 확실히 잡혔다. 한 시간 정도 있으면 신호는 다시 끊어졌다. 파라즈는 신호가 있는 동안 부인과 아이들, 시집 간 딸과 최대한 길게 이야기하며 보냈다. 라파에 있는 가족들도 오직 이 가족 상봉을 위해 일찍 일어났다. 통화를 마치면 파라즈는 내려와서 다시 잠들었다.

아드함도 이쯤 일어나 다들 괜찮은지 확인하려고 아침 전화를 했다. 먼저 부인에게 그다음에는 어머니, 누이, 형제, 고모 등등의 순서였다. 라파에 있는 사람도 (와디 가자 강 바로 남쪽에 있는) 알-마가지Maghazi에 있는 사람도 아직 자발리야에 있는 사람도 있었다. 다들 긴 대화를 나누었지만 질문 자체는 짧았다. 괜찮아? 같이 있는 사람들은 괜찮아? 하지만 아들과 어머니, 누이를 잃고 난 뒤 아드함은 이 쓸모없는 통화들을 전부 그만두었다.

공식 성명에 따르면 오늘은 모든 전기 통신과 인터넷 신호가 송신기 연료 부족으로 끊어질 거라고 한다. 그런데 지금은 한낮인데도 문자에 한해 이동통신망이 여전히 작동했다. 다만 인터넷과 전화가 되지 않았다.

오늘은 에이샤의 딸 타스님Tasneem의 생일이다. 이제 아홉 살이지만 파티는 할 수 없다. 케이크도 없다. 에이샤의 남편 마헤르와 아이 셋 모두 전쟁 중에 생일이 있다. 그러니까 지금껏 파티 네 번이 취소된 것이다. 에이샤 생일도 11월 23일인 걸 보면 이 집은 10월, 11월 생일에 뭐라도 있는 것 같다. "그때까지 전쟁이 끝날까?" 에이샤가 물었지만 다들 회의적이었다. "전쟁이 끝날 때가 우리 진짜 생일이지." 에이샤가 말했다. 나는 전쟁이 끝나면 생일을 기념하지 못한 사람들에게 에이샤가 커다란 수제 타르트를 만들어 주면 되겠다고 했다. 마헤르의 누이와 그 가족이 죽어 집안에 슬픔이 감돌고 있었기에 다들 뭘 할 기분이 아니었다. "그러고 싶어도 재료를 못 찾을 걸." 에이샤가 이유를 댔다. 나는 아껴 둔 초콜릿 상자를 가져왔다. 상자를 건네자 타스님은 짧게 웃으며 "슈크란(감사합니다)."이라고 했다. 생일 축하 노래는 눈치가 없는 것 같아서, 다가올 해에는 더 나아지기를 빌어 주었다.

사촌 나임이 오늘 아침 죽었다는 소식을 들었다. 콩팥

이제 역할을 하지 못해 지난 다섯 달 동안 가자시티의 알-와파 재활병원al-Waffa' rehabilitation hospital에서 치료를 받고 있었다. 나임은 잘 알려진 건물들의 설계를 도왔기에 도시에서는 잘 알려진 건축가였다. 이제 나임의 시신을 어떻게 난민촌으로 데려와 묻을지가 문제였다. 이스라엘의 전차가 병원 바로 앞 거리에 있어 아무도 병원 근처로 갈 수 없었다. 움직이는 건 전차와 저격수가 전부 쏴 죽였다. 나임의 형제 니하드Nihad는 소식을 듣자마자 난민촌 구급대로 가서 니암을 데려올 수 있을지 물어보았다. 책임자는 이제 어떤 차가 됐건 이런 지역을 돌아다니려면 '합의서'라는 특별한 문서가 있어야 되기에 사실상 불가능하다고 했다. 니하드가 답했다. "그럼 하자고요. 그 합의, 하면 되잖아요!" 물론 아무런 소득이 없었다. 이스라엘은 누구와도 합의를 보지 않는다.

오늘 아침, 이스라엘 제트기가 새로운 전단을 뿌렸는데 또 다들 남쪽으로 가라고 다그치는 내용이었다. 전단은 거만하고 위협적인 어조로 쓰여 있었다. "당신들은 인간 방패로 쓰이고 있다"라고 했다. 거참 고맙네,라고 생각했다. 우리를 침략하고 죽이고 인종청소하는 건 당신들이면서, **당신들**이 도덕적인 우위를 취한다고? 우린 BBC도 CNN도 아니라고 말해 주고 싶었다. 우린 이런 말을 다른 사람들처럼 쉽게 받아들이지 않는다. 군대는 남쪽에 있는 칸 유니스 동부의 주민들 보고도 칸 유니스가 새로운 전장이 될 것으로 예측되니 떠나라고 했다. 이스라엘은 이미 아침에 칸 유니스 공격을 시작했다. 위쌈이 치료를 받고 있는 유럽 병원이 여기에 있다. 갑자기 위쌈 걱정이 들어 거기에 압도되었다. 소식을 듣고 위쌈에게 전화를 해 보았지만 신호가 잡히지 않았다. 칸 유니스 동부가 통째로, 이스라엘이 추방해 그리로 가라고 한 사람들로 차고 넘치고 있다. 이젠 그들 보고 어디로 가라는 말인가?

## 11월 17일, 금요일. 마흔두번째 날.


　지난밤에는 학교에 차린 대피소에서 자야 했다. 이렇게 대피소가 된 학교에서 머물고 있는 여동생 할리마를 보러 온 거였는데 이스라엘의 공격이 사방에서 격화되어 난민촌을 뒤덮었다. 어두워져 폭발이 좀 더 분산될 때까지 기다렸다. 하지만 다들 거리를 돌아다니기엔 이미 너무 늦었다고 했다. 그래서 거기서 밤을 보내게 됐다.

　사람들은 학교 안에다 완전히 새로운 삶을 만들었다. 어떤 이들은 교실에서, 어떤 이들은 천과 담요로 만든 천막에서 살았다. 학교 화장실 다섯 곳을 수백 명이 썼다. 해가 떠 있는 동안 사람들은 화장실을 쓰려고 몇 시간이고 줄을 섰다. 하지만 밤이 되어 불이 다 꺼지면, 오줌을 눌 때는 다들 천막 안에 둔 양동이를 간이 화장실로 썼다.

　할리마네 천막에 자리를 잡던 중 근처 천막에서 나누는 대화 소리가 들렸다. 천막을 가로질러 큰 소리로 말하면 쉽게 이야기에 낄 수 있었다. 다른 사람들의 잡담과 생각에 끼어드는 건 매우 자연스럽게 느껴졌다. 여기에는 프라이버시가 없다. 이웃과 나를 가르는 건 얇은 천 조각뿐이다. 이스마엘은 남쪽 천막에 사는 이웃들에게도 농담을 던졌다. 저녁 여덟 시가 되어 불이 꺼지자, 다들 충전지를 써서 작은 전구에 불을 밝혔다.

새벽 두 시 반쯤, 우리 천막에서 멀지 않은 놀이터에 커다란 잔해 조각이 떨어졌다. 콘크리트 조각이 천막 지대 위로 높게 솟은 철제 천장에 부딪혔다. 어떤 여자가 소리를 질렀다. 다들 일어났다. 손전등이 켜졌다. 이스마엘이 옆 천막에 소리쳤다. "다들 괜찮아?" 답이 있었다. "어, 너넨 괜찮아?" 이스마엘은 다시 매트리스에 눕기 전까지 우리를 안심시켰다. "이번에는 작은 조각이었어." 몇 분이나 잤는지는 모르겠지만 밤은 지나갔다. 나는 저 사람들과 우리 사이에 고작 천 조각만 있으니 우리가 얼마나 노출이 되어 있는 건지, 전쟁터 한복판에서 잔다는 게 얼마나 우스운 일인지 생각하게 되었다. 밤새 로켓과 포탄 소리가 들렸고 천막 천 너머로 하늘이 빛나는 걸 보았다. 아침까지 쓸 필요가 없다는 생각을 되뇌며 양동이를 쓰지 않으려고 노력했지만, 새벽 네 시쯤에는 더는 버틸 수가 없었다.

잠을 자겠다는 우스운 생각을 포기하고는 일어나 바쁘게 빵을 만들고 있는 할리마에게 갔다. 반죽을 만들어 잘라내고, 작은 덩어리들로 이미 뭉쳐 두었다. 이제 화덕으로 가져가 굽기만 하면 됐다. 놀이터에는 전쟁 때 쓸 황토 화덕을 만들어 두었다. 나무와 상자를 써 불을 피워 삼십 분 동안 화덕을 달궈야 했다. 할리마를 도와 나무를 건넸다.

이스마엘과 두 아들이 일어났을 때에야 그들이 나를 위해 매트리스를 내주고 담요를 깔고 잤다는 걸 깨달았다. 할리마는 기다렸다가 아침으로 자기가 구운 빵을 먹고 가라고 고집했다. 나는 저녁까지 아껴 두라고 했다. "돌아와서 보고 갈 건데, 오늘은 늦게까지는 안 있을 거야."

이른 시간인데도 다들 깨어 있었다. 각자 자신들의 '안전한 공간'에서 잠을 자고 낮에 지낼 곳으로 돌아온 사람들로 거리가 가득했다. 우리는 지나가며 "좋은 아침입니다"라고 하는 대신 "알함두릴라(하느님 감사합니다), 안전하시군요"라고 했다. 사망자 명단에 우리 이름이 없는 매 아침이 선물과도 같았고, 공짜로 하루가 주어진 것 같았다.

어젯밤 표적이 된, 난민촌 중심지에 있는 장소를 찾았다. 집 여섯 채 정도가 완전히 무너졌다. 히자지Hijazi, 아부 콤산Abu Komsan, 아부 다이에르Aby Dayer 가족 집이었다. 사내 수백 명이 잔해 사이로 기어 올라갔다. 수십 명이 여전히 실종 상태였다. 앗-쉬파 병원이 이스라엘의 통제 아래 놓였기에, 부상자들을 인도네시아 병원으로 옮겨야 했다. 에이샤의 이웃은 은퇴한 교사인데 어린 딸과 가족의 죽음에 비통해했다. 딸은 일반의였다고 한다. 한 사내는 죽은 자식들의 학교 교과서를 주워 모으고 있었다. 그는 폭발이 일어났을 때 아이들과 같이 있었다. 아이들과 같이 죽었더라면 좋았을 거라고 했다. 죽음이 소망의 대상이 될 수 있는 건가? 친척 푸아드처럼, 집과 함께 가족(부인과 자녀)을 전부 잃으면, 전쟁 뒤에는 마치 오십 대 초가 아니라 이십 대 초인 것처럼 삶을 새로 시작해야 할 것이다. 집을 다시 짓고, 가능하다면 재혼해서 아이들을 다시 길러야 할 것이다. 운이 좋아야겠지만 말이다. 하지만 평생 모은 돈을 이제 잔해가 되어 버린 집에 이미 써 버렸고, 다시 지을 것이라곤 하나도 남지 않았다. 운이 좋아 아이를 더 갖더라도, 아이들이 자라는 걸 볼 만큼 남은 삶이 길지도 않을 것이다. 그런 점에서, 잔해 더미 위의 저 사내가 왜 가족과 함께 죽기를 바라는지 이해가 갔다.

난민촌의 거리와 동네를 가로질러 걸어다녔다. 한때 꿰고 있던 이 난민촌의 너무나도 많은 건물이, 기념물이, 골목과 뒷길이 사라져 잔해 아래 묻혀 이제는 알아볼 수가 없었다.

모두의 머릿속에 그때 떠오른 문제가 날씨였다. 걷는 동안 계속해서 하늘을 올려다보며 해를 찾았다. 해가 구름을 뚫고 나와 비를 막아 낼까? 지금 나쁜 날씨까지 겹칠 수는 없다. 전쟁이 끝날 때까지 알라께서 겨울을 거두어 주시길, 모두가 빌었다. 가을이 더 필요했다. 우리 밭에는 작물이 없었고 심지어 올해는 올리브조차 수확하지 못한 채 그대로 있었다. 알라께서 올해 달력에서 겨울을 떼어내셔도 됐다. 우린 겨울이 필요 없다. 우리에게 필요한 건 아이들을 따뜻하게 해 주고 태양열 전지판으로 우리 전지를 채워 줄, 휴대전화를 충전하고 인터넷이 계속 돌아가게 해 줄 태양이다. 겨울은 우리의 고민만 늘릴 것이다. 하느님, 우리를 겨울로부터 지켜 주소서. 이게 할리마가 오늘 아침 일어나 바람이 부는 걸 느끼고선 한 기도였다.

이스라엘 비행기는 오늘 아침 또 가자와 그 교외지 주민들에게 남쪽으로 이동하라는 전단을 뿌렸다. 이번에는 서두르라고 다그치며 쿠란을 인용했다. 다들 자기 이득에 맞게 아무렇게나 하느님을 써먹지만, 마음속 깊은 곳에서 우린 하느님이 이제 우리 곁에 없다는 걸 안다. 하느님은 오래전에 우리를 버렸다. 그런 게 아니라면, 겨울을 멈춰 달라는 할리마의 기도를 들어주시면 좋을 텐데. "하느님이 겨울을 멈출 검문소를 길에 차릴 수 있지 않을까요?" 야세르가 농담을 던졌다.

에이샤네 집 안에 앉아 이 일기를 적던 중 갑자기 노트북이 있는 자리를 박차고 일어나 방구석으로 도망쳐야 했다. 폭발이 일어나 먼지구름이 창문에서 쏟아지더니 자갈 파편이 온갖 곳에 쏟아졌다. 미사일이 백 미터도 되지 않는 곳, 에이샤네 집이 있는 골목 입구에 떨어졌다. 뒤이어 무슨 일이 벌어질지도 모른 채, 머리에 손을 얹고 장롱 뒤로 숨어야 했다. 몇 분이 지나자 방의 공기가 맑아졌고 발코니에서 먼지 기둥이 눈에 들어왔다. 먼지는 몇 초 전까지만 해도 아리니Areeni 가족의 집이었던 잔해에서 치솟고 있었다. 커피잔을 들자 자갈과 콘크리트 조각, 먼지로 가득했다.

## 11월 18일, 토요일. 마흔세번째 날.

자발리야 난민촌 주변부를 향해 밤새 재개된 공격으로 인해 아침이 되자 수천 명이 또 집을 버리고 떠나야 했다. 밤 아홉 시 반부터 아침 여섯 시 반까지, 멈추지도 않고 서쪽에서, 북쪽에서, 동쪽에서 공습이 있었다. 자발리야에 지옥이 쏟아졌다. 건물 수백 채가 무너졌다. 해가 뜨자, 살아남은 이들은 등짐으로 옷만 짊어지고 도망쳐야 했다. 대부분 난민촌 중심지로 갔다. 학교가 가득 찬 건 다들 알고 있었지만, 달리 갈 곳이 없었다. 쇄도하는 사람들 대다수는 베이트 라히야와 베이트 나자Beit Naja 근처 지역에서 난민촌으로 몰려들었다.

밤새 잠을 잘 수가 없어 팔루자 지역에 있는 아스마네 집에서 밤을 보내기로 했다. 어제는 뭐라도 변화가 필요해서 머리를 자르고 수염을 깎았다. 살면서 가장 오랫동안 면도를 하지 않아서 수염 없는 내 얼굴이 어떤지도 까먹을 뻔했다. 이제 새사람이 됐다. 이걸로 기분이 달라지고 새로운 기운이 나리라. 이런 게 너무도 필요했다. 잠시 동안의 침묵이 지나자, 우울감이 밀려오기 시작했다. 대부분 그랬다. 이렇게 긴 전쟁에 준비된 사람은 없다. 사람들은 이 전쟁을 2014년과 비교하면서 이게 진짜 전쟁이라고, 2014년은 그냥 공세가 맹렬했던 것뿐이라고 했다. 그때는 정전과 임시 휴전이 이따금 있었고, 51일 동안 이어졌다. 이번 전쟁에서는 전쟁 자체보다 정전이라는 발상 자체가 더 복잡한 것 같다. 이틀 전 학교 대피소에서 잘 때, 천막에 있는 모든 사람들이 소리를 지르고 있었다. 남자들은 신께 노래로 기도를 올렸고 여자들은 축복을 빌었다. 그날 밤에 정전 선언이 있을 수도 있다는 소문에 다들 축하하고 있었다. 그 소문이 자기들을 달래기 위해 누군가가 퍼뜨린 희망 사항에 불과하다는 걸 깨닫기까지는 삼십 분이 걸렸다. 43일째가 되었고, 이제는 정전 이야기에 정전이 필요하다. 아무도 정전될 거라는 언급을 믿지 않는다. 하물며 뉴스에서 나오는 거야 말할 것도 없었고.

　나는 거울 속 내 모습을 바라보며 말했다. "이게 아테프다. 네가 거의 알아보지 못하는, 얼굴의 자그마한 부분까지 전쟁이 새겨 넣은 아테프." 마르고 핼쑥해 보였다. 어젯밤, 팔루자에 있는 아스마네 집에서 지내야겠다고 모함메드에게 말했다. 아스마 부부와 이야기를 나누고 그 다섯 딸들과 놀면서 저녁을 보낼 수 있을 것이다. 아스마는 거실에 있는 파란 소파 두 개 사이에 간이침대 세 개를 설치해 두었다. 우리는 이야기하고 놀고 라디오로 뉴스를 들었다. 그러고는 잠들었다.

　공격이 시작됐을 때 건물은 깜깜했다. 폭발로 생긴 빛이 창문을 통해 거실로 흘러들어 사진과 거울이 반짝였다. 가자 사람이라면 섬광이 번쩍인 뒤에 폭발음을 들을 거라고 가르쳐 줄 것이다. 뒤이어 잔해가 쏟아지는 소리가 났다. 우리 주변의 좁은 골목길과 앞의 큰길에서, 집 곳곳에서 그 소리가 들렸다. 거실에서 자는 건 너무 위험하다고 내가 고집을 부려 다들 아파트 가장 안쪽, 부엌 옆 작은 통로 공간으로 매트리스를 끌고 갔다. 우리 열 명은 거기 누워 일출을 기다렸다. 이 밤이 끝나게 해 달라고 하느님께 기도했다. 미사일과 폭발 횟수를 세 보았다. 154까지 세다 멈췄다. 터지기 전에 쉬익 소리를 내는 종류의 미사일이 있는데, 모함메드는 그게 신종 미사일이라고 했다. 모함메드는 지난 4년을 가자에서 보냈기에 이런 걸 나보다 훨씬 잘 알았다.

　탈 앗-자아타르 학교 대피소에 미사일이 떨어져 수십 명이 죽고 수백 명이 상해를 입었다.

　새벽 다섯 시 반, 다들 일어나기 시작했다. 창문으로 내가 이틀 밤을 보낸 길 건너 학교 대피소를 보았다. 밤 동안 천막을 떠나야 했던 사람들이 1층 교실들에 꽉 들어차 있었다. 요즘은 창문 밖에 너무 오래 서 있으면 저격수들이 재미 삼아 쏴 버리기 때문에, 창가에 오래 서 있는 건 위험했다. 그래서 너무 오래 보고 있진 않았다.

어제저녁은 친구 마흐무드 모하이센Mahmoud Mohaisen을 만나러 갔다. 마흐무드는 부상을 입고 인도네시아 병원에서 치료를 받고 있었다. 병원은 당연히 사람들로 붐볐고 통로마다 탄환 자국과 미사일로 패인 구덩이가 있었다. 천막에 사는 사람들, 병원 앞에 질긴 천으로 세운 임시 야전 병동, 난민 가족들로 가득한 복도, 침상이 부족해 바닥에서 치료를 받고 있는 환자들까지, 앗-쉬파 병원의 모습과 많은 게 똑같았다.

오늘 아침, 이스라엘군은 앗-쉬파 병원에 있는 모든 사람들에게 떠날 시간을 딱 한 시간 주었다. 환자든 의사든 간호사든 난민이든 상관없었다. 아직 점령하지 못한 병원 구역들을 점령하기 위해 마지막으로 일대 공격을 할 생각이었다. 아무도 안에 남아 있을 수 없었다. 보도에 따르면 이스라엘 병사들이 병원에 있는 집단 묘를 파헤치고 시신들을 끄집어내고 있다고 한다. 구덩이 아래 다른 게 감춰져 있을 수 있다는 게 그 이유였다.

인도네시아 병원은 작은 언덕 위에 있는데, 이슬람 건물들과 같이 있음으로 인해 앗-쉬파 병원의 학살과는 별세계 같았다. 하지만 여기도 겨우 돌아가고 있다.

나는 저녁 여덟 시에 잠들어 네 시간을 푹 잤다. 모함메드와 야세르도 잘 잤다. 꿈도 악몽도 꾸지 않았고 오 분마다 일어나 폭발을 세거나 어디에 있는 건지 생각하는 일도 없었다. 때로는 주변 세계를 잊고 그냥 다 꺼 버릴 필요가 있다.

　　오늘 아침은 새로 공격당한 곳들을 살펴보러 난민촌을 걸어다녔다. 다니면 다닐수록 지난밤의 피해가 눈에 띄었다. 며칠 전에 입은 오래된 피해라는 것, 내게만 새로울 뿐이라는 것을 여기저기서 깨닫게 되었다. 자발리야는 하루하루 사라지고 있다. 우리도 사라지고 있다. 새로 나온 통계에 따르면 가자 지구의 인구 중 2퍼센트가 넘게 죽거나 부상당하거나 실종됐고, 70퍼센트는 지낼 집이 없었다.
　　이제는 전차가 파쿠르Fakhour에 있는 학교들에 발포하고 있는데, 초기 보도에 따르면 이백여 명이 죽었다고 한다. 난민촌의 북쪽, 동쪽, 서쪽에서 이루어지는 공격은 남쪽에 남아 있는 이들을 강타하고 있다. 안전히 지낼 길이 점점 줄어들고 있다는 게 뻔히 보였다.

## 11월 19일, 일요일. 마흔네번째 날.

나귀가 끄는 수레에 시신 네 구가 있었다. 하얀 천에 빨간 자국이 번지는 걸 보니 분명 시체에서 아직도 피가 나고 있는 것이리라. 남자아이 하나가 나귀를 재촉하고 있었다. 대개 우리는 죽은 사람을 보면 예의 차원에서 발걸음을 멈추고 가만히 서서 모자를 벗거나 고개를 숙인다. 이제는 널린 게 시체다. 사람들이 매 분마다 죽어 나가고, 운구를 하거나 싸다 만 시체를 옮기는 일도 이목을 끌지 못한다. 이스라엘 감옥에서 3주 전에 죽은 마지드의 어머니는 음산하게 말했다. "쟤들은 운도 좋지." 수레에 실려가는 저 사람들은 부모가 직접 묻어 줄 수 있다는 말이다. 마지드의 어머니는 마지드의 유해를 가자로 가지고 와 예를 다해 고향이던 땅에 묻어 주기만을 간절히 바랐다. 가자에서 죽는 이들 대부분에게는 제대로 된 장례라는 존엄조차 없다. 이제는 굴러가는 차도 없고 말이 끄는 수레가 몇 대 있을 뿐이다. 죽은 이들을 쉴 곳으로 실어 올 구급차도 이제는 사실상 없다. 말이 끄는 수레가 그나마 나은 선택지다. 공격 중 들리는 소리들의 불협화음 속에서, 구급차 알람 소리는 천천히 줄어들었다. 아마 그게 최선이리

라. 구급차는 지상 공세의 표적이 되어 갔다. 많은 이들이 공격당했고 수많은 구급대원이 살해당하거나 부상을 입었다. 가자의 일상에서 점차 많은 것들이 사라지고 있고 이제는 구급차마저 사라지고 있다. 구급차 소리는 우리 곁을 지켜 주곤 했다. 최소한 누군가 뭐라도 해 보려고 한 거다. 이제는 어둠이 내려앉으면 아무도 움직이려 하지 않는다. 부상당한 이들은 운명에 내맡겨졌다. 제때 병원으로 옮겼다면, 병원이 표적이 되지 않고 구급차가 멀쩡했다면, 이런 상황에서도 많은 사람들을 구할 수 있었을 텐데.

한 사내가 말을 타고 내 쪽으로 왔다. 앞쪽 안장에는 십 대 소년의 시체가 걸려 있었다. 그의 아들일 수도 있으리라. 허약한 말이 겨우 움직이고 있다는 점만 빼면, 마치 시대극의 한 장면 같았다. 사내는 어떤 전투에서 돌아온 것도 아니고 기사도 아니다. 말채찍과 고삐를 양손에 쥔 그의 눈에는 눈물이 그렁그렁했다. 사진을 찍고 싶다는 충동이 일었지만, 그 생각에 갑자기 역겨운 마음이 들었다. 그는 누구에게 경례를 하는 것도 아니었고 고개도 거의 들지 못했다. 실의에 깊이 빠져 있었다. 사람들은 대부분 난민촌의 옛 공동묘지를 썼다. 거기 묻는 게 안전하지만 엄밀히 말하자면 가득 찬 지 오래되었기에, 사람들은 무덤을 얕게 파서 전에 죽은 사람들 위에 새로 죽은 사람들을 묻

어 주고 있었다. 물론 그렇게 해서 함께 묻히는 건 가족들
이다.


파라즈는 결국 남쪽으로 떠나기로 했다. 그는 아침
에 옷가지와 서류를 챙겨 자기는 부인과 아이들과 함께하
러 라파로 떠나겠다고 우리에게 알렸다. 이웃과 함께 위험
을 무릅쓰기로 했다 한다. 아침 아홉 시 즈음, 그들을 데리
고 살라 앗-딘으로 향할 삼륜 오토바이가 왔다. 파라즈는
내게 아파트 열쇠를 넘기며 원하는 만큼 계속 머물러도 된
다고 했다. 어머니는 조카에게 돌봐 달라고 부탁했다고 했
다. 조카 부부가 파라즈의 어머니를 모시러 아파트 2층으
로 들어왔다. 지난 며칠간 많은 사람들이 같은 결정을 내
렸다. 파라즈가 떠나고 나서, 나는 모함메드와 누가 떠났
는지 누가 떠날 채비를 하고 있는지 이야기하기 시작했다.
많은 차들이 저 아래 거리에서 조금씩 움직였는데, 창밖으
로 삐져나온 막대기 끝에 단 백기를 휘날리고 있었다.
매부 마헤르가 전화를 걸어 포탄이 자기 건물 옥상에
떨어졌다고 전했다. 물탱크가 부서졌고 태양열 전지판 유
리가 다 깨졌다. 가족들은 전부 두려움에 질려 떠나야 한
다는 생각에 빠져들었다고 한다. 탈 앗-자아타르에 있는
사람들 대부분도 그렇게 생각하고 마헤르의 누이들과 그

가족들도 마찬가지라 했다. 에이샤가 나한테 조언을 구하라 했다고 한다. "아버님은 어떻게 생각하시나요?" 마헤르의 아버지는 난민촌 내 학교의 교장으로 유명한 분인데 그분은 며칠 더 기다려야 한다고 생각한다 했다. "왜죠?" 답이 없었다. 다른 선택지를 전부 충분히 살피려는 심산이겠거니 추측하는 수밖에 없었다.

어젯밤 공격으로 사원 몇 개가 사라졌다. 그중에는 거대한 쿨라파 라쉬딘Khulafa Rashideen, 하이파 사원, 모함메드 사원, 까삼Kassam 사원도 있었다. 아직도 서 있는 사원은 한 줌뿐이다.

탈 앗-자아타르와 난민촌의 '제5블록'에 있는 많은 집들도 공격당했다. 밤새 '불의 고리'를 봤다. 지난 대이동에 곧 수천 명이 합류하리라.

난민촌은 매일같이 줄어들었다. 지난 3일 밤 동안 이스라엘은 앗-사프타위에서 시작해 팔루자로 나아가며 자발리야 서쪽과 특히 탈 앗-자아타르가 있는 동쪽 그리고 베이트 라히야 주택 단지부터 파쿠라까지 이르는 북쪽을 공격했다. 모든 공격은 사람들이 전부 최심부로 후퇴하는 것으로 귀결되었다.

뉴스에서는 이스라엘이 자발리야를 전부 비워야 한다며 떠들고 있었다. 우리가 고집이 세서 이러는 게 아니다.

우리 입장에서는 길바닥이나 남쪽 난민촌에서의 알 수 없는 삶이 이스라엘이 완전히 점령할 때까지 그냥 기다리고 있는 것보다 더 나빠 보였다. 하지만 사람들은 두려워할 수밖에 없다. 아무도 떠나는 데 기대를 품지 않는다. 자동차 아니면 더 현실적으로는 수레를 찾아 몸과 짐을 싣고 살라 앗-딘 도로의 쿠웨이트 교차로로 가는 것도 운이 좋아야 가능한 일이지만, 거기서부터는 걸어야 한다. 남쪽으로 가는 길이 진짜로 시작되는 건 거기서부터다. 이스라엘은 어제 열두 시 반쯤에 와디 검문소를 닫았다. 그래서 사람들은 오늘 아침, 일곱 시나 여덟 시 전에 쿠웨이트 교차로에 도착할 심산으로 일찌감치 출발했다. 도로 돌아와야하는 일이 없도록, 전부 준비해 두어야 했다.

옥상에 피해를 입은 뒤로 에이샤는 겁에 질린 것 같다. 알고 보니 건물 다른 부분들도 날아다니는 잔해에 맞았다고 한다. 부서지지 않은 게 없었다. 이제 에이샤한테는 물도 태양열도 없었다. 파라즈의 집 거실에 앉아 기다리는 동안 아이들이 저 아래 거리에서 노는 소리가 들렸다. 여자아이의 목소리였다. "하느님, 휴전을 주세요."

## 11월 20일, 월요일. 마흔다섯번째 날.


　빌랄이 어제 가자시티에서 나가는 길을 찾다 살해당했다. 내가 아는 소식은 그게 전부다. 저들이 빌랄을 죽였다. 가자에서 가장 중요한 기자 한 사람의 최후에 관한 정보는 그게 끝이었다. 빌랄에게서 마지막으로 소식을 들은 건 지난 금요일이었다. 구시가지에서 셰이크 라드완에 있는 가족 집으로 거처를 옮겼다고 문자가 왔었다. 그는 지내는 곳이 가까워 중간 지점인 자발리야에서 만날 수 있겠다며 농담을 덧붙였다. 그로부터 이틀 전 통화를 했을 때는 빌랄에게 우리와 함께 자발리야에서 지내자고 제안하기까지 했다. 나는 "지금까지는 괜찮은 것 같아"라고 했다. 그 뒤로 여러 번 전화를 걸어 보려 했지만 매번 신호가 충분하지 않았다. 일주일 전에 빌랄은 신호가 더 잘 잡히기를 바라며 우리두Ooredoo 통신사에서 새 번호를 받았다. 어제는 문자로 "괜찮아?"라고만 물었는데 답신이 없었다. 모함메드가 들어와 빌랄이 차를 탄 채로 살해당했다고 했다. 차에서 나와 걷기 전에 대이동이 일어난 살라 앗-딘 도로를 타고 최대한 남쪽으로 가려다가 죽었다는 것이다. 소식을 듣고는 믿고 싶지 않아 그의 번호로 몇 번이고 전화를 걸었다. 그러고는 빌랄과 함께 구시가지에 머물고 있던 히크마트(〈SAWA〉 편집자), 조다트 크보다리Jawdat Kboudari 등 서로 알고 있는 친구들에게 전화를 걸었다. 답은 없었다.

마지막으로 봤을 때, 빌랄은 희망을 많이 잃은 듯 보였다. 전쟁 2주 차에 칸 유니스에 장소를 확보해 부인과 아이들을 피난시켜 두었는데, 계속 그들에게 전화를 걸고 있었다. 빌랄에게 아들 까람Karam에 관해 묻고 아직도 시를 싫어하느냐고 물었다. 빌랄은 농담하듯 답했다. "시가 전쟁을 끝나게 하면 까람도 시를 사랑하겠지. 하지만 그 정도는 되어야 좋아할 거야." 빌랄은 전쟁 동안 깨어 있는 시간 대부분을 가자의 메시지와 사진을 밖으로 보내는 데 썼다. 외교관과 국제 기자들, 프레스 하우스의 운영자로 만난 사람들이 있는 여러 왓츠앱 그룹을 만들었다. 인터넷이 잡힐 때마다 빌랄은 새로운 사진과 뉴스를 보냈다. 마지막으로 같이 있었을 때, 나는 전쟁이 끝나면 휴가차 같이 유럽으로 여행을 가자고 했다. EU 교환 프로그램의 일환으로 같이 브뤼셀에 갔을 때 이야기를 꺼냈다. 거기서 여드레를 보냈는데 일일 회의 외에도 박물관, 미술관, 영화관을 함께 다녔다. 월드컵을 보면서 카페에서 밤을 보내기도 했다. 다시 갈 여행에 관해 공상하자 빌랄이 말했다. "난 이번 전쟁에서 살아 나갈 수 있을지 확신이 없어, 아테프." 나는 그 말을 일축하고 우리 모두 살아 나갈 수 있을 거라고 단언했다. 빌랄은 전쟁이 끝날 때까지 운영자인 자신은 고사하고 프레스 하우스가 남아 있을지도 확신이 없었다. "전쟁이 다 집어삼키잖아." 그는 한 시간 내로 돌아오겠다고 약속하면서 그날 평소보다 일찍 떠났다. 그게 내가 본 마지막 모습이다. 반쯤 농담으로, 우린 와디 가자 강을 함께 건너자는 약속을 했다.

저녁이 되자, 계단을 내려가 홀로 앉아 울었다. 죽음이 어째서 그런 사내를 데려간단 말인가! 이번 전쟁 같은 저열한 행위가 어떻게 그리 의연한 사내를 앗아 간단 말인가! 친구들이 파리처럼 죽어 나가는 것만 같다. 빌랄을 보거나 그에게 전화를 걸거나 문자를 보내지 못한 지 하루가 채 지나지 않았다. 전쟁은 아직도 이어지는데, 빌랄은 이제 우리 곁에 없다.

파라즈는 어제 남쪽으로 가지 못했다. 살라 앗-딘 도로의 쿠웨이트 교차로까지 자신과 짐을 태워다 줄 교통수단을 하나도 찾지 못했다고 한다. 길가에 세 시간 동안 서서 누군가 태워다 주기를 기다렸지만 소득은 없었다.

오늘 아침에는 다들 새벽 다섯 시에 일어났다. 여섯 시가 되자 파라즈는 누군가가 자신을 태워다 주길 기다리러 길가로 향했다.

동이 틀 때부터 해안가에 있는 전차들이 난민촌 동쪽에 사격을 가해 여러 가족들이 이번에는 그곳에서 빠져나오고 있었다. 인도네시아 병원도 공격을 당했고 도망치는 생존자들 가운데 몇은 병원 안에서 백 명이 넘는 사람이 살해당했다고 이야기했다. "시체가 사방에 있었다니까요. 앞에도, 뒤에도, 병원 근처 오만 곳에 말이에요." 한 남자가 이야기해 주었다. 오늘은 정확히 어디서 멈춰 서게 될지도 모르면서, 사람들은 서쪽으로 향하고 있었다. 이들은 그저 표적이 된 곳에서 최대한 멀리 있고 싶을 뿐이다. 보면 볼수록 우리도 떠날 때가 된 건지 자문하게 되었다. 열다섯 살 아들 야세르는 계속 겁에 질려 있었다. 야세르는 남쪽으로 가서 국경이 열릴 때까지 라파에 머물러 있다가 카이로로 가고, 그 다음에는 암만으로 갔다가 라말라로 돌아가야 한다고 했다. 아이는 어머니와 형제자매들을 그리워했다.

이 거리에 살고 있는 많은 가족들이 오늘 아침 떠났다. 우리도 떠난다손 쳐도, 우릴 태워다 줄 사람을 구하려면 운이 좋아야 할 것이다. 이 거리에 있는 사람 중 아직도 차에 연료가 있는 사람은 친구 유세프뿐이었다. "차 덕에 이제 유명인이 된 거지." 모함메드가 말했다. 어떻게 아직까지 연료를 아껴 두었는지 알 수 없지만, 유세프는 누구든 쿠웨이트 교차로까지 태워다 주는 걸로 유명해졌다. 하지만 예약이 꽉 차 있기에 일찍, 가능하다면 이틀 전에 미리 약속을 해 두어야 했다.

오전 열 시쯤, 청년 몇이 거리에 있는 쓰레기를 모아 한곳에 쌓아 두자고 했다. 동네의 쓰레기통이 모여 있는, 길 한가운데 있는 교통 섬에 모아 두자는 것이었다. 지자체 서비스는 중단됐고 UNRWA는 다른 일로 벅차다 보니 이제는 쓰레기가 여기저기 굴러다녔다. 이로 인해 구급차가 달리는 데 방해가 되었고 추방당해 지친 사람들이 길을 지나는 걸 더 힘겹게 했다. 다들 한 시간 반 동안 노력하여 쓰레기를 한덩어리로 모아 거리를 치웠다.

일이 끝나자 청년 하나가 물었다. "우리가 이 짓을 몇 번 더 해야 할까요?" 내가 말했다. "계속 이런 식이면, 쓰레기 더미랑 잔해 더미만 남겠죠."

날이 갈수록 난민촌은 조용해지고 비어만 간다. 다 끝나면 이 모든 게 어떻게 기억에 남을지 궁금해졌다. **언젠가** 끝나기는 할지도 궁금하다. 이번 전쟁을 기억하고 싶지도 않고, 전쟁이 끝나면 가자 주민들을 기다리고 있을 '새로운 삶'은 더더욱 받아들이고 싶지 않다. 전부 빼내어 지워 버리고, 사라진 이들이 돌아왔으면 좋겠다.

## 11월 21일, 화요일. 마흔여섯번째 날.


여기 더 있을 수 없다. 결정했다. 지난 이틀 밤 동안 포탄이 가까이에 떨어졌는데, 단순히 폭발의 빛과 굉음만 접한 수준이 아니었다. 창문 밖으로 포탄이 공중을 날아가는 걸 직접 봤다. 이스라엘군이 시시각각 가까이 다가오고 있다. 난민촌 외곽 지역은 이제 대부분 완전히 점령되었다. 병력은 하룻밤 사이에 북쪽 도로 두 곳을 행진해 내려왔다. 우리가 있는 거리는 계속 포격을 당하고 있다. 한순간도 눈을 감을 수 없었다. 모함메드한테 말했다. "죽을 때는 깨어 있고 싶어. 무슨 일이 일어나는지 보고 싶단 말이야." 야세르는 자기 전에, 지금이 그 어느 때보다도 두렵다고 했다. 지난 45일간 야세르는 어떤 일을 마주하든 엄청난 강인함을 보여주었지만, 누구에게나 한계가 있는 법이다. 아이에게 말해 주었다. "기다려 보자. 아침이 되면 결정하자."

그게 이틀 전이었다. 그래서 어제 아침에는 아버지에게 가서 우리와 함께 떠날 생각은 없으시냐고 물었다. 아버지는 "됐다"라고 단언했다. "하지만 다들 이미 떠났잖아요." 내가 말했다. 아버지는 무슨 일이 있어도 그냥 있겠다고 고집을 부렸다. 부인, 그러니까 새엄마와 같이 지내고 싶어 하시는 걸 알기에, 그분도 같이 떠날 수 있도록 하겠다고 말씀드리고 걱정을 덜어드리려 했다. 하지만 그래도 아버지는 됐다고 하셨다. 그러고는 역설적으로, 내가 떠나자 큰 소리로 답하셨다. "야세르, 그 아이나 안전한 데로 데려가라."

장인어른 모스타파와 장모님 위다드[*]도 뵈러 갔다. 일흔다섯이신 장모님은 공포에 완전히 사로잡혀 말도 거의 하지 못했다. 장모님은 누군가가 자신을 돌봐 줄 수 있는 병원으로 가고 싶어 했다. 본인 자식이 없는 장인어른은 당신과 장모님을 남쪽으로 데려가 줄 수 있겠냐고 물었다. 장모님과 함께 유럽 병원에서 손녀 위쌈과 지낼 수 있을 거고, 위쌈의 자매인 위다드(장모님과 이름이 같다)가 위쌈과 함께 자기 할머니, 그러니까 장모님을 돌봐 줄 수 있을 거라는 생각이었다.

파라즈는 이미 아침에 떠나 이때는 없었고, 나는 아직 가는 길이 어떤지 연락해 묻지 못했다. 모함메드와 야세르 그리고 여동생 에이샤의 남편 마헤르와 아침 차를 마시던

---

[*]  저자의 장모 위다드는 이후 2024년 2월 29일 라파 난민촌 천막에서 사망했다. 저자는 이에 대해 《워싱턴포스트》에 기고했다(www.washingtonpost.com/opinions/2024/03/18/rafah-death-hospital-israel-gaza/[검색일 2024년 5월 31일]).

중, 다음 날 아침 떠난다는 생각이 우리 머릿속에서 무르익었다. 더 늑장을 부리다가는 목숨을 잃을 수도 있는 상황이다. 그날 밤 매트리스에 누워 있는 동안, 열다섯 먹은 아들이 내 선택의 대가를 치르는 건 부당한 일이라는 생각이 들었다. 야세르가 45일을 살아남기는 했지만, 다음 45일도 살아남을 수 있을까? 죽음을 피할 가능성이 점점 줄어들고 있다. 내가 아들을 대신해 결정할 권리는 없다. 마지막 통화에서 한나는 이렇게만 말했다. "아들이 보고 싶어. 가자로 데려간 건 당신이니까, 당신이 데리고 와." 다음 날 휴전 이야기가 뉴스를 채웠다. 한숨 돌리기에, 라파로 가서 국경이 열릴 때 그 근처에 머무르고 있기에 딱 좋은 시기라는 생각이 들었다. 어쨌든 난 라말라에 돌아갈 수 있는 내각 직책이 있지 않은가.

에이샤 가족은 어제 아침에 집에서 나왔다. 에이샤네집은 거리에 아직도 서 있는 몇 안 되는 건물 중 하나였다. 더 오래 머무는 건 미친 짓이리라. 에이샤 가족은 떠날 수있는 일출까지 분 단위로 시간을 재며 기다리고 있었다. 이제 탈 앗-자아타르에 남은 사람은 아무도 없다. 마지막까지 남아 있던 가족들도 어제 아침 난민촌 중심부를 향해떠났다. 에이샤는 새 거처에서 전화해 내게 화를 담아 잔소리를 했다. "오빠도 떠나야지. 죽을 때까지 기다리고만 있을 수는 없잖아." 답할 말이 없었다.

살라 앗-딘에 있는 검문소가 오전 열한 시쯤 닫기에, 움직일 거라면 일찍 움직여야 했다. 정확히 언제 닫는지는 알 수 없지만, 빨리 가는 편이 나았다.

어젯밤, 창문 밖으로 포탄이 가로선을 그으며 날아가는 광경이 확신을 심어 주었다. 말이 될지는 모르겠지만 때로는 옳기보다는 현명한 편이 낫다. 두 번째 나크바를 벌인 이스라엘을 내버려두지 않는 게 옳은 일이더라도, 모든 이들에게 살 기회를 주는 게 현명한 일이다.

떠나야 한다고 하자 모함메드는 근처 마헤르의 삼촌 집에 머무르고 있던 에이샤와 마헤르를 찾아갔다. 모함메드는 이동의 세부 사항을 확정하고는 한 시간 뒤 돌아왔다. 연료를 아껴 '유명인'이 된 유세프의 차를 빌려 아침 여섯 시에 에이샤 가족과 이브라힘 가족을 태우고 교차로로 갔다가, 돌아와서 장모님과 장인어른과 우리를 태워다 준 뒤, 모함메드가 직접 차를 몰고 다시 돌아오기로 했다. 이 거였다. 우리의 탈출 계획은 이랬다.

마침내 아침이 되자 우리 차례가 되어 차가 돌아왔다. 나는 장모님을 유세프의 차에 태웠다. 차가 출발하자 다들 기나긴 여정을 앞두고 정신적으로 준비를 해 두려고 했다. 쿠웨이트 교차로에서 내리자 에이샤와 다른 이들이 우리를 기다리고 있었다. 다시 모여 교차로에서 와디 가자 강 바로 북쪽에 있는 '집결지'까지 우릴 태워다 줄 나귀 수레 두 대의 삯을 흥정했다. 가는 길은 칠 분밖에 걸리지 않았 다. 평소라면 나귀 수레는 가족 여행에서나, 아마 해변에서 나 재미 삼아 타 보는 것이리라. 하지만 지금 우리가 하는 여행은 암울한 것이었다. 나귀 주인들은 수레 하나당 35셰 켈을 내라고 했다. 집결지에 도착하자 우리처럼 추방당한 사람들 수천 명이 줄을 서서 이스라엘이 경계선을 건널 수 있게 해 주기만을 기다리고 있었다. 2005년 이래 가자 안 에서 이스라엘 병사를 직접 본 건 이번이 처음이다. 이 혼 란 속에서 흩어질 수도 있다는 걸 알기에, 나는 야세르에 게 어떤 경우에도 할머니를 지키라고 했다. 휠체어를 끌고 편하게 해드리는 것뿐 아니라 자신을 체포하고 장모님으 로부터 떼어내려고 하면, 자신이 장모님의 1차 보호자라는 걸 병사들에게 확실히 하라고 했다. 나도 숄더백 두 개를 매고 야세르와 장모님 곁에 최대한 붙어 있었다. 숄더백 하 나가 유달리 무거웠다. 아침에 집을 나오기 전에 챙긴 사 진첩 몇 개와 함께 출생증명서, 자격증, 소유 증서 등 공문 서를 전부 담은 가방이었다. 우리들의 기억이 담긴 것들이 다. 지켜야만 한다.

검문소에 도착한 건 아침 일곱 시 이십 분쯤이었다.

왼편에는 수많은 전차들이 우리가 갈 길을 따라 늘어서 있었다. 이스라엘 병사들이 아랍 커피를 홀짝이며 그 위에서 게으름을 피우고 있었다. 우리와 좀 더 가까이 있는 병사들은 누가 자기를 쳐다보기라도 하면 소리를 질렀다. 그들 앞에서 전화라도 꺼내 들었다가는 그대로 사라져 버릴 것이다. 내 앞에 선 아이들은 덜덜 떨고 있었다. 자기가 한 말이 혹시라도 저들을 짜증나게 해서 총을 쏘게 할까 봐 너무 무서워 말조차 하지 못했다. 잠깐 고개를 들어 누가 책임자인지, 누가 우리의 생사를 결정할지, 우리가 지나가도 될지 아니면 포로로 잡힐지 결정하는 게 누군지 살펴보았다. 삼십 분쯤 기다리자 병사 하나가 확성기로 우리에게 말했다. 왼쪽도 오른쪽도 보지 말고 직선으로 움직이라는 명령을 반복했다. 정면만 봐야 했다. 추가로 명령이 있을 거라고 한다. 도대체 이런 건 어디서 배운 건지 마음속에서 궁금증이 일었다. 아기 얼굴을 가리면 안 된다고 병사의 목소리가 덧붙였다. 아부 우베이다*가 여태껏 저들이 생각한 것보다 어린가 보다.

여덟 시가 되자, 목소리는 우리 보고 다시 움직이라고

---

* 아랍어로 أبو عبيدة, 로마자로 Abū ʿUbayda 또는 Abu Obayda. 하마스의 군사 조직 알까삼 여단의 대변인으로 '아부 우베이다'라는 이름은 가명이다. 사진이나 동영상 등에서 항상 쿠피예로 얼굴을 가리고 등장하기에 신원이 특정되지 않았다.

했다. 이 여정에서 가장 힘들었을 때가 이때였다. 길은 진흙으로 뒤덮였고, 아스팔트는 여기저기 부서지고 구멍이 패여 있었다. 자갈과 쓰레기도 곳곳에 흩어져 있었다. 야세르는 휠체어를 미느라 힘겨워했다. 아들과 함께 구덩이 너머로 휠체어와 장모님을 드느라 몇 번이고 도와야 했다. 조심해서 움직여야 했다. 장모님이 휠체어에서 세 번이나 떨어지셔서, 일으켜 다시 앉혀드려야 했다. 이십 분이 지나자, 길 한복판에 서 있는 이상한 방 같은 임시 구조물 안으로 모여들게 되었다. 그 뒤로 신분증을 들고 줄을 서 있어야 했다. 이제야 우리에게 왼쪽으로 고개를 돌리는 게 허용되었는데, 사실 병사들이 우릴 보고 신분증과 비교하도록 그러라는 명령이 떨어진 것이었다. 그런데 이들은 육안으로 우릴 확인할 수 없을 정도로 몇 미터 떨어져 선 채, 쌍안경으로 우리의 세부 사항을 확인하고 있었다. 조금이라도 더 가까이 있는 게 그리도 무섭단 말인가?

그러고는 사람들을 체포했다. 임의로 고른 사람들에게 체포할 테니 병사들이 줄을 지어 선 쪽으로 오라고 했다. "흰 티셔츠랑 노란 가방 든 놈… 이리로." 아니면 "콧수염… 이리로." 병사 한 사람이 불러내는 식이었다. 그러고는 한쪽으로 가방을 던지고 진흙바닥에 무릎을 꿇린 채 취조를 기다리라고 했다. 병사 수십 명은 위쪽으로 한참 멀리 떨어져 있는 곳, 모래 언덕 위에 큰 천막을 치고 자리를 잡아 두었다. 천막 안에는 병사들이 컴퓨터 앞에 앉아 이러한 고문을 즐기면서 키보드를 두들겨 공식적인 일로 만들고 있었다. 야세르는 자기 출생증명서와 할머니의 신분증을 같이 들고 있었다. 난 내 신분증을 들어 보였다. 많은 사람들을 멈춰 세웠는데, 겉모습 말고는 딱히 이유가 없어 보였다. 그 사람들을 불러내기 전에 우리 신분증을 전부 읽고 전산화했을 리 없다. 저들은 말 그대로 생긴 게 맘에 들지 않는 사람들을 체포했다. 불행히도 여기에 마헤르의 형제 두 사람도 포함되었다.

우리가 걸어가자 병사 한 사람이 "검은 스웨터 입은 놈"을 불렀다. 야세르가 검은 스웨터를 입고 있었다. 나는 속삭였다. "움직이지 마. 널 부를 거였으면 휠체어 미는 놈이라고 했겠지. 인샬라." 내 말이 맞았다.

또 2킬로미터를 힘겹게 걸어 마침내 이스라엘이 측면에서 덮칠 수 없는 길에 다다랐다. 등은 아프고 어깨와 팔은 욱신거렸지만, 평범한 길을 다시 걸을 수 있게 되어 우리는 안도했다.

하지만 여기가 여정 중 가장 어려운 부분이었다. 어딜 보라는 말은 이제 없었지만, 나는 야세르에게 엄하게 명령했다. "보지 마. 보지 마." 수십 구, 또 수십 구의 시체가 길

양쪽에 아무런 질서도 없이 나뒹굴고 있었다. 썩어 있었고 땅에 녹아 늘어붙은 것 같았다. 냄새가 끔찍했다. 다 타 버린 차창으로 손 하나가, 나를 꼭 집어 뭔가를 요구하듯이 우리를 향해 뻗어 있었다. 거기에는 목이 없는 시체들이, 잘린 손들이 있었다. 팔다리 여러 개, 중요한 신체 부위들이 곪도록 내버려져 있었다. 다시 야세르에게 말했다. "보지 마. 아들, 그냥 계속 걸어."

또 1킬로미터쯤 걸었을까, 나귀 수레가 모인 곳에 다다랐다. 수레는 택시나 다른 차들이 기다리고 있는 곳까지 남은 길을 태워다 주었다.

우린 차들이 있는 곳 앞에서 다시 모였다. 살아남기 위한 커다란 한 걸음을 내디뎠다. 에이샤는 차를 타고 데이르 알-발라로 갔다. 이브라힘은 다른 차를 타고 라파로 갔다. 나는 라파와 칸 유니스를 잇는 동쪽 길을 타고 유럽 병원으로 우릴 데려다줄 차를 찾느라 애를 먹었다. 결국 사람을 가득 태운 트럭 운전기사가 우릴 태워다 주기로 했다. 우린 휠체어를 들어 트럭 뒤쪽에 싣고 구석에 단단히 끼웠다. 가는 길에는 모함메드와 야세르가 휠체어를 잘 붙잡았다. 트럭에는 사십 명쯤 타고 있었다. 우리는 가격을 흥정하려 했지만, 기사는 연료값이 세 배로 뛰어 만땅으로 가득 채우려면 2,100세켈을 내야 한다고 불평했다.

우리가 어떤 모습일지 상상이 가지 않았다. 다른 난민들과 같이 낑낑대며 트럭 옆에 매달려서 살겠다고 휠체어를 붙들고 있는 가자 난민이라니. 우린 결국 유럽 병원에 도착했고 연로한 장모님이 어떻게든 위쌈과 같은 방을 쓸 수 있게 했다. 우릴 이렇게 받아 줘서 고맙다고 병원 관리자를 찾아 인사라도 해야겠다.

이제야, 마침내, 쉴 곳을 찾았다.

## 11월 22일, 수요일. 마흔일곱번째 날.


어젯밤은 처음으로 남쪽에서 보낸 밤이다. 아침에 눈을 떴을 때는 어딘지 바로 알지 못해 주위를 둘러봐야 했다. 이번 전쟁 들어 일어났을 때 야세르가 내 곁에 누워 있지 않은 건 이번이 처음이다. 그러다 기억이 났다. 야세르는 유럽 병원에 남아 할아버지 할머니를 지키겠다고 나와 약속했다.

어제 오후 세 시쯤, 장인어른과 장모님이 병원에 계실 수 있게 한 뒤, 나는 칸 유니스 난민촌으로 가기로 했다. 야세르에게는 위쌈과 다른 사람들과 같이 "딱 하룻밤만" 있으라고 했다. 야세르는 병원에 매트리스도, 남는 침대도 없어 싫다고 했다. 나는 최소한 의자라도 있으니 그거에 감사하라고 했다. 남쪽으로 오는 건 내겐 악몽 같은 일이다. 난 여기에 친구도 연락망도 없다. 칸 유니스는 가자시티와 많은 의미에서 거리가 멀었다. 그리고 여긴 내가 편하게 있을 수 있는 영역을 아득히 벗어나 있다. 매일 밤 어디서 잘지, 필요한 걸 어디서 구할지 걱정해야 한다. 야세르는 위쌈 옆방에 의자 하나라도 있으니 당장은 그걸로 충분하다고, 나는 스스로를 달랬다. 난 따로 내 문제를 해결해야 했다. 모함메드는 부인과 함께 지내러 이미 떠났는데, 모함메드의 부인은 라파에 있는 삼촌 집에서 지내고 있었다. 친구 마문에게 전화를 걸어 보았다. 마문은 전쟁 첫 주에 자기 아파트가 무너지자 리말 구역을 떠나 칸 유니스에 있는 가족 집으로 갔다. "네 전화를 기다리고 있었다." 마문은 받자마자 그리 말했다. 유럽 병원 밖에 서 있는, 낡고 곧 주저앉을 것 같은 차를 세워 칸 유니스까지 태워다 달라고 했다. 남부는 기름값이 너무 비싸 대부분 차들이 이제 (2007년에 처음 봉쇄가 시작했을 때 가자에서 그랬듯이) 휘발유 대신 식용유를 썼기에, 차에서는 냄새가 났다. 내가 마문 집으로 가는 길을 정확히 몰라서 차 주인은 안 된다고 했다. 걸어가야 했다. 전반적인 상황에 너무 화가 났기 때문에, 걷는 건 꽤 도움이 됐다. 흥분을 좀 가라앉힐 수 있었다. 나는 중심가로, 마문의 집이 있는 난민촌으로 향했다.

가는 길에 빌랄의 형제, 모함메드 자달라와 마주쳤다. 모함메드는 로이터의 사진가로 일했다. 우리는 부둥켜안았고, 끝내 참지 못한 눈물이 터져 나왔다. 우리가 겪은 상실은 너무도 커서 우리를 압도했다. 빌랄이 죽었다는 걸 아무도 믿지 못했다. 빌랄의 아이들은 아직도 전쟁이 끝나면 아버지가 돌아올 거라고 생각한다.

중심가에 도착하자 해외 송금을 받으려고 수백 명이 웨스턴 유니언 은행 지점 앞에 몰려들어 있었다. 칸 유니스 어디를 가도 사람들이 빵, 물, 전력 등 뭐 하나 때문에 줄을 서 있었다. 나는 전에 가 본 적도 없는 거리를 걸어다녔다. 채소를 구할 수 있다는 데 처음으로 놀랐다. 칸 유니스로 우리를 태우고 온 트럭에서는 식료품 가판대에 토마토와 오이가 가득한 걸 보고 어떤 여자가 울기도 했다. 그 여자는 "채소를 마지막으로 본 지 40일이나 됐어요."라고 말했다.

칸 유니스는 보통 15만 명 규모의 도시이지만, 지금은 백만 명을 수용했다. 걸어다닐 공간조차 마땅치 않았다. 가자시티와 북부에서만 사람들이 오는 게 아니라 동쪽 마을에서도 왔다. 한 시간 정도를 걸어 적신월 병원Red Crescent Hospital에 다다랐다. 마문이 나를 찾아오는 것 외에는 그를 찾을 방법이 없다는 걸 깨달았다. 병원 밖에서 마문을 기다리는 동안, 북쪽에서 이리로 온 친구들을 여럿 만났다. 하루 종일 노트북 가방을 들고 다녔더니 생각보다 많이 지쳤다. 등은 상태가 더 나빠졌다. 유럽 병원에서 의사한테 진통제를 달라고 해서 조금 받았지만, 의사는 식후에 한 알만 먹으라고 했다. 어제부터 먹은 게 없다.

마문의 집으로 가는 길에, 우리는 칸 유니스의 상황이

어떤지 이야기를 나누었다. 채소가 눈에 띄게 많기는 하나 마문의 말에 따르면 소금이나 커피 같은 다른 물품들이 많이 부족하다고 한다. 가자 지구를 둘로 나누면서, 가자시티 도매상들로부터 칸 유니스로 오는 공급망이 끊어졌다.

마문 가족과 저녁을 함께 들고 거의 자정이 될 때까지 이야기를 나누었다. 2주 만에 전화로 인터넷에 접속하기까지 했다.

오늘 아침에는 아홉 시까지 푹 잤다. 일어나자마자 야세르를 보러 유럽 병원으로 갔다. 야세르는 의자에서 잠을 제대로 자지 못해 뾰로통해 있었다. 전화를 몇 통 걸어 이브라힘, 에이샤, 모함메드가 다 잘 있는지 확인했다. 이제 우리는 남부 전역에 퍼져 있다.

파라즈가 전화를 걸어 자발리야에 우리가 머물던 거리에도 공격이 있었다고, 소식 들은 거 없냐고 물었다. 라파에 있는 사람 말로는 파라즈의 집 옆집이 포격을 당했다고 해서 파라즈는 자기 집도 피해를 입었는지 노심초사했다. 파라즈의 어머니가 아직도 그 집 1층에서 지내고 계셨다. 어젯밤 자발리야에 공격이 여러 번 있었는데 그중 몇은 새로 피난 온 사람들이 머물고 있는 UNRWA 학교에 떨어졌다. 서로 다른 공격들에 관한 뉴스를 읽느라 한 시간을 보냈다. 드론들이 머리 위를 멈추지 않고 맴돌아 윙윙거리는 소리가 계속됐다. 가끔 폭발음도 들렸지만 매우 먼 곳에서 났다. 이게 다 진짜인지 기억인지 모르겠어서 고개를 휘저었다.

오늘은 새로운 날이다.

## 11월 23일, 목요일. 마흔여덟번째 날.


    오늘은 전쟁 48일 차다. 48이라는 숫자를 좋아하는 팔레스타인 사람은 없다. 어젯밤에는 마문네 집에서 밤을 보내기 위해 유럽 병원에서 야세르를 데리고 나왔다.

    돌아오는 길에 시장을 가로질러 걸었다. 사람들이 물건을 사고파는 모습에는 뭔가 내 마음을 사로잡는 게 있다. 그 모습만 보면 사람 구경을 하게 되는데, 모르는 시장이면 특히 더 그렇다. 어떤 가판대는 땅콩을, 어떤 가판대는 사탕이나 담배를, 다른 가판대는 장작불로 달군 기름에 튀긴 팔라펠을 팔았다. 칸 유니스의 거리는 가득 차 있다. 수천 명이 사고 먹느라 시장을 채웠다. 모든 가게와 수레가 손님으로 둘러싸였다. 마치 순례 기간의 메카 같았다. 남녀노소 가리지 않고 바삐 움직였다. 아마 많은 사람들이 나처럼 북쪽에서 오느라 몇 주 동안 시장은 구경도 하지 못한 모양이다.

    나는 야세르와 저녁으로 먹을 케밥 샌드위치를 두 개 샀다. 조금의 평범함이나마 가질 수 있어 좋았다. 샌드위치를 조리하는 걸 보고, 다른 수레로 가서 야세르에게 다른 샌드위치도 사 주었다. 석탄을 태워 구운 고기 샌드위치였다. 석탄 냄새가 추억을 불러일으켜 해변에서 가족 모임과 바비큐를 했던 일이 떠올랐다. 야세르는 샌드위치를 몇 초만에 먹어 치우고는 기쁜 듯 물었다. "후식으론 뭘 먹죠?" 우린 꿀을 뿌린 작은 커스터드를 두 그릇 샀다!

이 길거리 시장을 돌아다니는 데 한 시간 반이 지나 갔다. 땅콩 두 줌을 샀는데, 마을 이야기를 하다가 다 먹었다. 마을의 역사를 알려 주고 1956년에 여기서 이스라엘군이 벌인 학살에 관해서 이야기했다. 난민촌에서 살던 우리 가족 몇 사람도 학살 와중에 살해당했다. 이스라엘 병사들은 투사(페다인fedayeen)들을 찾겠다는 명분으로 난민촌 집집마다 돌아다니며 이백오십 명이 넘는 팔레스타인 사람들에게 발포했다. 라파에서도 똑같은 짓을 했다.

"언제 카이로로 떠날 건가요?" 야세르가 갑자기 물었다. "이집트에서 우릴 명단에 넣어 주는 걸 기다리고 있어." 야세르도 이미 알고 있는 답이지만, 나는 설명했다. 매일 몇 사람이 명단에 더해져 떠났다. 하지만 지난 4주 동안은 이중국적자나 다른 나라 여권이 있는 사람들만 떠날 수 있었다. 떠나는 게 허가된 사람들의 명단은 전날 밤 인터넷으로 발표되었는데, 명단을 편성한 건 이스라엘이었고 이집트 군대는 그 지시에 따랐다. 대부분의 이중국적자는 단한 가지 예외만 두고 떠났는데, 그 예외가 매우 큰 인구 집단인 이집트계 팔레스타인인이었다. 며칠 내로 우리도 명단에 포함될 거라는 말을 들었다. 야세르가 지금 상황을 얼마나 지긋지긋해하는지, 이 모든 것과 떨어져 평범한 삶으로 돌아가는 걸 얼마나 원할지 안다. 야세르는 자기가 익숙하게 여겼던 그 모든 것들을 그리워한다. 내가 말했다. "카이로로 가면 피라미드를 보러 가도 되겠지." 야세르가 답했다. "그럴 수도 있겠죠. 그래도 전 그냥 라말라로 바로 가고 싶어요. 집에 가고 싶어요."

마문네 집으로 가는 길, 나세르 병원에 들렀다. 당연하겠지만 위대한 가말 압델 나세르의 이름을 딴 병원이다. 칸 유니스에서 가장 큰 병원인데 시장 바로 옆에 있다. 나는 가자 출신 시인인 파테나 알구라Fatena Al-Ghoura에게 문자를 보냈다. 파테나는 십 년도 전에 브뤼셀로 이민을 갔지만, 가자에 왔을 때 전쟁이 터졌다. 병원 앞 언론 천막에서 만날 수 있는지 물었다. 파테나는 가족을 보러 휴가 때만 가자에 왔지만, 지금은 전쟁터에 있는 처지였다. 내가 나세르 병원에 와 본 건 이번이 두 번째일 거다. 첫 번째는 이십 년 전이다. 앗-쉬파, 인도네시아, 알-힐랄al-Hilal, 나세르까지 해서, 이제 가자 지구 4대 병원 투어를 마친 거 아니냐고 야세르에게 농담을 던졌다. "병원이 뭐예요, 아버지. 이 마을에 와 보기라도 한 건 형제들 중에서 제가 처음이라니까요!" 야세르가 답했다. "그럼 내일은 더 남쪽으로, 라파로 가 보자!" 국경을 건너기 위해서가 아니라 업무차 들르는 거라는 사실을 야세르도 알았다. 그렇더라도 상관없이 기대하고 있다는 걸 야세르의 웃음에서 알 수 있었다.

마문네 집에서는 앞마당에 있는 조리기 주위로 모였다. 마문의 형제 모티Motee가 이미 빵을 만들고 자타르, 지브네 Jibneh(하얀 치즈), 올리브유와 올리브로 가벼운 식사를 차려 두었다. 우리가 얼마나 오랫동안 채소 없이 지냈는지를 알고는 토마토와 오이도 꺼내 두었다. 야세르는 이미 시장에서 잔뜩 먹어 식사를 들지 못했다. 조리기에 불이 피어오르는 모습과 신선한 채소 향기에 중독될 것만 같았다.

"내일 휴전이 이뤄질 거라고 생각하세요?" 모티가 물었다. 소문에 불과했지만 다들 그 이야기만 하고 있었다. 마문은 휴대전화로 휴전 조건을 찾아 소리 내 읽었다. 그러고는 다들 장단점을 이야기했다. 개인적으로 조건은 신경조차 쓰지 않았다. 지금 당장 필요한 건 휴전뿐이다. 사람들한테는 휴식이 필요했다. 오늘 어떻게 살아남을지 대신에 내일을 생각할 순간이 필요하다. 조건과 관련해 유일하게 염려가 되는 건 사람들이 북부에서 남부로 오는 건 **되지만** 남부에서 북부로 넘어가는 건 안 된다는 점이었다. 임시적인 것을 영원한 것으로 만들려는 것 같았다. 그럼 이제 이 사람들이 영원히 집을 잃게 됐다는 뜻인가? 하늘을 올려다보았다. 드론 소리가 어느 때보다도 크게 들렸다. "휴전이 시작되기 전에 전부 평소보다 꼼꼼히 봐 두고 싶겠죠." 모티가 설명했다.

소문에 따르면 휴전이 내일 오전 열 시로 계획되어 있다고 한다. 하지만 밤이 되자 칸 유니스 동쪽에서 포격 소리를 들었다. 폭발음이 분 단위로 들렸다. "휴전하기 전까지 최대한 많이 죽이고 싶겠지"라고 마문에게 말했다. 아침이 되자 이곳과 북쪽, 자발리야를 포함한 지역들에 공격이 가해졌다는 글을 읽었다. 수십 곳이 공습을 당했고 많은 이들이 죽은 것으로 추정된다고 한다. 하지만 세부적인 사항은 알려진 바가 거의 없었다. 북가자에는 사실상 인터넷이 없고 전화 신호도 약해, 이제 정보가 거의 나오지 않았다.

아침에는 난항에 부딪쳐 휴전이 하루 미뤄졌다는 것도 알게 되었다. 라파로 가는 길에는 F-16 공습이 우리가 지나는 길 왼쪽에 있는 키르바트 알-아다스Khirbat al-Adas 근처 주택가를 덮쳤다. 남쪽으로 오고서 처음으로 보는 직격탄이었다. 차에서 잠시 눈을 감고 폭격 소리를 들었다. 내가 남쪽에 있다는 사실도 잊었다.

차를 몰아 국경도시로 가는 길은 짧았다. 도착하고 나

서는 적신월사 건물로 가 구호 분야에서 일하는 친구들을 만났다. 라파는 이집트로 향하는 관문으로, 이제 모든 지원이 들어오는 구호 활동 전체의 중심지가 되었다.

## 11월 24일, 금요일. 마흔아홉번째 날.

오늘 아침, 드디어 휴전이 이루어졌다. 4일간, 공습 없는 4일, 친구와 가족을 잔해에서 끄집어내지 않아도 되는 4일, 웬 점령자의 '전략'의 일환으로 사랑하는 이들이 우리 곁을 언제든 떠날 수 있음을 걱정하지 않고 보낼 수 있는 4일이 우리에게 약속되었다. 이번 전쟁 49일 차에 이르러서야 우리가 숨 좀 고른다고 모든 게 무너지지 않는다는 걸 알았고, 숨을 전처럼 가쁘게 쉬지 않을 수 있게 되었다. '휴전'이라는 단어 자체가 축복처럼 들렸다. 어떤 이들은 이게 더 긴 휴전의 시작이 될지 궁금해하기까지 했다. 물론 그 누구도 영원한 평화를 생각할 만큼 순진하지는 않다. 가자 주민들에게 전쟁은 날씨와도 같아서 계속 그 속에서 살아가는 것이다. 우리는 거기에 아무런 결정권도 없고, 전쟁은 우리가 태어날 때부터 그냥 오고 가는 것이었다. 가자 주민 대부분은 가자 지구를 떠난 적도 없다. 전쟁이 없는 삶도, 자유도 모른다. 그걸 원한다는 건 알아도, 제대로 맛본 적은 없다.

여태껏 지연되고 있었지만 어제는 다들 다음 날 휴전이 발효될 거라고 확신했다. 단순히 소문이 아니라 모든 뉴스 채널에서 확인해 주었다. 사람들은 다가올 날들을 두고 계획을 세우기 시작했다. 하지만 당연하게도 딱 하나, 북가자로 돌아가는 것만큼은 할 수 없었다. 북가자에서 내려온 사람 중 내가 만난 사람들 대부분이 남부로 내려온 걸 후회했다. 남쪽에서 찾은 대피소의 생활 여건은 열악하기 그지없었다. 많은 이들이 여기로 오기 전부터 몇 주째 노숙자 신세였다.

어제는 데이르 알-발라에 머물고 있는 여동생 에이샤가 문자를 보냈다. 일 분이라도 혼자 있으면 울게 된다고 했다. 탈 앗-자아타르에서 본인이 가꾼 삶이 그립다고 했다. 아이들도 그 삶을 그리워했다. 간절히 그리워했다.

라파 한가운데 있는 알-아우다 광장Al Awda Square에서 서쪽 탈 앗-술탄 지역까지 걸어갔다. 도시 전체를 횡단하는 것 같았는데, 이렇게 멀 거라고는 생각도 못했다. 한 시간 반 정도만 걸을 생각이었는데. 이제는 교통수단의 선택지가 제한적이다. 태워다 줄 차는 고사하고 나귀 수레 하나 찾기도 어려웠다. 라파는 칸 유니스가 그랬듯 생기가 가득했다. 사람들이 사방에서 몰려들었다. 온갖 수레, 가판대, 가게들이 감귤류 과일, 올리브, 기름, 견과류, 고기, 케밥을 팔고 있었다. 풍겨 오는 여러 향기 가운데는 사막 냄새도 섞여 있었다. 라파 남서쪽에는 시나이 사막이, 남동쪽에는 네게브 사막이 있다. 라파에서는 사막이 얼마나 가까운지 확실히 알 수 있다. 라파라는 국경도시는 두 사막으로 가는 관문으로, 이리로 아프리카로 건너갈 수도 있고 아프리카에서 온 사람들은 한때 이리로 아시아에 가닿았다. 국경을 가로지르는 작은 길이 있는데, 이 더러운 길은 한때 아시아와 아프리카 두 대륙을 잇는 유일한 길이라 '아시아 거리'라고도 불렸다. 여길 지나 카이로에서 예루살렘까지 승객을 실어나르는 철도 노선이 있었다니. 당연히 1948년에 끝난 노선이지만 말이다.

16년이 넘는 오랜 봉쇄 동안 라파는 땅굴을 통해 이집트 쪽에서 들여온 밀수품 거래가 성행해 경제적 번영을 이루었다. 국경 아래로 땅굴만 수백 개가 생겨났다. 봉쇄로 인해 제한된 품목을 단순히 전하는 것만으로도 사람들은 하룻밤만에 벼락부자가 되었고, 심지어는 팔레스타인 백만장자 명단에 발을 들일 수도 있었다. 라파에서는 뭐든 살 수 있었다.

하지만 이집트 쪽에서 많은 땅굴을 닫아 버리고 가자와의 교역을 공식적으로 정돈하려고 힘을 쓰는 바람에 지난 3년간 사업은 많이 부진해졌다.

이제 가자 지구에 있는 모든 차는 휘발유가 부족해 식물성 기름으로 굴러간다. 거리로 나서면 식용유 탄내가 진동해서 장사가 바쁜 야외 주방이라도 있는 건가 잠시 생각하게 된다. 탈 앗-술탄으로 걸어가면서 야세르와 함께 먹으려고 샌드위치와 견과류를 샀다. 몇 주째 거기 머무르고 있는 친척들과 이브라힘을 만날 생각이었다. 샤부라Shaboura 난민촌에 있는 처갓집에서 지내고 있는 모함메드에게 전화를 걸어 큰길에서 만나 함께 동쪽으로 걸었다.

탈 앗-술탄에 도착해 이브라힘이 어떻게 살고 있는지 보았다. 이브라힘은 지내고 있는 학교에 자기가 세운 작은 천막을 보여주었다. 그걸 짓느라고 나무, 천, 실을 사야 했다고 한다. 불행히도 천막 안에는 매트리스나 베개도 없어서 이브라힘은 맨땅에 누워 자야 했다. 이 학교도 다른 곳처럼 사람들로 바글바글했다. 학교들이 각각 작은 마을처럼 되었다. 이런 학교들 앞에서 팔라펠, 사탕이나 기타 물품들을 파는 가판대를 보는 건 예삿일이 되었다. 수백 가족이 여기서 빈손으로 삶을 시작해야 했다. 가장 먼저 해야 할 일은 먹는 것이었는데, 추방당한 사람들이 유입되면서 접시, 숟가락 등과 같은 주방용품의 수요가 가장 많아졌다. 이브라힘은 여기 사람들은 어떤 물품이든, 지역 주민이 쓰던 거라도 살 거라고, 망가진 숟가락이나 녹슨 칼이라도 살 거라고 말했다.

이브라힘과 같이 그가 지내고 있는 학교에서부터 유

엔 창고 기지까지 걸어갔다. 유엔 창고 기지는 군사기지와 마찬가지로 철책을 쳐 두었는데, 관행적으로 구호품을 분배하기 전 여기에다 보관해 왔다. 지금은 2만 2천여 명이 이 기지 안에서 살고 있는데 대개 자발리야 난민촌과 그 인근에서 온 사람들이다. 창고 기지 안에는 거대한 격납고가 몇 개 있는데, 격납고 안에 수백 가족이 천막을 치고 지내고 있었다. 사실상 난민촌으로 기능하고 있는 셈이다.

유엔 창고 기지에 있는 동안 파라즈를 만나러 갔다. 파라즈는 40일이 지나 결국 기지에서 가족들을 다시 만났다. 내 친척 몇 사람도 이 기지로 왔기에, 우리는 모두 즐겁게 가족 상봉 시간을 보냈다.

기지가 이미 가득 차 피난민을 더는 받을 수가 없는 상황이었기에, 새로 온 사람들은 철책 주변에 천막을 치기 시작했다. 반공식 난민촌 밖에 비공식 난민촌이 또 생긴 것이다. 이 새로운 맥락에서 '난민촌'이라는 단어를 쓰니 이상한 기분이었다. 자발리야, 앗-샤티, 알-부레이즈, 누세이라트 등 내가 알던 난민촌은 서방 사람들이 '빈민가'라고 부르는 것들이긴 했다. 간이로, 무계획적으로 만든 건물로 가득하고 포화 상태로, 회색에다가 가진 것도 없다. 그렇지만 동시에 이 난민촌들은 그 자체로 잘 자리를 잡았고 완전히 기능했다. 하지만 1940년대 후반에는 이런 식으로,

눈으로 볼 수 있는 곳을 하얀 천막이 뒤덮고 있는 모양새였으리라.

주변을 둘러보니 내가 살던 난민촌, 자발리야가 갓 생겼을 때로 시간 여행을 한 느낌이 들어 내 앞의 진흙을 지금 다지면 어떤 길이 될지, 어떤 동네가 새로 생겨나 십 년 뒤에도 이 배치의 흔적이 남아 있을지 궁금해졌다.

상인들과 외판원들도 여기에 기회가 있다는 걸 알고는 기지 입구에 가판대나 사업을 차렸다. 한 노파는 길 한쪽에 불을 피워 두고는 경단을 구웠다. 사람들은 오랫동안 줄을 섰다. 장사를 시작한 지 얼마 되지도 않았는데, 노파는 수요를 맞추기 위해 일찍 일어나 아침부터 밤까지 일을 해야 했다.

친척이자 좋은 친구인 줌마Jumma도 보러 갔다. 줌마는 3주 전 자발리야 북부에 있는 자기 집에서 라파로 거처를 옮기고 격납고 바로 밖에 자기 공간을 어떻게 만들어 두었다. 담요와 나일론으로 만든 '천막 방' 네 개로 된 그의 '공간'은 비교적 널찍했다. 깨끗하고 노란 모래를 맨발로 느끼며 '방' 하나에서 다른 하나로 걸어갔다. "베두인 핏줄로 돌아가는 거네." 내가 농담을 던졌다. 첫 번째 천막 밖 모래에 피워 둔 작은 불로 차를 달였다. 가장 큰 '방'에는 친구와 친척 열다섯 명이 모여 있었다. 거의 파티를 방불케

했다.

이 천막들 가운데 하나에서 밤을 보냈다. 추웠지만 담요는 충분히 있었다. 줌마에게 물었다. "비가 내리면 어떻게 하게?" "지금 신경 쓸 문제는 아니지." "하지만 곧 겨울이잖아." 내가 조바심이 들어 말했다. 줌마는 걱정하지 않는다며 농담을 던졌다. "가자 북부처럼 추운 곳도 아니잖아. 라파는 비도 거의 안 내려." 그 가자 북부의 추운 곳이 기껏해야 32킬로미터 거린데,라고 생각했다.

오늘 아침은 줌마의 아들과 유세프랑 새 난민촌 주위를 삼십 분쯤 걸어다니며 생긴 지 며칠 되지 않은 이 새 마을을 조금이나마 경험해 보려 했다. 그런 뒤 라파 중심가로 태워다 줄 차를 찾았다. 새로운 날이 밝았다.

## 11월 25일, 토요일. 쉰번째 날.


어제는 휴전 첫날이었는데 많은 사람들이 북가자로, 자기 집으로 돌아가겠다는 마음에 살라 앗-딘 도로를 따라 그저 걸어갔다. 당연히 이스라엘군은 이들을 막았다. 두 사람이 총에 맞았다. 모든 길이 가로막혔고 이스라엘군은 집에 돌아가려는 사람들에게 겁을 주려고 최루탄과 실탄을 쐈다. 사람들이 남쪽으로 경계를 넘는 건 허용됐지만 반대는 안 됐다. 라파에서 역사의 시계를 되돌리려는 사람들을 보았다. 그들은 짐을 싸서 동이 트고 얼마 되지도 않았을 때부터 걷기 시작했다. 휴전은 오전 일곱 시에 시작되었는데, 일곱 시 십오 분에 이미 살라 앗-딘 도로가 사람들로 꽉 찼다. 하지만 열 시가 되자 많은 이들이 되돌아가기 시작했다. 영원히 이렇게 될까? 우리 모두 똑같은 질문이 새삼 궁금했지만, 답은 "아무도 모른다." 추방당한 사람들 가운데 가자시티와 북부에 남아 있던 사람들 일부는 어제 자기 집으로 돌아가려 했다. 이들의 집은 대개 가자 지구 최북단, 최서단에 있었다. 하지만 이스라엘군은 이들에게 발포했다. 수십 명이 죽고 나머지 사람들 대부분이 도망쳐 도로 돌아왔다. 이 사람들이 바란 거라고는 자기

재산이 잘 있는지, 아직도 자기 집이 있는지 없는지 확인하는 것뿐이었다. 알고 싶어 한다는 이유로 살해당한 것이다.

집으로 돌아가려고 한 사람들 가운데 일부는 병사들의 시야와 총을 피해 북가자로 돌아가는 비밀 통로를 찾아냈다. 위험한 짓이긴 했지만 지금 우리 삶에서 위험하지 않은 부분이 어디 있나? 돌아가는 데 성공한 사람들 중 일부는 가자시티와 북부 전반의 참상을 사진과 영상으로 찍었다. 가장 충격적인 사진은 거리로 내던져진 시체가 수습되지도 않은 채 그냥 굴러다니는 모습, 팔다리를 잃고 목이 잘린 몸들, 개들에게 먹힌 시체들이었다. 동물들까지도 폭격으로 살해당했다. 사진 속의 가자시티는 비현실적인 야외 영안실, 아니면 살해 현장 같았다. 한 어머니는 돌아갔다가 자기 자식들의 시체를 발견했다. 4주가 지나고도 소식이 없어서 아이들이 살아 있을 거라고는 생각지 않았을 거다. 아이들이 살아 있으려면 기적이 필요했겠지만 이 전쟁에 기적 따위는 없었다.

이 어머니에게 휴전은 자기 집이 사라졌다는 사실을 이제 받아들여야 하는 사람들과 마찬가지로 새로운 슬픔에 불과했다. 집이라고 부른 유일한 장소가 갑자기 존재하지 않게 된 사람에게 미래를 다시 생각할 수 있게 됐다는 건 대단한 게 되지 못했다. 다들 답이 없는 질문을 던지기

시작했다. 언제가 될지는 모르겠지만, 탄환을 다 쏜 뒤에
가자는 어떤 모습일까? 가자 지구의 모습을 우리는 얼마나
되찾을 수 있을까? 전쟁의 다음 단계에 우리를 시나이 사
막으로 쫓아낼까? 휴전으로 우리에게 미래를 생각할 시간
이 생겼지만, 가끔은 미래를 생각하는 것조차 너무도 버티
기 어려웠다.

내게 가장 시급한 질문은 내가 살던 앗-사프타워에 있
는 건물이 어떻게 됐는지였다. 거기 살 수도 있는 사람들
에게 전화를 몇 번 걸어 보았으나 아무도 받지 않았다. 그
러던 중 아들 모스타파Mostafa에게서 문자를 받았는데, 그
구역을 찍은 영상에서 우리 건물을 잠깐 봤다고 했다. "아
직 서 있는 것 같긴 해요. 큰길은 박살났고, 그 북쪽에 있
는 건물들은 다 무너졌어요." 모스타파는 그 영상을 보내
주었다. 건물이 저 멀리 있었지만, 그 특징적인 주황색 앞
면으로 우리 건물임을 확인할 수 있었다.

아버지와 새엄마로부터, 여동생 아스마와 그 가족으
로부터 최근에 소식이 없다. 여러 번 전화를 걸어 보려 했
지만 북부의 통신망은 끊어진 모양이다. 휴전 중인데도 그
곳 신호가 잡히지 않았다. 북가자에서 직접 들은 마지막
소식은 휴전 직전 공격이 얼마나 극심했는지 뿐이었다. 다
들 살아남았기를 기도하는 수밖에 없었다.

오늘은 난민 신세가 어떤 건지 잘 알 수 있었다. 지금껏 북부에서 지낼 때는 모든 게 더 위험하고, 삶은 매 순간 위험 속에 빠져 있었으며, 죽음을 직면한 적도 여러 번이었다. 하지만 그때는 최소한 내 '동네'에 있었다. 현지인이자 공동체의 일원으로서 이 점을 톡톡히 누렸고, 난민촌과 도시의 시시콜콜한 것들까지 전부 꿰고 있는 데다가 어떤 지역이 위험하고 어떻게 피할지도 잘 알고 있었다. 빵이 부족하면 하나 줄 사람들을 많이 알고 있었고, 잘 곳이 없으면 문을 열어 줄 가족도 여럿 알고 있었다.

라파에 있는 줌마의 천막을 떠나 중심가로 가는 차를 잡았다. 이제는 진짜 자동차나 택시가 없다. 나귀나 수레이거나 트럭 뒤편에 올라타는 수밖에 없다. 우린 엄청나게 느리게 움직이는 작은 트럭 뒤편에 올라탔다. 몇 분마다 승객이 새로 올라탔다. 트럭 바닥에 웅크려 가방을 꽉 움켜쥐었다. 내릴 때까지 주변에 다리밖에 보이지 않았다. 다리를 세어 보니 마흔두 개였다. 몸들이 내리고 타는 사이로 작은 빛이 찌르듯 비추고는 트럭이 다시 움직였다. 중심가에 도착하자 다들 뛰어내렸다. 웨스턴 유니언 은행에서 현금을 찾으러 우리보다 한 시간 일찍 출발한 이브라힘을 기다렸다. 야세르와 나는 오래된 차고의 작업대에 앉아 기다렸다. 몇 미터 밖에 무타히덴 문화회관Mutaheeden Cultural

Centre의 흔적이 보였다. 그걸 보니 너무 신기했다. 두 달 전만 해도 여기서 젊은 작가들의 글쓰기 워크샵에 참석했었다. 그게 이번 생의 일이던가? 눈을 감고 그 뒤로 펼쳐진 시간을 떨쳐 보려 했다. 내가 보고 들은 것, 그 모든 참상을 전부 차단하고 그날 나온 말을 다시 들어 보려 했다. 문화회관 관장인 하팀과 워크샵을 지휘한 젊은 작가 사마가 했던 발언을 떠올렸다. 그들이 한 말이 아주 또렷하게 다시 들렸다. 전부 너무도 이상했다. 작업대에서 일어나 걸어 다니기로 했다.

이브라힘을 만난 뒤, 우리는 유럽 병원까지 걸어가 위쌈과 다른 이들을 만났다. 이들과 세 시간을 보내고서 칸 유니스로 향했다. 이제 그리로 가는 방법은 나귀 수레를 타거나 걸어가는 것뿐이다. 야세르의 눈을 보고 어떻게 하는 게 좋을지 물었다. 걷는 게 괜찮겠다고 해 사십 분을 걸은 끝에 칸 유니스의 중심가, 나세르 병원에 도착했다. 야세르는 여기서 칼리드와 만나기로 했다. 칼리드는 앗-사프타위에 있을 적 우리 이웃인데, 40일 전에 가족과 함께 칸 유니스로 거처를 옮겼다. 야세르가 이제 친구와 어울릴 수 있다는 걸 보고는 안심했다.

기자 천막에서 RTA 특파원이자 시인인 사이드Saed와 마찬가지로 시인인 파테나 알고라를 만났다. 두 시간 정도

대화하고 의견을 나누며 보냈다. 칼리드는 늦게 왔지만 그래도 야세르와 시간을 보냈다.

　이제야 야세르에게 아침에 문을 두들기고 안부를 물을 친구가 생겼다. 우린 마문네 집으로 돌아와 마문과 아흐마드와 잡담을 하며 시간을 보냈다. 야세르에게 오후에는 이복 여동생 사마를 보러 갈 거라고 했다. 사마는 칸 유니스 서쪽, 하마드Hamad 소유 땅 근처에 있는 학교에서 살고 있었다. 내일은 여동생 할리마가 살고 있는 학교를 찾아가 그 애도 만날 것이다. 오늘은 구름이 꼈다. 우리 생각도 마찬가지로 흐렸다. 생각은 하루가 끝날 때 너머로는 미치지 않았고, 불명료했다.

## 11월 26일, 일요일. 쉰한번째 날.


오늘은 기록할 게 없다. 폭격도 포격도 없이, 휴전 2일 차는 매끄럽게 지나갔다. 살라 앗-딘 도로에서 충돌이 있었다는 보도가 있었지만 그조차 사람이 죽기 전에 정리가 됐다고 한다. 사람들은 휴전이 지속될 거라는 희망에 매달렸다. 최소한 그렇다면 늘어만 가는 어려움에 맞서 싸울 건덕지라도 된다. 물도, 전기도, 음식도, 기름도 부족해 휴전에 거는 희망을 제외한 모든 게 좋지 않지만, 일단 살아야 다른 어려움에 도전할 것 아닌가.

뉴스는 각국 정상들의 성명 그리고 포로 및 인질의 소식으로 가득 찼다. 다들 풀려나 행복해 보였지만, 그로 인해 가자에 있는 무고한 이들이 치러야 한 막대한 값은 아무도 이야기하지 않았다. 지금 가자 주민들이 살아가는 처참한 여건과 이들의 고통은 아무도 이야기하지 않는다. 살해당한 만 오천 명, 상해를 입은 삼만 육천 명, 집이 사라진 백만 명이 넘는 이들에 관해서는 누구도 말하지 않는다. 세상이 미친 건가? 무슨 병이라도 걸린 건가? 수천 명이 제대로 된 장례를 치르는 것조차 부정당한 채 아직도 저 잔해 아래 깔려 있다. 하템과 처제 후다, 그 아들 모함메드가 자기 집 잔해에 깔린 지 이제 43일이 됐다. 아무도 그들 생각은 하지 않는다. 처가 사람들이 잔해 속에서 썩어 가는 동안, 세계 정상들은 모여서 자축하고 있다. 내가 이야기하는 건 웬 통계 기록이 아니라 사람들, 사람 꼴을 갖춘 이야기 보따리들이다. 사랑과 희망, 아픔과 실망에 관한 한없이 복잡한 이야기들이고 빼앗긴 미래들이다. 뉴스가 전해야 할 진짜 이야기는 이런 것들이다. 그 대신 우리에게 주어진 건 정치적인 표현을 가지고 설왕설래하는 터무니없는 장난 같은, 도덕이 진짜 벌어지고 있는 사건들과 단절된 행위처럼 가식에 불과하게 된 세상이다.

칸 유니스 서쪽 교외지에 있는 학교로 대피해 지내고 있는 여동생 사마를 만나러 갔다. 사마는 함마드 시티 Hammad City라는 새로운 구역에 있는데, 최근 가자 지구의 기반시설 대부분에 투자자로 나선 카타르의 셰이크*에서 따온 이름이라고 한다. 이전에 있던 전쟁과 만행 이후 개발된 여러 구역들도 마찬가지 맥락에서 국가나 지도자에서 따온 이름을 붙였다. 브라질 난민촌, 사우디 구역, 라파의 일본 구역, 함마드 시티, 칸 유니스의 오스트리아 구역, 자이드 시티, 자발리야의 이집트 타워, 가자시티의 이탈리아 단지 등 대개 해당 구역의 재건을 지원한 나라들을 기려

* 타밈 빈 하마드 알사니. 카타르의 현 국왕.

붙인 이름이다.

또 먼 길을 걸어야 했다. 한 시간 이십 분 뒤, 우린 함마드 시티에 도착했지만 학교를 찾지는 못했다. 친구 모함메드에게 전화를 했다. 모함메드는 알쿠드스 개방대학교(방송통신대학교)Al Quds Open University의 연구자 겸 강사인데, 베이트 라히야에서 온 가족들과 함마드 시티로 피난 와서 지내고 있다. 전화로 길을 가르쳐 주면서도 목소리에 화난 기색이 역력했다. 집으로 돌아갈 수 없다는 데 아직도 화가 나 있었다. 그의 가족이 전부 추방당한 지 벌써 3주가 지났다. 모함메드는 말했다. "여기 사느니 돌아가서 죽을란다. 휴전은 필요 없고, 우리 집이나 뺏어 내라고 해."

모함메드가 길을 가르쳐 준 덕에 결국 사마가 지내고 있는 학교에 도착했다. 사마는 전쟁이 터지기 이틀 전에 셋째를 낳았다. 사마네 집은 가자 지구 최북단의 해안 가까이에 있었는데, 집을 떠나자마자 지상 침공이 개시되어 집이 무너졌다. 갓난 아들까지 데리고 온 가족은 처음에는 가자시티 서쪽, 안-나세르 구역al-Nasser Quarter의 학교로 갔다. 그러다 2주 전에 학교가 있는 거리에 전차가 포격을 가하기 시작하여 사마 가족은 또, 이번에는 남쪽으로 도망쳐야 했다. 갓난아이를 포함해 가진 건 전부 싸들고 나왔다. 우린 교실에서 만났는데 교실 한편에 가족 모두가 지낼 작은 집을 만들어 둔 게 보였다. 교실을 작은 방 여섯 개로 나눠서 한 가족 전부가 그 작은 방에서 살았다. 사마의 남편은 어부인데 이번 겨울 일감을 통째로 날렸다고 화를 냈다. 이번 겨울은 수확이 상당할 텐데, 전쟁 때문에 어그러졌다는 것이다.

시간이 늦어져 알아크사 대학 근처 학교에 머무르고 있는 다른 여동생 할리마를 보러 갈 시간이 없을 것 같았다. 돌아오는 길, 개들이 짖어 대면서 우리 쪽으로 달려들었다. 거리에 떠도는 동물이 많았는데 개중에는 주인의 사랑을 받았지만 주인이 죽거나 다쳐서 아니면 피난길이 혼란스러워 데리고 갈 수 없어 버려진 애완동물도 있었다. 이제는 먹이도 집도 없이, 절박하게 거리를 떠돌고 있다.

북가자에는 아직도 전화 신호가 없다. 인터넷 연결이 일부 복구되어 이브라힘은 난민촌에 머무르고 있는 친척 한 사람한테 아버지가 어떤지 문자로 물어보았다. "괜찮으시대." 다행이다. "아스마는?" "모른대." 이브라힘이 음울하게 답했다. 왓츠앱을 써서 아스마의 이웃들에게 연락을 해 보라고 했다. 어제부터 북가자로 돌아가려는 사람들이 더 늘었지만, 이스라엘은 이들을 제지하지 않았다. 하지만 돌아간 사람들로부터 참상에 관한 더욱 믿기 힘든 이야기, 사진, 영상이 전해졌다. 거리에서 죽은 채 발견되고 들판에서, 농장 잔해 아래서 썩어 가는 이들의 사진이 전해졌다. 이런 사진과 영상이 퍼지며 새로운 슬픔의 물결이 사람들 사이로 퍼져 나갔다.

나세르 병원이 있는 칸 유니스의 큰길에는 원래부터 사람이 많았다. 여기서 '원래'라고 하는 건 전쟁 때 그렇다는 말이다. 휴전이 되자 칸 유니스는 매우 조용해졌다. 거리와 붙어 있는 학교들도 오늘 아침에는 조용한 것 같았다. 휴전으로 사람들이 잠을 더 자고 숨을 쉴 수 있게 된 것이다.

마문네 집에는 지금 여든 명 정도가 지내고 있다. 대부분 가자시티에서 온 친척들이다. 5층 건물 전체가 태양열 전지판 하나에 기대어 돌아갔기에, 해가 뜨면 몇 시간 쓰는 게 전부였다. 우린 그 몇 시간에 매달려 휴대전화를 충전하고, 뉴스를 듣고, 수중에 넣을 수 있는 전력을 모두 붙잡았다. 오늘은 날씨가 흐려 아무도 이 특권을 누리지 못했다. 휴전을 이틀 늘린다는 말을 들었다.

가자 침략 전쟁 가운데 가장 길게 이어진 게 51일이었다. 그것도 2014년 이야기다. 그만큼 나쁜 일이 또 있으리라고는 생각조차 하지 못했다. 오늘은 전쟁 51일 차고, 곧 2회전에 들어갈 것만 같은 기분이다.

## 11월 27일, 월요일. 쉰두번째 날.


어젯밤은 친척들과 함께 라파, 유엔 창고 기지 주변에 생긴 새 천막촌 근처에서 보냈다. 마문네 집이 피난 온 친척들로 가득 찼기에, 그러는 게 한숨 돌리는 것이기도 했다. 마문은 언제든 자기 집에 와서 지내도 좋다고 거듭 말했다. 그래서 이틀은 마문네 집에서 더 지내고, 라파의 창고 기지 난민촌 근처 친척들이 차려 둔 천막에서 이틀을 지낼 계획이다. 가는 길에 야세르가 다시 물었다. "우리 언제 떠나요?" 당연히 카이로 이야기였다. "곧." 곧이라는 말은 내일일 수도, 다음 주일 수도 있다. 아무도 모르는 일이다. "이집트 쪽 명단에 우리 이름이 들어가는 걸 기다리고 있는 거야, 그러면 떠날 수 있지." 나조차도 믿지 않는 답변이었다. 칸 유니스 중심가까지 삼십 분을 걸어가 유럽 병원으로 가는 차를 찾았다. 위쌈이 곧 이집트에서 치료를 이어 갈 수 있을 거라는 소식을 전하면서 한나는 한마디 덧붙였다. "이번엔 정말인 것 같더라." 며칠 전에도 같은 소리를 들었고, 위쌈을 이집트로 이송할 준비를 해 두라는 말도 들었다. 하지만 그러고는 아무 이유도 없이 이송이 취소되었다. 이번에는 서류들을 준비하라고 했다 한다.

칸 유니스에서 유럽 병원으로 가는 길에는 기름을 넣으려는 차들이 주유소 앞에 줄 지어 서 있었다. 줄은 1킬로미터 넘게 늘어서 있었다. 운전자들은 차 옆에 서서 담배를 피우거나 줄을 선 다른 운전자들과 이야기를 나누었다. 우리가 탄 차의 운전기사는 곰곰이 생각하더니 줄을 설 필요가 없다고, 며칠씩 기다리게 될 수도 있다고 결론 내렸다. 그는 이렇게 말했다. "줄이 없어질 때까지 식용유나 계속 태워야겠네." 그 말을 듣고 누가 소리를 질렀다. "식용유를 쌓아 두셨나 봐?" 다들 가까운 시일 내에 세상이 정상으로 돌아가지 않을 걸 알고 있었다. "아, 알겠어. 기다리면 되잖아." 그렇게 말하고는 우리 운전기사는 상인들이 식용유 값을 올렸다고 길게 불평했다. "3리터짜리 식용유가 원래 14세켈이었는데, 이제는 27세켈이야. 이것들이 이런 상황을 이용해 먹고 있다니까!" "전쟁에는 항상 상황을 이용해 돈을 버는 사람이 있죠." 내 말을 듣고선 운전기사가 웃었다. "그럼 이게 정상이라는 거요?" "전쟁에 정상이 어딨겠습니까."

칸 유니스 어느 곳을 둘러보아도, 4리터들이 병을 안아 들고 인파를 헤치고 지나가려는 사람들밖에 보이지 않았다. 다들 연료가 필요했다. 집에 있는 발전기를 돌리려면, 물을 4리터씩 떠서 계단을 네다섯 번 오르내리는 대신 펌프로 우물물을 물탱크로 퍼 담으려면 그래야 한다. 마문은 형제, 아들 들과 함께 한 주에 두 번은 이렇게 물을 옮겼다. 주중에 가장 힘든 때가 이때다. 하루 종일 4리터씩 물을 담아 양어깨에 짊어지고, 계단을 올라 물탱크에 물을 부었다. 휘발유를 얻겠다고 하루이틀 길가에 줄을 서 있는게 더 쉬운 일이었다.

유럽 병원에서 라파로 차를 타고 가는 길에 다른 줄을 보았다. 이 줄은 가정용 액화가스를 채우려는 사람들이 가스통을 들고 서 있었다. 1.5킬로미터쯤 되어 보이는 게 주유소 줄보다 더 길었다. 지나치며 남녀노소 가리지 않고 줄을 서 있는 모습을 바라보았다. 다들 주인이 들고 온, 끝없이 늘어선 텅 빈 가스통의 줄 옆에 나란히 서서, 움직이지 않는 줄을 이루고 기다리고 있었다. 충전소는 아직 영업을 시작하지 않은 모양이었다. 줄은 움직이지도 않고 있었다. 운전기사가 말했다. "검문소에서 가스 탱크가 오기를 기다리고 있는 거예요. 일찌감치 올 줄 안 거죠." 저 사람들 가운데 일부가 내일도 여기 그대로 줄을 서 있으리란 게 뻔히 보였다. 그렇게 오래 기다려도 가스통의 4분의 1밖에 못 채울 것이다. 아무도 가스통을 꽉 채울 수 없었다. 휴전 조건으로 인해 가자 지구로 반입이 허용되는 가스 양은 제한되었다. 당연히 우리에게 고통을 주려고 제한한 것이다. 휴전의 모든 조건은 우리를 고통받게 하게끔, 우리를 땅속으로 뭉개 버리거나 죽이거나 강제로 떠나게 하게끔 설계되었다. 다른 어떤 주민들과 마찬가지로 가자 주민들도 살아가려면 정상치의 물자가 필요하다.

휴전의 목표가, 만 사천 명이 죽고 삼만 육천 명이 다쳐서 50일 동안 참상을 견뎌 낸 게 고작 이걸 얻기 위해서인가? 이런 일에 우리가 익숙해져야 한다고 말하자 야세르가 말했다. "너무 불공평해요." 사람들은 학교에서, 새로 생긴 난민촌 천막에서, 아니면 노상에서 지낼 것이다. 어떤 이들은 나무와 캔버스 조각을 두고 천막을 만들겠다며 서로 싸울 것이고 다른 이들은 캔버스 조각으로 흙바닥에 누워서 잠을 청할 때 하늘을 가릴 수 있는 천장이라도 만들겠다는 호사에 터무니없이 높은 가격을 매겨 팔 것이다. 그런 호사에 치를 돈도 없는 이들은 다른 사람들의 관대함에 자신을 내맡겨야 할 것이다. 세상은 돕지 않는다. 세상은 도울 마음이 없다. 이미 미국에 있는 친척들은 고향 사람들에게 천막을 살 돈이라도 부쳐 주려다 계좌가 동결되었다.

오늘은 휴전 4일 차인데 상황은 하나도 나아진 게 없다. 추방당한 이들은 구호품과 식량이 공급되고 있다고는 전혀 느끼지 못했다. 포격과 폭격이 멈췄다는 게 유일하게 기뻐할 일이었다. 이 순간이 인생의 마지막일 수 있다는 느낌을 50일이나 겪고 나니, 휴전 한 시간 한 시간이 축복 같았다. 이브라힘은 지내고 있는 학교에서 나올 생각을 하고 있다. 천막이 너무 작아 빵을 굽는 건 고사하고 모함메드가 빵을 만들 공간도 없었다. 사람들은 살아남는 데 필요한 기초적인 것들을 얻겠다고 고생을 하고 있었다. 모함메드가 말했다. "이 학교에 살고 있는 수천 명이, 매일 정말 대단치도 않은 것들을 두고 싸운다고." 모함메드는 친척 줌마에게 천막을 펼 만한 다른 곳을 알아봐 줄 수 있냐고 물어봤다. 난민촌 밖에, 멀찍이 떨어져 며칠만이라도 '평범한' 기분을 낼 수 있는 곳을 찾아 달라고 했다. 큰 욕심을 부린 요청이다.

오늘 아침, 줌마는 우리 보고 새 난민촌의 아이들을 가르쳐 보는 게 어떻겠냐고 했다. 우리 일행에는 교사가 많으니, 우리 학교를 만들어 보자고 했다. 마음에 드는 생각이었다. 나는 학교가 사람들의 의욕을 높여 줄 것이라고 했다. 내 친척 중에 교사가 한 사람 있으니, 줌마는 나 보고 그 사람에게 학교를 꾸리는 걸 도와 줄 수 있는지 물어봐 달라고 했다. 친척은 남쪽으로 오는 길에 남편이 체포되었고 아직도 석방되지 않아서 너무도 심란한 상태라고 고백했다. 그렇다 한들, 학교를 열자는 이 발상은 진전되어야 한다. 불행히도 가자의 아이들은 두 달 동안 교육을 받지 못했다. 전쟁이 얼마나 이어질지는 하느님만이 알고 계시고, 학교가 임시 대피소로 쓰이고 있기에 학생을 받으려면 다시 단장하는 데 몇 달은 걸릴 것이다. 우리 아이들의 교육은 아마 일 년은 중단될 것이다. 그러니 지금 반격을 시작해야 한다.

## 11월 28일, 화요일. 쉰세번째 날.

　　대피소에 머무르는 이들, 가진 거라곤 온기를 유지하고 살을 에는 바람을 막아 주는 담요 몇 장과 입고 있는 옷 뿐인 이들의 삶은 매일 더 힘들어지기만 한다. 라파 근처, 유엔 창고 기지 '난민촌' 근처에 친척 줌마가 차린 천막에서 지낸 지 오늘로 사흘째다. 살림살이를 조금이라도 낫게 하려고, '지금 자신의 삶'이 되어 버린 것들을 개선하려고 사람들이 매일 애쓰는 모습이 눈에 띄었다. 주변에 있는 사람들에게 도움을 받겠다는 생각도 없이, 스스로 어떻게든 해결해 보려는 모습이 눈에 띈다. 시간이 지날수록, 이 지옥에 적응하기 위해 얼마나 더 고생을 해야 하는지 다들 깨닫고 있었다.

　　어제는 비가 내렸고, 사람들은 이제는 적응해야만 하는 비참함에 관해 좀 더 알아차리게 되었다. 천막 사이의 골목과 길에 비가 쏟아져서 이미 진창이던 바닥은 늪이라고 해도 될 수준으로 변했다. 바람이 불어 여러 가족의 천막이 날아갔고 다시 치는 데 몇 시간을 써야 했다. 날씨가 험해질 때마다 뭐 하나는 맨땅에서 다시 시작해야만 한다. 누구도 다른 사람을 도울 시간이나 기력이 없다. 새 캔버스나 말뚝을 사는 데, 새로 시작하는 데 보탤 돈도 없다.

저녁에는 자발리야에서 새 난민촌으로 온 친구 몇을 만났다. 그중에서 수하일Suhail을 만난 게 가장 기뻤다. 그에게 2014년 전쟁 개전일 이야기를 꺼냈다. 우린 다른 친구들과 함께 동네 이발소 앞에 앉아 있었다. 그날 밤 나눴던 이야기를 아직도 기억하고 있는지 물어봤다. 그가 말했다. "요즘 하는 거랑 똑같은 이야기잖아. 걱정도 두려움도 똑같아." 나는 농담으로 답했다. "난민촌은 바뀌었는데 하는 말은 똑같네." 전쟁에서 전쟁으로, 난민촌에서 난민촌으로, 한 임시방편에서 다른 임시방편으로, 이런 식이다.

밤에는 일어나 야세르에게 담요를 몇 장 더 덮어 주었다. 너무 추웠다. 매트리스를 처음으로 모랫바닥에 깔 때가 되어서야 앞으로 며칠을 보낼 일이 얼마나 어려울까, 생각이 들었다. 추위는 땅에서 습기처럼 올라와, 매트리스를 땅만큼이나 차갑게 했다.

천막에서 긴 밤을 보내고 아침에 자리에서 일어나려고 애를 쓰고 있는데 갑자기 천막 입구로 축구공이 날아들어 허벅지 위에 떨어졌다. 밖에서 아이 세 명이 예의 바르게 공을 돌려 달라고 하는 소리를 듣자 웃음이 나왔다. 갑자기 난민촌의 다른 천막들과 우리 천막을 구분하려고 줌마가 설치한 작은 문 앞으로 아이들이 열 명 더 모여들었다. 나는 벌떡 일어나 공을 드리블해 공을 되찾는 데만 생각이 쏠린, 빨간 축구 셔츠를 입은 아홉 살짜리 남자애를 지나쳐 공을 찼다. 아이들이 서로 소리치며 공을 따라 달려가는 모습을 보았다. "내 공." "아냐, 내 공이야!" 천막 사이 길에서 놀고 있으니 목소리가 더 크게 들리는 것 같았다. 어쩌면 천막이 목소리를 울리게 하는 걸 수도 있고 아니면 그냥 이른 시간이라 그런 걸 수도 있겠다. 하지만 나쁜 상황을 최대한 활용하는 팔레스타인 사람으로서, 이 아이들은 우리 가운데 최고라고 할 수 있다. 빨간 셔츠를 입은 아이에게 학교에 나가 있어야 하는 거 아니냐고 농담을 던졌다. 아이는 하늘을 가리키고는 "전쟁"이라고만 했다. "학교는 좋아하니?" "수학이 싫어요." 내가 웃었다. "내가 네 나이일 때도 수학을 싫어했지." "전쟁도 싫어요." 아이는 의견을 명백히 밝히려는 듯이 큰 소리로 덧붙였다. 내가 어깨를 으쓱했다. "하지만 어떤 사람들은 전쟁을 좋아해서 중독되기까지 했잖니." 아이는 친구들에게 달려갔다. 나는 홀로 남아, 왜 그런 중독의 값을 저렇게 어린아이들이 자기 유년기로 치러야 하는지 생각에 잠겼다.

'휴전이 연장됐나?' 이제는 일어나면 처음으로 떠오르는 질문이다. 어젯밤에는 인터넷도 전화 신호도 없어 알 수가 없었다. 협상단이 휴전을 또 이틀 연장하려고 계속 노력하고 있다는 게 우리가 마지막으로 접한 소식이었다. 그러다가 연결이 끊어졌다. 아무래도 그들이 성공한 거 같다. 불안하더라도 차분히 기다릴 시간이 늘어난 것이겠지. 휴전은 전쟁이 끝났다는 게 아니라 불확실하게 중단되고 연기되었다는 것일 뿐이다. 팔레스타인 사람으로서 우린 이런 상황에 익숙했다. 점령당해 살아가는 삶은 길게 이어지는 사형 집행정지 같아서 언제까지 이어질지 모르는 것이다. 하지만 우리도 다 같은 사람이다. 숨을 돌리고, 애도하고, 숙고하고, 기억할 시간이 필요하다.

에이샤가 전화로 북부를 떠난 게 새삼 후회된다고 했다. 지금 데이르 알-발라에 있는 아파트에서 머물고 있는데 지내는 게 불편하다고 불평했다. "지금 편한 사람이 어딨다고 그래?" "아니, 고향에 있으면 밖에 폭탄이 떨어져도 편안한 법이야. 고향에 있으니까, 자기 터전이니까. 안전하지 않아도 안전한 곳이잖아." "하지만 탈 앗-자아타르는 점점 위험해지기만 했잖아." "돌아가면 안 될까?" 에이샤는 답을 잘 알고 있으면서도, 절박하게 물었다.

그다음에는 다른 여동생인 아스마에게 전화가 왔다. 아스마의 목소리를 들어 많이 안심됐다. 아스마가 자발리야 난민촌의 팔루자 구역, 그러니까 북부에 남은 몇 안 되는 사람이기 때문이다. 아스마는 우리가 어떻게 지내는지를 알고 싶어 했지만 **나야말로 아스마가** 어떻게 지내는지 알고 싶었다. 아스마와 아이들 목소리에 심장이 멎는 줄 알았다. 그러다 아스마는 남편의 형제 가운데 한 사람이 크게 다친 이야기를 했다. 잔해 조각인지 포탄 파편인지가 자는 동안 그 위로 떨어졌다고 한다. 차도가 좋지는 않다고 했다. 아스마는 휴전이 연장되어 행복하다고 했다. 계속 거기 머물거냐고 묻자 아스마는 "봐서"라고 했다.

## 11월 29일, 수요일. 쉰네번째 날.


라파에서 칸 유니스로 돌아가는 길, 우린 인도적 지원 물품을 실은 큰 트럭 열 대가 지나가는 걸 기다리느라 오 분을 허비했다. 트럭은 라파 검문소에서 급히 내달리고 있었는데, 마치 휴전이 끝날 때까지 얼마 남지 않았다는 걸 알기라도 하는 듯했다. 그 뒤로 또 교통체증에 휘말렸는데 이번에는 기름통을 채우려고 주유소 앞에 몰린 사람들 때문이었다. 거길 벗어나는 데만 십오 분이 걸렸다. 주유소 양쪽으로 사람들이 줄을 서 있었다. 다들 기름통을 들고 있었는데, 줄은 2킬로미터쯤 늘어서 있었다. 기다리는 사람 가운데는 옆에 매트리스를 펼쳐 놓은 사람들도 있었다. 오늘 밤이건 아니건 주유구에 닿기까지, 계속 밤 늦게까지도 보낼 작정을 한 것만 같았다.

에이샤를 만나러 데이르 알-발라로 갔다. 북가자를 떠나온 뒤 평범한 교통수단을 탄 건 이번이 처음이었다. 버스가 다시 멀쩡히 작동해 라파에서 북쪽 다른 마을들로 사람들을 실어 날랐다! 제대로 읽은 게 맞다. 이제 우리에게는 데이르 알-발라와 누세이라트가 '북부', 새로운 북부가 되었다. 버스에는 사람들이 끝도 없이 들어차, 승객들은 선 채로 서로 딱 붙어 달라는 말을 들었다. 출발한 버스는 매우 느릿느릿 움직였다.

데이르 알-발라 입구에서 내렸을 때 친구인 아흐마드 사이드를 보기에 좋은 기회라는 생각이 들었다. 거기서 몇 미터 되지 않는 곳에 살고 있기 때문이다. 아흐마드는 직설적인 라디오 프로그램을 맡아서 잘 알려진, 가자에서 가장 유명한 기자 가운데 한 사람이었다. 그는 진행하는 프로그램 〈나라의 맥박The Pulse of the Country〉 때문에 가자 지구 당국과 정기적으로 마찰을 일으켰다. 전화를 걸어 그를 만났다. 그의 집 거실에서 한참 이야기를 나눴다. "이 상황이 계속될 것 같아서 걱정이야." 그는 그렇게 말하고는 동네를 안내해 주었다. 그의 집 뒤에는 피난민 사백 명 정도가 머무르고 있는 사설 대피소가 차려져 있었다. 아흐마드는 친구인 아부 야멘에 관해 자랑스럽게 이야기했다. 아부 야멘은 전직 프로축구 선수인데, 자기 소유의 운동장과 그 뒤 건물까지 갖고 있었다. 평소에는 시합 훈련을 하는 팀들에게 운동장과 시설들을 빌려주었는데, 지금은 그 안에 추방당한 가족들을 수용하고 있다고 한다. 운동장은 이제 천막으로 뒤덮였고 그 앞 공간은 불 피울 곳과 조리기, 아이들의 놀이터로 배정되었다.

"휴전이 시작되고 이 사람들한테 나아진 게 뭐라도 있

나?" 내가 물었다. "딱히." 그가 답했다. 누군가 웃더니 말했다. "휴대용 식수가 좀 더 많아졌을지도 모르지요. 전쟁 동안에는 구하는 게 사실상 불가능한 수준이었으니까요. 지금은 조금 더 있잖아요." 가격도 떨어졌다. 2리터들이 물의 가격이 2세켈에서 1.5세켈로 떨어졌다.

그 뒤에 아흐마드는 나를 누세이라트로 태워다 줬다. 작동하는 자기 차를 갖고 있다는 게 기적적인 일이었다. 아흐마드는 이럴 때를 대비해 식용유를 쟁여 두었고 이제는 그걸로 굴러가도록 차를 개조했다. 이런 게 선견지명 아니겠는가.

친구 사이드 사프타위Saed Saftawi에게 전화해 오늘 밤 그의 집에서 묵을 수 있는지 물어보았다. 사이드와는 알고 지낸 지 이십 년째다. 사이드는 최근에는 라말라에 머물고 있는데, 내가 이리로 온 뒤로는 같이 시간을 꽤 보냈다. 그의 집은 누세이라트 난민촌 동쪽 끝에 있다(우연이지만, 자발리야에서 내가 지내던 곳의 이름인 앗-사프타위는 PLO 및 파타의 가자 지역 지도자 가운데 한 사람인, 사이드의 삼촌 이름에서 따온 것이다).

사이드는 같은 골목에 있는 집 여섯 채에 형제 여섯 명과 각각 살고 있는데, 이제는 여기서 가자시티에서 온 친척 삼백 명가량과 같이 살게 되었다. 다행히도 사이드의 형제 한 사람이 집 근처에 마당이 딸린 식당을 하나 소유하고 있어서, 전쟁이 끝날 때까지는 가족 쉼터로 쓸 수 있게 개조해 두었다. 학교나 공공 대피소로 피난을 떠나지 않아도 되었다니, 이들에겐 잘된 일이다.

엿새 전 북부를 떠난 이래 씻지를 못했다. 물은 지금 값진 물건이라 아무도 허투루 쓸 엄두를 내지 못했다. 한 집에서 다른 집으로, 한 층에서 다른 층으로 움직이느라 삶의 소소한 편의 따위는 원치 않아서가 아니라 생각이 닿지 않아서 잊게 되는 것이다. 사이드에게 챙겨 달라고 이야기를 한다든가 하는 것 역시 생각조차 하지 못했다. 그런데 아침에 일어나자, 사이드는 이미 커피를 끓여 놓고 집 밖 밤나무 근처에 있는 조리기에 불을 때고 있었다. 그가 어디 갔나 커튼 사이로 집 뒤의 좁은 골목길을 바라보면서 찾고 있었는데, 불을 때려고 장작을 패는 소리가 들렸다. 사이드는 삼십 분 동안 불에 새로 팬 장작을 계속 넣었고, 커다란 솥에 담긴 물을 천천히 데웠다. 물이 끓자 사이드는 솥을 조용히 욕실로 옮기고는, 내게 돌아와 샤워를 권했다. 갑작스럽지만 반가운 말이었다. 목욕은 마치 따뜻한 물과 내 건조하고 지친 몸이 시작한 대화를, 오랜 친구 둘이 근황을 주고받는 대화를 듣는 것 같았다. 사이드는 그 뒤에 야세르가 씻을 수 있게 물을 한 솥 더 끓였다. 그러고는 길에 나와서 조리기 근처에 앉았다. 불로 차를 끓이고 빵을 구웠다. 우리는 치즈, 팔라펠, 올리브로 차린 아침 식사를 먹어 치우고 다가올 하루에 기대를 품기 시작했다. 이틀 동안 구름이 끼었더니, 곧 해가 나올 것만 같았다.

그러고는 집 앞 거리로 나가 햇살 아래 한동안 앉아 있었다. 이 기이한 상황에서 할 법한 평범한 행동이었다. 비정상적인 시대의 정상적인 아침이라니. 오늘은 연장된 휴전의 마지막 날인데, 또 한 번 연장되길 기대하는 건 이제 바라기 어려워 보였다. 그래도 사람들은 조건이야 어찌 됐든 휴전이 연장되기를 갈망했다. "휴전은 더 필요 없어. 전쟁이 끝나야 해. 완전히 끝이 나야 한다고. 휴전 조건 아래서 계속 살 수는 없어." 사이드가 분노에 차 말했다. 내가 웃으며 말했다. "우리 삶 자체가 휴전이잖아, 사이드."

누세이라트 난민촌은 남쪽으로 갈 때 와디 가자 강을 지나면 가장 먼저 닿는 곳이다. 다리만 건너면 보인다. 살라 앗-딘 도로 오른편이 누세이라트 난민촌이고, 왼편이 알-부레이즈 난민촌이다. 이스라엘이 친 새로운 '철의 장막'에서 가깝기에, 누세이라트는 지난 7주 동안 수십만 명의 사람들을 받아 냈다. 가진 걸 전부 짊어지고 북쪽에서부터 걸어와 고단한 사람들은 언제 쓰러져도 이상하지 않았고, 누세이라트에 이르러 주저앉았다. 모든 학교에 사람들이 가득 들어찼고, 모든 거리가 붐볐다.

오늘은 팔레스타인 국제 연대의 날이다. 대부분 사람들은 11월 29일이 무슨 날인지 모른다. 1947년 11월 29일, 유엔은 팔레스타인을 두 국가로, 유대인들을 위한 나라와 아랍인들을 위한 나라로 분할하는 것을 가결했다. 유대인들을 위한 나라는 다음 해에 아랍인 팔십만 명을 추방하고, 남자들은 쏴 죽이고, 여자들은 강간하고, 마을에 불을 지르고, 마을 사람들을 학살하고서 실현되었다. 팔레스타인의 절반을 파괴하고 새로운 국가를 낳은 건 테러였다. 테러. 우린 팔레스타인 사람으로서 이를 나크바라고 부르지만 75년이 지난 지금, 팔레스타인 밖의 세상은 아직 그 말이 무슨 뜻인지조차 모른다. 우리가 지금 '새로운 나크바'라고 말해도, 세상은 마찬가지로 배우기를 거부하고 있다.

## 11월 30일, 목요일. 쉰다섯번째 날.


어제는 알-힐랄 병원으로 걸어가 친구 둘, 하니 알살미 Hani Al-Salmi와 아쉬라프 소흐와일Ashraf Sohwail을 만났다. 하니는 청소년 문학 전문 소설가다. 그는 가판대에서 따뜻한 음료를 팔고 있었고 우린 그 근처에 같이 앉았다. 하니는 마흔다섯 살이지만 지난 몇 년간 어려운 상황에 놓인 데다가 직장까지 잃었다. 이제는 에너지 공급도 이루어지지 않으니, 빵을 굽는 것 같은 간단한 일도 하기 어렵게 되었다. 하니는 몇 주째 요리에 쓸 나무를 찾았지만 그것조차 어려워 근래에는 서재에 있는 책을 태울 수밖에 없다고 했다.

지금까지 하니는 책 200권을 태웠다. "아이들은 빵이 필요한데, 애들이 굶어 죽으면 책이 무슨 소용이겠어?" 그러더니 웃었다. "당연히 가장 좋아하는 책들은 아껴 두고 있지. 그것까지 태우기 전에 전쟁이 끝나야 할 텐데 말야." 이스라엘이 가자를 점령했을 때, 나는 습격당할 때를 대비해 어떤 책들은 숨겨 두곤 했다. 가산 카나파니*의 책들은

---

* غسان فايز كنفاني, Ghassan Fayiz Kanafani(1936-1972). 팔레스타인의 저항 문학 작가이자 혁명가. PLO 대변인 및 주간지 편집인으로도 활동했다. 대표작 《뜨거운 태양 아래서》가 번역되어 있고(윤희환 옮김, 열림원, 2002.), 팔레스타인평화연대에서 번역한 1970년 인터뷰를 볼 수 있다(www.youtube.com/watch?v=fwCJP2vohSg[검색일 2024년 5월 31일]).

장롱에 개어 둔 옷들 사이에 숨겨 두었고 살라 칼라프Salah Khalaf의 《정체성 없는 팔레스타인인A Palestinian Without Identity》 같은, 팔레스타인사에 관한 중요한 책들도 마찬가지로 감춰 두었다. 당시 이런 책을 가지고 있는 게 들키면 징역 6개월은 기본이었다. 1990년에는 통금 때 병사들이 동네에 있는 집을 전부 뒤졌는데, 그때 나는 조리기에 불을 피워 가지고 있던 카나파니의 소설 세 편을 태워 버려야 했다. 불을 피우던 차에 병사들이 들이닥쳐 다행이었지만, 그들은 화를 다른 방식으로 풀었다. 그들은 집에 불을 내려는 심산으로 조리기를 걷어차고는 잽싸게 떠났다.

아쉬라프는 가자시티에서 가자 문화예술회관Gaza Centre for Culture and the Arts을 운영하는 예술가다. 아쉬라프와 누이 로피다Rofida는 그림을 그리고 작업물을 보관해 두는 개인 작업실을 하나씩 갖고 있었는데, 두 곳 다 공습으로 무너졌다. 문화회관 수십 개가 부분적인 손상을 입거나 완전히 무너졌다. 리말 구역에 있는 알-샤와 문화회관은 도시에서 가장 유명한 문화회관인데, 이제 돌무더기로 변해 버려 그 사진을 보기만 해도 너무 우울했다. 오마르 알-무크타 거리에 있는 엘티카 미술관Eltiqa Gallery은 일부 손상을 입었다고만 들었다. 그림 수백 점이 보관되어 있었는데, 이제 대부분이 복원이 불가능할 정도로 타 버리거나 손상되었을 게 뻔했다.

라파에는 이제 진짜 커피가 남아 있지 않아 우리가 이야기하는 동안 하니는 차와 네스카페를 내주었다. 알-힐랄 병원에는 수많은 사람들, 추방당한 가족들이 빈 공간과 통로 구석구석에 새로 집을 차려 놓아서, 앗-쉬파 병원이 떠올랐다. 정문 앞에 생겨난 시장, 사람들의 텅 빈 시선, 호통과 비명. 전차들이 병원을 지상 목표로 지목하고 우리가 떠나기 전, 앗-쉬파 병원의 모습과 모든 게 똑같았다.

아쉬라프와 하니와 헤어져 여동생 할리마를 보러 갔다. 할리마는 십오 분 정도 걸어가면 있는 학교에 머무르고 있다. 학교에 도착했는데 할리마가 없었다. 인도적 지원 센터에서 구호품 받아 오려고 남편이랑 갔을 거라고 생각했다. 자기 몫의 구호품을 받으려면 가끔은 몇 시간씩 기다려야 했다. 지난 며칠간 국경을 넘어온 구호품은 이미 지상 침공으로 모든 걸 빼앗긴 가자시티와 북부로 향했다. 나는 할리마의 아들 마흐무드와 이십 분 정도 시간을 보냈다. 마흐무드는 북부에서 추방당한 대부분 사람들처럼 거기 있을 때가 더 나았다고 불평했다. 물가는 비싸졌고 상인들은 상황을 이용해 이득을 취했다. "이건 전쟁이잖니. 다들 기회를 놓치기보다는 최대한 이용해야겠다고 느끼는 거야." 당연히 정당화한 건 아니었다. 열여섯 살짜리 아이

에게 사는 게 간단한 일이 아니라는 걸 이해시키려 한 것
이다.

사람들이 구호품 꾸러미를 들고 대피소로 돌아왔다.
다들 지쳐 보였으나 이제 이틀 동안 아이들을 먹일 게 생
겼다는 걸 기뻐하는 듯했다. 이틀이 지나면 다시 줄을 서
야 하리라. 줄을 서며 사는 삶은 너무나도 지치지만, 뾰족
한 수가 없다.

빵을 얻으려는 줄, 물을 얻으려는 줄, 천막을 얻으려
는 줄, 어디에나 줄이 있었다. 가자 지구 전체가 그냥 긴
줄 같았다.


몇 분 전, 카타르에 있는 협상단이 휴전을 하루 연장
하는 데 성공했다. 어젯밤에는 협상 결과가 어떻게 될지
몰라 우린 잠을 자지 못했다. 수수께끼 같았다. 휴전이 연
장된 걸까 연장되지 않은 걸까? 새벽 다섯 시에 일어나 뉴
스를 읽었다. 휴전이 일으킨 기적 가운데 하나는 칸 유니
스와 일부 지역에서 전화와 인터넷 신호가 잡힌다는 것이
었다. 반면 누세이라트 같은 다른 곳에서는 아직 신호가
잡히지 않았다. 원래 휴전은 아침 일곱 시에 종료될 예정
이었다. 협상이 성사되었다는 소식은 여섯 시 사십 분에야
들어오기 시작했다. "냄새라도 맡는 게 없는 것보다 낫다"

라는 아랍어 격언이 있다. 이제 최소한 하루가 더 생긴 셈이다. 추위가 느껴지는데도 해가 밝아서 칸 유니스의 난민촌들 사이 좁은 골목들을 걸어다녔다. 팔레스타인 난민촌은 가자 지구, 서안 지구, 요르단, 레바논을 가릴 것 없이 다 비슷비슷하게 생겼다. 이스라엘에서 내보내는 분석 대부분은 이스라엘의 공세가 다음에는 칸 유니스를 향할 것이라고 암시하는 것 같았다.

바깥 거리에서 사람들이 이걸 가지고 견해를 나누는 소리가 들렸다. 휴전이 하루 연장되었다는 데 다들 확신이 생기자 그다음 날로 두려움이 쏠렸다. "그 시간과 공력을 들여서 고작 하루라니, 내일은 어쩌고?" 한 노인이 불평했다. "고작 요만큼 휴전하려고 가자 절반을 잃은 건가?" 그보다 젊은 사내 하나가 물었다. 칸 유니스는 남부의 중심지이고, 남부로의 침공은 어떻게 이루어지든 그 중심을 노리게 될 것이다. 칸 유니스가 이제 가자 지구에서도 가장 붐비는 곳이 된 만큼, 작은 폭탄이 떨어져도 수백 명이 죽을 것이다.

곧 나올 것 같은 해는 우리에게 따스함을 조금 내어주었다. 계속 희망을 잃지 말아야 한다.

## 12월 1일, 금요일. 쉰여섯번째 날.


전쟁이 다시 시작됐다. 우리를 구해 줄 기적, 휴전의 무기한 연장은 없었다. 결국 휴전은 말 그대로 휴전, 일시 중지에 불과했다. 그리고 전투가 재개되면서 다시 솟구치는 것들 가운데 죽음의 공포도 분명 있을 것이다. 하지만 그건 내가 다음에 뭘 할지 모른다는 것, 한 사건이 다른 사건에 어떻게 영향을 미칠지 예측할 수 없다는 것, 전쟁의 기이하고 비논리적인 논리를 이해하지 못하는 것과 같은, 모르는 것에 대한 공포만 한 것은 아니었다. 전쟁 속을 살아간다는 건 마치 계약을 매일 갱신하는 것과 같다. 매일 아침 새 계약에 서명을 하고, 하루가 끝날 때까지 그 조건에 맞춰 살아간다. 그러고는 밤이 되면 계약이 사라지지 않기를 기도하고 아침에는 다시 공란에 서명을 한다. 계약은 절대 하루를 넘지 못한다. 그 이상은 주어지지 않는다. 휴전은 이런 계약을 추론한 것에 지나지 않는다. 결국 평화는 항상 체납되다가 빼앗기는 것이다. 어제의 상황이 이랬다. 휴전이 하루 연장되었을 뿐이었다. 더는 아니다.

어젯밤에는 다들 휴전이 연장되길 간절히 비느라 아무도 잘 수 없었다. 자정이 다 되어 가는데도 연장이 가능할 거라는 소식은 없었다. 버틸 수 없는 불확실성이었다. 내일은 휴전이 연장되지 않을 거라는 생각이 모두의 머릿속에 떠오르기 시작했다. 협상단의 노력은 좌절되었다. 지난 며칠간의 휴전 동안에도 느리게 확전이 이루어진 걸 우리 모두 보았다. 베이트 하눈에서 한 사람이 저격수에게 살해당했다. 두려움이 계속 자라났다. 잠에서 깨어 우리 위를 날아다니는 드론이 내는 커다란 윙윙 소리를 듣고도, 뭐가 달라진 건지 알 수가 없었다.

지난 몇 주, 휴전이 이어지는 동안 구호품으로 가득 찬 대형 트럭 수백 대가 가자로 들어왔다. 일부는 의약품이었고 일부는 음식과 물이었다. 하지만 휴전 동안 가자 지구로 들어온 것으로는 충분하지 않았다. 며칠 전 팔레스타인 적신월사에서 온 사람 말로는 가자 지구로 물을 담아 온 대형 트럭만 수백 대라고 한다. 그는 쓸데없는 짓이라고 했다. 우물 하나만 다시 쓸 수 있게 해 주면 그 많은 트럭들보다 더 많은 물을 길어 낼 수 있을 거라고 했다. 그리고 그렇게 우물을 다시 쓰는 데 필요한 건 연료, 펌프를 작동할 연료뿐이다.

휴전이 좋았던 점 중 하나는 가족들에게 다시 연락할 수 있게 되어 안전한지, 지난 7주 동안 무슨 일을 겪었는지 갑자기 알 수 있게 되었다는 거다. 인터넷과 이동통신망은 휴전 기간이 되어서야 처음으로 조금이나마 쓸 만해졌다. 이렇게 이야기를 나누던 중, 셰이크 라드완에서 남편과 아이와 함께 살고 있는 조카딸 엠만Emman은 지루한 삶이 그립다고 했다. 이 상황에 비하면 자기 삶이 얼마나 지루했는지 엠만은 잘 알고 있었다. 이제 엠만은 그 지루함을 갈구한다. 엠만은 다시는 지루하다고 불평하지 않겠다고 맹세했다.

앉아서 아침 식사를 하는 동안 포탄이 우리 주변 건물로 떨어지기 시작했다. 미사일은 아침 공기를 가르며 쌕 소리를 냈고 곧 우레 같은 폭발이 뒤따랐다. 바로 파악해 보니 나세르 병원 근처에 떨어졌다. 동쪽에 있는 마을에 가해지는 공격 소리는 우리가 있는 곳에서도 아주 명확히 들렸다. 우리는 식사는 손도 대지 않은 채, 가만히 앉아 폭발음을 듣기만 했다. 북쪽에 남아 있는 아버지 생각이 났다. 남쪽으로 온 것이 맞는 판단이었을지 다시 한번 자문했다.

"남쪽으로 쳐들어올까요?" 야세르가 물었다. 이것도 답할 수 없는 질문이었다. 점점 뉴스에서 흔하게 나타나고 있는 가능성이긴 했다. 생각하기 어려운 일도 뉴스에서 표준으로 삼으면 더 그럴듯해지는 법이다. 얼마 전까지만 해도 북부를 침공한다는 것조차 생각하기 어려운 일이었다.

칸 유니스 사람들과 이야기를 해 보면 분위기가 바뀌고 있다는 게 느껴졌다. 다들 갑자기 불안에 빠졌다.

이스라엘은 계속 우리에게 전단을 뿌렸다. 이번에는 칸 유니스 주민들에게 지역을 비우고 라파로 가라고 한다. 가까운데도 굳이 칸 유니스가 아니라 라파로 가라고 했다. "칸 유니스는 전쟁 지역이다"라고 전단에 쓰여 있었다. 비워야 하는 마을에는 바니 수헤일라Bani Suheila, 쿠자아Khuza'a, 알-카라라al-Qarara 그리고 압바산Abbasaan이 포함되어 있었다. 압바산은 대압바산Abbasaan Major과 소압바산Abbasaan Minor이 있다. 동이 트고 나서부터 이 마을들은 맹렬한 폭격을 당했다. 이게 의미하는 건 하나, 칸 유니스와 그 근처 난민촌이 다음이라는 것뿐이었다.

이따금 미사일이 근처에 떨어질 때마다 건물이 흔들렸다. 자발리야의 파라즈네 집에서 적응했던 것과 같은 식으로, 좌우로 들썩이는 똑같은 갈지자 춤이었다. 마문은 창문으로 가 옆 거리에 있는 한 건물에서 피어오르는 연기를 가리켰다. 익숙하지 않은 구역인지라 자발리야에서 그랬던 것처럼 방금 사라진 건물이 어딘지 알아내자는 마음은 들지 않았다. 이 모든 것에 좀 더 익숙하기도 했다. 하지만 아직 마문에게는 비교적 새로운 과정이었다.

오늘은 마문네 집에서 '물의 날'이라고 정한 날이었다.

주마다 두 번 있는, 집안 모든 구성원이 함께 우물물을 몇 통이고 퍼 담아 4층에 있는 물탱크에 채우는 날이다. 힘든 일이었다. 남자, 여자, 어린아이 모두 소매를 걷어붙이고 자기 몫을 했다. 마문의 형제 아흐마드가 발전기를 돌리는 데 필요한 휘발유 2리터를 구하지 못해 펌프는 쓸 수 없었다. 아흐마드만 몇 시간을 허투루 기다린 셈이었다. 다들 정오까지 일해 물탱크를 가득 채웠다. 다들 진이 빠져 버렸지만, 최소한 앞으로 사흘은 물을 쓸 수 있다는 성취감에 기뻐했다.

이스라엘은 가자 지구를 수백 조각으로 나누고 각기 특수한 번호를 부여한 새 지도를 발행했다. 우리 보고 이 번호를 익혀 어떤 조각에서는 어떻게 하라는 이스라엘의 명령을 따르라는 것이었다. 우리가 머물고 있는 조각의 번호는 00[안전상의 이유로 삭제됨_편집자]이다. 말 그대로 '수탉 굴'이라는 뜻의 주호르 알딕 마을과 같은 아름다운 이름이여, 잘 있거라. 반갑구나, 의미 없고 비인간화된 숫자들아. 팔레스타인 사람들로서 우린 이런 것에 익숙했다. 우리는 여기 존재하는 것만으로도 이스라엘의 감시를 위한 신분증과 번호인 '하웨야haweya'가 있어야만 했다. 우린 번호로 격하되는 데 익숙했다. 하지만 이제 우리 땅은 이름까지 빼앗기고 정체성과 역사도 박탈당했다. 이 땅에는 아무도 살지 않았고 여길 채우고 있는 백만 가지 기억도 모두 없는 오래된 미신으로, 저들은 이 땅을 밀어 버리려고 했다. 소식을 듣고 우린 그냥 웃었다. "좋은 아침이네, 96713번." 아무 숫자나 지어 내 마문에게 말했다. "좋은 아침이야, 83932번!" 그도 웃었다.

## 12월 2일, 토요일. 쉰일곱번째 날.


전쟁이 재개되면서 칸 유니스는 갑자기 이스라엘의 주요 목표가 되었다. 전쟁이 여기까지 날 따라온 것만 같다. 어젯밤에는 사방에서 포격과 미사일 소리가 들렸다. 북부를 떠난 이래 '불의 고리' 식 공격을 보지는 못했지만, 마문의 집 바닥에 누워서 자려고 하자 전쟁의 관현악단이 다시 연주를 시작했다. 공격 횟수를 세고 사용된 로켓 유형을 추측하면서, 공습이 각각 어디에 떨어졌을지 추측하는 옛 버릇들도 다시 돌아왔다.

어제저녁에는 휴대전화와 노트북을 충전하러 나세르 병원으로 갔다. 휴대전화가 충전되는 동안 기자 천막에 앉아 거기 일하는 사람들과 근황을 나누는 건 이제 버릇이 되었다. 전쟁이 재개되자 병원은 다시 가득 찼다. 자기 집에서 짧고 값진 휴전 기간을 보낸 이들은 이제 병원 부지 안 천막이나 전에 머물던 통로와 계단으로 돌아왔다. 기자 천막으로 가던 중, 빈 공간 한 톨까지도 끝없이 줄 지은 천막으로 채워진 걸 보았다. 자기만의 뒷골목과 큰길, 동네와 망을 갖추고서, 새로운 난민촌이 여기 생겨나고 있었다. 불 근처에 서서 요리를 하는 사람들이 보였다. 한 여자는 빵을 만들고 있었다. 두 소녀는 젊은 사내 셋이 물담배를 피우는 걸 보면서 서로에게 속삭이고 있었다. 새로운 공동체가 꼴을 갖추어 가고 있었다.

《러시아 투데이Russia Today; RT》의 프로듀서로 일하는 모스타파의 말로는 거기 소속 기자 여럿이 가족들과 함께 가자시티에서 와서 나세르 병원 옆에 있는 공간에 모여 천막을 치고 집으로 삼고 있다고 한다. 마치 기자 전용 소규모 특별 난민촌처럼 말이다. 사실 이제는 칸 유니스 전체가 커다란 난민촌이 되어 버렸다. 새로 오는 사람들은 천막을 하나 사서 펼칠 곳을 찾는 것 이상을 기대하지 않는다. 낮 동안 모스타파와 기자 수십 명은 카메라 앞에 서서 한 시간마다 새로운 소식을 보도했다. 그러다 밤이 되면 그들은 몇 미터 떨어진 가족들이 있는 천막으로 웅크리고 들어가 부모의 삶을 다시 이어 갔다.

아침 여섯 시에 일어났다. 마문은 이미 일어나 내가 자는 동안 공격당한 장소와 집, 거리의 목록을 정리해 두었다. 공습이 여러 곳에 가해졌지만, 가장 심한 공습은 칸 유니스 동쪽에 있는 동네들에 떨어졌다. 거기는 지상 침공도 시작됐다. 민간인들은 집을 떠나라는 명령을 받았다. "이스라엘이 우리 동네로 쳐들어올까?" 마문이 내게 물었다. 북부에서 겪은 바로 미루어 볼 때, 그렇다고 말할 수밖에 없었다. 시간이 좀 걸릴 수는 있다. 생각했던 것보다 오래 걸릴 수도 있다. 하지만 쳐들어올 것이다. 이스라엘은 지나는 길에 있는 모든 걸 불태웠다. 건물도, 나무도, 사람도, 서 있는 것 무엇 하나 남겨 두지 않았다. 전부 죽여 버렸다. 마문이 말했다. "그래도 난 아무 데도 가지 않을 거야. 리말 구역에 있는 아파트는 무너져서 돌무더기가 됐더라고. 여길 떠나면 갈 곳도 없어. 이젠 안 움직일 거야." 빌랄과 나눴던 말이 떠올랐다.

이스라엘은 북가자, 주로 자발리야 서부에서 작전을 재개했다. 여동생 아스마에게 전화를 했다. 아스마는 팔루자에 있는 자기 집에 눌러앉아 있었는데, 겁에 질린 목소리였다. 어제 로켓 파편이 뒷마당에 떨어져 식물을 전부 태워 버렸다고 했다. 그날 밤, 근처 시장에서는 큰 불이 나 옆에 있는 단지와 인근 학교로 번졌다. 아스마가 말했다. "전부 불에 타 버렸어. 열기 때문에 낮보다도 뜨거웠고." 아스마와 이야기를 나눈 뒤, 아버지에게 전화를 걸었지만 받지 않으셨다.

오늘 아침에는 마문의 친척 여든 명 정도가 칸 유니스 북쪽에 있는 마을 알-카라라에서 왔다. 아침 일곱 시쯤부터 속속 왔는데 옷, 매트리스, 베개와 같은, 짊어지고 올 수 있는 건 전부 들고 있었다. 이스라엘군은 마을에 발포하고 집 몇 채를 허문 뒤, 살아남은 사람들에게 전부 떠나라고 했다. 그래서 이미 가자에서 추방당한 친척 일흔 명을 받은 그 넓던 마문의 집은, 또 여든 명을 받아야 했다. 알-카라라의 2번 거리는 공격으로 가장 큰 타격을 입어 압달라, 키드라 가족이 살던 집이 허물어졌다. 마을 근처 농장과 주택에 살고 있는 많은 이들이 다쳤다. 지역 사원 세 곳도 손상을 입었다. 마문의 집에 사람들이 점점 붐비자 가족이 우선이겠다고, 이제 마문의 우선순위는 가족이겠다는 데까지 생각이 미쳤다. 라파로 가서 형제, 사촌들과 지내야겠다.

아침이 되자 새로운 분위기가 도시를 지배했다. 전쟁이 돌아왔고 이는 칸 유니스 사람들에게는 전보다 훨씬 심각한 일이었다. 휴전은 사람들에게 거짓된 안정감을 심어주었다. 이제 베일이 걷히자, 다시 한번 이스라엘의 진면목을 볼 수 있었다.

거리를 거닐어 보니 칸 유니스가 전보다 훨씬 더 붐비는 걸 알 수 있었다. 이스라엘군 책임자들은 어젯밤 도시 오십여 곳에 가한 공습에 관해 이야기했다. 가자 지구 동쪽 경계에서는 전차들이 들어와 마을과 농지를 파헤치며 우리 쪽으로 곧장 오고 있는데, 이들이 닿기 전에 사람들이 밀물처럼 도시로 밀려들었다.

우린 라파로 돌아갈 차를 찾았지만, 교차로 한 곳에서 기다리는 데만 한 시간을 쓰고 말았다. 어젯밤 F-16이 발사한 미사일이 떨어져, 도로 한가운데에 커다란 구덩이가 하나 생겨나 있었다. 운전자들이 차가 넘어가지 않도록 하다 보니 양쪽 차선 모두 그 근처에서 교통체증이 일어났다. 구덩이를 내려다보고 있자니 다가올 지상 침공에서 이 구덩이가 칸 유니스와 라파를 가르는 새로운 분할선이 될지 궁금해졌다. 전에는 와디 가자 강이 북부와 남부를 가르는 자연스러운 선이었듯 말이다. 라파, 특히 서부 해안가는 곧 가자 지구 전체의 마지막 피난처가 될 것이다. 다들 그리로 가라고 할 것이다. 그 뒤엔 어떻게 될까?

## 12월 3일, 일요일. 쉰여덟번째 날.


　어젯밤 F-16이 발사한 미사일이 자발리야에 떨어져 우리 가족이 살던 집과 다른 집 여섯 채가 함께 무너졌다. 다들 몇 시간 전에 막 탈출해서, 다행히 집에는 아무도 없었다고 한다. 집은 야파 도로, 그러니까 1948년에 야파에서 온 난민들이 처음 난민촌을 세운 곳 근처에 있었다. 내가 걸음마를 떼고 글자를 익히고 소설을 처음 쓴 집. 한나와 내가 가족을 이루고 아이 넷을 본 집. F-16 조종사는 콕 집어 우리 집을 노렸다. 가진 기술력이 상당하니 이스라엘은 집이 비었다는 걸 분명 확인했을 것이다. 그렇다 하더라도 우리 집과 다른 집 여섯 채를 허물어 버리는 것이 어젯밤 조종사가 받은 임무라는 건 변하지 않는다. 열흘 전에 집을 떠날 때만 해도 그게 집을 직접 볼 수 있는 마지막 순간일 거라고는 상상조차 하지 못했다. 이번이 어떤 일의 마지막이라는 사실은 누구도 알지 못한다. 거기서는 잠시 몇 분을 보냈을 뿐이다. 아버지와 앉아 전쟁이나 우리 외의 가족들에 관한 평소 생각을 나누고는, 아버지께 "안전히 지내시라" 하고는 떠났다. 집에는 작별인사도, "안전히 지내"라는 말을 전할 생각을 하지 않았다. 나무 계단, 졸업

사진, 이미 죽은 형제 나임이 감옥에 갇힌 뒤로 액자에 보관되어 계속 벽에 걸려 있던 그의 사진까지, 전부 다 다시 볼 수 있을 거라고 생각했다.

아버지는 이제 잘 곳이 없다. 어젯밤 난민촌에 마구잡이로 포탄이 떨어지자, 아버지는 당신 생각에 더 안전한 곳으로 이웃들과 함께 거처를 옮겼다. 여러 곳이 표적이 되었고, 이럴 때일수록 동행이 있다는 건 왠지 안심이 된다. 이제 아버지는 다른 가자 주민 수천 명처럼 지낼 곳이 없다. 아버지는 아침 여섯 시 반에 내게 왓츠앱으로 영상전화를 걸어 "집이 무너졌다"고만 말했다. 아버지의 목소리는 떨렸고 눈물이 보였다. 이제 일흔넷 노인의 집이 없어졌는데, 그 이유는 다름 아니라 그를 고통받게 해야겠다고 어떤 사람이 전략적 결정을 내렸기 때문이다. 자발리야의 상황은 열악하다는 말로도 모자랐다. 여동생 아스마에게 전화를 걸었다. 전화 소리가 뚜루루 나면 항상 안심이 되었다. 주인이 잔해에 파묻히면 전화기도 대개 박살이 났다. 세 번쯤 걸었을 때 결국 전화를 받았다. "좋은 아침." 그 두 단어면 됐다. 이제 숨이 트였다. 아스마는 어젯밤의 참상을, 끝없는 폭발의 연쇄가 끝날 때까지 세어 보니 몇 분이 걸렸는지를 쭉 이야기했다. 이웃들의 집이 불타는 걸 봤고 집 가까이에 미사일이 떨어지고 있는데 어느 방향인지 알아낼 수가 없었다고 했다. 아스마는 깨진 창문을 통해 새벽 햇살이 비치고서야 자기가 살아남았다는 걸 깨달았다. "또 동이 트는 걸 볼 수 있을지 확신이 없어, 오빠."

어제는 탈 앗-술탄 거리를 따라 라파 중심가로 걸어갔다. 구름이 지나가서 햇살을 받기에 좋았다. 사회발전부 사무실에서 사회발전부 가자 지구 책임자, 로에이 마드훈Loay Madhoun과 회의를 했다. 몇 분 뒤 동료 다섯이 함께하게 되어 같이 대화와 분석을 나누었다. 로에이는 추방당한 사람들에게 복지와 원조를 분배하는 일을 맡고 있는데, 하루의 대부분을 라파 검문소에서 트럭을 받고 싣고 온 물자의 분배를 감독하며 보냈다. 로에이는 지금껏 가자로 들어온 게 필요한 양의 10퍼센트밖에 되지 않는다고 했다. 가자 지구 나머지 지역에 있는 사람들이 주로 칸 유니스로 밀려들면서, 이들이 어디서 잠을 잘지가 가장 시급한 문제가 되었다. 하루하루가 난관이었다. 대부분 UNRWA나 정부가 관리하는 학교에 머무르고 있었으나, 그조차도 가득 찬 지 오래되었다. 전문대학과 일반 대학마저도 대피소로 전환되었다. 이제는 누구도, 어디에도 머무를 곳이 없었다.

잠들기 전, 고모할머니 누르Noor와 이야기를 나누었다. 누르 고모할머니는 할머니 살와Salwa의 자매인데, 아마 우리 가족 중에서 나크바 이전에 야파에서 태어나 살아 있는 유일한 분일 것이다. 고모할머니는 부모님과 함께 아름다운 자기 집을 떠나 남은 유년기의 대부분을 여기서 10여 킬로미터 북쪽에 있던 천막에서 보내야 했다. 고모할머니의 아버지는 도시의 무크타르, 그러니까 부족장 같은 상당한 위신이 있는 지위였다. 그러다 갑자기 돈 한 푼도, 집도 없는 난민이 되었다. 이제는 그 딸인 고모할머니가 새 난민촌으로 도망가야만 한다. 고모할머니가 텔아비브에서 포탄이 날아오는 소리를 듣고선 교과서를 떨어트리고 집 밖으로 나가 거리를 내달렸던 이야기를, 나는 평생 듣고 살았다. 고모할머니는 교과서를 갖고 오지 못해 얼마나 속이 상했는지 기억하고 있었다. 고모할머니는 야파에 있는 학교를 사랑했고, 다시는 다른 학교로 가지 않았다. 어젯밤 그 이야기를 또 듣는데, 고모할머니가 이야기의 몇 가지 세부 사항에서 몇 주 전 자발리야에 있는 집에서 급하게 떠난 일과 어렸을 적 일을 헷갈리고 계시다는 걸 알 수 있었다. 75년에 걸쳐 앞뒤로 편집된, 영화의 몽타주 장면 같았다. 대단한 영화 편집자라 하더라도 고모할머니가 헷갈려 하시며 한 것보다 더 잘 편집하지는 못했을 것이다.

어젯밤, 이스라엘은 가자시티 슈자이야 구역을 노렸다. 민간인 수백 명이 사망했음이 확인되었고, 구시가지 일부를 포함해 건물 50여 채가 파괴되었다. 오늘 칸 유니스에 온 사람들이 늘어났고 라파는 터질 것만 같았다. 너무나도 붐벼서 시장에서 인파를 뚫고 가는 것도 어려웠다. 살 것이 거의 남아 있지 않은데도 사람들은 그냥 걷고 바람을 쐬려고 시장으로 나왔다. 적신월사에서 일하는 친구는 며칠 내로 새로 온 사람들을 위해서만 천막 수천 개를 나눠 줘야 한다고 설명했다. 음식이 없어도 3, 4, 5일은 버틸 수 있지만, 거리에서 하룻밤을 보내는 건 아무도 버틸 수 없다.

## 12월 4일, 월요일. 쉰아홉번째 날.


우리 가족이 지내던 집 생각이 계속 난다. 그 집과 함께 내 일부를 잃어버렸다.

에이샤 할머니의 발치에 앉아 첫 이야기를 들은 것도 그 허름한 콘크리트 건물에서였다. 내가 커서 작가가 된 것도 그 이야기를 세상과 나누고, 할머니가 야파의 그 커다란 별장에서 지낸 삶으로 돌아가 보기 위해서였다. 1948년 나크바 전의 그 삶은 할머니가 어린 자녀들을 데리고 다른 사람들 수천 명과 함께 뜨거운 모래 위를 걸어 자발리야 난민촌에 있는 좁고 작은 집에 살게 되면서 끝났다. 그 좁고 작은 집이 우리 가족의 집이 되었다.

당연히 출판되지는 않았지만, 내가 처음 단편을 쓴 곳도 그 집이었다. 이야기를 들려주길 좋아하지만 언제나 그 결말을 까먹는 노인에 관한 소설이었다. 나는 열세 살 때부터 공책 하나에 꾸준히 원고를 끄적여 두었다. 대부분의 소설은 그 작은 집이라는 마법의 왕국을 배경으로 했다. 소설들은 근처 골목의 어머니들이 주마다 하는 모임, 거기서 나누는 폭넓은 대화와 수다, 농담 같은 우리네 일상을 담아냈다.

100제곱미터(30평)도 채 안 되고 단층짜리 작은 집이었지만, 그 집은 우리의 안식처였다. 집에는 큰 침실 두 개와 좀 더 작은, 거실 노릇을 한 세 번째 방이 있었다. 형제들과 내가 나이를 먹자, 아버지는 우리가 놀 곳을 만들겠다며 한 층을 더 얹었다. 2층으로 가려면 벽에 제대로 붙어 있지 않아 발걸음 하나하나에 흔들리던 나무 계단을 올라야 했다. 나는 놀이방에서 처음으로 소설을 읽었고, 음악을 들었고, 부모님의 눈을 피해 처음으로 담배를 피웠다. 그 옆에 딸린 옥상 공간에는 우리에 병아리 몇 마리를 두고 애완동물로 키웠다.

대학을 졸업하고는 결혼 계획을 잡고 건물 위에 콘크리트 지붕을 치고 층 하나를 완전히 새로 놓았다. 새로 놓은 층은 작은 공간 두 곳으로 나누었다. 하나는 내게 곧 생길 가족을 위해서 그리고 다른 하나는 이스라엘 감옥에서 막 풀려난 형제 나임을 위해서였다. 한나와 내가 가족을 일군 것도, 첫아이의 울음소리를 들은 것도 거기서였다. 우리는 새로 지은 층의 휴게실에 모여 기나긴 밤 동안 이야기하고, 카드 놀이를 하고, 물담배를 피우면서 보내곤 했다. 거기서 나임을 마지막으로 봤다. 내가 피렌체에 있는 유럽대학연구소에서 박사 학위를 따러 이탈리아로 떠나기 전날이었다. 몇 달 뒤, 나임은 끌려가 이스라엘 방위군의 총에 맞아 죽었다. 그 방에 혼자 있으면 나임의 목소리, 웃으며 농담을 하는 목소리, 감옥에서 꾼 꿈을 들려주는 목소리가 다시 들리는 듯했다.

근 몇 년 동안은 그 집에 들러 나이가 들어가는 아버지를 만나곤 했다. 아버지와 앞쪽 방에 앉아 이야기를 나누고 수많은 책과 사진을 둘러보면서, 추억에 잠겨 어렸을 적 목소리를 듣고 우리가 잃은 이들을 기억했다. 지난 몇 년 동안, 우리는 너무도 많은 사람들을 잃었다.

작가가 성장한 집은 그가 소재를 퍼내는 우물이다. 내가 쓴 소설에서, 난민촌에 있는 평범한 집을 그리고 싶을 때면 우리집을 떠올리곤 했다. 가구를 조금 옮기고 거리 이름을 바꾸기야 하겠지만 누굴 속이겠는가? 항상 우리 집을 그렸다.

자발리야에 있는 집은 전부 작았다. 마구잡이로, 되는 대로 지었고, 오래 버티라고 지은 집도 아니었다. 이 집들은 에이샤 할머니 같은 팔레스타인 사람들이 1948년 추방 이래 지낸 천막을 대체한 것이었다. 집을 지은 사람들은 역사적 팔레스타인historic Palestine*에 있는 마을에 남겨 두고 온 아름답고 넉넉한 집으로 곧 돌아갈 것이라고 항상 생각했

---

* 열강들의 묵인 아래 1948년 이스라엘이 영토를 침탈하기 이전의 팔레스타인 영토를 의미한다.

다. 가족이 지내던 옛집의 열쇠를 간직하는 등 우리의 희망을 담은 수많은 의례에도 불구하고, 그렇게 돌아가는 일은 일어나지 않았다. 미래는 계속 우리를 배신하지만 과거는 우리의 것이다.

근처의 여러 집은 우리 친척들 소유였다. 아부 사이프 가문은 야파에서 가장 큰 가문 가운데 하나였다. 이제는 이스라엘이 되었지만 지금도 거기 사는 친척들이 있고 우리와 연락을 하며 지낸다. 나크바 이후로 아부 사이프 가문은 다른 팔레스타인 집안들처럼 중동 전역으로 흩어졌다. 몇은 가자로, 몇은 요르단과 레바논으로, 다른 이들은 이집트로 갔다. 이렇게 보면 우리 가족은 더 넓은, 야파의 아부 사이프 가문의 일부였고, 그 안에 각자의 이야기를 지닌 중동 전역의 친척들이 있는 것이다.

우리 집이 100제곱미터도 되지 않는다는 생각을 하면, 그 숫자가 의심스러워지곤 했다. 분명 더 컸을 텐데. 내게는 궁궐 같았고, 거대한 성 같았고, 세상에서 가장 위대한 건물 같았다.

세계 여러 도시에서 살아 보았고 가 본 곳은 더 많지만, 내가 집이라고 느낀 건 곧 무너질 것 같은 우리 집뿐이었다. 친구나 동료들은 왜 유럽이나 미국에서 살지 않느냐고 항상 물어본다. 나한테는 그럴 기회가 있지 않느냐는 것이다. 학생들도 맞장구를 치며 왜 가자로 돌아갔냐고 물었다. 내 답은 항상 같다. "왜냐면 가자에는, 자발리야의 사프타위라는 동네에 있는 이름 없는 골목길에는, 세상 어느 곳에서도 찾을 수 없는 작은 집이 서 있거든."

종말의 날에 신이 내게 어디로 보내주면 좋겠냐고 물으면, 나는 망설임 없이 말할 것이다. "그곳이요."

이제는 "그곳"이 없다.

## 12월 5일, 화요일. 예순번째 날.


어젯밤에는 유럽 병원에 가서 장인어른과 장모님을 뵈었다. 이제야 위쌈이 차를 타고 이집트에 있는 병원으로 이송되어 두 분만 남게 되었다. 병원장에게는 두 분이 계속 머무를 수 있게 해 달라고 부탁해야 했다. 장모님은 거동이 매우 불편하시고 본인을 돌보는 게 거의 불가능하기에, 종일 돌봐드릴 사람이 필요했다. 위쌈이 병원에 있을 때는 그 언니 위다드가 모두를 돌볼 수 있었고, 처음 왔을 때 병원 관리자들은 두 분과 위다드를 전부 위쌈의 동행으로 등록하고 다들 머무를 수 있도록 방을 비우고 공간을 만들어 주었다. 이제 위쌈과 위다드가 떠났으니 두 분도 떠나야 했다. 언제든 선택지가 있어야 하는 법이니 나는 두 분께 난민촌에서 우리와 함께 지내도 괜찮다고 말씀드렸다. 전화를 수십 통 돌리고 나서야, 일단 하룻밤을 지내고 아침에 잔류 요청을 검토하겠다고 합의를 보았다.

야세르는 두 분과 함께 병원에 있어도 괜찮겠냐고 물었다. 갑자기 쫓겨날 경우를 걱정하고 있었다. 야세르에게 그렇게 된다 하더라도 네가 할 수 있는 건 딱히 없다고 말했다. 결국 야세르는 남겠다고 고집을 부렸다. 장인어른 얼굴에서 걱정이 느껴져 안심시켜 드렸다. 최악의 경우라야 난민촌으로 가는 건데, 거기에는 친척들이 많으니 도와줄 거라고 말씀드렸다.

아직까지 위쌈의 새로운 소식을 듣지 못했다. 위쌈이 떠난 아침에는 이집트 포트 사이드Port Said에 있는 병원으로 갈 거라고 들었다. 하지만 떠나고 몇 시간이 지나도 위쌈과 연락이 되지 않았다. 밤이 되어서야 한나가 위쌈과 이야기를 나눌 수 있었다. 위쌈은 이미 검문소 줄을 지나서 이집트에 있고, 샤말시나를 가로지르고 있다고 했다. 어린 여자아이들인 위다드와 위쌈 모두 부모도, 형제자매도, 어떤 지원도, 게다가 위쌈의 경우에는 사지 가운데 셋을 잃고 가자 밖으로 처음 여행을 떠나는 것이었다. 가자의 경계를 에워싼 철조망 바깥의 세상을 모르는 아이들인데, 누구도 절대로 바라지 않을 방식으로 이 감옥에서 벗어나고 있다.

저녁 일곱 시를 기준으로, 이제 휴대전화 신호는 잡히지 않았다. 난민촌 밖의 세상과의 유일한 연결점은 먼 곳의 폭발에서 나는 소리와 빛 그리고 북동쪽에서 칸 유니스로 향하는 F-16의 포효뿐이다. 우리 열두 사람만 천막에 앉아 F-16의 포효로 거의 들리지도 않는데도 상황을 이해하려 해 보고, 어떻게 될지 짐작하며 계속 이야기를 나눴다.

"칸 유니스는 힘든 밤이 될 걸세." 파라즈가 읊조렸다. "칸 유니스 지상 침공의 시작일 겁니다." 누군가 추측했다. 하지만 제대로 아는 사람이 어디 있기나 할까? 천막 안에서 물담배 세 대에 불이 붙었다. 연기가 천막 안 천장으로 피어올라 구름처럼 모였다. 이제 이게 우리 삶이니, 남쪽에서 편하게 지내 보려고라도 해 봐야 할 것이다. 우린 잠시나마 멍하니 먼 곳을 바라보았다. 다들 아직 북가자에 남아 있는 가족들을 생각했다. 이브라힘은 거기 있는 친구가 전화로 '불의 고리'가 자발리야 전역 곳곳에 떨어졌다고 말해 줬다고 했다. 보도에 따르면 전차가 팔루자 지역에 들어섰고 난민촌 중심부로 향하고 있다고 했다. 이브라힘의 친구가 말했다. "아무것도 안 보여. 죽음과 어둠뿐이야."

모함메드와 이브라힘이 새벽 다섯 시 반쯤 일어나 불을 피웠다. 둘은 차를 우렸고, 모함메드는 자식들에게 먹일 우유를 끓이고 있었다. 여덟 시쯤, 둘은 아침을 차렸다. 오랜만에 빵이 있었다. 기적이었다. 얼마 지나지 않아 아이들이 천막 주변에서 숨바꼭질을 하기 시작했다. 난민촌에 빠르게 생기가 돌고 있었다. 모함메드의 네 살배기 아들 아흐마드를 보고는, 우리 아버지도 아흐마드 나이 때 쟤들처럼 천막 주변에서 뛰놀았을지 생각에 잠겼다.

사람들 말에 따르면 다시 살라 앗-딘 도로를 따라 칸

유니스 동쪽을 떠나 라파로 향하는 사람들의 행렬이 이어지고 있다고 한다. 어젯밤에는 칸 유니스 시가지와 그 난민촌에 가하는 공격 소리를 들을 수 있었다. 소리가 멈추지 않았다. 지금까지도 폭발음이 매우 가까이서 들렸다. 이제 라파로 가는 차를 구하기란 아주 어렵다. 저번 주에는 훨씬 쉬웠으나 도시로 오는 난민의 수가 기하급수적으로 증가하면서 차, 트럭, 세발 수레를 포함한 모든 게 부족했다. 사람들은 나귀나 망아지가 끄는 수레를 가장 많이 썼다. 차는 사치품이 되어, 한 대 잡으려면 한 시간은 기다려야 할 수도 있었다. 수레 하나를 기다리며 길 옆에 서 있는데 친구 이마드Emad가 차를 세우고 나와서 나를 껴안았다. 이마드는 칸 유니스 중심가에 있는 집을 비우고 나와서 알-라쉬드 도로를 따라 차를 몰고 오는 중이라 차에는 가족과 짐으로 가득했다. 이마드는 팔레스타인 대학의 총장을 지낸 적이 있는 사람인데, 이미 다섯 가족이 피난해 있는 친구 집으로 대피할 수 있기를 바라고 있었다.

차 안에서 하루 일과인 '전화 시간'을 시작했다. 가자지구에 있는 직계가족은 물론, 친한 친구들에게 각각 전화를 걸어 괜찮은지 확인을 하는 시간이다. 먼저 아버지에게 전화를 걸었으나 자발리야에는 연락이 닿는 사람이 없었다. 그 뒤에는 칸 유니스로 거처를 옮긴 여동생 할리마에게 전화를 걸었지만, 연락이 닿지 않는 건 마찬가지였다. 똑같이 칸 유니스에 있는 친구 마문도 연락이 되지 않았다. 다음으로 병원에 있는 아들 야세르에게 전화를 걸었다. 야세르는 자기는 괜찮고 할아버지 할머니와 밤을 보내기쁘다고 했다. 그거와는 별개로, 해가 지기 전에 자기를 태우러 오라고 했다. 그다음에는 데이르 알-발라에 있는 여동생 에이샤에게 연락을 했다. 에이샤는 이틀 동안 연락이 닿지 않았는데 몇 번 통화를 시도한 끝에 "안녕"이라는 목소리를 들을 수 있었다. 에이샤는 사흘간 빵을 하나도 먹지 못했다고, 아이들이 매일 빵을 달라고 한다 했다. 적신월사에서 일하는 친구 마흐무드 말로는 유엔 산하 기구들을 포함한 국제조직들이 데이르 알-발라가 있는 중부 주나 칸 유니스로 구호품을 수송하기를 거부하고 있다고 했다. 유엔 산하 기구들은 이스라엘군이 수송을 허가하지 않았기에 거기까지 차를 모는 게 안전하지 않다고 했다.

매번 있는 일이라고 넘길 게 아니었다. 가자 지구를 '북부'와 '남부'로 나누려고 했던 일들을 이제는 '남부'를 나누는 데 써먹고 있었다. 칸 유니스는 이제 '안전하지 않고' 다들 라파로 가야 한다. 저들이 무슨 짓을 하고 있는지가 투명하게 보이는데, 어떤 세계 정상도 그에 반대하는 한마디를 하지 않는다. 마치 선을 넘는 말을 할까 봐, 자기들의 알량한 커리어를 망칠 말을 내뱉을까 봐 두려움에 얼어붙어 움직이지 못하게 되기라도 한 듯 말이다. 그동안에도 가자 지구에서는 파괴의 연쇄가 이어지고 점점 빨리 반복되며, 우리가 대피해도 되는 공간은 점점 작아지고 있다.

## 12월 6일, 수요일. 예순한번째 날.

아이들이 사탕을 달라고 했다. 이브라힘의 아이들, 특히 나임이 그랬다. 아이들은 이브라힘에게 '장을 보러 가서' 초콜릿, 비스킷, 사탕을 사다 달라고 울며 애원했다. 이브라힘은 뭐라 말을 해야 할지 몰랐다. 이브라힘은 먼저 식료품점이 문을 닫았다고 했다. 엄밀하게 말하면 그건 거짓말이었다. 우리가 집으로 삼은 이 새로 생긴 천막촌에는 애초에 식료품점이 하나도 없기 때문이다. 하지만 애들이 계속 들볶자 이브라힘은 짜증이 나 더는 버틸 수가 없어 애들을 데리고 천막촌을 걸어다니기로 했다. 찾을 수 없다는 걸 이미 알면서도 식료품점을 찾아보자고 한 것이다. "여기서 사탕을 파는 사람은 없단다." 아이들이 걷는 데 지치자 결국 이브라힘이 설명했다. 한 녀석이 말했다. "알았어요. 사탕은 됐으니까, 그냥 뭐라도 하나 사요. 뭐든 상관없으니까." "살 게 아무것도 없다니까." 이브라힘이 답했다. 부인이 수제 사탕 같은 걸 만들어 보는 게 어떻겠냐고 했다. 하지만 말을 꺼내기도 전에, 나는 그럴 재료도, 재료를 살 곳도, 구울 오븐도, 보관할 냉장고도 없다는 걸 알았다. 이브라힘은 전쟁이 끝나면 지키겠다고 더 많은 약속을 하는 수밖에 없었다. 우리 모두 이런 식으로, 오늘은 사탕이 없지만 내일은 많을 거라는 약속을 스스로와 가족들에게 하고 있다.

어제는 유네스코 무형유산 보호 협약 정부 간 위원회 회의에서 유네스코 '무형문화' 공식 목록에 답케*가 포함되었다. 전쟁이 시작되기 전에 나는 보츠와나 카사네에서 열리는 위원회 회의에 참여하기로 했다. 답케가 목록에 포함되기를 요청한 신청서를 제출하는 건 내 책임이었다. 팔레스타인 문화의 풍부함과 그것이 넓은 지역의 유산과 인류 일반에 기여한 바를 강조하는 게 신청 사유였다. 답케는 세계에서 가장 오래된 전통 춤 가운데 하나로 수천 년 동안 이어져 왔다. 2년 전에 한 일이 마침내 결실을 보게 되어 기뻤다. 팔레스타인 전통 자수가 목록에 추가된 게 2021년이었기에 이번 등재는 직접 가서 보지 못했음에도 내게 뜻깊은 순간이었다. 다음 해에는 나블루스 전통 비누 신청 역시 성공적으로 등록되기를 바란다. 나블루스는 올리브 오일로 만든 비누로 유명하다. 이런 일은 시시해 보이겠지만, 이런 것들이 우리 정체성의 일부이고 점령

---

* دبكة, dabkeh. 레반트 지역의 민속 무용으로 팔레스타인, 이라크, 요르단, 레바논, 시리아 등에서 인기 있는 라인댄스 형식의 민속 춤이다. 답케라는 말은 아랍어로 '발을 구른다'는 뜻으로, 결혼과 같은 경사가 있을 때면 으레 추곤 한다.

이나 전쟁으로 사람들이 추방당하는 지금, 위협받고 사라질 가능성이 있는 것들 가운데 일부이다. 어떤 팔레스타인 결혼식에서도 답케는 그 일부를 이룬다. 세계 곳곳에 흩어진 팔레스타인 사람들, 심지어 19세기 중엽에 남아메리카로 이민 간 이들의 후손들은 아직까지도 결혼식과 피로연에서 답케를 춘다.

추방당한 사람들 전부가 지금 주로 걱정하는 것은 음식, 물, 재정적 지원을 확보하는 것이다. 대부분 사람들이 주머니에 돈도 거의 없는 채로 집을 떠난 데다가 돈이 있는 사람들은 살 물건이 없다. 적신월사에서 식량 공급을 담당하는 마흐무드는 내게 지난 몇 주간, 10월 21일부터 12월 4일까지 가자 지구로 들어온 구호품 트럭의 수를 기록한 내부 보고서를 보여주었다. 3,061대만 들어오는 게 허용되었고 이 가운데 식량 지원을 실은 건 반도 안 되는 1,416대였다. 두 번째로 큰 범주는 물 629대였다. 그다음은 담요와 덮개 329대였고 그다음은 의료 물품 248대였다. 어딜 둘러보아도 구호품이 배분되기를 바라는 인파가 보였다. 가장 작은 꾸러미조차도 이들에게는 추위와 허기로부터 살아남을지 그러지 못할지의 차이를 낳았기에, 큰 의미를 지니고 있었다. 하지만 마흐무드는 당장 사람들에게 필요한 건 천막과 담요인데, 충분한 양이 오지 않고 있다고 했다. 겨울이 빨리 시작되어 사람들은 체온을 유지해야 했다. "일주일 동안만 천막이랑 담요 트럭만 들어오게 하는 건 어때?" 마치 내게 달린 일인 양 말을 꺼냈다. "물론, 먼저 비축분이 남을 때까지 음식 수송을 극대화해야겠지만 말이야." 하지만 사람들이 점점 더 집 없이 지내게 되면서 상황은 악화되기만 했다.

천막이 에워싸고 밀려 들어와 거리와 공공장소로 퍼져 나가면서, 우리가 알고 있는 라파는 점점 작아지고 있다. 인도적 지원의 위기는 제한된 수의 트럭만 입경이 허가되고 계속 입경에 여러 제한을 두는 한 계속 이어지기만 할 것이다. 상황이 어떻게든 정상화되려면 몇 달 동안 트럭 수백 대가 매일 드나들어야 한다. 구호 분야에서 일하는 사람들의 이야기를 들으면 들을수록, 국제 정책이 라파나 남부처럼 당면한 영역의 당면한 필요에 기초하고 있다는 걸 알게 되었다. 아무도 가자와 북부에 남겨진 이들에 관해 더는 이야기하지 않았다.

오늘 아침은 사십 분간 줄을 서 야세르가 아침으로 먹을 팔라펠을 조금 구했다. 이게 이번 주 아침이 될 것이다. 선택지는 많지 않았다. 우리가 기다리는 동안 두 청년이 팔라펠 경단을 기름에 던져 넣었다. 우리 앞에는 아이 셋이 하품을 하고 있었다. 한 아이는 장난감 여러 개를 가슴에 꽉 쥐고 있었는데, 언니에게 피곤하니 한쪽에 앉아 있어도 되겠냐고 물었다. 우린 팔라펠 장수한테 그 아이를 우선해서 주라고 말했다. 아이들은 음식을 구하는 일을 마지막으로 아침 일과를 끝내 기뻐 보였다. 마침내 나도 우리 몫의 팔라펠을 챙겨 길 구석에 서서 빵에 팔라펠 경단을 채워 넣었다. 이브라힘이 야세르에게 준 빵인데, 그걸로 오랜만에 야세르에게 팔라펠 샌드위치를 만들어 주었다. 난 하루에 한 끼만 먹었다. 60일이 지나니 이게 평범한 일이 되었다. 하루에 세 끼를 먹는 데 적응되어 있었기에 처음에는 엄청나게 어려웠지만, 빵과 음식이 모자라니 한 끼로 충분하다고 스스로를, 아니 내 배를 설득하는 법을 배웠다.

## 12월 7일, 목요일. 예순두번째 날.

어제 자발리야 난민촌에 가해진 전차 공세 중 장인어른 댁이 포격에 맞았다. 집에 있는 벽이 전부 무너졌다. 포탄이 건물을 맞추고 마치 살 없는 뼈 같은 모습으로 남겨두었다고 한다. 한나는 전화로 어릴 적 추억을 떠올리고는 슬퍼하며 울었다. "우리 둘 다 좋은 시절 둥지를 잃어버렸네." 내가 말했다. 우리가 노인 두 분, 장인어른과 장모님을 그 집에서 나오시게 한 게 얼마나 현명한 일인지 새삼 깨달았다. 장모님은 걸으실 수가 없으니 포탄이 떨어졌을 때 계셨다면 분명 살해당하셨을 것이다. 운이 좋았다. 두 분께는 집이 사라졌다는 소식을 전하지 않았다. 어떤 소식은 전하지 말아야 한다. 무소식이 희소식이다. 전차들은 서쪽으로 몇 미터 가서 집을 완전히 무너트렸고 아무도 없다는 걸 알면서도 지역에서 발포를 계속했다. 한나의 삼촌 만수르와 그 가족은 근처 학교로 거처를 옮겼고 다른 삼촌 맘두Mamdouh는 집에 남기로 했다. 맘두 삼촌 생각에는 집이 공격을 받는다면 학교도 마찬가지로 공격을 받을 것이었다. 군대가 표적으로 삼는 데 어떤 논리도 보이지 않기에 차이가 없다. 쓸 군수품은 많고 앞으로도 더 많이 있을 모양이다. 장인어른과 장모님, 이 칠십 대 부부는 전쟁이 끝나면 잘 곳도, 집이라 부를 곳도 없다. 한나는 아래쪽 층은 아직 침실로 쓸 수 있다고 했다. 최소한 그건 두 분한테 남은 모양이다.

우리 대부분에게 집이 사라진 자리에 남은 건 추억뿐이다. 하지만 전쟁 중에는 추억만으로는 충분하지 않고 쓸모도 없다. 추억은 체온을 유지해 주지 않는다. 총이 잠에 들면, 추억이 천천히 도움을 주기 시작할 수도 있다. 마지막으로 장인어른 댁에 있을 때 가족 서류, 사진첩, 증명서를 전부 챙겨 놓았던 게 얼마나 다행인지 깨달았다. 작고 검은 가방에는 우리가 가지고 나온 가자 지구에서의 일체의 소유물들이 들어 있다.

어젯밤 뉴스는 자발리야에 있는 우리 동네 근처에 '불의 고리'가 떨어졌다는 소식을 전했다. 아버지가 어떻게 됐을지 공포에 빠졌다. 전화를 걸었다. 보도로는 예순여덟 명 정도가 살해당했다고 했다. 표적이 된 곳은 우리가 아는 집이었다. 아버지가 지내는 곳 근처였다. 우리 모두 거기 있는 사람들에게 연락해 가족에 관해 물어보려고 했다.

결국 아침이 되어서야 아버지와 연락이 닿았다. 마찬가지로 모함메드도 난민촌에 남은 친척 오마르에게 전화했다. 전화 신호가 꼭두새벽에만 안정적이었기에 우리는 아침 여섯 시에 전화를 걸어야 했다. 오마르는 아버지가 머물고 있는 아파트로 가서 휴대전화를 건넸다. "나는 괜찮다." 아버지는 듣기만 해도 알 수 있을 정도로 걱정스러워 하시면서도 안정된 목소리였다. "지금은 안전하게만 계세요." "전차들이 우리 거리 서쪽 끝에 있다." 이제 난민촌에 남아 있는 사람은 극히 적었다. 더 많은 이들이 사흘 전에 떠났다. 군대가 난민촌을 삼면에서 에워싸더니 이제는 전차들이 중심부로 접근하며 길에 있는 걸 전부 으깨 버리고 있다. 아버지한테는 이제 운밖에 기댈 곳이 없다.

가자 지구 전역에 있는 사람들은 배신당하고 버려진 기분이다. 아무도 우리를 신경 쓰지 않는다. 아무도 우리를 구하러 오지 않고 도움의 손길을 내밀지조차 않는다. 이스라엘은 온갖 군사 전술, 온갖 악행을 아무런 반론도 받지 않고 도입하고 있다. 우린 버려졌고, 아무 발언권도 없으면서 우리 운명을 마주하고 받아들여야만 한다. 우린 침묵 속에 고통받아야 한다. 우리가 어떤 기분이나 생각을 갖든, 누구도 우리에게 귀기울이지 않는다. 버림받았다는 게 우리가 놓인 조건이다.

라파의 거리를 걷다 보니 옛 친구들, 몇 년 동안 못 본 친구들을 많이 만났다. 계속 발걸음을 멈추고 악수를 하거나 포옹을 나눴다. 자발리야의 대부분이 이제 라파로 들어온 것 같다. 새 난민촌이 들어선 탈 앗-술탄과 마을 중심부를 잇는 긴 거리에는 새 시장이 생겨났다. 전쟁 전에는 시장이 마을 중심부에만 있었지만, 지금은 학교가 많이 있는 이 거리에서 장사를 한다. 어제는 시인이자 친구인 오스만 후세인Othman Husain을 만나 기뻤다. 그의 집은 라파 남동쪽 슈카Shuka에 있는데, 무너져서 유럽 병원 근처에 있는 딸의 집으로 거처를 옮겼다고 했다. 오스만은 2014년 전쟁에서 전에 살던 집을 잃고 새로 지었는데, 짓자마자 비행기가 또 허물어 버렸다. "저들이 무너트리라고 우리가 짓는 건지 아니면 어쩌면 우리 보고 다시 지으라고 저들이 무너트리는 건지 모르겠네." 그가 말했다. 집이 무너진 두 번 다, 오스만은 자기 장서도 함께 잃어버렸다. 그를 마지막으로 봤던 건 라말라 도서전에서였다. "2014년부터 산 책도 전부 사라졌어."

한편 유엔 창고 난민촌에는 새로운 동네가 생긴 모양이다. 우리 곁으로 새로운 천막들이 생겨났고 매일 말소리, 싸움 소리가 들렸다. 그 목소리와 얼굴을 익히고 이름을 기억하기 시작했다. 시간이 지나자 우리는 각자의 사연을 나누고 서로의 과거를 배우기 시작했다. 새로운 공동체는 이렇게, 서로의 역사를 합치며 시작된다.

## 12월 8일, 금요일. 예순세번째 날.


칸 유니스의 유럽 병원에 계신 장인어른과 장모님을 다른 곳으로 모셔다 드려야 했다. 병원에 공간이 없다고 한다. 칸 유니스와 칸 유니스 동쪽 지역에 극심한 공격이 이어져 병원은 이미 수용 능력을 넘겼다. 부상자 수백 명이 새로 들어왔고 이를 수용할 능력은 이미 병원에 있는 사람들에 의해 제한되었다. 그래서 병원 관리자들은 두 분이 지낼 곳을 찾아보라고 했다. 관리자들이 계단이나 병원 바닥에서 지내도 된다고 했지만, 두 분은 침대가 절실히 필요한 상황이다. 그렇지만 병원도 인력 및 의료기기 부족으로 허덕이는 판국이기에, 두 분이 우리와 함께 지내며 천막 난민촌에서 같이 지내는 친척들이 줄 수 있는 지원을 받으시는 게 나을지도 모른다. 최소한 천막촌에서는 가족들과 함께 지내실 것이다. 장인어른은 병원 근처에서 음식을 구할 곳이 하나도 없다며 불평하시기도 했다. 병원 지근거리에는 매장도 가판대도 없어 음식을 구할 곳이 사실상 전무했고, 칸 유니스 동부에서 군사작전이 격화된 이후로는 특히나 더 그랬다. 근처 건물들에 수많은 미사일이 떨어져 병원 인근은 익숙한 잔해의 바다를 이루고 있었다. 병원이 있는 지역은 하루가 멀다 하고 점점 더 위험해졌다. 야세르와 함께 가자를 떠나면 어떨까 하는 생각을 지울 수 없었다. 가자를 벗어날 기회가 있다면, 장인어른과 장모님을 누군가 돌볼 수 있는 곳에 모셔다 드려야 할 것이다. 그렇다면 새로운 난민촌으로 모시는 게 최선이다. 내 형제, 이브라힘과 모함메드가 돌볼 수 있고 수백 명의 먼 친척들도 망설임 없이 도와 줄 것이다.

결정을 내렸으니 이제 내가 할 일은 두 분을 병원에서 새로운 난민촌으로 모셔다 드릴 차를 찾는 것이었다. 두 분을 모셔다 드릴 수 있게 적신월사에서 구급차 한 대를 빌리기 위해 저녁 여섯 시 반까지 기다렸다. 물론 어두울 때 이동하는 건 위험하다. 봉사자 두 사람에게 휠체어를 타고 계신 장모님을 모셔다 드리는 걸 도와 달라고 부탁했다. 구급차 운전기사, 봉사자 두 사람, 야세르에 나까지 해서 일행은 다섯 명이었다. 쓸 수 있는 구급차가 생기자마자 서둘러 움직여야 했다. 안 그러면 전차의 공격에 휘말려 꼼짝도 못할 것이기 때문이었다. 휠체어를 탄 장모님을 들어올려 최대한 빠르게 구급차에 앉히고 뛰어서 장모님이 쓰실 매트리스와 담요 여러 개를 가져왔다. 꽤 빨리 움직였다. 운전기사는 우리가 휠체어에 탄 장모님을 단단히 붙잡고 있게 차를 비교적 천천히 몰았다. 최대한 빠르면서도 최대한 천천히 움직여야 하는 상황이었다.

새로운 난민촌에 도착해 두 분을 이브라힘의 천막으로 모셨다. 이브라힘의 부인과 아이들이 두 분을 돌봐 줄 것이다. 장기적으로는 두 분의 천막을 따로 만들고, 장모님이 더 편하게 계시도록 이브라힘이 침대를 하나 만드는 게 목표였다. 두 분이 새로 와서 새 난민촌이 벌써 한층 크게만 느껴지니, 첫 단추는 꿴 셈이다.


아침에는 우리 천막 근처에서 또 작은 모임이 있었다. 여동생 할리마가 보러 왔다. 매부 이스마엘은 어젯밤 우리와 몇 시간을 함께 보냈다. 이스마엘은 자기가 지금 지내는 곳이 전쟁 첫 주에 베이트 라히야 서쪽에 있는 본인 집이 무너진 이래로 여덟 번째로 옮긴 곳이라고 했다. 가족들과 전전한 곳에는 친척 집, 학교, 병원도 있었다. 안전을 찾아 헤맨 기나긴 여정이었다. 아침에는 할리마와 함께 사남매가 모두 모여 앉아 차를 마셨다. 세계 곳곳에 흩어진 팔레스타인 가족들 생각이 났다. 이번 전쟁 동안에는 우리도 흩어졌었지만, 잠시나마 모여서 어울리고 있었다.

하지만 얼마나 갈까? 얼마나 더 이럴 수 있을까? 올해가 끝나면 전쟁도 끝날 것이라는 사람이 많다. 물에 빠진 사람은 지푸라기라도 쥘 것이고, 여기 있는 사람들도 기운이 나고 희망을 주는 거라면 뭐든지 믿으려 했다. 어떤 사람들은 성탄절이나 새해 전날이면 이스라엘이 휴전을 할 것이라고 했다. 그 이유로 다가올 미국 선거를 들며, 바이든이 지지 기반을 다지려고 할 것이라 하는 이들도 있었다. 뭐가 됐든 끝날 명분이 된다면 좋겠다.

자발리야에 있는 친구 암마르 알굴Ammar al-Ghoul의 말로는 전차가 주택을 죄다 완파하여 사실상 모든 사람이 학교로 거처를 옮겼다고 했다. 아버지에 관해 묻자 암마르는 전화로 아버지도 학교로 갔다고 했다. "아버지 봤어?" "아니, 꼭 그런 건 아닌데, 분명 그러셨겠지." 전혀 안심이 되지 않았다. 아직 댁에 계실 수도 있다. 이스라엘군이 가자지구 북부에서 생포한 포로들의 사진을 어제 공개했는데, 굴욕적이고 야만적이었다. 남자들은 손을 묶고 속옷만 남기고는 다 벗긴 채였는데, 겨울 날씨에는 그냥 다 벗긴 거나 다름없었다. 땅바닥에 꿇어앉히고 손을 묶인 채 안대가 씌워져 있었다. 이 가운데 아버지가 없기를 바라며 사진을 하나하나 조심히 살폈다. 다들 사진에 충격을 받고 분노했다. 기자들 대부분이 남쪽에 있기에, 이제 가자나 자발리야에서는 소식이 거의 나오지 않았다. 친구 모함메드 모카이아드는 공격으로 부인이 몸에 마비가 와서 겨우 데이르 알-발라에 있는 병원으로 데려갔었는데, 전화로 아이들과 함께 앗-쉬파 병원으로 돌아갔다고 했다. 그는 이스라엘이 매일 가자시티 곳곳으로 이동하라 한다고 했다. 모함메드 가족은 학교 근처 야르무크 놀이터에서 이틀을 지냈는데, 이스라엘이 더 서쪽에 있는 앗-쉬파 병원 근처로 이동하라고 했다는 것이다.

내가 하루의 대부분을 보내는 곳, 키르바트 알-아다스에 있는 적신월사에 또 사람들이 왔다. 이들은 물자와 지원을 요청했다. 어떤 가족들, 특히 극심한 포격으로 갑자기 떠나야 했던 가족들은 집을 나선 이후로는 먹을 것이 하나도 없었다. 이들은 도시와 새 난민촌들을 돌아다니며 도와 달라고, 굶지 않고 하루를 마칠 수 있는 거라면 뭐든 달라고 하는 수밖에 없었다.

## 12월 9일, 토요일. 예순네번째 날.

처음이다. 사람들이 라파에 지상 침공이 이루어질 가능성을 이야기하기 시작했다. 칸 유니스에서 군사 활동이 벌어지고 동쪽 지역에 전차들이 들어서 중심부로 전례 없이 가까이 다가오면서, 사람들은 라파가 다음 차례가 될 거라 걱정했다. 오늘 아침에는 천막 사이 작게 피워 놓은 불 근처에 사람들이 모여, 여러 의견이 뒤엉키고 있었다. "군사적 논리가 전혀 없어요. 가자 지구에 있는 걸 전부 박살내려고만 하는 것 같아요. 라파가 다음이겠죠." "그럼 시나이겠네?" 다른 사람이 낙담해 덧붙였다. "아무 데도 안 가. 우린 북가자로, 집으로 갈 거야." 세 번째 사람이 말했다. "허락하지 않을 겁니다." 잔에 차를 따르던 사내가 말했다.

우리는 서로를 바라보았다. 사람들의 얼굴에 우려가 번져 있음을 읽어 내기란 쉬운 일이었다. 많은 이들이 여기로 온 지 이제 7주째였고 2, 3주 피난하면 끝날 거라 생각했던 일은 이제 몇 달 동안 이어지고 있었다. 언제 끝날지, 끝나기는 할지 확신이 없다. 우리는 이끌어 줄 사람 하나 없이 미지의 숲으로, 어둠 속에 빛 하나 없이 내던져졌다. 우리는 비가 내린 뒤 축축한 옷을 덥히려 점점 불 가까이로 다가가 섰다. 하지만 추위는 우리가 느낀 상실감처럼 여전히 우리를 좀먹었다.

난민촌이 커지고 더 많은 천막이 설수록, 무엇 하나 임시적인 건 없다는 생각을 지울 수 없었다. 하지만 누가 알겠는가. 더 나빠질 수도 있을 것이다. 집에서 천막으로, 융단이 깔린 바닥에서 라파의 차가운 모랫바닥으로, 샤워로 여닫는 하루에서 몇 주 동안 씻지도 못하는 삶으로. 이것보다 더 나쁜 게 뭘까? 오늘은 한나가 전화해 포트 사이드 병원에 있는 위쌈이 폭격 이후 처음으로 샤워를 했다고 기뻐했다. 전쟁이 시작된 이래 내가 했던 몇 번의 샤워는 매번 물을 걱정해야 하는 번거로운 일이었다. 오늘 아침에는 적신월사에 온수가 조금 나오는 욕실이 있다는 걸 알게 되었다. 보는 눈이 없을 때 몰래 들어가 옷을 벗고 병을 온수로 채워 머리 위로 끼었었다. 여섯 번은 그랬다. 화장실 비누로 몸을 씻었다. 이게 사치가 되었구나, 하는 생각이 들었다.

칸 유니스에서 작전이 계속되면서 거기서 나오는 뉴스는 점점 심해졌다. 마문과 연락하지 못한 지 일주일은 됐다. 마문의 동네도 공격당한 곳 중 하나였다. 오늘은 일부러 신호가 강한 새벽 다섯 시에 일어나 전화를 걸었지만 답은 오지 않았다. 다시 걸고 또 답을 듣지 못할 때마다 걱정은 커져만 갔다. 여동생 사마도 2주 동안 연락을 받지 못해 전화를 해 보았다. 이번에도 답이 없었다. 여동생 아스마에게도 전화를 걸어 보았다. 자발리야의 팔루자 지역에서 나즐라로 거처를 옮겼다는 게 아스마한테 마지막으로 들은 소식이었다. 다른 가족들 소식은 안도감이 드는 종류는 아니더라도 계속 들었기에, 최소한 다들 살아 있다는 건 알 수 있었다.

이스라엘 국방장관은 개전 당시 이스라엘이 오십 년 만에 가자를 되찾을 것이라고 했다. 애당초 목표가 전면적인 파괴와 팔레스타인 사람들을 최대한 많이 살해하는 것이란 점은 명백했다. 우리 부처에서도 표적이 된 수많은 사적지들에 관해 보고한 바 있다. 구시가지의 백사십여 곳이 표적이 되었고 일부는 세워진 지 천 년은 된 건물이었다. 여기에는 여러 사원과 교회가 포함되었는데, 팔레스타인에서 네 번째로 오래된 교회인 성 포르피리우스 교회와 그리스정교회 성당이 파괴되면서 안에 있던 열일곱 명이 살해당했고, 가자에서 가장 오래된 사원인 카팁 알위라야 Katip al-Wilaya 사원도 파괴되었다. 예언자 무함마드의 할아버지가 묻힌 사이드 알하심 Sayed al-Hashim 사원도 극심한 피해를 입었다. 어제는 오마리 Omari 사원이 피해를 입었다. 오마리 사원은 1917년, 제1차 세계대전 중 영국군이 훼손한 사원이기도 하다. 도시에 있는 큰 건물은 전부 무너졌고, 광장은 파괴되었으며, 정원은 갈아엎어 모래와 먼지만 남았고, 가자 광장에 있는 이야드 삽바Iyad Sabbah의 불사조 조각상 같은 공공 기념물까지 훼손되었다. 잔해만 남은 도시가 점령이 가져다준 전부다. 한 사내가 오늘 아침 불가에서 나눈 이야기를 떠올리며 내게 물었다. "우리한테 남은 게 뭘까요?" 그 말에는 남은 게 아무것도 없다는 함의가 담겨 있었다. 잃을 것도, 그 위에 지을 것도 남지 않은 사람들의 선택은 예측될 수 없는 것이다.

오늘은 제1차 인티파다 발발 36주년이다. 당시 나는 열네 살이었다. 우린 학교에서 나와 자발리야 난민촌 중심가에 있는 이스라엘군 건물, 점령군이 머무르는 곳으로 향했다. 정말 경이로운 날이었다. 인티파다는 우리 난민촌, 우리 문지방에서부터 시작되었다. 인티파다의 첫 순교자 하팀 시씨Hatim Sissi는 내 이웃이었다. 그가 총에 맞았을 때 난 고작 10미터 거리에 있었다. 학생 수백 명이 병사들에게 돌을 집어던지며 시작된 것이 팔레스타인 역사의 중대한 순간이 되었다. '인티파다'라는 단어조차 세계 곳곳의 사전에 들어섰다. 인티파다 때 나는 세 번 다치고 감옥도 몇 달씩 드나들었지만, 고등학교에서 열심히 공부해 시험을 우수한 성적으로 통과하고 대학에 입학하기도 했다. 절

친한 소꿉친구들을 잃기도 했지만, 지금만큼 많이 잃지는 않았다. 이번 전쟁에서는 매일같이 죽은 친구들 소식이 들어온다. 나쁜 소식은 매일 있고, 나는 매일같이 밤하늘을 바라보는 눈먼 사람처럼 미래를 바라본다.

# 12월 10일, 일요일. 예순다섯번째 날.

어젯밤에는 공습 소리가 아주 가까이서 들렸다. 자정이 지나고서, 우리 주변에서 공습으로 인한 일련의 폭발이 일어났다. 가장 크고 소스라치는 공격은 북쪽에서 일어난 것 같았다. 칸 유니스와 라파를 이어 주는 서부 도로, 구쉬 카티프Gush Katif가 파괴되었고 그 외의 공격으로 라파 곳곳이 표적이 되었다. 아침이 되자 공습의 일부가 키르바트 알-아다스에 있는 적신월사 근처에 가해졌다는 걸 알게 되었다. 일부는 우리가 있는 새 난민촌 근처에 떨어지기도 했다. 칸 유니스는 점차 가자 지구의 다른 영역과 단절되고 있다. 칸 유니스를 인근의 마을들과 아직까지 이어 주는 도로는 몇 남지 않았는데, 그마저도 하루가 멀다 하고 손상을 입고 있다. 이스라엘 전차는 마을 중심가에 전례 없이 가까워졌다. 이스라엘군은 현재 아부 히마이드Abu Himaid 교차로에 접근하고 있는데, 여기는 도시 중심부 그리고 옛 성곽으로 곧바로 이어진다. 더 많은 기자들이 나세르 병원을 떠났다. 앗-쉬파 병원의 이야기가 거기서도 반복되고 있다. 같은 이야기가 극장만 바뀐 꼴이다. 우리는 매해 똑같은 작품을 또 보고 또 무대에 올리는 배우이자

쇼 출연자에 불과하다. 감독은 우리를 상처 입히는 것을 좋아한다.

우리에게 뉴스는 이제 파악해야 할 만큼 중요한 것으로 여겨지지 않는다. 죽음은 평범한 일이 되었다. 기다림도 평범한 일이 되었다. 걱정도 평범한 일이 되었다. 우리는 하루 종일 아무 일도 하지 않았다. 오늘은 어제의 복사판이고 내일도 마찬가지일 것이다. 오늘이 무슨 날인지 까먹는다. 전쟁 며칠째인지 세는 걸 멈추게 된다. 전쟁이 벌어졌을 때 우린 달력에 색을 칠하고 매일 숫자를 매겼다. 이제는 며칠은커녕 몇 주째인지도 이야기하지 않고 몇 달째인지를 센다. 전쟁 세 달째라는 걸 말할 수 있을 뿐이다. 전에 있던 전쟁들에서는 이런 적이 없다. 어쩌면 50일이 한계, 그걸 넘어가면 신경을 쓰지 않게 되는 임계일지도 모른다. 전쟁이 이어지고 있고, 우리가 매일 하루를 끝마칠 때까지 살아남아야 한다는 점을 빼면, 이제는 아무것도 별로 중요치 않다. 많은 사람들이 이제는 그만하고 싶다고 공연히 말한다. 삶은 아름답지만, 그러기 위해서는 먼저 이런 게 아니라 삶이 필요하다. 우리가 살고 있는 방식은 삶이 아니다. 생존이라면 맞겠다만, 삶은 아니다. 오늘 아침에는 새 난민촌을 두 시간 동안 걸어다녔다. 보이고 들리는 거라곤 걱정과 고통뿐이다. 사람들은 전에 겪지도 못했고 예측하지도 못한 상황과 조건에 대응해 보려고 몸부림치고 있었다. 불을 피우려면 나무를 모아야 하고, 그렇게 피운 불로 직접 빵을 빚어야 했으며, 모랫바닥에서 자는데, 배를 곯는 데 익숙해져야 했다.

에이샤는 아이들에게 빵을 빚어 줄 밀가루가 하나도 없다고 넋두리를 늘어놓았다. "시장에서 사려고 했는데 하나도 없더라." 어떤 구호품이나 지원도 받지 못했다고 한다. 학교 대피소에 머무르는 게 아니면 '구호품 수령인 목록'에 등록되지도 않고 '요보호자'로 분류되지도 않는다. 수천 명의 가족들이 친척 소유의 집에 머무르고 있는데 그런 이유로 수많은 구호품에 접근할 수 없게 된 것이다. 공식 피난촌으로 지정된 영역 밖에 천막을 세우고 지내는 수천 명도 마찬가지로 등록이 되지 않았다. 에이샤네 가족은 하루에 작은 빵 한 덩이를 나눠 먹는다고 한다.

여동생 사마가 끝내 라파로 왔다. 사마는 어젯밤 문자로 라파에서 보낸 지 이제 이틀째라고, 이집트 쪽 국경 근처에 있는 천막에서 지내고 있다고 했다. 정확히 어딘지는 알려 주지 않았다.

자발리야에서 오는 소식은 소름이 끼쳤다. 이스라엘은 온갖 곳을 노리면서 도망가기보다는 남아서 숨기를 택한 이들에게 책임이 있다고 했다. 오늘 아침에는 자발리야

나디 지역에 있는 건물 하나가 포격을 맞아 수십 명이 살해당했다. 자발리야 난민촌에 있는 사람들은 난민촌에 있는 여러 골목길에 흩어진 시체 수십 구를 묻을 집단 묘를 만들어야 했다. 집단 묘는 큰 시장의 빈 곳을 파서 만들었다고 한다. 잔해에서 찾은 묘비에는 묻힌 이들의 이름을 새겼고 묘비를 찾지 못하면 골판지 조각으로 갈음하였다.

어젯밤에는 천막에 앉아 북가자에서 온 영상과 사진을 함께 보았다. 우리가 수십 년 동안 알고 지낸 장소들이 사라져 버린 것을 아무 말도 하지 못하고 지켜보았다. 세 시간 동안, 우리는 영상과 사진을 함께 보고 이 공격에 관해 우리가 아는 바를 덧붙였다. 사라져 버린 곳들에 대한 향수가 손으로 만질 수 있을 것만 같이 뚜렷했다. 추방자들이 돌아갈 수 없는 고국에 관해 떠올릴 때, 에이샤 할머니가 야파에서 보낸 행복한 나날에 대해 이야기할 때 느꼈을 감정을 잠깐이나마 느꼈다.

에이샤는 이틀 전, 데이르 알-발라에 자신이 지내고 있는 곳 근처에 있는 야파 사원이 공격을 당했다고 했다. 우리가 자발리야에서 보낸 밤과 비슷했다고 했다. 다들 침대에서 벌떡 일어났고, 아이들은 겁에 질렸다 한다. 이걸로 '야파 사원'이 무너진 건 두 번째다. 내가 자발리야에서 지내는 동안 거기 있던 사원이 공습을 당했고, 이제는 데이르 알-발라에 있는 것도 사라졌다. 내 딸 야파는 슈퍼마켓, 공연장, 운전학원, 도서관, 서점, 학교, 심지어 미용실까지 자기와 이름이 같다는 걸 볼 때마다 항상 자랑스러워했다. 웃으면서 "야파, 야파, 다 야파야! 다 내 이름이 정말 좋나 봐!"라고 했다. 놀랄 일이 아니었다. 나크바 전에 있던 아름다운 바닷가 마을의 기억은 모든 팔레스타인 사람들이 가슴 깊이 간직하고 있는 것이었다. 팔레스타인에 있는 마을이나 광역도시 가운데 그 이름을 따지 않은 곳은 하나도 없다.

2주 뒤면 딸 야파가 열두 살이 된다. 야파가 계속 문자로 묻는다. "생일 때는 오실 거예요?" 나는 그럴지도 모르면서 "그래, 그래야지"라고 답한다.

## 12월 11일, 월요일. 예순여섯번째 날.


어젯밤에는 새로운 난민촌에 얼마나 익숙해졌는지 스스로를 시험해 보았다. 라파에 있는 집까지 버스를 쭉 타는 대신에 라파 교외에서부터 새로운 난민촌에서 가장 가까운 곳인 탈 앗-술탄까지만 버스를 타고 거기서부터는 걸어갔다. 내리고 나서야, 그 버스가 오늘 다니는 유일한 버스일 수도 있겠다는 생각이 들었다. 오래 지나지 않아 알 쿠드스 개방대학교 가자 캠퍼스로 보이는 곳에 닿아 기뻤다. 개방대학교 캠퍼스 건물은 올바른 방향으로 가고 있다는 징표이기 때문이다. 하지만 일 분 정도 지나자 길을 완전히 잃었다. 내가 걸어서 한 바퀴 빙 돌았을 뿐이라는 걸 깨달았다. 어두웠고, 거리는 죄다 똑같아 보였다. 사람들에게 도움을 청했으나 여기 있는 이들 대부분이 나처럼 이곳에 처음 와 보는 이들이었다. 이브라힘에게 전화를 걸어보려 했지만 신호가 잡히지 않았다. 계속 사람들에게 물어보았지만 똑같은 답만 짧게 돌아왔다. "몰라요." 삼십 분이 지나서야 유엔 창고 기지 안 격납고에서 나오는 빛이 보였다. 어느 방향인지도 모른 채 나는 그저 빛을 따라갔다.

작은 사고가 있기는 했지만 이제 라파 중심가의 큰길

과 주요 광장, 대부분 학교는 물론 시장 대부분과 동네의 이름을 외워 기분이 좋았다. 또, 탈 앗-술탄 지역에 있는 큰길 몇 군데를 알게 되어 우리 난민촌으로 향하는 모든 차량이 여기를 지난다는 걸 알게 되었다. 누구나 알아볼 수 있는 기념물은 물론 물길까지도 익혔는데, 다만 물길들이 어떻게 다 연결되어 있는지까지는 아직 이해하지 못했다. 난 야세르에게 얼마 지나지 않아 이곳을 자기 손바닥처럼 잘 알게 될 거라고 했다. 하지만 여기서 또 똑같은 질문이 떠오른다. 우리가 여기서 얼마나 지내야 할까? 언제 카이로로 가서 집으로 돌아갈 수 있을까? 전부 신의 손에 맡기는 것 말고는 답이 없었다. "알라께서 결정하시는 대로." 이 답이 도움이 되었을지는 확신이 없다.

천막으로 돌아오자 탈진감에 짓눌려 앉는 것조차 버거웠다. 한 시간을 간이침대에 누워 있다가 장인어른의 천막으로 갔다. 장인어른은 이곳을 마음에 들어 하셨다. "새 집이로구나!" 장인어른은 큰 소리로 말씀하셨다. 장모님은 아무 말씀도 하지 않으셨다. 장모님은 나크바가 있던 해에 가자 북쪽에 있는 작은 마을, 알-마즈달Al Majdal에서 태어났다. 장모님의 어머니는 장모님을 안고 남쪽에 있는 자발리야로 가 그곳을 새 터전으로 삼았다. "위쌈 소식은 들으신 거 없나요?" 장인어른이 답했다. "눈에 수술을 한다고 하네. 눈꺼풀 뒤에서 작은 파편을 찾았다더군." 그러더니 장인어른은 자발리야에서 방금 들은 뉴스로 화제를 돌렸다. "전차들이 내 집 앞에 있어." 장인어른은 단언했다. 자발리야 난민촌에 있는 사람들 대부분이 학교나 UNRWA 복지센터로 거처를 옮겼다. 여전히 매일 수백 명이 살해당하고 있다. "다들 자기가 총살당할 차례만 기다리는 것 같다더군. 이스라엘군이 학교나 복지센터에 들어올 때마다 안에 있는 사람 일부를 총으로 쏘는데, 아무런 논리가 없다네. 그냥 그러고 노는 걸세." 장인어른이 말했다. 마지막으로 아버지와 통화했을 때, 아버지는 많이 우울한 것 같았다. 그렇지 않은 척, 다 괜찮아질 거라고 편안한 척하려고 하셨다. 그렇게 흉내를 내는 것 자체가 내 생각에는 엄청나게 용감한 일이었다. 아픔과 괴로움의 사막 한가운데에 희망을 심는 것은 작은 일이 아니다. 장인어른은 오카샤Okasha 가족이 페이스북에 올린 탄원문을 소리 내서 읽었다. 오카샤 가족은 복지센터 뒤 거리에서 살고 있는 이들인데, 전차의 눈먼 포격이 자기들 위로 떨어지고 있으니 가족들의 대피를 도와 달라고 했다. 포격 2일 차인데 아무도 구하러 오지 않았다고 했다.

지난밤에는 F-16과 F-35가 안노스Annos 거리에 있는 집의 방 한 개를 무너트렸다. 안노스 거리는 탈 앗-술탄에서 가장 중요하고 붐비는 거리다. 여섯 사람이 살해당했다. 오늘 아침에는 아직 연 이발소를 찾아다니던 중에 그곳을 지나쳤다. 공격은 3층에 있는 방을 노렸으나 건물 전체가 손상을 입었고, 다시 지어야 한다.

어제는 데이르 알-발라가 공격당해 오십 명이 살해당했다. 자발리야와 알-마가지에 자행된 다른 공격들로 인해 수십 명이 살해당했다. 나는 데이르 알-발라에서 지내고 있는 에이샤에게 전화를 걸어 괜찮은지 확인했다. 사실 당연히 아무도 괜찮지 않다. 가자에서는 괜찮을 수가 없다. 살아는 있지만, 괜찮지는 않다.

결국 머리를 자를 곳을 찾았다. 아침나절쯤 되면 전부 손님들로 가득 차기에 매우 일찍 가야 했다. 나는 이발사에게 턱수염은 전쟁이 끝나면 밀 테니 남겨 달라고 했다. 이발사가 웃으며 말했다. "그럼 무릎까지 기르실 생각인가요?"

## 12월 12일, 화요일. 예순일곱번째 날.


　　어젯밤 공격으로 라파 북부 알-주후르Al Zohoor라는 지역에서 스무 명이 살해당했다. 여기에는 아이 여섯 명이 포함됐다. 잠에 들려고 할 즈음 하늘을 붉은빛이 가로지르는 걸 보았고 미사일이 씨익 소리를 내며 날아가는 게 들렸다. 그러고는 폭발이 일어났다. 모랫바닥에서도 느낄 수 있었다. 잠깐이지만 빛이 번쩍해서 밤이 새벽처럼 밝았다. 천막 기둥이 흔들렸다. 외종숙 줌마는 천막 기둥에 매달아 둔 샴푸 병이 머리 위로 떨어져 다칠 뻔했다고 한다. 밤열 시가 다 되었을 때였고 이 공습은 그보다 북쪽, 칸 유니스를 향하는 것 같은 일련의 후속 공격의 서곡이었다. 라파에서는 요즘 들어 밤마다 공격을 점점 더 많이 목격하게되었다. 이번 전쟁의 경험에 비추어 볼 때, 이는 라파가 준비를 해야 한다는 신호였다. 상황은 악화되기만 할 것이고라파는 이스라엘의 공공의 적 제1호가 될 것이다. 베이트라히야, 베이트 하눈, 가자시티, 칸 유니스에서 우린 이미보았다. 다음은 라파다. 거기에 이제 민간인만 있다 해도상관없다. 누가 신경이나 쓰나? 이스라엘 장관들은 공세의매 단계마다 새로운 논리를 고안했다.

아직 자발리야에 있는 가족들을 떠올리는 건 우리에게는 하나의 의례가, 우리의 걱정을 표현하는 한 가지 방식이 되었다. 아버지는 이스라엘 병사들의 명령에 따라 구 철도 구역 근처 학교로 거처를 옮겼다. 전차가 지역에서 떠난 뒤에야 사람들이 학교에서 나와 거리의 시체를 모아 묻어 준다고 아버지가 말해 주었다. 다른 이들은 자기 집으로 가 옷이나 음식 따위를 가져온다고 했다. 우리 이웃중 일부는 저 멀리 리말에 있는 학교로 가라는 명령을 받았다고 한다. 가는 데만 걸어서 두 시간을 가야 하는 거리다. 아버지는 이복 여동생 아미나가 남편과 아이들과 함께 리말 구역에 있는 학교에 도착했다고 전해 주었다. 그 결정을 이번에도 이스라엘이 대신 내렸다.

저번 주에 미디어를 통해 퍼져 나간, 가자 북부에서 찍힌 벌거벗은 팔레스타인 사람 수백 명의 사진에 있는 남성 가운데 한 사람은 내 친구 모하마드 디압Mohamad Diab의 형제, 유세프다. 유세프는 집 근처 학교로 강제로 수용되었는데 이스라엘 군대는 한밤중에 학교 정문을 폭파하고 학교에 진입했다. 문을 두들기지만 기다릴 생각도 않는 건이 점령에서 흔히 있는 일이다. 이스라엘군 장교는 열다섯에서 쉰다섯 살까지 남자는 전부 한편에 서라고 했다. 그러고는 다른 사람들이 모두 보는 앞에서 옷을 벗으라고 명령하면서 속옷은 입고 있어도 된다고 했다. 장교와 부관들은 왔다 갔다하며 수십 명을 골라 내고 체포했다. 그냥 옷을 벗은 모습이 어떤지를 보고 고른 것이었다. 나머지 반라의 남성들에게는 탈 앗-자아타르 근처 나세르 교차로로 걸어가라고 했다. 아버지가 그 꼴을 당하지 않아서 안도했다. 아버지는 버틸 수 없었을 것이다. 해가 뜨자 반라의 남성들은 구 철도 구역 근처 학교로 가라는 말을 들었다. 유세프는 그 대신 이웃 몇 사람과 위험을 무릅쓰고 셰이크 라드완으로 가 겨우 씻고 옷을 입었다. 그러는 동안 남아 있던 여성들과 아이들은 학교에서 떠나라는 말을 들었고, 머지않아 군대는 안에 있는 모든 걸 짓밟아 버렸다. 교과서와 문구용품에 불을 지르기까지 했다고 한다. 오늘 아침에는 좀 더 북쪽, 베이트 하눈에 있는 학교 하나가 전차들에 의해 파괴되었다.

밤에는 장모님이 춥다고 푸념했다. 담요를 더 달라고 하셨는데 장모님은 이미 구할 수 있는 것 가운데 가장 좋은 것 두 장을 덮고 계셨다. 나는 내 것을 장모님과 야세르에게 주었다. 장모님의 푸념에 잠이 깼다. 하룻밤만 이럴 거라고, 아침에는 천막을 보강하고 나일론을 덧대 더 따뜻해질 거라고, 구석에 난 틈도 메울 거라고 말씀드렸다. 하지만 장모님 말이 맞았다. 천막 안의 추위는 매서웠다. 새벽 네 시 반인데 그 뒤로는 잠을 들 수가 없었다. 아침에는 차를 끓여, 장모님께 따뜻한 잔을 손에 쥐고 몸을 움츠리시면 그나마 따뜻할 거라고 말을 건넸다.

라파로 가는 길에 압드라우프 바르바크Abd-Raouf Barbakh를 만났다. 라우프는 라파 난민촌을 실질적으로 관리하고 있는 인민위원회 위원이다. 라우프는 다른 두 위원과 함께 있었는데, 구호품이 분배되는 방식에 불만이 많았다. 이들은 의사결정에 위원회가 개입해도 괜찮을지 내게 물었다. 나는 복지부 책임자와 이야기해 보겠다고 약속했다. 라우프는 큰 소리로 말했다. "담요와 천막이 더 필요합니다. 안 그러면 사람들이 얼어죽기 시작할 거라고요."

마을로 들어서자 진이 빠졌다. 우리가 먹고 있는 음식은 양도, 영양가도 부족했다. 내 몸은 약해져만 갔고, 오늘은 아침에 일어나자 등과 다리가 아팠다. 한나는 종합비타민을 좀 사라고 했다. 이런 시기에는 우스울 뿐인 제안이었다. 우리 주변 사람들이 죽어 나가는 상황에서, 아주 기초적으로 필요한 게 아닌 건 생각조차 할 수 없는 것이다. 한나가 내게 화를 냈다. "하지만 이게 기초적인 거야. 당신 건강이잖아!"

어제는 SNS 활동가이자 좋은 친구인 모네르Moner가 새 난민촌 천막 앞 불가에서 내가 차를 끓이는 사진을 찍어 올렸다. 온갖 곳의 친구들로부터 문자와 전화 수십 통을 받고선, 모네르를 나무랐다. 슬픔이나 부끄러움의 순간은 공유되어서는 안 된다. 이 모든 게 우리를 시험하는 거라는 느낌이 자주 든다. 삶은 시험이다. 하지만 통과하거나 떨어지는 시험이 아니라 그저 견뎌야 하는 것이다.

## 12월 13일, 수요일. 예순여덟번째 날.


두려워하던 일이 일어났다. 밤새 비가 왔다. 물이 천막 수백 개를 파고들었다. 사람들은 몸이 젖어 추위에 떨며 젖고 겁에 질린 채 잠에서 깼다. 어떤 천막은 아예 바람에 날아가 버렸다. 바람이 그렇게 센 것은 아니었으나, 그럭저럭 닥치는 대로 지은 천막을 흔들어 뽑아 버릴 정도는 되었다. 끔찍한 밤이었다. 악천후는 이 불쌍하고 뿌리가 뽑힌 이들에게 고통을 더하는 또 하나의 무기가 되어 버렸다. 이들의 저주와 울음소리를 들으면 허리케인이라도 지나간 것 같았지만, 삶이 이리도 취약하면 허리케인까지도 필요하지 않다. 사람들은 천막을 다시 치고, 천막을 친 모랫바닥에서 빗물을 빼내고, 갈아서 쓸 게 있기라도 한 양 젖은 침구를 바꿨다. 이 모든 일을 아직 비바람이 몰아쳐 몸을 때리는 동안 해야 했다.

유엔 창고 기지 격납고 안에는 하수구에서 나온 물이 들어차서 하수구가 다시 뚫려 물이 빠져나갈 때까지 밖에 나와 비를 맞으며 서 있어야 했기에, 사람들은 큰 혼란을 겪었다. 친구 집 근처 거리에 천막을 친 이들은 천막이 물에 휩쓸리는 걸 보았고, 천막 없이 거리에 나앉게 되었다.

라파가 남부 도시이기는 하나, 시나이와 네게브 사막에서 가깝기에 날씨도 비슷했다. 겨울밤에는 추위가 극심했다. 모래는 추위를 삼켜 밤새 뿜어냈다.

시끄러운 소리에 잠이 깼다. 다행히 우리 천막은 괜찮았다. 장인어른의 천막 출입구 쪽에 물이 방울지어 떨어지는 것뿐이었다. 그쪽에서 물이 흘러들지 않도록 출입구 주변의 캔버스를 조였다. 이브라힘의 천막도 비슷하게 위에서 물이 조금 샜다. 그는 천막 기둥 하나가 땅에 단단히 박히지 않았다는 걸 깨달았다. 바람에 들린 것이다. 한밤중이었기에 우리는 다시 기둥을 세우려고 할 수 있는 한 조치를 취했지만 비바람이 우리를 방해했다. 안타깝게도 종일 비가 내리고 있는데 나아질 기미가 보이지 않았다.

나는 "아침에는 눈이 있다"라고 말했다. 아침이 되면 다 명확하고 쉬워질 거라는 경구다. 일단은 자고, 지금 고칠 수 없는 것을 아침에 고칠 것이다.

아침 여섯 시쯤에 다시 작업을 시작했다. 여러 번 다시 묶고 고쳤다. 우리는 차라도 한잔 해야 할 것 같았다. 이브라힘은 불가에서 차를 끓였고 우리 모두 장인어른의 천막 안에 앉아 뜨거운 잔으로 손을 데웠다.

모두에게 끔찍한 밤이었다. 다가올 날들이 어떤지를

잘 알려 주는 밤이기도 했다. 새 난민촌에서 처음으로 겨울을 마주했다. 그리고 이는 시작에 불과하다. "제대로 된 폭풍이 몰아치면 어떡하죠?" 야세르가 물었다. 나는 웃었다. "천막이 날아가 버릴지도 모르지. 그럼 알라딘이 양탄자를 타고 날아간 것처럼 우리도 천막을 타고 날아서, 꿈만 꿔 본 모든 나라와 도시 들에 가보자꾸나." 야세르는 미소를 띠고는 말했다. "그리고 전 라말라로 가서 엄마를 볼 수 있겠죠." 별난 비유에 야세르가 기운을 차릴 거라고 생각해 덧붙였다. "물론 그렇지. 하지만 그 뒤에 가자로 돌아와야 한단다." "아뇨, 전쟁이 끝날 때까지는 돌아가지 않을 거예요." 나는 어젯밤에 담요와 덮개가 충분하지 않은 이들, 아무것도 깔지 않고 땅바닥에서 잠든 이들을 떠올렸다. 그런 사람이 수천 명이었다. 수천 명이 어떤 보호도 없이 악천후와 자신의 운명을 마주하도록 내버려진 것이다.

아침 일곱 시 반에는 적신월사에서 일하는 운전기사 아부 리아드Abu Riad가 내게 전화해 키르바트 알-아다스에 있는 사무실로 태워다 줄 수 있다고 했다. 정말 친절을 베풀어 준 것이었고 거절할 수 없는 기회였다. 큰길로 나가 기다리고 있는 그를 만났다. 차에는 이미 팔레스타인 적신월사 직원 다섯 명이 타고 있었다. 그는 팔레스타인 적신월사가 세운 야전병원 서쪽으로 차를 몰았다. 병원 외에도 적신월사는 다른 지역에서 살다가 추방당한 직원들이 지낼 작은 천막촌을 세웠다. 직원 다섯이 차에서 내렸다. 밤새 야전병원을 세우던 이들이 차에 탔고, 우리는 도시를 돌아다니며 이들을 내려 주었다. 많은 이들이 밤새 천막과 씨름하느라 바빠, 아직 이곳은 잠에서 깨어나고 있었다. 개인 주택에서 밤을 보낸 운이 좋은 이들도 물이 새서 문제를 겪었다. 집들 대부분이 공격으로 창문이나 천장에 피해를 입었기에 물이 손상된 천장이나 깨진 창문에서 흘러들었다. 비를 완전히 피한 곳은 하나도 없었다. 샤부라의 시장에 있는 몇몇 상점이 문을 열었다. 우리가 지나간 팔라펠 매장 앞에는 기나긴 줄이 있었다. 점주는 불에 장작을 더 넣고 있었다. 사람들이 나무 다발을 끈으로 묶어 파는 건 으레 있는 일이 되었다.

조카 함자Hamza가 앗-사프타위에 있는 우리 가족 집이 무너진 이후 사진을 두 장을 보내 왔다. 야세르는 그 집에서 살 때 자기 인스타그램 계정에 사진을 많이 올려 그 집을 어떻게 기억하고 있는지 보여주었지만, 이제는 그 계정에 접속할 수가 없다. 야세르는 집에 돌아가면 계정을 복구하고 사진을 내려받겠다고 약속했다. 이 전쟁에서 사진과 영상은 중요하다. 나는 외국에 있는 친구들에게 살림 알나파르Salim al-Nafar(지난 토요일에 가족들과 함께 살해당했다)

가 지난 회의에서 시를 읽는 짧은 영상을 찍어 보냈었는데, 이를 다시 내게 보내 달라고 친구들에게 요청했다. 아이드 아부 삼라Aid Abu Samra도 우리가 같이 찍은 사진을 집에 많이 갖고 있어, 나와 공유했다. 남은 건 기억뿐이고, 뭐가 일어 났는지 잊지 않겠다고 책임을 지는 건 계속 살아남으려는 우리 투쟁의 일부다. 감정적으로는 우리 모두 연옥에 있다. 우리가 살아남기 위해 싸우는 동안, 우리의 비탄은 미루어 져야 한다. 그때까지 우리는 사진과 영상을 잘 간직해 두 어야 한다. 때가 되면 이 자료들이 우리를 길러 낼 것이다.

## 12월 14일, 목요일. 예순아홉번째 날.

올해가 끝날 즈음, 이스라엘이 추방된 이들 가운데 일부를 북가자에 있는 집으로 돌아갈 수 있도록 해 줄 거라는 소문이 천막 사이로 퍼졌다. "전쟁이 끝난다고?" 어떤 이가 미심쩍어 하며 물었다. 어떤 보도는 북부에서 추방당한 사람들 (전부가 아니라) 일부가 돌아갈 가능성에 관해 이야기했다. 사와Sawah라고 하는 다른 기자는 차량 진입은 허가되지 않을 거라고 했다. 세 번째 사람이 동의했다. "차량 금지, 차량 금지, 그건 괜찮지. 걸어가면 되잖아. 이건 받아야지." 나는 씁쓸하게 웃으며 말했다. "하지만 우린 대부분 걸어서 돌아갈 집도 없잖습니까. 우린 돌무더기를 보겠다고 걸어서 돌아가는 꼴이 될 겁니다." 아직 집터에 벽이라도 몇 개 서 있는 사람들은 운이 좋은 거다. 이브라힘이 반론했다. 당연히 차가 필요할 거라고, 잔해에서 다시 뭘 지을 첫 몇 주 동안은 살아남기 위해 담요나 옷가지 등이 필요할 텐데 차가 없으면 도대체 그걸 다 어떻게 옮길 거냐고 했다. "우리가 가진 것 전부가 불에 탔거나 잔해에 깔렸잖아. 아니면 이스라엘 병사들이 털어 갔거나. 돌아가면 우린 맨땅에서 시작해야 돼. 여기서 갖고 있는 것보다도 없는 형편에서 시작해야 된다고. 북가자에는 이제 상점도 빵집도 없어." 이브라힘의 말은 이해한다. 하지만 이 모든 건 전부 소문이나 정치적 한담에 근거한, 비현실적인 이야기에 불과하다.

아버지에 관한 어떤 소식도 듣지 못한 지 5일이 됐다. 자발리야에서는 지금 소식이 거의 나오지 않고 있다. 자발리야는 신호 감도가 형편없다. 오늘은 새벽 다섯 시에 일어나 아버지와 새어머니께 전화를 드리려 했으나 소용이 없었다. 자발리야나 가자시티 서쪽에 아직 남아 있는 사람이라면 누구에게라도 연락을 취해 보려고 친척이나 이웃 여럿을 통해 거듭 연락을 해 보았다. "걱정되네." 이브라힘에게 말했다. 아버지는 약을 정기적으로 드셔야 하는데, 학교에 여러 사람들과 붙잡혀 계신 채로 떠날 수 없었다면 공황에 빠지실 것 같다는 점도 걱정되었다. 게다가 우리 가족이 살던 집이 무너지면서 아버지한테 남은 약은 주머니에 넣어 두신 게 전부였다. 충분히 갖고 계시거나 아직 약이 떨어지지 않았기를 비는 수밖에 없었다. 마지막으로 이야기를 나누었을 때, 아버지는 묻는 말에 전부 괜찮다고 하셨다. 하지만 그 '괜찮다'는 말이 얼마나 갈까?

지난밤에는 드론이 천막 위로 크게 윙윙거리며 날아다녀 우리가 잠에 들지 못하게 했다. 드론이 우리 몸에 있는 시계를 다스리는 것만 같다. 드론이 잠들면 우리도 잠들고, 드론이 일하면 우리는 잠이 깬 채 누워 그 소리를 들으며, 드론의 임무가 끝나기만을 기다린다. 그 임무란 조종사가 원하는 만큼 많이 죽이는 것이다. 아마 많은 사람들이 그러겠지만, 나는 마치 집에서 플레이스테이션을 하는 것처럼, 가자 국경 너머 어딘가에서 우릴 바라보고 자기 일을 즐기는 화면 뒤 젊은 살인자들에 관한 생각을 지울 수가 없다. 이브라힘한테 말했다. "오늘 밤은 더울 거야. 드론이 서성이고 있잖아." 전날 밤은 구름이 짙게 껴드론이 떠다니는 소리에 시달리지 않았고 천장을 때리며 박자를 타는 빗방울 소리는 평소와 다른 소리를 들려주었다. 하지만 어젯밤은 달랐다. 잠을 드는 데만 한 시간 넘게 걸렸다. 괜찮다고, 평범한 거라고, 이제는 이게 일상의 소리라고 스스로를 납득시켜야 했다. 내가 납득을 했는지는 잘 모르겠지만, 결국 잠에 들 수는 있었다.

이스라엘이 발사한 미사일들이 어젯밤에도 라파에 떨어졌다. 폭발과 폭격 소리가 밤 동안 여러 번 들렸다. 아침에 운전기사 아부 리아드가 말해 주기를 이스라엘이 라파 북부, 칸 유니스 쪽을 노렸다고 한다. 칸 유니스에서 오는 소식은 우려스러웠다. 요즘은 가자 지구의 뉴스를 전부 따라갈 수가 없다. 빵, 물, 장작, 인터넷 등을 찾는 일상의 몸부림에 점령당해 버려서 뉴스를 확인할 시간이 거의 없다. 우리가 더는 신경을 쓰지 않는다기보다는 우리의 지평이 기초적인 욕구들로 줄어들었다. 우리는 하루를 마무리하고 천막에 다들 모여 있을 때나 하루 동안 무슨 일이 있었는지를 이야기할 수 있었다. 가끔 아침에 조리기 근처로 모여 하루 첫 차를 마시는데, 무슨 일이 벌어지고 있는지 그때 몇 마디 나눌 때도 있다. 하지만 그 외에는 다들 살아남기 바빴다. 라파에 공격이 더 있었다는 이야기를 듣고 친구가 놀란 반응을 보이면 나는 그러는 게 정상이라고, 이스라엘군이 하는 말을 믿는 게 비정상이라고 말했다. 가자시티와 칸 유니스가 받은 대우를 라파라고 면제받을 수 있으리란 걸 믿은 적은 단 한 번도 없다.

어제는 자발리야 공동묘지 사진을 보았다. 이스라엘 전차들이 묘지를 밀고 지나가 수많은 시신을 체계적으로 파냈다. 어떤 시신은 매장된 지 얼마 되지 않았고 어떤 것은 묻힌 지 칠십 년이 지난 것도 있었다. 가자 주민들에게 영면이란 있을 수 없는 모양이다. 거의 완전한 수준으로 파괴가 이루어져, 이제 자발리야에는 공동묘지가 없다고 해도 과언이 아니었다. 그냥 널브러진 시체들이 노상에서 썩어 가는 안치소가 있을 뿐이다. 이스라엘이 왜 이러는지 설명하는 상반된 견해가 있다. 어떤 소문에 따르면 갓 죽은 이들의 시체에서 장기를 뽑아낸다고 한다. 장기 기증은 적절한 냉장을 요구할 것이 당연하므로 이건 말이 안 된다. 다른 이들은 전리품을 모으고 있는 거라고 했다. 이전에 CIA 주도로 이루어진 침략과 정치적 암살에 관해서 주적들(카다피 대령이나 모리스 비숍 등)이 처형된 후 참수당해 그 머리가 미국에 있는 웬 CIA 장군의 금고에 보관되어 있다는 주장이 나오곤 했다. 이스라엘이 자기들만의 소장 목록을 구축하기 시작했을지도 모른다. 내 생각에는 수치심을 심어 주려는 것 같다. 저들은 이런 사진이 팔레스타인 사람들에게 얼마나 충격적인지 안다. 우리에게 겁을 주려는 것이다.

하지만 내 고향, 이 공동묘지가 성스러운 장소인 자발리야에 대한 생각이 가장 먼저 떠올랐다. 이 사진들을 보고 나는 많은 사람들이 이미 내뱉었을 말을 반복했다. 이제 자발리야는 없구나. 이제 가자는 없구나. 내가 남쪽으로 향하기 전에 도시의 몰골을 보았더라면, 내가 알던 그대로의 가자가 이제는 존재하지 않는다는 걸 알아챘을 것이다. 전쟁은 수십 년 전으로 시간을 돌려 가자를 유령 도시로, 이미 소실되어 텅 빈 미궁으로 만들어 버렸다.

## 12월 15일, 금요일. 일흔번째 날.


어젯밤에는 친구 소하일 무사Sohail Mousa를 만나러 라파 중심가로 갔다. 친구 압드라우프 바르바크와 함께 탈 앗-술탄에 있는 사회보장부 사무실에서 소하일의 집까지 걸어갔다. 걸어가는 데 한 시간 정도 걸렸고, 가는 내내 우린 우리가 본 걸 생각에서 지울 수가 없었다. 구호 활동과 새 난민촌의 경영에 관여하고 있는 라우프는 할 말이 많았다.

우리가 지쳐서 그의 집에 도착했을 때 소하일은 커피콩을 불에 볶고 있었다. 커피콩이 반쯤 검게 물들자 소하일은 이것을 으깬 뒤 물을 끓여 그 위에 따라 커피를 추출해냈다. 사치의 정점이다, 수제 커피라니! 대개 다른 원료들과 섞어 만드는 질 낮은 분말 커피 대신에 소하일은 우리를 위해 날것의 커피콩을 사서 처음부터 커피를 만드는, 각별한 노력을 들였다. 소하일은 지자체에서 일하다 전쟁 한 달 전에 은퇴했는데, 지금 라파가 어떤 상태인지로 화두가 바뀌자 슬퍼 보였다. "재건에 수십 년이 걸리겠네. 잔해를 다 어디로 치울지만 해도 어려운 문제고. 둘 곳이 없으니 어떻게든 재활용을 해야 할 수도 있어." "잔해를 치우는 것조차도 우리는 없는 도구와 장비를 써야 할 겁니다."

내가 덧붙였다. 라파의 기반시설은 백만 명을 먹일 규모로 설계되지 않았지만, 지금 라파에는 실제로 백만 명이 있다. 전쟁 전에도 라파 주민들에게 음식을 공급하는 것조차 빠듯했다. 대부분 구호품이 비상용이기에 장기적인 수요를 충족시키도록 설계되지 않았다. 내가 말했다. "예를 들어, 음식을 마련한다고 능사가 아닙니다. 지금 깔고 잘 매트리스가 필요한데 구호품으로 매트리스는 들어오지 않습니다. 음식, 당연히 중요하죠. 하지만 먼저 머물 곳, 깔고 잘 매트리스, 덮고 잘 담요가 필요합니다. 주머니에 백만 달러가 있어도 지금은 아무 쓸모가 없습니다. 돈 주고 살 기초적인 물건이 없으니까요. 기부만 필요한 게 아닙니다. 국경을 열어 다양한 물건이 들어와 정상적인 거래가 다시 이루어지도록 국제사회가 압력을 넣어 줘야 합니다."

소하일과 한 시간 반을 이야기하고 나니 전보다 더 불안감이 들었다. 팔레스타인 사람들이 마주한 어려움은 우리가 상상한 것보다도 컸다. '오늘 어떻게 살아남을 것인가'가 문제가 아니게 되는 순간, 우리에게 무한히 많은 괴로움이 닥칠 것이다. 아직 북가자에 있었을 때 했던 생각, 군사작전이 끝나면 진짜 전쟁이 시작될 거라는 생각이 떠올랐다. 정치적으로나 인간 드라마의 차원에서나 그럴 것이다. 총포가 모두 멈추고 나면, 보통 사람들의 아픔과 절망이 표면으로 떠오를 것이다. 자신들이 겪은 상실과 딛고 살아가야 하는 새로운 조건들을 모두 그제서야 자각할 것이다. 이런 견지에서 볼 때, 내일을 생각하는 건 오늘을 생각하는 것보다 어려웠다.

나는 소하일의 집에서 우리가 머무르는 서쪽의 새 난민촌까지 걸어갔다. 이번에는 혼자 걸었는데 한 시간 이십 분 정도가 걸렸다. 어제는 걷는 날이었나 싶다. 하루 종일 전화 신호가 잡히지 않아서 한나와 이브라힘에게 전화를 하려던 시도는 좌절되었다. 그날 하루 동안 가자 지구 어디에서도 전화 및 인터넷 신호가 잡히지 않았다는 걸 나중에야 알게 되었다. 종일 아무것도 먹지 않고 걸으니 지쳐 버렸다. 도착하자마자 불을 피워 빵 한 쪽을 굽고 다진 고기 캔을 따서 볶았다. 가장 기본적인 음식도 불로 조리하면 맛있었다.


오늘 아침 키르바트 알-아다스에 있는 적신월사 사무실로 가던 중에 마리암 이모의 아들을 만났다. 그는 이스라엘에서 일하던 수많은 팔레스타인 사람 가운데 하나로, 전쟁이 나자 이스라엘 경찰에 자동으로 체포되어 고문을 당하고 가자로 보내졌다. 그가 알려 줘서 마리암 이모가 앗-사프타위에 있는 집에서 나즐라 마을로 거처를 옮겼다는 걸 알게 되었다. 아들 하나가 한쪽 다리를 잃었다고 했다. 이런 상실이 모든 집에 다 있었다. 어머니에게는 파티마와 마리암, 자매 두 분이 있다. 마리암 이모는 외할아버지가 1967년 전쟁에서 가자를 지키다 돌아가시기 몇 달 전에 태어났다. 이모는 아버지를 모른 채 자랐고, 심지어 아버지를 기억할 무덤조차 없다. 전우들에 의해 외할아버지의 피살이 확인되었을 때, 외할아버지를 묻어 줄 수 있는 사람은 아무도 없었다. 외할아버지의 시신은 이스라엘군이 가져가 처리했다고 여겨지지만, 어디서 어떻게 했는지는 아무도 모른다.

오늘은 날이 따뜻한 건 아니면서도 해가 밝았다. 키르바트 알-아다스로 향하는 트럭 뒤에서 두 남자가 칸 유니스에 가해진 지상군 침략에 관해 이야기하고 있었다. 두 사람은 이스라엘 전차가 정확히 어디까지 갔는지를 두고 크게 싸우고 있었다. 세 번째 사내가 끼어들며 소리쳤다. "**저 녀석들**이 어디 있는지는 중요하지 않아. **우리**가 어디 있는지가 중요하지." 그러고 나서 사내는 침울해져서 트럭 뒤에 타고 있는 우리 주변의 사람들을 가리켰다. "우린 여기 있잖나." 트럭에는 오십여 명이 우리와 함께 서거나 앉아서 트럭이 길을 따라 움직이는 데 맞춰 몸을 사방으로 흔들고 있었다. "우리 여기 양처럼 있다네." 다들 이 사실을 갑자기 깨달은 것처럼 주변 사람들이 조용해지자, 사내는 말을 마쳤다.

아직도 휴전 이야기는 없다. 평화협상이나 이 모든 걸 끝내려는 노력에 관해서는 아무 소식도 없다. "성탄절에는 휴전을 할까요?" 아침에 트럭에서 내릴 무렵 아부 리아드가 내게 물었다. "어쩌면요." 그는 그 말에 들떠 보였다. "그렇다 하더라도 아직 9일이 남았지만요." 그는 여전히 들떠 있었다. "9일이면 그리 길지 않잖아요." 이 악몽 같은 나날에는 어떤 휴식도, 아주 짧고 일시적인 거라도 아무것도 없는 것보다 나았다.

라파의 바이오크Baiok 구역이 공격당했다. 아부 리아드는 구급차 운전기사에게 그리로 가 보라고 했다. 어제 라파 전역에 가해진 공습으로 이십여 명이 살해당했다. 사상자 수를 세다가 잊어버렸다. 이제는 죽음조차 평범한 일이다. 사상자 수치가 세상에 경악을 불러일으키고, 세상이 이에 충격을 받아야 할 텐데, 그 대신 세상은 전부 평범하게 돌아간다. 아무도 아무 말도 하지 않는다.

오늘은 전쟁 70일 차다. 참 대단한 숫자다!

## 12월 16일, 토요일. 일흔한번째 날.


오늘 아침에는 젊은 엄마 하나가 천막 앞에 앉아 아들에게 알파벳을 가르치고 있었다. 해는 밝았고, 이틀 전에 내린 비로 젖은 모래는 말라 가고 있었다. 올해는 그 아이가 학교를 다니는 첫해였을 것이다. 아이가 학교를 다니기 시작한 지 꼭 한 달이 되는 날이 개전일이었을 것이다. 그 짧은 시간에 뭘 배웠겠는가. 가자의 모든 어린이들에게 올 한 해를 교육이라는 측면에서 없던 셈 쳐야 할 것이다. 다들 올해는 넘겨야 한다. 전쟁이 몇 주 내로 끝난다 하더라도 아무도 학교로 바로 돌아갈 수는 없을 것이다. 여인은 마른 나뭇가지로 모랫바닥에 글자를 하나씩 그리고 있었다. "알레프(A)", "바아(B)", "타아(Th)". 그러고는 아들의 작은 손을 쥐어 아이가 처음으로 글자를 써 보는 걸 지도해 주었다. 아이는 자기 손글씨가 모래에 남는 걸 보고는 기뻐했다. 엄마도 웃음 지었다. 나는 그 모습을 보러 더 가까이 다가갔다. 학교에 처음 간 날, 전기 없이 자발리야 난민촌에서 공부하던 때가 생각이 났다. 세찬 바람이 불어 모래를 날려 버렸다. 글자는 사라지고, 아이는 자신의 노력이 지워져 허망해했다. 여인이 웃으며 말했다. "다시 해 보자." 다시 한번, 여인은 아들의 손을 쥐고 글자를 쓰기 시작했다. 다시 한번, 아이는 기뻐했다. 아들의 웃음은 엄마가 알파벳의 다음 글자를 써 보도록 북돋아 주었다.

어젯밤에는 파라즈를 보러 갔다. 파라즈가 아프기 시작한 지 사흘째였다. 파라즈의 부인이 알고 있는 유일한 약국에 갔다 왔지만, 약이 다 떨어졌다고 했다. 약국에는 새로 약이 들어오지 않아, 천천히 하나씩 비어만 갔다. 레몬즙을 짜서 먹이는 건 어떻겠냐고 했다. 파라즈에게 일어나 같이 난민촌을 조금 걸어다닐 수 있겠냐고 물어보았다. 파라즈는 고개를 끄덕였지만, 일어나려는 시늉조차 하지 않았다. 난민촌, 학교, 간이 센터에 추방당한 이들이 과밀한 공간에서 기초적인 의약품이 부족한 상태로 살고 있기에, 셀 수도 없이 많은 바이러스와 전염병이 돌고 있다. 가자 남부 어디에서도 보건소 하나, 수십만 명을 돌볼 곳 하나 찾아볼 수가 없다. 많은 사람들이 병이 들어도 치료도 받지 못하고 고통받아야 한다. 파라즈는 담요를 세 개나 덮고 있었는데도 벌벌 떨고 있었다. 부인은 걱정스러워 보였다. 우리 모두 땅에 깐 매트리스에 누워 있는 파라즈 주변에 서 있었다. 희망을 품는 것 외에는 달리 할 수 있는 게 없었다.

파라즈의 부인 마잘Mazal은 이제 전쟁에 관해 생각하지 않는다고, 마치 죄를 지은 양 털어놓았다. 마잘의 머릿속은 장작을 구하고, 옷을 빨 물을 구하고, 젖은 옷을 말릴 곳을 찾고, 빵을 만들 밀가루를 구하고, 구호 지원을 위해 언제 어디에 줄을 설 것인지 따위, 매일 있는 어려움으로 가득 찼다. "가끔은 아직 전쟁 중이라는 것까지 까먹는다니까요." 마잘은 주변을 둘러보고 말을 이었다. "전에 우리가 어떻게 살았는지도 까먹었어요. 옛날 집, 옛날 삶은 생각도 안 나요. 지금 사는 게 어려우니까, 다른 생각이나 기억이 다 사라졌어요."

오늘 이스라엘군에게 기자 한 사람이 또 살해당했다. 알자지라의 촬영 기자 사메르 아부 다카Samer Abu Dakka가 칸 유니스에 있는 파르하트Farhat 학교에서 살해당했다. 드론이 학교를 폭격한 뒤, 아부 다카는 어떤 응급처치도 받지 못한 채 다섯 시간 동안 피를 흘리고 있었다. 보도에 따르면 구급차가 그리로 갈 수 없었다고 한다. 지금까지 오십 명 넘는 기자가 이스라엘에 의해 살해당했다. 난 아부 다카를 안다. 몇 번 만난 적이 있다. 그의 죽음은 역설적이다. 아부 다카는 이번 전쟁이라는 현재진행형의 부정의를 세상에 보여주려다 살해당했다. 이제 세상은 그가 보여주려던 것을 볼 수 없을 것이다.

우리는 이 적, 선이라고는 모르고 어떤 국제법도 존중하지 않는 적에게 재수없게 걸려들었다. 파리에 기반을 둔 국경없는기자회는 최근, 이번 전쟁에서는 기자들이 많은 경우 계획적으로 표적이 된 것은 아니라고 주장하는 보고서를 발행했다.* 하지만 우리는 이스라엘이 보유하고 있는 정밀 조준 군사 소프트웨어로 알까삼 여단이 정확히 어디 있는지 알 수 있다고 하는 걸 분명히 들었다. "PRESS"라고 떡하니 적힌 밝은 파란색 조끼를 입은 기자야 그런 기술력으로 당연히 감지할 수 있을 것 아닌가? 폭탄이 사방으로 터진다는 것은 알 것 아닌가? 미사일의 파괴 범위도 알 것 아닌가? 언제부터 '모른 척'이 '의도하지 않은 결과'가 된단 말인가? 그 따위 보고서는 이스라엘 병사들에게 기자들을 죽이고 나서 파리에서 쓴 웬 보고서를 인용하라고 부추기

---

\* 국경없는기자회는 2023년 10월 7일부터 12월 1일까지의 통계를 바탕으로 가자 지구, 이스라엘, 레바논에서 피살된 미디어 종사자 63명 중 "죽음이 정말 보도 업무와 관련되어 있는 것이 확실"한 17명만 인정하고, 나머지 46명은 해당 통계에서 배제하였다(rsf.org/sites/default/files/medias/file/2023/12/Bilan_2023_EN_0.pdf). 국경없는기자회가 팔레스타인 기자들의 피살을 들어 이스라엘군이 "자행했을 수도 있는 전쟁범죄"를 수사하라는 항의 성명을 국제형사재판소에 거듭 보낸 것은 사실이다(www.aa.com.tr/en/middle-east/reporters-without-borders-files-second-complaint-with-icc-on-palestinian-journalists-killed-in-gaza/3090245). 다만 저자는 이런 항의조차도 피살당한 팔레스타인 기자의 수를 보수적으로 축소한 데 반발심을 드러내 보이고 있다[웹페이지 검색일 2024년 5월 31일].

는 것 외에는 어떤 영향도 주지 못한다.

전화를 할 만큼의 전화 신호 없이 산 지 이틀이 되는 날이다. 한나는 내게 북가자의 신호가 괜찮다고 문자를 보냈다. 두 삼촌, 맘두와 만수르Mansour와 이야기를 나눴다고, 둘 다 괜찮다고 했다. 두 사람은 밤에는 학교에 대피해서 보내고 낮에는 이스라엘 병사들이 멀리 후퇴하면 집으로 돌아가 쪽잠을 잔다고 한다. "아버지 이야기는 없었어?" 내가 회신했다. "다른 학교에 계실 수도 있대."

어제는 자발리야에서 아버지와 찍은 마지막 사진을 페이스북 담벼락에 게시했다. 야세르, 이브라힘과 같이 찍은 사진이다. 아버지는 셔츠를 매만지고 카메라를 향해 미소를 지었다. 사진을 찍은 건 내가 북부에서 보낸 마지막 날이었다. 사진을 찍자마자 떠날 준비를 하고 있었다. 우린 한 시간 정도 이야기를 나누었고 내가 같이 셀카를 찍자고 했다. 우린 이제는 무너진 우리 가족 집으로 이어지는 작은 골목길 입구 근처에 서 있었다. 휴대전화에는 그 직전에 같이 찍은 사진, 그가 옷매무새를 고치는 모습, 아버지가 움직이는 모습이 찍혀 있었다. 보고 싶다. 우리 모두 아버지가 보고 싶고 아버지가 안전하시길 기도했다.

팔루자 지역 샤디 아부 가잘라Shadi Abu Ghazala 학교에서 시신 여덟 구가 발견되었다. 목격자들에 따르면 이들은 이스라엘 병사들에게 처형당했다고 한다. 매일 이런 식으로 시신이 발견되었다. 무서운 일이다. 너무도 많은 집단 처형이 벌어지고 있는데 그중 어느 것도 보고되지 않는다. 누구든 북가자로 돌아가는 게 허용되어 집단 처형의 피해자들 대부분이 발견된다 하더라도, 이들의 시신은 부패하여 난사의 증거는 이미 소실되었을 것이다.

하느님, 제발 이 참극을 끝내 주소서. 계속되고 있다는 사실만으로도 우리는 죽을 것만 같습니다.

## 12월 17일, 일요일. 일흔두번째 날.


가자는 버려졌다. 아무도 신경 쓰지 않는다. 우리는 매일 새로운 학살로 수십 명이 죽었다고, 민간인이 살해당했다고 소식을 듣는데, 누구 하나 보도조차 하지 않는다. 안타깝게도 가자시티와 북부를 절대 떠나지 말았어야 할 두 집단은, 이 지역을 가장 먼저 떠났다. 기자들과 국제기구를 말하는 것이다. 기자들이 남쪽으로 떠나 도시를 어떤 주시와 감시도 없이 둔 것은 가장 호전적이고 집단학살을 일삼는 젊은 이스라엘 병사들이 마음껏 날뛰도록 내버려둔 것이나 다름없다. 전쟁 초기에 기자들은 전부 대형 병원에서 일했다. 소위 말하는 '현장'에서 보도를 한 이들은 극히 소수였다. 기자들이 전부 남쪽으로 대피하면서 '시민기자'들만이 남아 휴대전화로 사진을 찍어 보냈는데, 이 사진들은 당연히 자체적인 움직임과 보도로 제한되었다. 기자들이 떠나기 전에 무릅쓴 희생과 위험, 그들이 받은 고통을 기억하는 것도 중요하지만, 지금은 그들과 함께 진실도 떠나간 게 아닌지 의구심을 품을 수밖에 없다. 지금 라파에서조차 기자들은 전부 마을 서쪽 쿠웨이트 병원에 자리를 잡고 있다. 기자들이 일하는 **동안** 안전하기를 바라는 건 이해할 수 있는 일이지만, 일하는 **대신** 안전하기만을 바라는 건 이해할 수 없는 일이다.

국제기구는 기자들보다도 빨리 북부를 떠났다. 전쟁 2주차에 적십자사가 가자시티에서 대피한 일을 기억한다. 우리는 프레스 하우스에서 거리로 나가, 그들의 호송 차량이 앗-슈하다 거리에 있는 사무실을 빠져나가는 걸 보았다. 국제기구 직원뿐만 아니라 현지 직원과 가족들까지 전부 대피했다. 당시 소문에 따르면 다들 더 안전한 데이르 알-발라의 시설로 갔다고 했다. 극초기, 이스라엘이 주민들에게 대피를 요구하기도 전에 있었던 일이다. 나머지 유엔 기구들도 마찬가지로 움직였다. 다 떠났다. 다 도시를 저버리고 도망치고, 알아서 하라고 버려 두었다. 적십자사의 임무가 전시에 민간인 보호를 보장하는 것임에도, 전쟁이 민간인을 살해하도록 내버려두었다. 유엔도 마찬가지다. 이 상황에서 죄 없는 이가 과연 있는가? 왜 다른 전쟁, 세계 다른 곳에서는 남아서 임무를 계속하고 보도를 계속한단 말인가? 왜 다른 곳은 보호를 받는데 가자는 그들을 구경조차 할 수 없단 말인가? 정작 일이 터졌을 때 이럴 거라면 저들은 왜 있단 말인가?

내가 라파에 있는 팔레스타인 적신월사 사무실 친구들과 길게 대화하며 밝힌 취지는 이런 것이었다. 다들 화가 나 있었다. "우리가 휴전 중에 음식을 가자시티와 북부까지 들여보내려 해도, 우리 관할은 라파까지야!" 한 직원이 화를 내며 설명했다. 가자와 북부에서 민간인들이 매일같이 학살당하지만, 아무도 이들을 모르고, 이를 보도할 사람도 남아 있지 않다. 아버지 같은 민간인들만이 거기에 남아 있고, 매일 수백 명이 이스라엘에 인질로 잡히고 있다. 매일 수십 명이 살해당한다. 사람들은 충분히 치료할 수 있는 상처를 입고도, 이제는 도움이 오지 않아서 과다 출혈로 죽는다. 신경이나 쓰는 사람이 있나? 없는 것 같다.

자발리야에 있는 아버지와 두 형제, 모사와 칼릴 그리고 파라즈의 어머니와 이웃들처럼 남겨 두고 온 다른 가족과 친척들 생각을 멈출 수가 없다. 동네 대부분이 파괴되어 아무도 알아볼 수 없게 되었지만, 이웃들이 있다면 동네가 없어진 건 상관없다. 버림받은 개와 고양이가 거리에 버려진 시체를 뜯어먹는 사진이 북가자에서 흘러나오곤 한다. 시신 수백 구가 몇 주 동안 제대로 매장도 되지 않고 나뒹굴었다. 우리 동네에서 수백 미터 떨어진 카말 에드완 Kamal Edwan 병원에서 찍힌 사진 이야기다. 이 악몽이 끝나 우리가 사랑하는 이들이 안전했으면 좋겠다.

지난밤에도 공격이 있었다. 자정부터 새벽까지 공습이 멈추지 않았다. 주로 동쪽에 떨어진 것 같다. 나중에 알아차린 건데 라파의 주나이나Jonaina 지역에도 공격이 있었다고 한다. 오늘 아침에 그곳을 지나갔다. 살아남은 남자아이 하나가 아직 잔해 아래 있는 가족들의 이름을 콘크리트 기둥에 적고 있었다. "아빠, 엄마, 아흐마드 형, 라일라 누나"라고 써 있었다. 눈물을 참을 수가 없어 그냥 흐르게 두었다. 뉴스에서는 칸 유니스에서 벌어질 '대전투'에 관해 떠들고 있었다. 그 말인즉슨 지금 일어나고 있는 일이 '준비운동'이라는 것이다. 매일 밤 수백 명이 살해당하는데, 그게 준비운동이란다. '대전투'는 이스라엘이 자발리야와 슈자이아에서 작전을 끝낸 뒤에야 시작될 것이다. 칸 유니스에 있는 내 친구 마문과 그 가족들이 아직도 걱정된다. 마문과 이야기를 나누지 못한 게 벌써 2주째다. 한 청년이 최근에 말해 준 것만이 실낱같은 희망이었다. 해안도로를 따라서는 아직 라파와 칸 유니스 사이 출입이 가능하다는 것이다. 적신월사의 운전기사인 아부 리아드가 당장 오늘 아침에도 그리로 운전했다고 이를 확인해 주었다.

오늘 아침 라파를 거니는데 한 남자가 데이르 알-발라로 갈 승객을 찾는 걸 들었다. 나는 야세르를 바라보았다. 에이샤 고모를 보러 갈 기회라는 걸 야세르도 알았다. 나는 가서 그리운 에이샤와 아이들과 하루를 보내고 밤에는 기자이자 친구인 아흐마드 사이드와 밤을 보내자고 했다. 야세르에게는 단조롭게 반복되는 일상에서 크게 벗어날 기회였다. 여기에 충동적으로 뛰어들 뻔했지만, 잠시 멈춰 생각해 보았다. 팔레스타인 적신월사에서 청년 하나가 말하길, 자기가 데이르 알-발라에서 왔는데 많은 이들이 거길 드나들고 있다고 했다. 어떤 사람들은 해변에서 수영까지 하고 있다고 해서 날 놀라게 했다. "그럴 리 없어요." "정말이라니까요. 물고기 잡은 걸 파는 사람들도 있어요." 야세르의 표정은 모든 걸 말해 주었다. 나는 "며칠 뒤에 가 보자. 조심할 필요가 있어"라고 말했다. 물고기를 잡아먹고 해변을 거닌다는 말은 듣기에는 천국 같은 소리지만, 원하는 바에 속으면 안 된다. 필요한 것을 먼저 챙겨야 한다.

팔레스타인 적신월사는 부상자들과 연락하고 돕는 데 난항을 겪었다. 통신이 심지어 지역 단위로까지 전부 끊겼다. 공습 소리가 들릴 때마다, 적신월사에서는 빛과 소리를 따라 거리에서 파괴 현장을 살피라고 구급차를 보냈다. 한데 대개 사람들을 강제로 내보낸 곳에 공격을 했기 때문에 어디로 가야 할지 알 방도가 없었다. 오늘은 남부가 나머지 지역과 그리고 세상과 단절된 셋째 날이다. 한나는 물론 다른 사람들과도 이야기를 나누지 못했다. 우리의 고립 역시 미디어에서 다루지 않았다.

## 12월 18일, 월요일. 일흔세번째 날.


"라파는 오늘 더 붐빌 겁니다." 운전기사가 난민촌 밖에서 나를 태우며 말했다. 내가 얼굴로 '왜죠?' 하는 표정을 짓자 그는 계속해서 말했다. "군대가 동쪽 블록들에 거주하는 주민들에게 대피 명령을 내렸어요. 이스라엘군은 블록 단위로 천천히 마을 중심부로 이동하고 있고요. 피난민들 대부분이 오전 열 시쯤이면 마을 서쪽에 도착할 겁니다." "어디로요? 거긴 이미 꽉 찼잖아요?" 이제 천막은 포장도로와 골목길을 남김없이 차지했다. 기사가 웃었다. "아직 해변 쪽에 자리가 남아 있어요." "하지만 걸어가긴 멀 텐데요." "죽음을 피하는 데 어떤 길인들 멀겠습니까."

우리 뒤에 앉은 여성 다섯은 본인들의 표현을 빌자면 "소처럼 트럭 뒤에 앉아 있는" 자신들의 상황을 한탄하고 있었다. 막내인 한 여자는 이 모든 것이 꿈만 같다고 말했다. "방금 전에 남편, 아이들과 함께 저녁을 먹으며 수다를 떨고 웃으면서 매일 밤 그랬듯이 잠자리에 들 준비를 하고 있었어요. 눈 깜짝 할 사이에 우리 집이 미사일에 맞아서 도망쳐야 했어요." 여자의 눈에서 눈물이 흘러나왔다. 여자는 말을 마치고는 옆에 앉은 어린 딸의 머리 뒤로 얼굴을 감추려 했다. 여자는 딸에게 할머니가 보고 싶냐고 물었다. 아이는 미소를 지으며 답했다. "많이 보고 싶어요." 여자는 딸에게 "오늘 할머니를 만나러 갈 거야!"라고 속삭였다. 또 다른 여성은 무너진 집 잔해에서 잠을 자더라도 좋으니 북가자로 돌아갈 수 있으면 기쁠 것 같다고 했다. 젊은 여자의 딸은 초콜릿이 더 있냐고 물었다. 여자가 말했다. "내일, 집에 돌아가면 초콜릿을 더 사 올게."

대화를 엿듣고 보니 그녀는 자발리야 난민촌 북쪽 카말 에드완 병원 근처에 살고 있는 사람 같았다. 보도에 따르면 이스라엘군이 지금 그 지역에서 사망자와 함께 부상자들을 생매장하고 있다고 한다. 수십 명이 아직 피를 흘리고 있는데도 병원 근처의 집단 묘에 매장되었다. 이를 감시할 국제기구나 언론인의 부재로 인해 이러한 범죄는 계속 책임을 묻지 않은 채 넘어가고 있고 어떤 파급도 받지 않고 있다. 병원 주변 지역은 가자 지구 다른 모든 곳과 마찬가지로 거의 완전히 파괴되었다. 모두가 죽고, 모든 것이 산산조각이 났다. 병원은 가자 주민들을 구금하고 처형하는 이스라엘의 군사기지로 변해 버렸다.

어제 자발리야 전역에서 발생한 수차례 공습으로 약 백 명이 사망하고 수많은 사람이 부상을 입었다. 시바브

Shibab 가족에 대한 공격으로 주택 단지가 파괴되고 수십 명이 목숨을 잃었다. 자발리야에서는 살육이 점점 더 악화되고 있다. 민간인 수백 명이 인질로 잡혀 이스라엘군의 명령에 복종하게 되면서, 군대는 매일 더 폭력적으로 행동하고 있다. 감히 거리를 걷다가는 저격수들, 전투복을 입고 미군이 지원한 군사 장비의 벽 뒤에서 즐거운 시간을 보내고 있는 어린애들의 총에 맞을 것이다. 남자들은 경비병에게 알몸으로 걷거나 기지 안에서 몇 시간 동안 서 있으라고 명령받는 등 집단적으로 굴욕을 당하고 있다. 이스라엘은 구호품과 식량이 도착하지 못하게 하고, 집에서 떠나지 못하게 하고, 예고 없이 무작위로 사람들을 습격하여 처형하는 등 삶의 모든 부분을 통제하고 있다. 도대체 이스라엘 사회가 무슨 짓을 했기에이런 일을 쉽게 벌이는 것일까?

친구 하이탐Haytham이 자발리야에서 전화를 했다. 그는 아버지와 동생 칼릴과 함께 난민촌의 UNRWA 복지센터에 머무르고 있다고 했다. 아버지는 약이 없어 어려움을 겪고 계셨다. 흡입기가 다 떨어졌다고 했다. 하이탐에게 약국에서 새 흡입기를 구할 수 있는지 물어봤으나 모든 약국이 문을 닫았다고 했다. 지금 북가자에는 운영 중인 의료센터가 없다. 하이탐은 어젯밤 아버지가 숨을 쉬기 많이 힘들어하셨고 칼릴과 함께 두 시간 동안 아버지를 도와드렸다고 했다. 아버지는 신선한 공기를 쐬셔야 했다. 하이탐은 최선을 다해 도와드리겠다고 약속했다. 나는 그의 친절에 고마움을 표했다.

하이탐을 마지막으로 본 것은 전쟁 발발 이틀 전이었다. 우린 가자 지구에 도착할 때마다 그랬던 것처럼 파라즈, 모함메드와 함께 앗-사프타워에 있는 내 아파트에 앉아 있었다. 이제 하이탐과 그의 가족은 탈 앗-자아타르에 있던 건물이 무너져서 UNRWA 복지센터로 거처를 옮겨야 했다. 하이탐은 나와 이야기를 나누고 있는 동안 센터 앞 큰길을 걷고 있었기 때문에, 아버지를 바꿔 줄 수는 없었다. 아버지와 통화를 할 수 있도록, 오늘 저녁에 아버지와 함께 있을 때 다시 전화해 달라고 했다.

오늘 아침에는 친구들과 두 시간 동안 난민촌 주변을 산책했다. 실제로 자발리야 난민촌에서도 이렇게 아침 산책을 하곤 했다. 난민촌에서 점점 더 많은 사람들을 알게 되면서, 이런 산책도 인사와 짧은 대화로 가득 차게 된다. 내 친구이자 이웃인 아부 아히드Abu Ahid는 이제 걸을 때 지팡이를 썼다. 아히드는 웃으며 말했다. "전쟁터에서 우리는 빨리 늙어요. 당신도 자신을 돌봐야 해요, 아테프." 맞는 말씀인 것 같다. 전쟁이 시작되기 몇 주 전, 난 쉰 살이 됐다. 시간이 생각보다 빨리 흘러간다.

## 12월 19일, 화요일. 일흔네번째 날.


"천막에서 생활하는 기분이 어때?" 한 친구가 문자를 보냈다. 나는 아무 느낌도 들지 않는다고, 그저 매 순간 버티며 살아가야 한다고 답했다. 천막이든 궁전이든 차이가 없다. 죽음은 어디서든 쉽게 다가올 수 있다. 천막 안에서는 지금 이 순간이 영원하지 않다는 것을 깨닫게 된다. 모든 것은 임시적이다. 그 안에는 즐거움도, 편안함도, 좋은 점도 없다. 그저 우리 모두가 겪어야 하는 고통의 일부일 따름이다. 이 천막도 가족들이 지내던 집처럼 바람에 날아가게 될까? 곧 천막도 과거의 일부가 될 것이다. 언젠가는 뒤돌아보며 내가 정말 이 모든 것을 겪으며 살았나 자문하게 되겠지.

비바람을 막아 주는 천막이 있다면 행운이라고 생각해야 한다. 이런 시기에 천막은 궁전이요 성이다. 가산 카나파니는 소설 《움 사이드 *Umm Said*》에서 "하나의 천막은 다른 천막과 같지 않다"라고 썼다. 강제 이주와 굴욕의 천막이 페다인, 즉 저항 운동을 가리는 천막과 같을 수는 없다는 뜻이다. 지금 우리는 굴욕을 당하고 있다. 하지만 언젠가 우리가 다른 형태의 천막에 머무를 때가 올 것이다.

칼릴이 전화로 자발리야에 있는 UNRWA 복지센터의 상황에 대해 이야기해 주었다. 식량과 빵이 충분하지 않다고 한다. 밀가루도, 구호품 전달도 없다. 거기 사람들은 아직 집이 폭격당하지 않은 사람들 집에서 구할 수 있는 것에 의존하고 있다. 아버지와 새어머니 모사, 형제, 이복 여동생 아미나와 그 남편, 두 아이까지 모두 지금껏 피해를 입지 않은 이브라힘의 장인 집에서 하룻밤을 묵을 것이라고 했다. 이 단계에는 어떤 집도 사치다.

북가자에서 더 끔찍한 사진들, 더 많은 학살이 전해졌다. 자발리야에서 공격이 있었다는 소식을 접할 때마다 나는 자발리야의 연락처 목록에 있는 모든 번호로 전화를 걸어 소식을 들으려고 노력한다. 몇 시간씩, 걱정과 긴장 가득한 시간이 걸릴 때도 있다. 누군가 공격이 아버지가 머물고 있는 곳 근처가 아니라고 보장해 줬을 때만 긴장을 풀 수 있다. 오늘은 당나귀 수레 사진을 받았다. 사진에는 나귀가 총에 맞아 바닥에 쓰러져 있고 수레에 탄 사람들도 죽어 있었다. 피의 색깔과 시체의 세세한 모습이 너무 선명해서 견디기 힘들 정도였다.

국제 언론의 관심은 날이 갈수록 줄어든다. 가자 지구는 점차 뉴스에서 사라지고 있다. 오늘도, 가자 지구에서 수백 명이 사망했다는 소식을 듣는 게 평범한 일이 되어 버려서 사상자 수조차 중요하지 않게 된 듯하다. 새로울 것은 없다. 이스라엘군이 무자비하게 북가자를 순찰하며 더 많은 인명을 앗아 가고 더 많은 집을 파괴하고 있지만, 그 어떤 일도 뉴스가 되지 못한다. 나는 야세르에게 몇 채의 집이 파괴되었는지 이야기할 게 아니라 몇 채가 남았는지 이야기해야 한다고 말했다.

이스라엘군은 베이트 하눈에서의 작전이 완료되었다고 발표했다. 또 다른 보도는 북가자에서 쫓겨난 사람들 중 일부가 돌아올 수 있다고 언급했다. 사람들이 물었다. "일부? 그럼 우리 전부는 아니겠군." 사와가 친절하게 준비해 놓은 팝콘을 먹으며 천막 안에서는 질문이 오갔다. 때로는 이스라엘의 다음 행동을 추측하는 것이 유일한 즐거움이다. 새해 전야가 되기 전에 고향으로 돌아갈 수 있을지도 모른다는 기대감은 흔적마저 사라지고 있다. 누군가는 "누가 돌아가고 누가 돌아가지 않을지 결정하는 일은 길고 지루한 제비뽑기가 될 것"이라고 말했다. 갑자기 대화가 더 이상 팝콘에 어울리지 않게 되었다. 나는 실망해서 말했다. "매번 그렇듯 아무도 모를 일이죠. 우린 언젠가, 언젠가 반드시 돌아갈 겁니다. 미래의 형편에 달린 거죠."

북가자를 떠난 지 4주가 지났다. 때로는 4년처럼 느껴지기도 하고 때로는 4초처럼 느껴지기도 한다. 그립다. 북가자에서는 매일 목숨을 걸고 살았지만, 그래도 여기보다는 나았다. 거기서는 모든 거리와 골목을 다 알고 있었다. 지루할 틈이 없었고 항상 할 일과 만날 사람들이 있었다. 이곳에서의 고단한 삶과 불안정한 생활에 적응하기 위해 견뎌 온 고통을 생각하면, 몇 년 동안 이곳에 있었던 것만 같다. 하지만 마음을 가라앉히고 생존하기 위해 46일간 벌인 투쟁의 기억에 빠져들면, 전부 방금 일어난 일만 같다.

매일 아침 세수하는 것을 까먹는다. 마지막으로 양치질을 한 게 언제였는지 기억이 나지 않는다. 샤워를 하지 않고 열흘이 지나갈지도 모른다. 그래서 "오늘은 샤워를 해야지"라고 메모를 써서 신분증과 함께 주머니에 넣어 두기로 결심했다. 샤워를 하라는 뜻이 아니라 샤워할 수 있는 곳을 더 열심히 찾으라는 뜻이다. 얼마 전에는 운전기사 아부 리아드가 조용히 적신월사 사무실 화장실에 뜨거운 물이 가득 담긴 양동이를 준비해 놓고 샴푸 한 병을 주며 엄격한 목소리로 "박사님, 오늘은 샤워하시죠"라고 했다. 내가 대답했다. "하지만 수건이 없는데요." "상관없습니다. 하시고 그냥 젖은 채로 계시면 됩니다."

## 12월 20일, 수요일. 일흔다섯번째 날.


길거리에서 주스를 파는 와피에게 문자를 보내 괜찮은지 물어보았다. 세 시간 후에 답장이 왔다. "상황이 어렵지만 지금까지는 괜찮아." 와피는 자발리야를 떠나 자발리야 마을 남쪽 자르카Zarka 지역으로 이주했다. 이스라엘군은 어제 낮과 밤에 걸쳐 자발리야 난민촌과 자발리야 마을의 여러 곳을 수차례 '불의 고리'로 공격했다. 아버지의 안부를 묻기 위해 여러 친구와 친척들에게 전화를 걸었지만, 북가자에서는 신호가 잡히지 않는 것 같다. 오늘 오후 한나가 페이스북 메시지로 데이르 알-발라에서 많은 공격이 있었고, 공격당한 지역이 에이샤가 머물고 있는 곳과 가깝다는 말을 조카 와파한테 들었다고 전해 주었다. 한나는 나 보고 전화를 걸어 확인해 보라고 했다. 물론 시도해 보았지만 전화 통신망이 다섯 시간 동안 꺼져 있었다. 다시 예전의 차단 정책으로 돌아간 것이다. 미사일이 쏟아지면서, 우린 다시 전 세계와 단절되었다.

어제는 내 친구 모함메드 아부 사이다Mohammed Abu Saida와 그 아들 셋이 드론에서 발사된 미사일에 맞아 살해당했다. 네 사람은 며칠 동안 집 안에 물이 없어 몰래 4리터들이 물병을 채우러 난민촌 북쪽에 있는 집에서 길을 따라 급수시설로 가던 중이었다. 다시 물을 맛보기도 전에 드론의 미사일이 이들을 산산조각 냈다. 우리는 모함메드를 '아부 샤픽Abu Shafik'이라고 부르곤 했는데, 그를 마지막으로 본 것은 전쟁이 시작되기 석 달 전이었다. 그는 직접 준비한 디저트를 먹자며 나를 초대했다. 우리는 한 번 더 만나기로 했다. 그는 전화로 물었었다. "내가 만든 디저트 생각나지?" 이제 생각이 나는데, 다시는 볼 수가 없다.

오늘 아침에는 친구 몇 사람과 함께 새 난민촌을 세 시간 동안 걸어다녔다. 이제 어느 격납고에 누가 사는지, 각 격납고의 번호가 몇 번인지, 심지어 천막 사이를 지나는 골목길과 난민촌에서 가장 빠른 경로가 어디인지까지 익숙해졌다. 산책을 마치고서는 조리기에 불을 지피고 대나무 막대기와 판지를 그 불타는 주둥이에 넣었다. 잠깐이지만 이곳을 마음 깊은 곳에서부터 알고 있다는 느낌이 들었다. **나는 이제 여기 사람인 걸까?** 그런 생각이 들자 소름이 돋았다.

시내로 향하는 버스 안에서 한 청년이 펩시 콜라 한 병을 구입한 것에 만족해하고 있었다. 그는 다른 승객들에게 말했다. "초등학교 때부터 이 순간을 꿈꿔 왔어요!" 당연한 말이지만, 그는 과장하고 있다. 원래 가격은 1셰켈인데 그는 5세켈을 냈고, 10세켈도 낼 수 있다고 말했다. 한 나이 든 승객이 중얼거렸다. "차라리 서로 잡아먹는 게 낫겠어." 버스 안에서 승객들 대부분은 피곤한 표정으로 이곳에서의 새로운 삶에 대한 생각을 주고받았다. 마음에 든다고 하는 사람은 아무도 없었다. 한 청년은 가족과 3주 동안 연락이 닿지 않는다고 한탄했다. "가족들은 살아 있나요?" 누군가 물었다. "모르겠어요. 그러길 바라야죠." 청년은 가자시티 서쪽의 앗-샤티 난민촌에 가족을 남겨 두고 떠나왔다. 다른 승객에 따르면, 지난 며칠 동안 카렘 아부 살렘 국경 검문소를 통해 여러 물건의 유입이 허용되면서 물가가 내려갈 것이라는 점이 좋은 소식이라고 한다. 상인들은 처음으로 물건을, 주로 음식을 들여올 수 있게 되었다. 시장에 더 많은 제품이 들어오면 곧 가격이 내려가기 시작할 거다. 그는 미소를 지으며 '펩시'를 산 청년에게, 내일은 같은 병을 2세켈에 살 수 있을 거라고 말했다.

오늘 동료인 팔레스타인 자치정부 주택부 장관 모함메드 지아라Mohammed Ziara의 이름이 라파를 통해 떠날 수 있는 이집트 쪽 명단, 즉 이스라엘이 감독하는 명단에 올랐다. 그는 현재 카이로로 떠났다. 오늘 아침에 이 소식을 듣자 야세르는 우린 언제 떠날 수 있냐고 물어보는 듯 나를 쳐다보았다. 나는 조만간 우리 이름이 명단에 추가될 것이라고 했다. 야세르가 물었다. "왜 그 아저씨 이름은 올라 갔는데 우리 이름은 포함되지 않았나요?" 나는 답할 말이 없어 "곧 올라올 거야"라고 반복해서 말할 수밖에 없었다. 사실 나는 한나의 주장에 따라 며칠 전부터 계속해서 떠날 허가를 신청하고 있다. 하지만 야세르는 확신하지 못했다. "진심이에요. 오늘 지아라 아저씨가 떠난 거면 우리도 내일 떠날 수 있어요." 야세르는 전화를 해 보라고 졸랐다. 나는 그럴 필요가 없다고 했다. "우리 이름이 명단에 올랐다면 우리한테 전화가 올 거야." 이 말에 설득이 됐는지 야세르는 곧 떠날 것임을 직감하고는, 새로운 친구들과 함께 남은 시간을 최대한 활용하기 위한 계획을 세웠다.

"내일은 얼마나 기다려도 길지 않다." 나는 라파로 떠나기 전에 이렇게 말했다.

휴전 가능성에 대한 보도가 또 들려왔다. 버스 안에서 인기 있는 주제 가운데 하나다. 거리를 가득 메운 인파 때문에 라파 시내까지 가는 데 거의 한 시간이 걸렸다. 한 노인은 반대했다. "우리가 겪은 일이 있는데, 또 휴전을 할 게 아니라 완전히 종전을 해야지!" 키르바트 알-아다스에 있는 사무실에 도착해서 얼마 앉아 있지 않고 하루 일과를 정리하고 있는데 복도 끝 방에서 한 직원이 불쑥 들어와 물었다. "어디 공습이래요?" "무슨 공습이요?" 내가 답했다. "방금 공습 소리 못 들었어요? 건물이 좌우로 흔들렸어요!" 아무것도 듣거나 느끼지 못했다는 사실에 놀랐다. 그와 함께 창문으로 걸어가 보니, 구급차가 서쪽으로 빠르게 달려가는 것이 보였다.

이브라힘의 딸 사자는 최근 들어 자기가 돌볼 고양이가 필요하다며 떼를 많이 쓴다. 이브라힘은 지금 애완동물을 사고팔 상황은 아니기 때문에 이 소원을 들어줄 수 없다는 걸 알면서도, 친구에게 고양이를 파는 곳이 있는지 물어보겠다고 했다. 열 살짜리 아이는 기뻐서 비명을 질렀다. "집에 데려갈 거예요." 나는 아이에게 말했다. "이제 돌아갈 집이 없지만, 돌아갈 때가 되면 언제든 데려가도 된단다." 아이도 이 사실을 알아야 한다.

빌랄이 이웃집 옥상에 홀로 남은 뒤 돌봐 주던 고양이가 생각났다. 아직 살아 있으려나?

오늘 라파에는 더 많은 '불의 고리'가 떨어지고 있다. 옆방에 있는 남자에게 어느 지역이 표적이 되었는지 물어보았다. "구급차가 오면 알 수 있겠죠." 그가 말했다. 그때까지 나는 야세르와 새 난민촌에 있는 형제들, 가족들을 걱정하며 기다려야 했다.

## 12월 21일, 목요일. 일흔여섯번째 날.


어젯밤은 정말 추웠다. 손발이 너무 시려서 손발은 물론 배까지 아팠고 떨려서 잠을 잘 수가 없었다. 잠자리에 들기 전 천막에 앉아 전쟁에 대해 이야기할 때도 담요가 필요했다. 이브라힘은 내가 떨고 있는 모습을 보고는 두번째 담요를 가져다주었다. 매트리스에 누웠을 때 살을 에는 추위를 몸속 깊이 느꼈다. 담요를 머리까지 뒤집어쓰고 온몸을 덮었는데, 아무것도 보이지 않고 바람 소리만 들렸다. 천막의 나일론 시트가 바람에 앞뒤로 펄럭이는 소리가 들렸다. 웬일로 드론 소리보다 바람 소리가 더 크게 들렸다. 새벽기도 부름을 듣기 전까지는 잠을 이루지 못했다. 새벽 네 시 사십오 분쯤이었다. 날이 밝았는지 확인하려고 고개를 내밀었다. 아직 어둠이 내려앉아 있었다. 내가 볼 수 있는 것은 바람이 모든 것을 흔들고 있다는 것뿐이었다. 천막에서 멀지 않은 곳에 있는 올리브 나무가 불쌍하게 느껴졌다. 언젠가 뿌리째 뽑힐지 모른다는 생각이 들었다.

가장 기억에 남는 고통스러운 추위는 32년 전, 이스라엘 감옥에 있을 때 겪었다. 1991년 12월, 당시 나는 열여덟 살이었다. 나는 비르제이트 대학에서 첫 학기를 채 마치지 못하고 가자 지구의 감옥에서 네게브 사막의 감옥으로 막 이송된 상태였다. 나는 행정 당국이 제공한 유일한 담요로 몸을 감쌌다. 그때도 사막 한가운데 있는 천막에서 지내고 있었고, 담요 밑에 머리를 묻고 있었다. 너무 춥고 바람이 많이 불었다. 담요를 머리 위로 당기면 발이 드러났고 반대로 해도 마찬가지였다. 온몸을 덮으려고 몇 번이고 시도 했지만 헛수고였다. 담요가 너무 짧아서 도움이 되지 않았 다. 나는 따뜻해지기 전까지 추위와 암울하게 전투하며 몇 주를 보냈다. 그 뒤로 항상 겨울을 싫어했다. 추위에 대한 생각에도 공포증이 생긴 것 같다. 추위를 생각하는 것만으로도 몸이 마비되었다.

라파의 날씨는 네게브 사막의 날씨와 비슷하다. 라파는 사막의 관문이라고 불리는데 남쪽으로는 시나이, 동쪽으로는 네게브 사막이 있다. 이제 막 겨울이 시작되었는데 그 관문에서 천막을 치고 사는 백만 명에게는 힘든 겨울이 되리라.

오늘 아침에는 모두가 어젯밤 추위에 대한 경험을 이야기하고 있었다. 나는 두 손을 비비며 "이제 시작일 뿐"이라고 했다.

라파는 점점 더 많은 공격을 목격하고 있다. 매일 밤 주변에서 폭격 소리가 들렸다. 어제저녁에는 헬리콥터가 동쪽을 향해 로켓을 발사하는 것을 목격했다. 밤에는 불빛이 보이고 로켓의 폭발음이 들렸다. 라파는 매일 곳곳이 표적이 되고 있다. 지상 침공의 '작전 현장'이 되기 전에 우리에게 준비운동을 시키는 것으로, 북부와 칸 유니스에서 일어났던 일의 완전한 복제판이다. 너무도 자주 본 방식이다. 하지만 이렇게 붐비는 곳에서 지상 침공을 상상하기는 어렵다. 우리 수천 명은 이제 어디로 가야 할까? 최근의 소문에도 불구하고, 주민들을 북가자로 돌려보낼 계획에 대한 확인된 소식은 아직 없다. 지금 팔레스타인 적신월사 사무실에 앉아 이 일기를 쓰고 있는데, 일정한 간격으로 폭발음이 들리고 잠시 후 구급차가 목표 지역으로 질주하는 소리가 들린다. 여기로 오는 버스 안에서 운전기사가 파괴된 사원을 가리키며 말했다. "어젯밤에 큰 공격이 있었어요." 우리가 지나가는 동안에도 사람들이 잔해 아래에서 죽었든 살았든 여전히 사람들을 꺼내려고 애쓰고 있었다. 사원 주변 도로에 주차된 차량 대부분이 찌그러지거나 파손되었다. 사무실에서 팔레스타인 적신월사의 관리자가 말하길 국경에서 새로운 습격이 있었다고 한다. 국경 관리들이 살해당했다. "상황이 급속도로 악화되고 있네요." 매일 새로운 표적과 마을의 새로운 부분이 폐허로 변하는 것을 보았다. 북가자에서의 경험이 제2라운드를 벌이며 나를 따라잡는 게 느껴졌다.

　야세르는 오늘 아침에도 내게 집에 가는 것에 대해 물었다. 나는 아이가 라말라를 말하는 것임을 알면서도 참을성 없이 "우린 지금 집에 있잖아"라고 했다. "곧"이 하루가 될 수도 있고 한 달 이상이 될 수도 있다는 것을 마음속으로는 알면서도 "곧"이라고 덧붙였다. 위쌈이 이스마일리아에 있는 병원으로 옮겨졌다는 소식을 들었다. "카이로에 가게 되면 가는 길에 들르면 되죠." 야세르가 말했다.

　나는 시내로 가는 버스를 매우 좋아하게 되었다. 매일 오후 운전기사가 출발하는 특정 거리까지 걸어가서 기다려야 하는데 오늘은 이십 분, 어제는 삼십 분이나 기다려야 했다. 버스 차창에 앉아서 도로를 바라보는 게 좋았다. 모든 것이 정상이라는 것을 잠시나마 확신하게 해 준다. 하지만 정상적인 것은 없고, 버스에서조차 추위를 느꼈다.

## 12월 22일, 금요일. 일흔일곱번째 날.


자정 무렵 폭발음이 들렸는데 잠시 동안 그게 꿈속의 폭발음인지 실제 폭발음인지 확신할 수가 없었다. 나는 일어나 주위를 둘러보았다. 모두 자고 있었다. 나는 다시 매트리스로 돌아갔다. 옆 천막에서 장모님이 추위를 불평하시는 소리가 들렸다. 담요 세 장을 덮고 계셨지만 아직도 춥다고 하셨다. 그래서 내 담요를 가져와 장모님이 이미 덮고 계신 담요 세 장 위에 얹어드렸다.

새벽 네 시 반에 가족과 친척들의 안부를 확인하기 위해 전화를 걸기 시작했다. 일곱 시에는 마문으로부터 전화를 받았다. 그는 이집트로 가는 아들 이브라힘을 데리고 라파 국경에 와 있다고 했다. 올해가 카이로에 있는 의과대학에서 이브라힘이 보내는 마지막 해인데, 드디어 학업을 마치기 위해 떠날 수 있게 되었다고 했다. 마문과 그의 가족이 무사하다는 소식을 듣고 안심이 됐다. 마문이 말했다. "지금 칸 유니스는 너무 위험해." "남쪽으로 이동할 계획은 없고?" "잘 모르겠어." 정오에 다시 전화를 걸어 이브라힘이 통과했는지 확인했다. 그는 아직 기다리고 있다고 했다. "국경 통과가 느려서, 입국이 허가된 사람이 지금은 몇 안 돼."

전쟁이 진행되는 동안 가자 지구의 19개 교육기관이 공격을 받아 완전히, 또는 부분적으로 파괴되었다. 알아즈하르Al Azhar 대학, 이슬람Islamic 대학, 알쿠드스 개방대학 같은 유명 대학들은 가자시티와 와디 가자 강 근처에 있는 부지가 거의 완전히 파괴되었다. 학생 약 팔만 팔천 명이 학업을 중단한 상태다. 내일 당장 전쟁이 끝나더라도 교육기관들은 몇 달, 심지어 몇 년이 지나도 다시 문을 열지 못할 것이다. 실험실, 도서관, IT 실험실은 모두 처음부터 다시 지어야 한다. 네트워크가 복구되더라도 사람들이 살던 집 대부분이 무너지면서 노트북과 컴퓨터가 못 쓰게 됐을 것이고, 간헐적으로 전기가 공급되는 가정도 일부에 불과하기 때문에 원격 학습은 학생 대부분에게 도움이 되지 않을 것이다. 이브라힘처럼 해외에서 공부하다가 가족을 만나러 왔다가 한 학기를 통째로 날린 학생도 수백 명에 이르렀다. 한 학년을 통째로 날리면 장기적으로 영향을 미치기에, 이후 모든 교육에 지장이 갈 어린 학생들의 상황은 더욱 암울했다. 이 터널을 빠져나갈 수 있는 방법을 아는 사람은 아무도 없다.

파라즈가 우리 동네에서 더 많은 사망자가 발생했다고 알려 주었다. 지난 한 주 동안 더 많은 친구들이 죽었다. 더 나쁜 소식을 볼까 봐 휴대전화를 켜고 SNS에 접속하는 게 점점 더 두렵다. 밤에도 천막에서 담요를 덮고 있을 때 파라즈나 이브라힘이 나를 향해 "오늘 누가 죽었는지 들었어?"라고 묻는 순간이 너무 싫었다. 어젯밤에는 그들에게 너무 힘들다고 말했다. 듣고 싶지 않았다.

대신 그날 본 행복한 이미지, 천막 근처에서 그네를 타고 놀던 소년 소녀의 모습을 떠올렸다. 그네가 높이 날아가고 아이들이 내는 즐거운 비명 소리는 드론 소리보다 더 크게 울려퍼졌다. 두려움이 섞인 아이들의 웃음소리는 완벽한 해독제였다. 그 소리는 죽음에도 불구하고, 우리는 삶을 사랑한다고 말하고 있었다. 다른 소년 소녀들은 바닥에 앉아 추운 날씨에도 불구하고 모래 위에서 놀이를 하고 있었다. 다른 아이들은 천막 사이에서 숨바꼭질을 하기도 했다. 어린 시절은 이런 것이어야 한다고 생각했다. 나는 이십 분 동안 아이들과 이 아이들이 우리 주변에 만들어 내는 즐거움을 지켜보았다. 어떤 것도 아이들의 동심을 막을 수는 없는 것 같다.

어제저녁 해가 질 때 나는 하늘의 색에 매료되었다. 남서쪽 하늘의 절반이 완전히 붉은색이었다. 마치 화산이 위에서 불을 내뿜는 것 같았다. 하늘의 그 부분은 이상한 붉은 블록으로 잘려져 있었다. 지난 며칠 동안 흘린 모든 피를 떠올리면서도 그 상실감을 배반하지 않고, 순전히 미학적으로 그림을 감상할 수 있을까? 하늘은 붉고 화가 났지만, 동시에 아름다웠다. 하늘의 나머지 절반인 북동쪽에는 옅은 구름이 흩어져 있었고, 그 사이로 달이 선명하게 빛나고 있었다. 나는 휴대전화로 하늘의 붉은 반쪽을 찍었는데, 주변 사람들은 천막 옆에 앉아 쉬고 있는 당나귀에 더 관심을 보였다. 한 십 대 소녀는 달을 가리키며 여동생에게 달이 얼마나 아름다운지 이야기해 주었다.

라파로 향하는 길에 누군가 학교 벽에 이렇게 적어 놓았다. "내가 대통령이라면 당신의 웃음소리를 국가로 만들겠다." 사랑으로 가득 찬 단순한 감정이었다. 자발리야 난민촌 담벼락에서 즐겨 읽던 낙서들이 떠올랐다. 아직 이루지 못한 많은 프로젝트 중 하나는 이 낙서들을 책으로 출판하는 것이다. 사진 수백 장을 찍어 둔 게 불과 십 년 전인데, 휴대전화가 고장 나서 전부 잃어버렸다. 연인의 웃음소리에 매료되어 국가로 만들고 싶었던 청년의 모습, 이 사랑의 표현을 하루 종일 떠올렸다. 글자를 읽었을 때 왠지 모르게 그 노랫소리를 알 것만 같았다. 제1차 인티파다 당시 벽은 민족 정당들이 사람들과 소통하는 통로였고, 그 반대의 경우도 마찬가지였다는 것이 기억났다. 우리는 벽에 쓰여진 글귀를 통해 전쟁이 격화될지 노동자들의 파업이 일어날지 알 수 있었다.

오늘 나는 내가 본 모든 이미지들로 축복을 받았다는 느낌을 받았다.

자발리야 마을과 나즐라에 대한 공격 소식이 더 들어오고 있다. 모든 주택가가 공격당했다. 한나가 전화로 몇 시간 전에 사에드 디비스Saed Dibis가 소유한 집이 표적이 되었다고 알려 주었다. 처제 아스마가 머물고 있는 곳이다. 나는 전화를 몇 통 걸었다. 하지만 매부와 연락이 닿은 건 한나였다. 매부의 삼촌 사에드가 가족과 함께 살해당했지만, 아스마는 무사하다고 했다.

## 12월 23일, 토요일. 일흔여덟번째 날.


어제 나는 가장 오래되고 소중한 두 친구, 모함메드와 아흐마드 킬라Khila 형제를 잃었다. 두 사람은 여동생 에이샤의 남편 마헤르의 삼촌이다. 두 사람이 없던 시절은 기억이 나지 않는다. 내가 어릴 적부터 그들은 내 삶 속에 있었다. 그들의 집은 우리 집에서 불과 몇 미터 떨어져 있었고, 나는 항상 아흐마드와 함께 놀았다. 그가 내 삶에 없었던 유일한 순간은 인티파다에 연루되어 이스라엘 감옥에 갇혔을 때였다. 물론 우리 또래 모든 자발리야 소년들이 참여했던 인티파다에 참여한 것은 당연한 일이었다. 그의 석방은 오슬로 협정이 내놓은 몇 안 되는 기적 중 하나였고, 어제 그가 죽은 건 협정 파기로 인한 여러 결과 중 하나에 불과했다. 그의 동생 모함메드는 우리보다 두 살 위였다. 그 역시 이스라엘 감옥에서 오랜 세월을 보냈고 오슬로 협정 이후 팔레스타인 자치정부의 공무원이 되었다. 이들의 어머니는 인티파다 기간 중에 한 번, 이스라엘 감옥에 수감된 네 자녀를 면회하고 온 적 있다.

모함메드는 출소 후 자신의 삶을 최대한 활용했다. 그는 두 아들을 독일로 보내 교육받도록 했고, 이들은 지금도 그곳에서 살고 있다. 그에게 이것은 평화를 위한 투자였다. 아들 중 한 명인 칼릴이 내게 페이스북 메시지를 보냈다. "오랜 친구분이 돌아가셨습니다. 가난했지만 친절한 분이셨습니다."

아흐마드는 '동네의 열매'이자 공동체의 삶과 영혼이었다. 그가 없는 이곳은 상상할 수가 없다. 내가 방문할 때마다 그는 가장 먼저 안부를 물었고, 그의 집 앞이나 식료품점 앞에서 몇 시간씩 서서 이야기를 나누곤 했다. 그와 이야기를 나누다 보면 우리 둘 다 태어난 동네를 떠난 적이 없다는 생각이 들었다.

우리가 자발리야에서 남쪽으로 떠났을 때도, 두 사람은 여전히 이동을 거부했다. 우리가 떠나는 날 아침, 아흐마드는 에이샤의 장인이자 본인의 형제인 샤우키를 와디 가자 강 근처 건널목으로 가는 차에 태우는 걸 돕느라 바빴다. 나는 차가 그들을 태우고 나를 데리러 오기를 기다리고 있었다. "떠나고 싶지 않으세요?" 그에게 물었다. "여긴 아직 안전해." 그의 대답이 돌아왔다. 아마 그때도 그는 이 대답이 사실이 아니라는 것을 알고 있었을 게다. 네 형제 중 막내인 아흐마드는 내가 아는 한 항상 고향에 있는 것을 선호했다. 다른 세 형제는 결혼을 하면서 새집으로 이사했지만, 그는 가족들이 지내던 집에 머물렀다. 샤우키

470

와 그의 가족들이 남쪽으로 떠났을 때 동생 모함메드는 다시 고향집으로 돌아와 함께 지냈다. 나중에 전차가 사방에서 무작위로 포탄을 쏘기 시작하자, 상황을 견딜 수 없게 되어 나즐라 마을에 있는 여동생의 집으로 거처를 옮겼다. 이곳이 안전을 찾기 위한 마지막 목적지였다. 나즐라 서쪽 끝에서 자발리야 마을 가장자리까지 이어지는 이 길은, 좁기는 하지만 가자 지구 북부에서 아직 건재한 건물이 남아 있는 마지막 거주지였다. 지난 3일 밤 동안 F-16과 F-35 전투기가 이곳을 폭격했다.

아흐마드, 모함메드, 이 둘의 여동생 후다까지. 모두 가족과 함께 사망했다. 지금까지 잔해에서 시신 서른 구가 수습되었다. 아직 많은 시신을 찾지 못했다. 잃어버린 가족들의 명단은 참을 수 없을 정도로 길어졌다. 어젯밤에는 잠을 잘 수가 없었다. 아흐마드와 내 어린 시절에 대한 생각에 너무 사로잡혔다. 내 과거는 이 전쟁으로 인해 체계적으로 지워지고 있다.

새벽 네 시쯤 에이샤에게 전화를 해 보았다. 여섯 시쯤 마헤르가 다시 전화를 걸었다. 둘 다 이야기를 나누며 울었다. 에이샤는 아들 모함메드가 사촌 아흐마드, 모함메드, 후다의 아이들 등 많은 친구들을 잃고 겁에 질렸다고 말했다. 어떤 말로도 그들의 감정을 전달할 수 없고 어떤 조의도 그들의 괴로움을 덜어 줄 수 없다.

어제는 몇 달 만에 처음으로 식탁에서 음식을 먹은 날이었다. 숩히 샤칼리Sobhi Shaqalih가 키르바트 알-아다스에 피난한 집에서 연 저녁식사에 초대받은 덕이다. 숩히는 팔레스타인 적신월사의 담당관이며 좋은 친구이기도 했다. 그가 서안 지구를 방문할 때면 그의 집이나 라말라에 있는 내 사무실에서 만나곤 했다. 누세이라트에 있는 집이 한 달 전에 파괴되어, 그는 지금은 아내의 여동생 집에서 살고 있다. 야세르와 나는 맛있는 밥과 고기, 샐러드, 디저트와 커피까지 대접받았다. 이제는 이렇게 평범한 일상에서 뭔가 이상함을 느낀다. 야세르는 우리가 식탁에 둘러앉아 식사를 하고 있다는 사실을 떨쳐 낼 수가 없었다. 나는 의자에 앉아 접시, 나이프, 포크, 스푼을 직접 사용하는 기분을, 식탁 한가운데 있는 냄비에 담긴 음식을 직접 접시에 담아 먹는다는 느낌을, 식사 후 디저트와 커피를 마시는 느낌을 거의 잊어버릴 뻔했다. 숩히와 그의 아내 그리고 그의 여동생 덕분에 우리는 단 하루 저녁 동안만이라도 예전의 삶으로 돌아갈 수 있었다. 나는 그들과 두 시간 동안 이야기를 나누고 더 넓은 상황에 대해 논의했다. 숩히는 누세이라트 난민촌 북쪽에 있는 친척 집으로 거처를 옮긴 부모님에 대해 걱정하고 있었다. 이스라엘군은 알-부레이즈 난민촌과 누세이라트 북부 지역 모든 주민들에게 데이르 알-발라로 이동하라고 명령을 내렸다. 전단지는 이 지역을 '전쟁터'라고 했다. 숍히는 부모님을 라파에 데려다줄 방법을 찾아야 했다. "도로는 안전하지 않잖아요." 그가 커피를 마시며 말했다.

오늘은 딸 야파의 생일이다. 라말라에서 딸과 함께 축하해 주기로 한 약속을 지키지 못했다. 야파가 너무 보고 싶다. 딸의 미소와 포옹이 그립다. 오늘로 야파는 열한 살이 됐다. 야파는 우리 집 막내고, 아들 넷을 본 뒤 낳은 외동딸이다. 항상 딸을 원했던 우리에게 야파의 탄생은 선물이었다. 딸이 '아빠'라고 불러 주지 않는 삶은 상상할 수 없다. 딸이 학교에 가기 전에 전화를 했다. 목소리는 기쁜 것 같았다. 나는 딸에게 미안하다고 말하고 다음 생일에는 성대한 파티를 열어 주겠다고 했다. 아이를 행복하게 해 줄 수 없다고 느낄 때면 마음이 아프다. 이번 생일 얘기를 처음 꺼냈을 때 내 계획은 다 같이 가자 지구에 와서 후다 이모와 사촌 위쌈, 위다드와 함께 성대한 파티를 여는 것이었다. 지금은 후다 이모도 없고 가자 지구도 없다. 다시는 그런 재회는 불가능하다. "생일 축하한다, 야파." "아빠가 페이스북에 쓴 글을 봤어요." 야파가 대답했다. 나는 "**야**

**파가 그립다**"라고 썼다. 누군들 야파를 그리워하지 않겠는가? 야파라는 아이가 그리울 수도 있고, 우리 가족 모두가 떠나온 야파라는 도시가 그리울 수도 있을 것이다. 하지만 오늘은 이 아이가 그립다.

## 12월 24일, 일요일. 일흔아홉번째 날.


새벽 두 시쯤 로켓의 불빛이 보였고 폭발음이 들렸다. 소리는 매우 컸고 분명 매우 가까이서 났다. 우리 천막에서 불과 몇백 미터 떨어진 탈 앗-술탄에 있는 아부 알로프 Abu Alof 가족의 집을 노린 공격이었다. 두 명이 살해당하고 다른 사람들은 부상당했다. 그러고는 다른 로켓이 하늘을 밝히고 땅을 흔들었다. 로켓이 점점 가까이 떨어지고 있는 건지 아니면 방금 들은 게 최대한 가까이 떨어진 건지 알 수 없었다. 나는 다시 추위와 싸우며 잠을 청했다.

어제는 한 늙은 베두인 여성이 팔레스타인 적신월사 사무소에 들어와 도움을 청했다. 그녀는 국경 근처에서 집을 떠난 이후 어떤 종류의 도움도 받지 못했다고, 아무도 손을 내밀어 주지 않았다고 불평했다. "하다못해 밤에 몸을 덮을 담요 하나라도 주시오." 노파는 울부짖었다. 베두인 억양은 틀림없었고, 자수가 놓인 드레스가 노파의 배경을 드러냈다.* 노파는 피난을 떠나올 때 아무것도 가져올

---

* 팔레스타인은 지역마다 전통 자수의 문양이 달라서 자수를 알면 출신지를 알 수 있다.

수 없었다고 설명했다. 이제는 잠잘 곳도 없어, 그저 이곳 저곳 옮겨 다닌다고 했다. "죽는 것이 이보다 덜 굴욕적일 거요." 아부 리아드는 노파에게 따라오라고 했다. 사무실에 구호품은 없었지만, 그는 자신의 담요 네 장을 그녀에게 나눠 주었다. 매일 이런 이야기를 듣는다. 얼마 지나지 않아 한 청년이 찾아와 갓 태어난 아이를 위해 기저귀를 달라고 했다. 그의 아내는 전쟁 첫 주에 아이를 낳았다. 두 사람은 가자 지구에 있던 집에서 나올 때, 첫 아이 외에는 아무것도 가지고 올 수 없었다고 했다. 청년은 울먹였다. "아이를 위해 해 줄 수 있는 게 없습니다. 아내마저도 먹을 것이 부족해서 이제 젖이 나오지가 않습니다." 다들 무슨 말을 해야 할지 몰랐다.

오늘 아침 여동생 나에마에게서 전화가 왔다. 방금 아버지를 찾아뵈었다고, 아버지가 걷지를 못하신다고 했다. 제대로 된 영양 섭취가 부족해 몸이 약해졌다. 일주일 넘게 빵을 먹지 못했다고 한다. "화장실까지 가지도 못하셔." 나에마의 목소리는 힘들어하는 것같이 들렸다. 나에마는 자발리야의 한 학교에 머물고 있는데, 거기도 상황이 썩 낫지는 않았다. 다들 굶주리고 있다고 한다. 신호가 잡히는 휴대전화도 거의 없다. 우리가 나에마의 전화를 받은 건 요행이었다. 북가자 근처로는 어떤 구호품도 들어가지 못했다. 휴전이 끝난 이후로는, 북가자에 어떤 형태로든 식량이 들어가지 않았다.

나는 천막 안에 혼자 앉아 내가 여기서 벌써 몇 주를 보냈는지 생각했다. 추위가 매서웠지만, 밖에 있는 것보다는 낫다. 지나가는 모든 사람이 천막 안을 볼 수 있어 사생활이 보장되지는 않지만, 천막은 나만의 공간에 혼자 있는 듯한 느낌을 주었다. 베개와 담요는 모두 집, 내 집이라고 부를 수 있는 공간에 있는 것 같은 환상을 불러일으킨다. 내가 원해서 온 것도 아니고, 다시는 돌아가고 싶지 않은 곳이지만, 내 공간이다. 75년 전 내 또래일 적에 야파를 떠나 가자 지구 북부 모래사장에 천막을 치고 살아야 했던 이브라힘 할아버지가 된 것만 같다. 어쩌면 다른 사람들 눈에도 그렇게 보일지도 모른다.

고모할머니 누르의 천막으로 갔더니 할머니는 아침 식사를 하고 계셨다. 몇 주 동안 드신 것과 똑같은 걸 드시고 계셨다. "할머니는 나크바 이후로 야파에서 쫓겨나서 천막에서 생활하셨잖아요. 지금 이런 상황이라 그때 삶이 떠오르고 그러시나요?" 내가 물었다. 할머니는 당시의 이야기를 들려주며 대답해 주셨다. 할머니에게는 모든 게 그때와 똑같았다. 안전이 상실된 것도, 희망이 없는 것도 마찬가지다. 나는 천막에서 나오면서 할머니의 삶을, 두 번의 난민 생활 사이에 끼어 있는 그 역사를 떠올렸다. 할머니는 어린 시절은 한 천막에서, 팔십 대는 다른 천막에서 보내신 거다. "난 천막을 좋아해 본 적이 없어. 천막을 누가 좋아해. 가장 고급진 깔개랑 가구로 도배를 해 놔도 다 싫어할 거다."

어젯밤에 우리는 고모할머니의 아들 아흐메드 삼촌의 생일을 축하하려 했다. 야파의 생일과 같은 날이었다. 아흐메드 삼촌은 누르 할머니의 셋째 아들이다. 우리는 아흐메드 삼촌에게 팝콘을 튀겨 주었다. 큰 쟁반에 팝콘을 부어 주며 다음 생일은 자기 집에서 보내길 빌어 주었다. "바비큐 파티로 하지." 아흐메드 삼촌이 말했다. 나는 바바 노엘Baba Noel*과 가자 지구의 기독교인 팔레스타인 사람들을 생각했다. 산타클로스가 썰매를 타고 가자 지구를 바라본다면 어떤 반응을 보일까? 집에는 아이들이 없다. 말할 것도 없이 집도 없다. 아이들을 찾으려면 잔해 아래나 이 천막 저 천막을 돌아다녀야 할 것이다. 휴전이라는 희망 외에 아이들에게 줄 수 있는 선물은 무엇일까?

구시가지 교회에 가족과 함께 머물고 있는 친구 필립

---

* 튀르키예에서 성탄절을 대신해 새해를 기념할 때 연관되는 상상적 인물로 아이와 어른에게 선물을 준다. 산타클로스와 유사하다.

에게 전화를 걸어 즐거운 성탄절 되라고 전하려 했다. 하지만 가자시티는 언제나 그렇듯 신호가 잡히지 않았다. 바바 노엘이 올해 가자 지구를 방문하지는 않을 것 같다. 그는 위험을 감수하지 않을 것이다. 썰매를 타는 순간 머리에 총을 맞을 테니까.

## 12월 25일, 월요일. 여든번째 날.


어젯밤에는 학살이 벌어졌다. 알-마가지 난민촌에 대한 공습으로 일흔다섯 명이 살해당했다. 또 다른 '불의 고리'가 알-부레이즈 난민촌에 쏟아졌다. 두 번의 공격으로 인한 총 사망자 수는 아흔다섯 명이었다. 침대에 누운 채 산산조각 난 아이들의 모습, 비명을 지르는 생존자들의 영상이 우리들의 휴대전화를 가득 채웠다. 아침이 되자 사망자들을 전부 인근 병원 정문 밖 땅바닥에 뉘이고, 그곳에서 죽은 이들의 영혼을 위한 기도를 했다. 왜 아이들이 침대에서 잠든 채로 살해당해야 하는지 아무도 그 이유를 설명할 수 없었다. 그 위에 건물을 무너뜨려야 하는 이유를 아무도 설명할 수 없듯이 말이다. 이 집단학살의 야만성으로부터 우리를 보호할 수 있는 것은 아무것도 없다. 콘크리트 건물도, 이 천막도 마찬가지다. 모든 곳이 위협받고 있다. 모든 곳이 우리의 마지막 보루가 될 수 있다.

전차가 알-부레이즈 난민촌을 향해 이동하고 있다. 이미 많은 주민들이 거기서 도망쳐 나와 서쪽 누세이라트로 걸어서 이동하고 있다. 하지만 누세이라트의 상황도 그리 좋지 않다. 요즘은 이곳도 알-부레이즈만큼이나 자주 포격을 받는다. 이스라엘의 계획은 살라 앗-딘 도로 동쪽에 사는 주민들을 모두 서쪽으로 이동시키는 것이다. 이는 알-부레이즈, 알-마가지, 압바산, 바니 수헤일라, 코자Khoza'a, 슈카 등 가자 지구의 동쪽 절반을 통째로 비워 버리는 걸 의미한다. 이 전략이 이스라엘이 아직 '전쟁터'라고 공식 선포하지 않은 라파와 데이르 알-발라에 엄청난 압력을 가할 것임은 분명했다. 이스라엘군이 배포하는 대부분의 전단지는 사람들에게 이 두 지역으로 이동하라고 요청했지만, 공격이 없을 거라는 보장은 없었다. 많은 보고서에서 이스라엘이 가자 지구의 동쪽 측면을 따라 '보안 구역'을 통제하고, 북쪽 국경을 따라 다른 구역을 통제하려는 의도를 언급하고 있다. 이 구역을 다시 점령하고, 그 안에서 지속적으로 작전을 수행하려는 의도. 오늘 친구들을 만나 처음으로 나눈 화두는 하나같이 알-부레이즈와 알-마가지에서 펼쳐지는 새로운 작전이었다. 라파 시장에서 만난 친구 파디Fadi는 우리 모두 해변 근처의 매우 좁고 제한적인 공간에 갇히게 될 것이라고 말했다. "어디서 지내는데?" 그가 물었다. "유엔 창고 기지 근처." 그가 웃었다. "잘 됐네. 한참 서쪽이잖아. 뭐가 됐든 일단 서쪽으로 가야 돼."

아버지한테 마음이 쓰였다. 아버지 목소리를 오랫동안 듣지 못했다. 친척 이마드는 자발리야에 머물면서도 난민촌의 특정 지역에서 신호를 받을 수 있는데, 오늘 아침 아버지를 봤다고 전화로 알려 주었다. "아버지 괜찮으셔." '괜찮다'는 말은 아직 살아 있다는 뜻이다. 아버지와 직접 통화했냐고 물어보자 이마드가 답했다. "너희 아버지와 연락할 방법이 없어. 그 동네에는 신호가 하나도 안 잡혀서 신호 하나 잡으려고 서쪽으로 1.6킬로미터는 걸어야 한다니까."

새 난민촌으로 돌아오는 길에 알쿠드스 개방대학교를 지나가는데 모두가 하늘을 올려다보고 있는 것이 눈에 띄었다. 다들 뭘 보고 있는지 알아야 했다. 드론 한 대가 평소보다 낮게 떠서 뚜렷하게 보였다. 드론은 곧 있을 공격에 대해 아랍어로 된 시끄러운 자동 녹음 방송을 재생하고 있었다. 아마도 내가 지금 걷고 있는 거리를 가리키는 것 같았다. 79일 동안 모든 것을 목격하고도 살아남았는데 80일째 되는 날에 살해당하는 아이러니가 갑자기 나를 덮쳤다. 나는 좀 더 빨리 걸었다.

'이 전쟁은 끝나지 않을 것이다.' 이 생각이 오늘 오후 우리가 천막 안에서 나눈 대화를 지배하고 있었다. 밖은 춥고 바람이 많이 불었다. 크리스마스나 새해 전에 끝날 것이라는 소문은 희망 사항으로 판명되었고, 3월 라마단까지는 끝날 것이라는 새로운 소문으로 대체되었다! "우리가 여기에 라마단까지 있을까?" 이브라힘은 믿을 수 없다는 듯이 물었다. 그 말은 폭탄처럼 떨어졌다. 이 새로운 생각에는 모두를 침묵하게 만드는 현실적인 무언가가 있다. 나는 희망을 제시해야 했다. "추측일 뿐이잖아. 그 전에 끝나겠지." 이브라힘은 확신이 없다면서 "정말 여기서 라마단을 보내야 하는 거야?"라고 다시 물었다.

나는 지금 카이로에서 회담이 열리고 있으니 휴전이나 협상으로 이어질 수도 있다고 말했다. 야세르는 카이로라는 도시에 대한 언급에 귀를 쫑긋 세우며 "카이로요?" 하고 물었다. "우리도 곧 갈 거야." 내가 답했다.

## 12월 26일, 화요일. 여든한번째 날.


칸 유니스의 야파 문화회관 관리자인 마이손Maison이 아침 여섯 시에 문자를 보내 전화해도 되겠냐고 했다. 내가 전화를 걸자, 마이손은 혹시 아는 아이들 중에 옷이 필요한 애가 있냐고 물었다. 마이손은 현재 인도주의적 지원 활동을 하고 있다. 추방당한 사람들에게 식량과 옷을 나눠 주는 일이다. 2주 전에는 추방당한 이들을 위한 심리 지원 프로그램을 위해 정부 부처와 협력하기도 했다. 마이손의 팀은 대피소 학교에서 엔터테인먼트와 어린이 게임을 진행하고 영화를 상영하기 시작했다. 지금은 구호품과 식량을 지원받아 필요한 사람들에게 나눠 주는 등 다양한 일로 바쁜 나날을 보내고 있다. 이런 시기에는 우선순위가 있다. 사람들은 음식과 옷이 필요하다. 물론 다른 방법으로도 도움을 받아야 하지만, 더 기본적인 필요가 우선적이다.

나는 이브라힘에게 다른 네 가족과 함께 옷을 받으러 마이손한테 가자고 하고 수령지를 알려 주었다. 파라즈의 아내 마잘은 세 자녀를 위한 새 옷을 받게 되어 매우 기뻐했다. 돌아오는 길에 갑자기 옷이 생긴 아이들과 함께 마잘이 천막 사이를 걸어가는 모습을 보았다.

어제저녁에는 작가 친구 카르말 소보Karmal Soboh와 함께 라파의 거리를 걸었다. 카르말은 라파의 난민 작가들을 돕기 위한 위원회를 구성해 식량과 천막, 옷을 확보할 계획을 세우고 있다. 지금 우리가 살아가는 삶은 우선순위를 챙기는 것으로 요약될 수 있다. 카르말은 소설 네 권을 썼고 다섯 번째 소설을 집필 중이었지만, 지금은 그 모든 것이 보류된 상태다. 이제 그는 다른 사람들을 돕는다. 카르말은 지난주에 집이 이미 꽉 차서 친구 한 명을 들이지 못한 것에 죄책감이 든다고 했다. 나는 카르말의 최근 소설을 읽었고, 그에 대해서 조금 이야기하려고 했는데 우리 둘 다 그런 종류의 대화를 할 에너지가 없다는 것을 깨달았다. 작가도 결국은 자기 아이를 돌보고 싶어 하는 사람일 뿐이다. 지금은 아무도 예술을 생각하지 않는다. 화가들이 붓과 작품을 남겨 둔 채 스튜디오를 떠났고, 그것들은 잔해 아래 깔려 버렸다. 이제 그런 것들은 먼 추억이 되었다. 아이들을 위한 음식과 옷을 살 돈도 없는데 누가 새 붓을 사겠는가? "우리가 생각할 수 있는 건 당장의 삶뿐이야." "하지만 예술은 삶의 일부잖아." 카르말이 항변했다. "예술은 우리가 삶을, 심지어 **이런** 삶이라도 더 잘 이해하도록 도와 준다고." 카르말이 자신의 페이스북 담벼락에 올린 수많은 글들이 생각났다. 카르말은 혼자가 아니다.

많은 작가들이 이 경험을 글로 표현하고 있다. 카르말이 기억하는 젊고 인상적인 배우, 카림 사툼Kareem Satoom은 현재 쉼터 학교에서 공연할 단편 연극을 준비하고 있다. "어려운 시기에도, 예술은 중요해."

나는 장모님을 위해 나무 두 조각을 들고 왔다. 나무 조각을 장모님 매트리스 밑에 받쳐 매트리스를 모래에서 살짝 들어올려 추위를 덜 느끼시도록 했다. "조금 낮지만 침대가 생겼네요!" 내가 당당히 말했다. 장인어른이 웃으셨다. "이건 침대가 아니야. 왕좌야!" 장인어른 눈에서 사랑을 느낄 수 있었다. 두 분은 오십 년 넘게 결혼 생활을 이어 오고 있다. 난민촌에서 함께 삶을 시작한 두 분은 칠십 대가 된 지금도 그 삶을 이어 가고 있다. 위다드 장모님은 1948년 가자 지구에서 북쪽으로 23킬로미터 떨어진 알-마즈달(현 아스칼란)에서 태어나 첫 생일을 맞기도 전에 어머니에게 업혀 와 천막에서 살게 되었다. 장모님의 어머니가 75년이 지난 지금, 여전히 천막 안에 있는 자신의 딸을 본다면 어떤 생각을 할까?

오늘은 날씨가 화창해서 장모님을 밖으로 모시고 나와 휠체어에 앉아 햇볕을 좀 쬐실 수 있도록 도와드렸다. 우리는 차를 끓이고 장모님 주변에 둘러앉았다. 장모님이 우리 곁에 계시다는 사실에 만족했다.

칸 유니스에서 새로 추방당한 많은 이들이 이곳에 속속 도착하고 있다. 칸 유니스 시티와 난민촌에 있는 전보다 많은 지역에서, 사람들이 이스라엘군의 포격 위협으로 강제로 떠나야 했다. 밤낮으로 비행기에서 대피하라는 새로운 전단지가 살포되고 있다. 모든 것이 라파 쪽으로 쏠리고 있다. 우리의 새 난민촌은 서쪽으로 퍼져 나가고 있다. 머지않아 우리가 볼 수 있는 것은 천막의 바다와 바닷가 근처에 깔린 천막뿐일 것이다. 이스라엘의 전 총리이자 육군 장군이었던 이츠하크 라빈은 언젠가 잠에서 깨어나 보니 바다가 가자 지구를 삼켜 버린 꿈을 꾼 적이 있다고 했다. 지금까지도 바다와 가자 지구는 여전히 그 자리에 있다.

휴대전화로 가자시티의 탈 알-하와에 있는 팔레스타인 적신월사 병원, 그러니까 힐랄 병원의 사진을 받았다. 그곳에 있는 팔레스타인 적신월사 본부는 가자 지구에서 가장 아름다운 건물 중 하나다. 병원뿐만 아니라 거대한 문화회관, 호텔, NGO가 입주해 있다. 2004년에 이곳에서 내가 쓴 연극, 〈무슨 일이 일어나고 있다Something is Going On〉가 상연되었다. 우리가 받은 영상은 건물이 폭격으로 불타고 있는 모습이었다.

## 12월 27일, 수요일. 여든두번째 날.


오늘 아침에는 장작이 없어 이른 햇볕에 몸을 녹이려고 천막 사이에 서서 마실 차도 없었다. 다행히 하늘은 부분적으로만 흐렸다. 비는 나중에나 내릴 것 같다. 요리를 위한 주요 연료인 나무는 귀한 상품이 되어 이제 시장에서 거의 사라졌다. 칸 유니스와 중부 지역(누세이라트, 알-마가지, 알-부레이즈)에서 더 많은 사람들이 이주하면서 장작 수요가 급증하고 있다. 최근 시장에서 본 것은 벌목한 지 얼마 되지 않아 아직 젖은 신선한 녹색 목재뿐이었는데, 열보다는 연기가 더 많이 나고 눈과 가슴에 해를 끼쳤다. 하지만 궁한 사람에게 선택권이 있나. 유해한 연기가 나더라도 우리를 따뜻하게 해 주니 지나칠 수도 없었다.

한데 오늘 우리에게는 그것조차 없었다. 나무가 없다는 것은 곧 음식이 없다는 뜻이다. 근처 천막 앞에서 피어오르는 불 연기에 질투심이 들었다. 이브라힘은 앞으로 며칠 동안 어디서 나무를 구할 수 있을지 걱정스러운 표정을 지었다. 하루 한 끼 식사는 보통 저녁에 준비하지만 오늘 한 끼를 먹을 수 있을지는 아무도 모르는 일이기에, 생각하지 않으려 했다. 이브라힘은 시장에서 나무를 구하지 못하면 줌마와 함께 "나무를 하러" 갈 수도 있다고 했다. 라 파 북쪽의 일부 지역에 아직 나무 몇 그루가 남아 있다.

국제 원조의 일환으로 가자 지구에 가스 반입이 허용 되었지만, 그 양이 충분하지 않고 배분 방식도 완전히 불 공평하다. 우선순위는 난민이 아닌 라파 주민들에게 주어 지고 있다. 전쟁 중에 내가 시장에서 처음으로 장작을 샀 을 때는 1킬로그램당 1세켈도 안 되는 가격이었다. 내가 라파에 도착했을 때는 작은 묶음을 30세켈에 살 수 있었 다. 지금은 같은 묶음이 150세켈이다.

가자 지구에 들어오는 대부분의 원조는 무료로 배포 되어야 하지만 어떻게든 시장에서 판매되는 경우가 많다. 이를 전문으로 하는 상인, 이용 가능 여부와 가격을 통제 하는 사람들이 있다.

작은 나무 묶음 하나 때문에 하루 일과가 모두 무너 질 수 있다는 사실을 이해하기란 어렵다. 야세르는 오늘은 난민촌에 남고 싶다고 했고, 이브라힘과 나는 라파 시내로 가는 택시를 잡기 위해 탈 앗-술탄으로 걸어갔다. 전화도 받지 않고 그냥 걷고 싶었다.

이브라힘은 요나니아 지역까지 걸어가야 했기 때문 에, 시내 중심가에서 이브라힘과 헤어졌다. 나는 키르바트 알-아다스로 계속 걸어갔다. 그곳의 팔레스타인 적신월사 사무실에서 가자 지구에서 가장 저명한 젊은 예술가인 모함메드 하와즈리Mohammed Hawajri와 딘나 마테르Dinna Matter를 만났다. 한 시간 반 동안 우리는 추방당한 사람으로서의 삶에 대해 이야기를 나누었다. 예술과 그림에 대한 언급이 대화에 슬쩍 끼어들었다. 두 사람은 어제 전차가 건물을 향해 이동하면서 알-부레이즈를 떠났다. 자기 그림을 전부 보관해 둔 공동 작업실에서 떠난 것이다. 모함메드의 최근 작품에서는 동물들이 움직이며 다양한 포즈를 취하면서 항상 사람을 바라보고 주의 깊게 관찰하는 모습이 그려져 있었다. 반면 딘나는 전통 의상을 입은 팔레스타인 여성들을 그렸다. 모함메드는 리말 구역에서 엘티카 미술관을 운영했는데, 그곳은 전쟁 첫 달에 이스라엘군에 의해 파괴되었다. 여러 예술가들의 수많은 그림이 사라졌다. 두 사람 모두 미래에 대해 확신을 가질 수가 없다고 했다.

어젯밤에는 가자 지구의 가장 먼 끝, 한쪽은 국경과 맞닿아 있고 다른 한쪽은 바다와 맞닿아 있는 곳에 있는 여동생 사마의 천막을 방문했다. 지중해는 이 지점에서 서쪽으로 구부러져 이집트 해역이 된다. 지중해 동부 해안의 마지막 물결이자 남부 해안의 첫 번째 물결이요 아시아로 향하는 마지막 물줄기이자 아프리카로 향하는 첫 번째 물줄기가 여기다. 사마의 천막은 천막 수백 개 중 하나에 불과하다. 정문에서 우리 난민촌까지, 사마의 천막으로 가는 길은 왼쪽으로 틀어야 하는 교차로까지는 도로가 붐비는 탓에 차로는 사십오 분 정도 걸리지만 걸어서 갈 때는 십 분도 채 걸리지 않았다. 지금 칸 유니스, 누세이라트, 알-마가지에서 수천 명이 오고 있다. 이렇게 많은 인파는 처음 봤다. 모두 천막을 칠 곳을 찾고 있다. 어떤 면에서는 북가자에서 온 우리보다 저들이 운이 좋다고 할 수 있다. 떠나온 곳과 라파 사이에 검문소가 없기 때문에 저들은 주방용품, 담요, 가구 등 더 많은 짐을 가져올 수 있었다. 우리는 숄더백만 가져왔다. 그래도 지금은 저들이 부럽지가 않다.

## 12월 28일, 목요일. 여든세번째 날.


전쟁은 결코 끝나지 않는다. 이 천막이 우리의 새집이다. 이 난민촌이 우리가 새로 잡은 터전이다. 시간은 어느덧 흘러 며칠 후면 내가 바다에서 수영을 하다 모든 것이 시작된 그날 아침으로부터 세 달째가 된다. 기다리는 것 말고 우리가 할 수 있는 게 뭐가 있을까? 마치 우리 자신의 죽음이 도착해 우리를 그 마차에 태워 데려가기를 기다리는 것 같다. 우리는 미지의 세계, 결코 오지 않을 고도를 기다리며 구호, 뉴스, 식량을 기다린다. 전쟁은 우리의 삶을 갉아먹고 있다. 우리의 하루는 먹구름 뒤의 태양처럼 사라지고 있다. 전쟁이 끝나기를 기다리고 있다고 생각하지만, 사실 우리가 기다리고 있는 것은 우리의 삶이 끝나는 것이다.

운전기사 아부 리아드는 어젯밤에 죽음이 결국 다가왔구나 생각했다면서 끔찍한 이야기를 들려주었다. 라파에서 알-아말 구역Al Amal quarter에 있는 칸 유니스 본부까지 자원봉사자들을 태우고 가던 중에 갑자기 자신이 전차의 공격 한가운데 있다는 걸 알게 되었다고 했다. 포탄이 그의 주변에 떨어지고 있었는데, 만 사천여 명이 피신해 있는 나세르 병원을 콕 집어 겨냥한 것이었다. 마치 앗-쉬파 병원의 상황을 그대로 재현하는 것 같았다. 아부 리아드는 적신월사 휘장이 새겨진 의료 서비스 차량인 자기 차 바로 앞에서 포탄이 터지는 것을 봤다. 전차가 잘랄 거리에서 팔레스타인 적신월사 건물을 향해 사방으로 포탄을 발사하며 이동하고 있었다. 그는 스물아홉 명이 사망했다는 사실을 나중에야 알게 되었다. 최대한 빨리 후진하여 서쪽으로 가는 게 그가 할 수 있는 유일한 선택지였다. 살아남은 게 기적이라고 했다.

그는 오늘 오후에 누세이라트로 가야 한다고 말했다. 똑같은 일이 일어날까 봐 걱정하고 있었다. 그는 그곳 사무실에서 팔레스타인 적신월사 직원들을 데리고 와야 했다. 직원들도 다른 사람들처럼 라파로 피신하고 싶어 했지만, 아부 리아드는 거기까지 운전할 수 있을지 불안해 했다. 나는 에이샤를 보러 가고 싶으니 같이 갈 수도 있다고 했다. 아이들이 보고 싶었다. "정말요?" 그가 놀란 표정으로 물어보았다. 그에게는 동행이 있는 편이 진정도 되고 좋을 것이다. 하지만 그는 안전하지 않을 거라고 경고했다. "뭐, 그럴 수도 있죠." 나는 어깨를 으쓱였다. "안 무서워요?" "당연히 무섭죠. 근데 살아야만 하지 않겠습니까."

어젯밤 에이샤에게서 전화가 왔다. 우리는 삼십 분 정

도 이야기를 나눴다. 에이샤의 시아버지 샤우키는 여전히 두 남매와 그 가족을 잃은 슬픔을 감당하지 못하고 있다. 나는 택시를 잡아 데이르 알-발라로 보러 가겠다고 에이샤에게 말했다. 이브라힘은 너무 위험하다며 반대했다. 나는 많은 사람들이 이렇게 움직이고 있다고 설득했지만, 이브라힘은 여전히 확신을 갖지 못했다.

라파를 향해 달리는데 반대편에서 차 한 대가 지나갔다. 운전자가 아부 리아드를 아는 게 분명했다. "이 나라엔 자네가 필요해, 아부 리아드!" 운전자가 외쳤다. "나라가 어디 있나, 하비비!'" 아부 리아드가 소리쳤다. 아부 리아드는 그가 삼십 년 전 감옥에서 만난 동지라고 했다.

나는 차에서 내리면서 그가 누세이라트에 간다면 나도 꼭 같이 가겠다고 말했다. 그는 고개를 끄덕였지만, 갈지는 잘 모르겠다. 전날 밤의 일로 상당히 충격을 받은 것 같다.

사방에 천막이 있다. 오늘 아침 일찍 이브라힘과 함께 난민촌 밖으로 나오면서, 이 난민촌에는 '바깥'이 없다는 사실을 깨달았다. 사방으로 퍼져 인근 마을까지 닿을 정도

* '내 사랑'이라는 뜻이지만 그보다 더욱 가볍게 친근함을 담아서도 쓰는 말이다. 예컨대 애인 사이에서도 쓸 수 있지만 처음 보는 택시 운전기사에게도 쓸 수 있다. 남자를 부르는 말로, 여자를 부를 때는 '하빕티'라고 한다.

다. 심지어 **마을 사람들도** 이제 이 난민촌 안에 있다.

어젯밤 야세르와 저녁을 준비하고 있는데, 아실Aseel 이 자기 어머니와 같이 와서 천막을 찾는 걸 도와줄 수 있 겠냐고 했다. 아실은 자발리야에서 알고 지낸 친구 유세 프 샤힌의 딸이다. 이들은 크리스마스 이브에 알-마가지에 서 일어난 학살에서 살아남았지만, 당장 라파에서는 잠잘 곳도 없었다. 다행히도 에이샤네 가족도 거처를 옮겨야 할 때를 대비해서 여분의 작은 천막을 따로 마련해 두었다. 에이샤가 여기로 오면, **그때** 그녀가 어디에서 지낼지를 이 야기해 봐야겠다.

아실은 대부분 사람들이 알-마가지와 같은 위험한 지 역에서 라파까지 갈 차비를 지불할 여유가 없다고 말했다. 따라서 이들은 선택의 기로에 서게 된다. 그곳에 머물며 죽 음을 기다리거나 무방비 상태로 거리를 걷는 위험을 감수 해야 하는 것이다.

천막은 수익성이 높은 사업이 되었다. 많은 사업가들 이 땅을 임대하고 그 위에 천막을 쳐서 피난민들에게 임대 하고 있다. 아파트나 집을 빌리는 대신 천막을 빌리는 것 이다. 나무와 나일론으로 천막을 치고 입주 준비를 하느라 분주한 노동자들을 흔히 볼 수 있다. 그리고 이제 천막은 점점 바다 방향으로 펼쳐지고 있다.

## 12월 29일, 금요일. 여든네번째 날.


어젯밤, 우리는 야세르의 생일을 축하하기로 결정했다. 사실 생일은 오늘이지만 다들 야세르를 기쁘게 해 주고 싶어 해서 어제 축하 잔치를 열었다. 이웃 천막에 있는 모든 사람들을 초대해 성대한 식사를 준비했다. 넓은 냄비에 불을 피우고 토마토와 계란을 섞었다. 시장에서 계란을 찾는 것은 고된 일이었고, 지금은 대부분의 닭이 더 긴급한 필요를 위해 도축되기 때문에 매우 비싸기까지 했다. 한때 달걀 30개들이 한 상자를 15셰켈에 살 수 있었는데 지금은 같은 상자가 80셰켈에 팔릴 정도로 달걀 가격이 터무니없이 올랐다. 남자 약 스무 명이 냄비 주위로 모여들고 여자들은 다른 큰 접시 주위에 모였다. 한 천막에 모이기에는 사람이 너무 많았다. 그러자 이브라힘이 팝콘 열두 캔을 사 와서 냄비 하나에 모두 데웠다. 야세르를 위한 팝콘 파티가 열렸다. 야세르의 열여섯 번째 생일이다. 이 전쟁에서 살아남고 전쟁이 빨리 끝나는 것 말고 우리가 야세르에게 빌어 줄 수 있는 소원이 뭐가 있을까? 생일 잔치는 세 시간 동안 진행되었다. 우리는 웃고 농담했지만 천막 밖의 불은 꺼지기 시작했고, 결국 나와 야세르만 남았다.

어제 우리는 새로 온 친척들을 환영했다. 육촌 모스타파와 그의 어머니, 여동생이 알-마가지에서 왔다. 그들은 로켓이 집을 덮쳤을 때 빠져나왔고 이곳이 이들의 두 번째 이주지가 되었다. 그 결과, 우리 가족은 천막에 매트리스와 베개가 부족해 어려움을 겪게 되었다. 어젯밤 새로 온 사람들, 특히 여성들이 잠을 잘 수 있도록 우리 중 세 명은 맨바닥에서 자야 했다. 그중에는 생일인 야세르도 있었다. 나는 웃으며 아들에게 말했다. "생일 잔치의 완벽한 끝은 이렇게 땅바닥에 머리를 대고 자는 거란다. 이슬람 초기 성도들은 하루를 마무리할 때 머리를 신발 위에 얹고 자는 것을 꺼리지 않았어." 야세르는 미소를 지으며 자기는 신발을 베고 자지는 않겠다고 말했다. "그럼 아빠 외투를 베는 건 어때." 이 편이 더 좋은 생각 같았다. 달 밝은 밤이었다. 잔치가 끝나고 천막을 준비하는 동안, 우리 왼편에 달이 크게 떠 있었다. 하이탐은 모래 위에 얇은 담요를 깔고 잠을 청해야 했다. 야세르는 외투를 쿠션 삼아, 열다섯 살의 마지막 꿈을 꿨을 것이다.

팔레스타인 적신월사 사무실에서는 라파에서 구호 활동을 하는 한 NGO의 관리자인 보테이나 소보Bothina Soboh가 천막촌이 계속 늘어나고 있는 상황인데도 아무도 라파에 여성을 위한 화장실 시설을 설치하는 데 도움을 주지 않는다고 불평했다. 그녀는 더 많은 화장실이 필요하다고 했다. 여성들은 물도 없고 위생 수건도 없는 극도로 더러운 화장실 앞에서 몇 시간 동안 줄을 서야 한다. 그녀는 팔레스타인 적신월사 코디네이터에게 국제 구호 경로를 통해 휴대용 화장실을 들여올 수 있도록 도와줄 수 있는지 물어보았다. 하지만 그는 머뭇거리며 답했다. "우리가 결정하는 게 아닙니다. 구할 수 있는 걸 받아 오는 거예요." "필요가 없는 걸 받아 오고 있잖아요!" 그는 어깨를 으쓱였다. "지금은 뭐든지 다 필요합니다." 다시 말하지만, 중요한 것은 어떻게 우선순위를 정할지에 달렸는데, 지금은 모든 것이 절실했다. 보테이나는 여성들의 요구가 간과되고 있다며 불만을 표했다. 보테이나는 "여자들 물건"이라고 말하면서 사람들이 그 중요성을 깎아내리고 싶어 한다며 그렇게 말하는 이들을 비웃었다. 문제는 여성들도 이런 식의 폄하를 내면화하고 있다는 점이다. 이러한 제품들을 시중에서 구할 수 없는 데다가 여성들이 이 제품들을 요청하는 것을 부끄럽거나 창피한 일로 여길 수 있다. "하지만 그래도 필요하다고요. 삶은 단순히 밀가루와 쌀에 관한 것이 아니라 존엄에 관한 것이기도 하다고요." 보테이나는 이렇게 말을 마쳤다.

어젯밤도 끔찍했다. 동이 트기 전에 하늘이 여러 번 밝아졌다. 한때는 달이 우리에게 떨어지는 줄 알았다. 거대하고 매우 붉은 달이었다. 모래 위에 누워 있는데 폭발음이 울리면서 땅이 흔들리는 것을 느낄 수 있었다. 생일잔치의 일부라고 혼자 생각했다. 칸 유니스 동쪽에서 나는 소리 같았다. F-16 전투기의 굉음 사이로 총소리도 들렸다. 처음에는 소음 때문에 잠을 잘 수 없었지만, 지난 83일 동안 내가 개발한 적응 게임을 했다. 이 불협화음을 진공청소기나 길거리에서 경적을 울리는 자동차 소리처럼 완전히 정상적인 소음이라고 생각하는 거다. 너무 익숙해져서 더 이상 그것 없이는 살 수 없는 것처럼 받아들이고, 모든 것이 조용하고 고요하다면 삶이 얼마나 지루할지 상상해 보는 거다! 배경에 당신을 괴롭히는 무언가가 없다면 얼마나 불안할지, 그 진공 상태를, 그 고요함을 상상해 보라. 소음 없이 살 수 있는 사람은 없다.

아침에 한나로부터 라파의 샤부라Shaboura 지역에서 새로운 공격이 가해져 디압 가족 이십여 명이 사망했다는 문자를 받았다. 한나는 자기 친구 모함메드 디압이 아닐까 걱정했다. 나는 모함메드와 그의 가족이 조롭Zorob 거리에 머물고 있다고 말해 주었다. 한나가 답했다. "응, 근데 샤부라 북쪽, 조롭 거리 근처래." 나는 한나가 멀리서 라파의 지리를 공부하고 모든 동네와 거리를 익혀 뉴스를 보면서 모든 것이 어디에 있는지, 즉 어머니와 아버지, 야세르와 나로부터 얼마나 멀리 떨어져 있는지 알 수 있게 된 것에 감명을 받았다. 모함메드에게 전화를 걸었고, 휴대전화가 울리자 안도의 한숨을 내쉬었다. 그는 괜찮다. 그의 친척들 중 일부가 누세이라트에서 추방당했다고 했다. 하지만 그 가운데 한 사람은 누세이라트의 참상을 피하고는 정작 여기서 끔찍한 꼴을 당했다고 한다.

이 천막만 가득한 세상에서 나무 타는 냄새는 어린 시절 수평아리의 울음소리처럼 아침이 왔다는 신호다. 이제 대개 아침에 가장 먼저 알아채게 되는 것 중 하나는 천막 안으로 스며드는 불 냄새다. 누군가 벌써 일어났으니 차 아니면 아이들을 위해 따뜻한 우유를 준비하라는 신호다. 오늘 아침에는 멀리서도 그 냄새를 맡을 수 있었다. 새벽기도가 끝난 지 몇 분 후였지만 아직 어두웠다. 기도는 꿈, 연기 냄새, 어릴 적 골목길에서 놀던 기억과 뒤섞여 있었다. 이제 그 냄새가 난민촌 전체에 퍼졌다. 아침 여섯 시, 일어날 시간이다. 일찍 자고 일찍 일어나는 게 난민촌 생활이다.

## 12월 30일, 토요일. 여든다섯번째 날.


전쟁 84일째가 되던 어제 아침, 나와 아들 야세르의 이름이 출국 가능자 명단에 포함되었다는 소식을 전해 들었다. 모든 것이 매우 갑작스럽게 일어났다. 정오 무렵 우리는 라파 국경 검문소에 도착했다. 국경 관문의 관료는 나를 앞으로 불러서 명단 몇 번이냐고 물었다. "13번과 14번"이라고 대답하자 그는 우리를 들여보냈고, 우리는 다른 사람들과 함께 매우 느리게 움직이는 버스를 타고 두 국경 사이의 금지된 땅을 가로질러 이동했다. 보통은 훨씬 더 오래, 때로는 며칠이 걸리는 이집트풍 대기실에서 단 두 시간만 기다린 뒤, 우리는 이집트 국경을 통과했다. 이집트 쪽은 대낮이라 날씨가 흐렸지만 다시 가자 지구가 있는 북동쪽을, 내가 여러 번 목숨을 잃을 뻔했던 곳이자 내 영혼이 여전히 머물고 있는 고향을 바라보게 되는 건 어쩔 수 없었다.

야세르는 떠나게 되어 황홀해했다. "아빠는 안 좋아요?" 야세르가 물었다. 나는 어떻게 대답해야 할지 몰랐다. 물론 나는 안도했다. 내가 살아남은 것은 내가 어떤 영웅적인 행동을 해서가 아니라 운이 좋았기 때문이다. 순전한 우연. 살아남았다는 데는 이야기를 전해야 하는 의무가 따른다. 하지만 동시에, 왜 나는 살아남고 다른 사람들은 살아남지 못했는지 궁극적으로 이해할 수 없다는 것도 여기에 따라왔다. 이중국적자, 부양가족을 동반한 부상자, 해외 유학 비자를 소지한 사람 등 매일 수백 명이 더 떠나고 있다. 하지만 다른 사람들은 어떨지 생각했다.

서쪽으로 향하는 택시 안에서 나는 무의식적으로 지난 84일간의 공포와 두려움의 시간을 훑어보고 있었다. 이 모든 것이 꿈이었을까, 잠시 생각했다. 하루의 모든 세부 사항까지 완벽하게 생생했다. 아버지, 형제자매, 처가 식구들, 조카들까지. 내가 남겨 두고 온 모든 사람들을 생각하니 갑자기 그들을 버린 것이 부끄러워졌다. 정말 떠나야만 했을까? 스스로에게 물었다. 북가자를 떠날 때 겪었던 것과 같은 성찰이었다. 내가 지금까지 함께 살아온 사람들을 배신한 건가? 전쟁이 끝날 때까지 남아 있어야 했을까? 나는 46일 동안 북가자에서 가장 가까운 동료들이 매일 죽어가는 모습을 지켜보았다. 그 뒤로는 30일 이상을 천막 안에서, 차가운 모래 위에 매트리스를 깔고 담요 하나만 덮고서 잠을 잤다. 한나는 국경이 아직 개방되어 있던 전쟁 초기에 며칠 내로 내가 가자 지구를 떠났어야 했다고 생각한다. 나는 지금 끝까지 남았어야 했다는 생각이 든다.

이것이 망명자의 딜레마다. 머물러도 고통스럽고, 떠나도 고통스럽다.

오늘 아침 이곳을 떠날 때, 잠시 서서 4주 넘게 내 집이었던 천막을 바라보았다. 이상하게도 이곳이 그리울 것만 같았다. 물론 추위나 끊임없는 배고픔은 그리워하지 않을 테지만 다른 많은 사람들과 함께 보낸 순간들이 그리울 것 같았다. 나는 떠날 때 모두를 한 명씩 안아 주며 다음 만남에 대한 소망과 약속, 지킬 수 있을지 알 수 없는 약속을 주고받았다. 나는 누르 할머니에게 입을 맞췄다. 할머니는 울면서 이 일이 끝나고 당신이 살아 있다면 꼭 찾아오겠다고 약속하게 했다.

아리쉬 외곽의 샤말시나 지역을 지나가는데 폭격으로 지붕이 무너져 내리고 벽 몇 개만이 남은 집을 보았다. 나는 몸서리를 치며 잠시 내가 아직 가자 지구에 있고 지금 보고 있는 것이 최근의 공격 아닐까 생각했다. 하지만 이 전쟁은 이집트인들이 베두인족과 벌이고 있는 아직 알려지지 않은 또 다른 전쟁이라는 사실을 기억해냈다. 나는 눈을 감고 잊으려고 노력하지만, 동시에 기억하려고 노력했다. 내가 살아남고 살아온 모든 것은 나와 함께 남아, 미래에도 함께 여행해야 한다.

이집트 국경을 떠나자마자 가장 먼저 한 일은 택시를 타고 위쌈을 방문하는 것이었다. 위쌈은 원래 포트 사이드에서 치료를 받다가 수에즈 운하에 있는 이스마일리아 외곽 병원으로 옮겼다.

병원에 도착했을 때 나는 병원 2층 병실에 위쌈이 혼자 있는 것을 보고 충격을 받았다. "위다드는 어디 있죠?" 나를 친절하게 맞이해 위쌈의 병실로 안내해 준 병원 관리자에게 물었다. 위다드가 곁에서 위쌈을 돌보고 있어야 했다. "안타깝게도 조카분이 신경쇠약 증세를 보이셔서요." 관리자가 설명했다. 내가 도착하자마자 위쌈은 언니를 돌려 달라며 울기 시작했다. "언니밖에 없어요. 언니는 가족이라고요." 방 안의 분위기는 거의 견딜 수 없을 정도였다. 나는 위쌈이 살던 집이 공습을 당한 후 처음에 했던 것처럼 아이를 계속 안심시키려 했다. 한나는 위쌈이 내 말은 잘 듣는다며 문자로 나를 격려했다. 나는 농담 섞인 어조로 말했다. "넌 예술가잖니, 위쌈. 난 작가고. 우린 할 일이 있어." 위쌈은 왼손을 들어 올렸다. "손 하나짜리 예술가죠." 나는 웃었다. "마법을 부리는 손이잖니. 지구별에 사는 사람들 손 전부를 합친 것보다 중요한 손이야."

위쌈은 혼자서 휠체어를 쓸 수 있도록 훈련을 받았다. 아직 배우는 중이지만, 적어도 혼자서 병실을 나가고 복도에서 다른 환자들과 대화하는 정도는 할 수 있다. "의족과 의수는 언제 달아 주나요?" 위쌈이 물었다. 뭐라 답할지 알 수가 없었다. 병원 관리자는 위쌈의 치료를 맡아 줄 국가를 기다리고 있다고 말했다. 위쌈은 미소를 지으며 말했다 "앗-쉬파 병원에서 저한테 예전 다리보다 더 나은 다리를 갖게 해 주겠다고 약속했던 거 기억하시죠?" 나는 속삭였다. "그 땐 내가 무슨 말을 하고 있는지도 몰랐단다."

"선물이 있어." 나는 주제를 바꾸려고 말했다. "다리 가져왔어요?" 위쌈이 농담을 던졌다. "네가 좋아할 것 같구나." 나는 자신 있게 말했다. 국경에서 기다리는 동안, 나는 남쪽으로 떠나기 전에 장인 댁에서 가져온 서류와 공책, 사진 뭉치를 살펴보았다. 그중에서 위쌈의 어머니 후다가 위쌈의 아버지 하템에게 결혼 전에 쓴 연애편지가 적힌 작은 수첩을 발견했다. 수첩 안에는 하템이 어머니에게 보낸 편지들도 있었다. 35년 전 편지들, 한 가족이 만들어진 사랑의 편지였다. 위쌈은 내가 그 편지들에 대해 이야기하면 꼭 찾아야겠다고 흥분했었다. 가족 중 누구도 이 편지에 대해 들어 본 적 없다. 후다가 부모님 집에 숨겨 두었기 때문이다. 이 사진과 연애편지 몇 장이 위쌈이 돌아가신 부모님으로부터 물려받은 유일한 유산이라는 생각이 들었다.

위쌈은 하루 종일 병원에 혼자 있어 지루하다고, 밖

에 나가서 세상을 보고 싶다고 했다. 거의 석 달 동안 위쌈은 병실에 갇혀 지냈다. 이 병원은 공습 이후 위쌈이 지내는 네 번째 병원이다.

병원에는 부상당한 팔레스타인 사람 약 마흔다섯 명이 치료를 받고 있었다. 떠나기 전에 몇 명을 만나 보았다. 팔과 얼굴에 총상을 입은 다섯 살 소년 오마르와의 만남은 특히나 안쓰러웠다. 오마르는 건물 공격으로 목숨을 잃은 형제자매들의 이야기를 한가득 들려주었다. 살아남아 세상에 홀로 남겨진 오마르가 과연 운이 좋은 걸까? 나는 우연히 지나가던 길에 앗-샤티 난민촌 한 건물에서 이스라엘 군의 폭격으로 다리를 잃은 이십 대 여성과 삼십 분 정도 이야기를 나누었다. 아름다운 미소가 인상적이었다. 내가 떠날 때 그녀는 위쌈의 병실 밖 복도에 어머니와 함께 앉아 있었다. "어머니를 모시고 오신 건가요?" "아뇨, 제가 다쳤어요." 그녀의 환한 미소는 이스라엘이 우리를 위협할 수 있는 그 어떤 것보다도 밝았다.

야세르와 함께 포트 사이드로 갔다. 호텔에 도착했을 때는 자정이었고, 몇 달 만에 처음으로 침대를 보았다. 나는 아무것도 하지 않고 침대에 몸을 던져 잠을 잤다. 등이 편안함에 반색하는 게 느껴졌다. 뼈마디가 정상적인 삶으로 돌아온 것을 서로 축하하는 소리가 들렸다. "나도 다시 정상이 된 걸까?" 잠이 들면서 스스로에게 물었다.

내가 떠난 것은 사실이지만 여전히 나는 그곳에 있다. 내 모든 생각은 거기에 있고 내 모든 경험은 아직도 끝없이 펼쳐지는 기억 속에서 지금도 일어나고 있다. 미래에 대한 상상조차도 그곳에서 일어나고 있는 일, 앞으로 일어날 수 있는 일에 기초하고 있다. 물리적으로 이렇게 멀리 떨어져 있더라도, 나는 여전히 그곳에 있다.

아버지, '아부 아테프'를 떠올린다. 북부의 수많은 사람들이 기아와 의약품 부족으로 사망한 것으로 보고되고 있다. 마지막으로 아버지에 대한 소식을 들었을 때 혼자서는 움직이실 수 없는 상태였다고 했다. 이제 아버지 소식을 들은 지 일주일이 넘었다. 아직 살아 계실까? 마지막으로 식사를 하신 게 언제일까? 마실 물은 있을까? 아버지가 겪고 있을 고통이 어떨지 안다. 전부 상상이 된다.

자발리야와 라파에 남겨 두고 온 형제자매들이 생각난다. 천막 주민들, 매일 서던 줄, 매일 아침 천막 사이와 마을 안에서 거닐던 골목길과 도로가 생각난다. 매일 아침 달여 마신 차의 맛이 생각난다. 언젠가 내가 돌아올 날을 그리고 누가 살아남을지를 생각하게 된다. 내가 돌아가더라도 이제 우리 가족은 없을 것이고, 모이기 마땅한 유일한 장소에서 상봉하는 일도 없을 것이다. 후다도, 하템도,

모함메드 알자자도, 모함메드와 아흐마드 킬라도 없을 거다. 내 삶의 양식을 바꿔야 할 것이다. 토요일을 함께 보낼 빌랄도 없을 거고, 시를 이야기할 살림 알나파르도 없을 거다. 구시가지도 없을 거고, 앗-사프타위도 없을 거고, 내가 알던 자발리야도 없을 거다. 내가 알던 가자 지구는 더 이상 존재하지 않을 거다. 뭐라도 있으려면 처음부터 재건해야 할 것이다. 도시의 상징인 불사조처럼 화염 속에서 다시 태어나야 하고 모든 역경과 모든 가능성에 맞서 일어나야 할 것이다.

잠이 들면 죽은 자들이 걷고, 산 자들이 죽고, 앗-쉬파 병원 복도에서 어머니를 찾는 소년의 모습이 보인다. "엄마, 엄마" 외치는 소년의 목소리가 모든 잔해와 함께 공중을 날아다니는 것이 들린다. 뿌리째 뽑힌 나무와 그 열매가 전차 궤도 아래의 흙더미에 으스러져 있는 게 보인다. 벽이 공중에서 초저속으로 분해되어 회전 속도를 늦추고 점점 더 가까이 다가와 마치 잠자는 숲속의 공주처럼 수백 년 동안 잠에 갇혀 침대에 가만히 누워 있는 집의 거주자들에게 날아드는 게 보인다.

잃어버린 인형을 찾으며 울고 있는 소녀가 인형에게 돌아와 달라고 소리치며 화를 내는 모습이 보인다. 건물 하나씩, 세상의 기억에서 지워져 가는 도시가 보인다. 공원과 정원에서 죽음이 슬금슬금 다가오는 것이 보인다. 이 모든 것을 보고도 84일이 지난 지금도, 나는 이 모든 일이 일어나고 있다는 사실을 믿을 수 없다. 이 모든 것이 나쁜 꿈일 거라고, 모두 악몽일 거라고 되뇐다.

위다드는 위쌈과 함께 가자 지구를 떠나 포트 사이드에 도착한 지 며칠 지나서 신경쇠약 증세를 보였다. 스물여섯 살 위다드는 위쌈을 이송하고 치유하는 동안 동생을 돌보기 위해 동행했다. 위다드가 깨어난 건 국경을 막 넘었을 때였다. 어머니, 아버지, 형제 등 모든 것을 잃고 이제 남은 인생을 두 다리와 손 하나가 없는 동생을 돌보며 살아야 한다는 사실을 갑자기 깨달은 것이다. 그렇게 위다드는 자신의 삶도 잃었다. 가족이 사라진 대가를 남은 평생 자신이 치러야 한다. 이 모든 깨달음이 한순간에 위다드를 덮쳤고, 위다드는 이를 견딜 수 없었다. 전쟁 한가운데서 살다 보면 전쟁에서 벗어날 때까지는 전쟁이 자신에게 얼마나 큰 공포를 안겨 주는지 깨닫지 못한다.

위다드는 현재 포트 사이드에 있는 정신과 시설에서 치료를 받고 있다. 오늘 아침, 나는 다른 간호사 세 명과 함께 위다드의 병실을 방문했다. 많이 야위었다. 3주 동안 위다드는 약을 투여받고 심리 분석 상담을 받았다. 위다드는 내게 더 이상 견딜 수 없다고, 차라리 죽는 게 낫다고 했다. "난 뭘 위해 살아야 돼? 위쌈은 도대체 뭘 위해 살아야 되고? 우리는 어떻게 살란 말이야? 세상에서 유일하게 좋은 사람들[부모]은 죽었는데, 왜 우린 계속 살아야 돼? 못하겠어." "계속 살아야지. 알라께서도 널 살려 두신 데 이유가 있을 거야. 알라의 지혜가 원래 그렇잖아. 누구도 이해하지 못하지만, 그 뜻이 옳다는 걸 보여주기 위해서 싸워야지." 위다드는 고개를 끄덕였다. 두 시간 동안 이야기를 나누었지만, 위다드는 나를 똑바로 쳐다보지 않았다. 눈은 사방을 바라보면서도 아무것도 보지 않았고, 아무 데도 응시하지 않은 채 텅 비어 있었다. 위다드가 지금 있는 곳이 바로 이 허무 속이었다. 그러더니 갑자기 눈물을 흘리며 위쌈이 이런 고통을 겪어야 하는 게 너무 미안하다며 울음을 터뜨렸다. "네가 위쌈보다 강해야 하는데, 위쌈이 너보다 강해. 아니, 네가 더 강해야지, 위다드. 위쌈을 지탱해 줘야지." 위다드는 애원했다. "이모부, 못하겠어. 난 너무 약해. 위쌈은 적응하고 있어. 의족을 다는 이야기를 하는데 난 뭘 기대해야 돼? 나는 어떻게 적응하라고?"

내가 떠나자 병원 관리자는 위다드가 호전되고 있으며 며칠 후면 퇴원할 수 있지만 누군가가 돌봐 줘야 한다고 했다. 나는 그 위다드가 위쌈을 돌봐 주기 위해 온 사람이라고 말했다! 병원에서 나오는 길에 눈물을 참을 수가 없었다. 이 아름답고 발랄한 소녀가 다른 많은 정신 건강 문제를 가진 노인 환자들과 함께 지내고 있다는 생각에 눈물을 참을 수가 없었다. 지금 위다드의 가장 친한 친구가 나이가 두 배나 많은 제한Jehan이라는 이집트 여성이라는 사실이 믿기지 않았다.

이것이 바로 이 전쟁의 광기다. 나는 살아남았다. 그 이유는 아무도 모른다. 위다드가 살아남을지, 내 모든 형제자매, 아버지, 친구들이 살아남을지는 시간이 지나야 알 수 있을 것이다. 다음에는 어떤 끔찍한 소식이 전해질까?

포트 사이드에 있는 호텔 발코니에 앉아 기억 전부를, 내가 살았던 84일 동안을 돌아보았다. 목소리와 비명 소리가 들렸다. 잔해가 보였다. 희생된 사람들의 눈을 깊이 들여다보았다. 이집트의 발코니에 서 있지만, 나는 여전히 그곳에 있었다. 나는 내 천막을 향해 걸어갔다. 친구들과 함께 앉아 그날의 뉴스에 대해 이야기를 나눈다. 이브라힘에게 아버지 소식을 들었을지도 모르는 사람에게 연락을 취하라고 몇 번이고 잔소리를 한다. 불 연기 냄새를 맡고, 끓는 차의 증기를 들이마신다. 여전히 모든 것이 보인다.

## 저자 후기

　빌랄 자달라에게 이 일기를 책으로 출판하면 네게 헌정하겠다고 말했을 때, 그가 책을 손에 들고 읽을 수 없으리라고는 전혀 생각하지 못했다. 나는 빌랄이 사랑하는 프레스 하우스에서 아랍어판 책 사인회를 열겠다고 약속했었다. 마지막 대화가 생생하게 기억난다. 그는 프레스 하우스 뒤뜰 내 맞은편에 앉아 있었는데, 다른 무엇보다 이웃이 집 옥상에 홀로 남겨 둔 고양이 한 마리를 걱정하는 듯했다. 그는 일찍 집에 가야만 옥상에서 고양이한테 먹이를 던져 줄 수 있다고 말했다. 하지만 어두워지면 드론이 자신을 볼 수 있고, 누군가 지붕 위로 무언가를 던지기 위해 나가는 모습을 보면 드론이 작동할 수 있기 때문에 그렇게 할 수 없었다. "물은 어떻게 줄 건데?" 나는 믿을 수 없어 물었다. 그는 뚜껑을 거의 닫지 않은 상태로 물병을 던지면, 땅에 떨어질 때 뚜껑이 떨어지고 물이 지붕 표면으로 쏟아질 거라고 말했다. "그래서 헌정 아이디어와 책 사인회에 대해선 어떻게 생각해?" 나는 다시 본론으로 돌아가서 물었다. 그때 그가 일부러 피하고 있다는 것을 깨달았다. 그가 나를 보려고 고개를 돌렸을 때, 나는 그의 얼굴에서 이 책이 나왔을 때 자신이 아직 살아 있을 거라고는 상상하고 있지 않다는 걸 알 수 있었다.

이제 빌랄은 다른 팔레스타인 사람들 수만 명과 함께 죽었다. 겪은 일을 돌이켜보면, 내가 어떻게 살아남을 수 있었는지 의문이 든다. 처제 후다의 집에 폭격이 가해져 그녀와 남편, 두 아들이 죽고 딸이 장애를 입었을 때, 내가 그곳에 머물고 있을 수도 있었다. 계획대로 빌랄과 함께 남쪽으로 내려가다가 그 옆에서 살해당할 수도 있었다. 공격을 당한 열 몇 곳에 있었을 수도 있다. (내가 또 연대기로 기록했던) 2014년 '전쟁'이 끝나고 평화가 선포되었을 때, 한 기자가 농담하며 던졌던 질문이 기억난다. "누가 이겼나요?" 당시 나는 이렇게 답했다. "제가 이겼죠. 살아남았으니까요." 이 전쟁이 끝났을 때도 내 대답이 같을지는 모르겠다. 잃은 것이 너무도 크다.

이 일기를 돌아보니 그 어떤 것도 기억하고 싶지 않다는 생각이 들었다. 전쟁 이전의 삶이 어땠는지만 기억하고 싶다. 한 끼 식사에서 다음 끼니까지 살아남기 위한 일상의 스트레스는 기억하고 싶지 않다. 나와 가까운 많은 이들이 전부 죽었다는 사실도 기억하고 싶지 않다. 그들과 함께 있고 싶고 그들이 아직 여기 있는 척하고 싶다.

지금 당신이 손에 들고 있는 책은 일기를 쓰려고 의도하고 시작된 것이 아니다. 다른 이들에게 무슨 일이 일어나고 있는지 알리고 싶었고, 내가 죽었을 때를 대비해 사건의 기록을 남기고 싶었기 때문에 매일 이 글을 썼다. 나는 죽음의 존재를 몇 번이고 느꼈다. 죽음이 내 뒤, 어깨 너머로 다가오는 것을 느낄 수 있었다. 죽음을 물리치지는 못하더라도 맞서 싸우기 위해 그리고 달리 방도가 없다면 마음을 비우기 위해 글을 썼다. 전쟁이 계속되는 동안 나는 살아남겠다는 생각밖에 할 수 없었다. 슬퍼할 수도 없었고 회복할 수도 없었다. 내 고통은 미뤄져야 했고 슬픔은 연기되어야 했다. 그때는 이런 것을 생각할 때가 아니었다. 하지만 이 책에서 나는 내가 사랑하고 잃었던 모든 이들을 볼 수 있고, 그들과 계속 이야기할 수 있다. 이 책에서 나는 그들이 여전히 나와 함께하고 있다는 믿음 속으로 도망칠 수 있다.

2023년 12월 20일[*]

아테프 아부 사이프

[*] 이 저자 후기는 처음 전자책이 출간되었던 시기 작성된 것으로, 한국어판 번역은 이후 2024년 3월 출간된 종이책을 대본으로 했다.

출판사는 다음 분들에게 특별히 감사 말씀을 드립니다.

데이비드 수, 마리아 메무드, 네가르 아지미, 세스 맥슨, 마지드 제루키, 루시아나 데 멜로, 아마고이아 무지카, 셀린 루사토, 마르코 이마리시오, 잭 머킨슨, 레베카 곤살레스 이스키에도, 마리아 란 구드존스도티르, 셰라 시부디, 하루 마루, 에이미 콜드웰, 타데우 브레다, 마르시아 린스 퀼리, 아스마 알 구울, 다니 아불하와, 델피나 요사, 제로니모 아람바식, 줄리아 피치, 마키코 나카노, 비베케 하, 나디아 안드비아니, 아야 나자닷, 타티아나 가르시아, 다친 에웨켄가, 멕 시어스, Respond Crisis Translation의 모든 직원, 특히 오르솔라 카사그란데에게.

# 이탈리아어판 편집자와의 인터뷰[*]

가자 지구에 85일 동안 머물다 떠났는데, 몇 주가 지난 지금 어떤 생각이 드시나요? 가족 중 일부를 그곳에 남겨 두고 오셨는데… 가족들로부터 소식을 받으시나요?

85일 만에 떠난 것은 사실이지만 제 마음은 떠난 적이 없습니다. 제 일부는 여전히 거기 있어요. 이 모든 힘든 시간과 고난을 함께 경험하고, 위험에 맞서고, 살아남기 위해 싸웠던 사람들을 계속 생각합니다. 누구도 이 몇 달의 경험에서 벗어날 수 없습니다. 영향을 받을 수밖에 없는 거죠. 그리고 당연하겠지만 가족, 친구, 이웃, 자기 집 같은 것들을 계속 생각하게 됩니다. 그래서 밖으로 나가더라도 동시에 여전히 그곳에 남아 있게 되는 거죠. 전 어떤 면에서는 밖에 있는 게 더 힘들었습니다. 그곳에 있는 동안 저는 사건의 일부, 전쟁의 일부였습니다.

---

[*] 2024년 3월 있었던 이탈리아어판 편집자 오르솔라 카사그란데와 저자와의 인터뷰를 번역 수록한다.

살아남기 위해, 생존자를 찾기 위해, 먹을 음식을 찾기 위해, 아이를 덮어 줄 담요를 찾기 위해 바빴으니까요. 하지만 이제 나와 보니 남아 있는 사람들이 도대체 어떻게 이 모든 것을 버텨 낼 수 있을까 하는 생각이 들었고 그들을 버린 것에 대해 죄책감을 느껴야 하는 게 아닐까, 하고 의구심이 들었습니다. 물론 전 세계의 다른 사람들처럼 저도 이스라엘군의 잔인함 앞에서 아무것도 할 수 없고 무력감을 느낍니다. 누가 뭐라도 할 수 있는 게 없습니다. 그리고 당연히, 세상은 아무것도 하고 싶어 하지 않습니다. 그래서 어떻게 도울 수 있을까 하는 고민에 더 집착하게 되는데, 결국 도울 수는 없는 거죠.

**지금 라말라에 계시죠. 그곳과 서안 지구의 상황은 어떤가요?**

현재 전쟁이 가자 지구에 집중되어 있지만 팔레스타인에 대한 이스라엘의 전쟁이 76년 동안 한 번도 멈춘 적이 없다는 사실을, 사람들은 안타깝게도 잊고 있습니다. 현재 서안 지구와 예루살렘에서는 살인, 체포, 습격, 파괴, 암살이 매일 일어나고 있습니다. 가자 지구 전쟁이 시작된 이후 서안 지구에서 약 사백 명의 순교자가 발생했습니다. 제닌, 툴카름, 헤브론, 예루살렘, 나블루스, 라말라에서 매일 사람들이 죽어 나가고 있습니다. 자유 극장 같은 제닌의 문화 생활 공간, 나블루스의 오래된 도시들이 매일 파괴되고 있고요. 팔레스타인 문화유산과 고대 유적에 대한 공격도 일어나고 있습니다. 저는 지금 라말라에 살고 있는데, 라말라 자체가 전쟁이 시작된 이래로 사실상 봉쇄되어 원래 여기 살던 저희 아이들도 도시를 떠나지 못했습니다. 한 지역에서 다른 지역으로 이동하는 것 자체가 불가능해요. 이스라엘 검문소가 곳곳에 설치되어 있고 여기서 모든 이동을 막고 있습니다. 팔레스타인 주민 전체를 상대로 전쟁이 시작된 거죠. 가자 지구가 그 중심이고요. 왜냐하면 유감스럽게도 국제사회의 침묵 아래, 가자 지구를 절멸하고 가자 지구 문제를 절멸하려는 계획을 이스라엘이 세우고 있기 때문입니다. 가자 지구에서 벌어지고 있는 전쟁은 우리가 여기, 라말라에서 직면하고 있는 것과 동일한 것입니다.

**라파의 상황은 어떤가요? 당신은 가자 지구를 떠나 이집트에 올 때 그곳을 건너왔습니다.**

이스라엘이 정확히 뭘 원하는지 아는 사람은 아무도 없습니다. 하지만 라파에 대한 지상 침공이 점차 현실화되고 있는 것은 분명합니다. 이스라엘은 자신들의 의도와 계획을 이야기하면서 세계를 오도하고 있습니다. 실제로 매일, 지금 이 순간에도 이스라엘은 라파를 침공하고 공격하고 있습니다. 이스라엘의 진짜 의도는 사람들이 생각하는 것과는 다릅니다. 이스라엘이 매일 라파를 공격하고, 매일 사람들을 죽이고, 포위하고, 점점 더 비좁고 살기 힘들고 생존이 불가능한 곳으로 만들고 있는 게 현실입니다. 그러면서도 이스라엘은 휴전 이야기를 꺼내며 세상을 계속 오도하고 있습니다. 휴전 이야기를 하자고들 하더군요. 그러나 그들에게 중요한 것은 휴전을 하는 게 아니라 휴전에 대한 이야기가 있다는 것입니다. 그러는 동안 이스라엘은 가자 지구 라파에서 더 많은 팔레스타인 사람들을 죽이고 있습니다. 어젯밤에는 슬프게도 제 사촌 중 한 명과 그 아이들, 그 가족이 가자시티에서 살해당했습니다.

전 세계 거의 모든 정부와 국제기구가 침묵으로 지켜보고 있습니다. 일기에 쓰신 것처럼 휴전이라는 단어를 입에 담지도 못하고 휴전을 이루기 위해 적극적으로 참여하지도 못하고 있죠…. 전 세계 곳곳에서 매주 수백만 명의 사람들이 거리로 내몰리고 있는 데도 말입니다…. 이에 대해 어떻게 생각하시나요?

20세기 초부터 팔레스타인 사람들은 주로 유럽 열강이 주도한 새로운 국제질서의 피해자였습니다. 밸푸어 선언, 그러니까 외국인이 자기 소유가 아닌 땅을 그 땅을 소유한 사람들로부터 빼앗아 다른 외국인에게 주고, 거기 살던 사람들이 흩어져 재정착하도록 한 약속이 그 시작입니다. 야파에서 이름 있는 집안이었던 제 할머니가 말년에 가자 지구 난민촌에서 끼니조차 겨우 때우는 가난한 여인으로 죽게 된 것도 이 때문이었습니다. 이렇게 해서 우리 민족은 이 지역과 전 세계로 흩어지게 되었습니다. 우리는 유럽 중심 국제질서의 희생자입니다. 유럽이 벌인 실수의 역사에 대한 대가를 우리가 치르고 있습니다. 물론 우리는 홀로코스트에 가담하지 않았습니다. 홀로코스트라는 발상 자체가 우리에게는 끔찍합니다. 당연히 홀로코스트는 인류 역사상 가장 어두운 순간 중 하나이며 우리는 증오로는 아무것도 얻을 수 없다는 것을 항상 새로운 세대에게 가르쳐야 합니다. 하지만 이제는 그게 우리 탓이 되었고 제2차 세계대전이 끝난 지 80년이 지난 지금까지도 그 대가를 치러야 하는 건 안타깝게도 우리입니다. 이러한 실수를 저지른 이들이 대가를 치르는 대신, 이스라엘을 비판할 수 없는 유럽 국가들의 침묵으로 우리가 그 대가를 치러야 합니다. 우리는 점령을 비난하는 것과 반유대주의 사이에 큰 차이가 있다는 것을 알고 있습니다. 반시온주의는 반유대주의와 같지 않습니다. 하지만 유럽 국가들은 이를 인정하지 않습니다. 우리는 유대인들과 아무런 문제가 없습니다. 역사적으로 팔레스타인과 아랍 전역에서 무슬림, 기독교인, 유대인은 모두 함께 살아왔고, 우리는 유대인들과 문제가 없었습니다. 우리를 정복하고 없애고 우리의 꿈을 짓밟고 기본적인 인권을 행사하지 못하게 하려는, 이스라엘이라는 점령 세력에 문제가 있는 것이죠. 따라서 이러한 모든 상황을 고려할 때, 유감스럽게도 전 세계가 이스라엘과 팔레스타인을 상대로 음모를 꾸미고 있다는 느낌을 지울 수 없습니다. 물론 저희는 유럽 및 세계 전역의, 평화를 사랑하는 모든 팔레스타인 지지자들의 반응을 환영합니다. 감사한 일입니다. 라파와 칸 유니스에서 인터넷에 접속할 수 있었을 때 런던, 로마, 마드리드에서 시위가 벌어지는 것을 보고 사람들이 우리에 대해 이야기하고 항의 행동과 시위를 벌이는 것을 보면서 기뻐했던 기억이 납니다. 하지만 안타깝게도 각국 정부는 이에 전혀 신경 쓰지 않았고, 이스라엘은 여전히 전폭적인 군사 지원을 받고 있습니다.

**유엔의 역할에 대해 어떻게 생각하시나요?**

유엔도 문제의 일부라고 생각합니다. 유엔이 감독하는 시스템도 이러한 무능력의 일부입니다.

미국이 어떤 결정에도 거부권을 행사할 수 있는 한, 이스라엘이 하고 있는 점령에 반대하는 행동을 누군가가 취할 수 없는 한, 도대체 무슨 소용이 있을까요? 국제 평화와 안정을 확보한다는 스스로의 원칙을 지키지 않는다면, 이게 무슨 소용이 있단 말입니까? 유엔이 팔레스타인 민족을 위해 한 일은 1947년 분할로 우리 나라의 폐허 위에 이스라엘을 세우는 데 도움을 준 것뿐이고 1949년, 1950년 팔레스타인에 아랍 국가를 세우는 조건으로 이스라엘의 유엔 회원국 자격을 인정한 것뿐입니다. 그러니까 이스라엘의 유엔 가입은 아직 이행되지 않은 것을 조건으로 한 것이죠. 팔레스타인 국가가 여전히 존재하지 않는데도 이스라엘은 유엔 회원국 자격을 계속 누리고 있습니다. 유엔은 왜 지금까지도 우리의 회원국 가입을 거부하고 있을까요? 자기 규칙을 어기고 있으니, 유엔의 자체 기준은 의미가 없습니다.

이스라엘을 국제사법재판소에 제소한 나라가 남아프리카공화국인 것은 우연이 아닙니다. 법원의 결정을 어떻게 평가하시나요? 또 앞으로 어떤 일이 일어날 수 있고, 일어나야 한다고 생각하시나요?

물론 국제사법재판소의 결정은 미약했습니다. 이스라엘에 대해 어떤 조치를 취하거나 이스라엘에 조치를 취하라고 요구하지도 않았습니다. 국제사법재판소는 이스라엘을 '평가'에 부친 것뿐인데 이는 마치 "이봐, 살살 하라고, 알겠어?"라고 말하는 것과 같죠. 하지만 이런 실패에도 불구하고 사람들이 우리에 대해 이야기하고 있다는 것만으로도 우리는 행복합니다. 우리가 죽더라도 남아프리카공화국이나 다른 나라에 있는 세상 사람들이 팔레스타인 사람들은 더 나은 삶을 살 자격이 있었다고 생각해 줄 것이기 때문입니다.

상황이 끊임없이 변하기 때문에 예측하는 것은 불가능합니다 …. 그러나 이 전쟁이 어떻게 전개되고 끝나든, 지금까지 일어난 일과 이 전쟁 후에 무엇이 바뀔 것인지에 관해서, 정치적으로든 개인적으로든 어떻게 평가하고 계신지요?

미래는 아무도 모릅니다. 이 전쟁이 실제로 어떻게 끝날지는 아무도 모릅니다. 하지만 우리가 아는 건, 이전과는 다른 가자 지구가 될 것이라는 점입니다. 우리가 알던 가자 지구는 이제 존재하지 않습니다. 그리고 이 전쟁 이후에는 다른 전쟁이 있을 겁니다. 이전에 있던 도시 없이 생존해야만 하는, 전쟁이라고도 할 수 있는 전후의 공포가 찾아오겠죠. 당장 저부터도 아버지를 다시 볼 수 있을지 확신할 수 없습니다. 가자 지구를 다시 방문할 수 있을지도 모르겠습니다. 아무도 미래를 알 수 없으니까요. 그리고 지금 가자 지구에 미국이 '인도적' 항구를 짓고 있죠. 참 나, 우리가 도시로서 살아남기 위해 항구 하나 갖게 해 달라고 20년 동안 전 세계에 애원했는데, 이제는 이스라엘이 반대편에서 가자를 침공하는 걸 돕기 위해 항구가 만들어지고 있습니다. 세상이 도대체 뭘 하고 있는 걸까요? 세계는 우리에게 도움을 주지만, 이스라엘이 우리를 더 많이 죽일 수 있는 방식으로만 주고 있습니다. 이스라엘에게 "이 엿같은* 전쟁을 멈추고 주민들을 살게 두라"라고 말하는 대신 "전쟁을

---

* 저자는 원문에서 fucking이라는 욕설을 사용하고 있다. 일기를 통틀어 사용하지 않던 욕설을 질문에 대한 답으로 쓰고 있다는 점 그리고 이 욕설이 팔레스타인의 항구를 둘러싼 모순되고 잔혹한 태도를 비판하는 목적 아래 쓰인 점을 존중하여 순화 없이 욕설로 기재한다.

계속하면 식량을 제공하고 계속 침략할 수 있도록 도와 주겠다"라고 말합니다. 이게 가자 지구의 미래인 거죠.

이 전쟁과 지금 일어나고 있는 모든 일들이 여러 관점에서 볼 때 돌아올 수 없는 지점에 이르렀다고 생각하십니까? 팔레스타인이나 이스라엘-중동 분쟁뿐만 아니라 전 세계의 역학관계와 지정학적 대결이라는 점에 관해서도요.

희망을 잃지 말아야 합니다. 희망은 생명의 꽃을 피우는 물과 같습니다. 팔레스타인 사람들이 희망을 잃었다면 나크바와 함께 사라졌을 것이라 생각합니다. 우리가 희망을 잃었다면 나크바가 승리했을 것입니다(나크바가 현재진행형의 과정이라는 점을 덧붙이겠습니다). 우리는 항상 인류의 마음속에 선이 있고, 결국에는 선이 승리할 것이라는 믿음을 가져야 합니다. 그리고 이번 전쟁으로 가자 지구가 파괴되고 벽돌 한 장 한 장이 땅에 떨어지더라도, 가자 지구는 재건될 수 있습니다. 가자 지구의 상징이 잿더미에서 부활한 전설적인 새인 불사조라는 점은 대단한 우연입니다. 실제로 가자시티 한가운데 있는 지자체 앞 팔레스타인 광장에 서 있던 이 새의 아름다운 동상은 이스라엘 군대에 의해 파괴되었습니다. 하지만 더 나은 지평으로 돌아갈, 앞으로 나아갈 길은 언제나 있습니다. 당연하게도 이는 극도로 고통스러운 일이 될 것이며 가자 사람들이 지불해야 할 대가는 역사상 가장 무거운 대가 중 하나가 될 것입니다.

**미국 대선이 팔레스타인 사람들의 권리와 미래에 어떤 영향을 미칠 것으로 예상하시나요? 트럼프와 바이든 중 누가 승리하느냐에 따라 큰 차이가 있을 것이라고 생각하십니까?**

저는 미국 대선이 팔레스타인 상황에 큰 영향을 미치지 않는다고 생각합니다. 어떤 의미에서는 이스라엘을 보호하는 것은 유감스럽게도 일종의 '미국의 내부 문제'입니다. 물론 이스라엘로부터 보호받아야 하는 것은 팔레스타인 사람들이니 "이스라엘을 보호한다"는 말 자체는 아이러니한 표현입니다. 당연히 우리는 미국 국민을 사랑하고 미국 문화를 사랑합니다. 저도 개인적으로 미국 신문을 구독하고 있습니다. 미국 언론에서 팔레스타인에 대한 지지가 점차 확대되고 있는 것은 인상적입니다. 하지만 팔레스타인 사람으로서, 우리는 미국 행정부를 절대 믿지 않습니다. 미국 민주당과 공화당 간의 경쟁에 관련해서는요. 우리한테 일이 좋게 풀린 적이 없습니다.

한 번도 없어요. 미국인들과 엮여서 우리에게 좋을 일이
없습니다. 그래서 저는 이번 선거에 어떤 희망도 두지
않습니다.

## 옮긴이의 말

먼저 이 책을 끝까지 읽어 주신 분들께 감사를 표하고 싶다. 이스라엘이 팔레스타인에서 자행하고 있는 참상과 부조리는 어떤 매체로 접한들 충격적이고 고통스럽다. 하지만 그러한 고통이 순식간의 스펙터클로 지나가지 않고 쓰인 글자 하나하나를 자기 속도로 읽고 이해하면서 정신을 좀먹는 감각은, 독서라는 행위를 더욱 괴롭게 한다. 나 역시 번역을 하는 내내 분노에 밤을 지새우기도 했고, 우울과 무기력에 젖어 앓아눕기도 했으며, 아예 없는 일인 양 회피하기도 했다.

그러나 단순히 폭력의 잔인함을 전시하는 것이 이 책의 의도는 아닐 것이다. 적어도 이 책을 시혜적으로 "저런, 안타까운 일이군요." 하는 마음가짐으로 소비하지 않고자 한다면, 저자의 증언으로부터 우리는 세 가지를 길어 낼 수 있다.

첫째로, 현재 가자 지구에서 이스라엘이 벌이고 있는 것이 일방적이고 전면적이며 역사적인 침공이라는 것이다.

지금 이스라엘이 벌이는 학살은 75년이 넘게 벌어지고 있고(12일 차 일기), 하마스나 그 지지자의 색출이 아니라 아랍인 전체에 대한 인종청소이며(34일 차 일기), 이름을 지우고 시선을 박탈하는 비인간화의 과정이고(46, 56일 차 일기), 위쌈의 이야기 전체에서 나타나듯이 신체적 손상뿐 아니라 의료적 체계, 안정적인 주거까지 박탈하여 사회적인 낙인의 상태로서 장애를 생산해내는 과정이다.

둘째로, 이것이 파괴하는 것은 그런 억압을 딛고서 억압 속에서 삶을 이어 온 모든 노력이다. 59일 차 일기에서 저자가 그리워하는 집은 할머니가 나크바 이래 빼앗긴 삶 이후에 살게 된 집이며, 저자의 형제자매들이 성장하고 가족을 이루며 한 층씩 지어 올린 집이고, 형제 나임을 기억할 수 있는 마지막 장소이기도 하며, 저자가 작가로서 세상을 그리고 길어 낸 터전이기도 하다. 이스라엘은 바로 이것을 앗아 갔다. 그리고 휴전이 된다 한들 전쟁이 종식될 수 없는 구조와 지형에 남아 있는 한, 가족의 집에서 종말을 마주하겠다는 꿈조차 허황될 수밖에 없다.

셋째로, 이를 벗어나기 위해 우리가 요구해야 하는 것은 미래의 수단, 해방이다. 휴전이 전쟁을 영원히 끝낼 수 없음에도 팔레스타인 사람들이 휴전을 요구하는 것은 56일 차 일기에 묘사되듯이 그것이 예측할 수 없고 이해할 수 없는 미래를 하루라도 보장해 주기 때문이다. 그렇다면 무엇이 미래를 조금 더, 계속해서 보장해 줄 것인가? 저자는 이에 대해 "진정한 승리는 해방뿐"(5일 차 일기)이라고 분명히 단언한다. 그럼 해방이란 무엇인가? 먼저 쟁취할 것으로서 히샴이 말한 "주권국"(6일 차 일기)이 있다. 다만 '두 국가 해법'을 제안한 오슬로 협정이 이스라엘의 지배권을 길러 주기만 한 현실에 비추어 볼 때, 주권국이 인정되면 만사형통할 것이라 보는 것은 오히려 형식적인 주권국도 얻지 못하는 결과만 낳을 것이다. 저자는 여기서 전쟁이 끝나기를 원치 않는 "감독 겸 제작자 겸 스타"(12일 차 일기)를 환기한다. 저자는 인터뷰에서 그 정체를 분명하게 밝힌다. 시온주의 기획으로서 이스라엘 그리고 이를 지지하여 반유대주의와 홀로코스트를 위시한 "유럽 중심의 국제질서"의 책임을 팔레스타인에 전가하는 서방 제국주의 질서다. 미국과 이스라엘의 거부권 아래 이스라엘의 만행에 책임을 묻는 어떤 결의도 거부되었다는 점은 이를 단적으로 보여준다.

　　이제 지금 여기서 우리가 무엇을 할 수 있는지를 간략히 전하며 이 글을 마치고자 한다. 먼저 이스라엘산 수입품을 불매할 수 있다. 딸기, 복숭아, 자몽, 스위티 생과 및 과즙은 이스라엘의 주요 수출품인데 원산지·원재료 표기를 보고 이스라엘산이면 소비하지 않는 것이다. 이는 팔레스타인 시민사회가 제안하여 국제적인 연대로 이어지고 있는 BDS 운동의 가장 간단한 예로, 여기서 더 나아가면 이스라엘의 군사 점령을 원조하고 있는 기업의 상품들에 대한 보이콧까지 가능하다. 둘째로, 팔레스타인평화연대의 SNS(twitter.com/pps_kr; www.instagram.com/pps_kor/)를 참고하는 것도 큰 도움이 된다. 양질의 기사와 자료를 신속하게 접할 수 있기에 팔레스타인의 현주소를 직접 알고 전하고 싶을 때 유용하다. 이러한 탐구에서 호기심이나 무력감 같은 불충분한 감각을 느낀다면, 책을 읽거나 관련 집회에 참가하는 것도 좋은 방법이다. 일란 파페의 《팔레스타인 현대사》(절판)나 라시드 할리디의 《팔레스타인 100년 전쟁》 같은 훌륭한 분석을 담은 책이 있고 보통 격주 간격으로 열리는 주말 집회에서 팔레스타인 국제 연대에 함께하는 국내외 활동가들의 발언을 들을 수 있다.

　　마지막으로, 이러한 관찰과 실천 속에서 '이슬람 테러리스트'로 지목되는 하마스와 무장 저항을 '복잡한 문제'로 일축하지 말고, 상기한 맥락 속에서 구체적으로 알고자 하기를 당부드린다. 당연히 이들의 정치체제에 비판적일 수 있다. 하지만 팔레스타인 주민들에게 실질적인 이득을 제공할 수 있는 방향으로 나아가고자 한다면, 어째서 '테러리스트'인 하마스에 팔레스타인의 여러 세력이 결집하여 공동 작전을 수행하고 팔레스타인 민중들이 이에 지지를 보내고 있는지를 이해해야 한다. 복잡한 문제라고 일축하며 이들의 무장 저항에 대한 지지를 각하해 버리는 태도를 벗어 던질 때에야 비로소 팔레스타인 사람들과 시혜적 관계가 아닌 동등한 관계로 연대할 수 있을 것이다.

팔레스타인평화연대 덩야핑 님이 집회 현장에서 팔을 덥석 붙잡고 "번역해 보실래요?"라고 하실 때만 해도 이런 뜻깊은 경험이 되리라고는 생각지도 못했다. 번역을 제안하고 바쁜 일정 중 감수까지 흔쾌히 맡아 주신 팔레스타인평화연대의 활동가 분들, 단행본 번역 경험이 없는데도 흔쾌히 번역을 맡겨 주고 편의를 봐 주신 두번째테제 장원 편집장님, 번역 소식에 제 일처럼 기뻐하고 물심양면 도와준 가족과 대학원, 당의 동료분들 그리고 토론으로 밤을 지새우며 항상 생산적인 갈등과 고민을 불러일으켜 준 반제국주의 학습모임 반격의 여러 분들께 감사하다는 말씀을 드린다.